U0857529

雕虫斋咏史七律诗集

（新声新韵）

◎寇养厚 著

山东大学出版社

图书在版编目(CIP)数据

雕虫斋咏史七律诗集/寇养厚著. —济南:山东大学出版社,2016.6

ISBN 978-7-5607-5550-2

Ⅰ.①雕… Ⅱ.①寇… Ⅲ.①诗集—中国—当代 Ⅳ.①I227

中国版本图书馆 CIP 数据核字(2016)第 122094 号

责任策划:马银川
责任编辑:马银川
封面设计:张　荔

出版发行:山东大学出版社
社　址　山东省济南市山大南路 20 号
邮　编　250100
电　话　市场部(0531)88364466
经　　销:山东省新华书店
印　　刷:山东省英华印刷厂
规　　格:720 毫米×1000 毫米　1/16
24 印张　349 千字
版　　次:2016 年 6 月第 1 版
印　　次:2016 年 6 月第 1 次印刷
定　　价:49.00 元

前 言

山东大学出版社2012年3月出版了我的《雕虫斋律诗集》(以下简称为《律诗集》)。《律诗集》共收律诗442首,其中五律20首,七律422首,所写内容,基本是陕西的历史名胜和人文古迹,实为一部有关陕西而内容相对独立的咏史怀古律诗集。当时还有近百首七律诗因与陕西无关而未收入《律诗集》中,近几年我又写了不少七律诗,与前合计共573首。这573首七律诗之内容,绝大多数是我在阅读史书时对所感兴趣的某些著名历史人物及其所涉及的某些历史事件所作的叙述与评价,均属咏史诗范畴,因此,这次结集出版时,遂将书名定为《雕虫斋咏史七律诗集》(以下简称为《七律诗集》)。先前的《律诗集》共吟咏了近三百位著名历史人物,其中以建都于陕西的西周、秦、西汉、前秦、后秦、夏、西魏、北周、隋、唐等朝之著名历史人物且其陵墓在陕西者为主,而西汉与唐代之著名历史人物是重点,吟咏得最多。此外,对东汉与三国蜀汉以及宋代的一些著名历史人物,也有吟咏。现在的《七律诗集》共吟咏了从远古神话到清朝末年五百余位著名历史人物,都是《律诗集》中未曾吟咏过的。大体而言,宋以前各朝(含宋),吟咏得较多;宋以后各朝,吟咏得较少。其中楚汉相争时的陈馀,本已咏过一首,但日久忘却,又咏了一首,发现之后,觉得两首角度尚有不同,便都保留下来了。

既称《七律诗集》,就应遵守七律诗的格律,符合七律诗的标准。七律诗的格律虽然繁多,但归纳起来,主要是声韵格律和对仗格律两种。对仗格律较易掌握,且与语音古今变化之关系不大,此处不论。声韵格律较难掌握,且与语音古今变化之

关系非常密切，此处略作说明。所谓声韵格律，就是指声调平仄的格律和按部押韵的格律。古人写律诗，均以古代汉语的平、上、去、入四个声调为平仄依据，又先后以《切韵》《唐韵》《广韵》《平水韵》四部韵书所划分的韵部为押韵依据。但随着语音的古今变化，现代人用普通话诵读古人所写的律诗，不少地方的平仄和押韵都与现代汉语的语音不合；而如果现代人仍以古代汉语的平、上、去、入四个声调和《平水韵》的韵部作为平仄和押韵的依据去写律诗，也会出现同样的问题。

那么，现代人写律诗，究竟应该以什么作为平仄和押韵的依据呢？对此，一直有两种作法：既有用旧声旧韵者，亦有用新声新韵者，两道并行，各凭所好。也就是说，有的人仍以古代汉语的平、上、去、入四个声调和《平水韵》的韵部作为平仄和押韵的依据，有的人则改为以现代汉语的阴、阳、上、去四个声调和普通话的韵部作为平仄和押韵的依据。我是一直主张新声新韵的，先前的《律诗集》和现在的《七律诗集》共收律诗 1015 首，均用新声新韵写成。与旧声旧韵相较，新声新韵主要有以下两点不同之处：一是在声调方面，古代汉语的入声字，凡是转入现代汉语的阴平字或阳平字者，均按平声字对待，不再按仄声字对待。二是在押韵方面，不再以《平水韵》的韵部为依据，改为以普通话的韵部为依据。

任何一首七言律诗都是由四种固定的七言律句按照“对”和“黏”的格律组合而成的。这四种固定的七言律句分别是：

仄起仄收式：仄仄平平平仄仄

平起仄收式：平平仄仄平平仄

平起平收式：平平仄仄仄平平

仄起平收式：仄仄平平仄仄平

用这四种固定的七言律句分别为首句，按照“对”和“黏”的格律进行组合，便形成四种固定的七言律诗平仄格式。其中以仄起仄收式为首句和以平起仄收式为首句之两种平仄格式，是首句不入韵之七律诗的两种固定的平仄格式，而以平起平收式为首句和以仄起平收式为首句之两种平仄格式，是首句入韵之七律诗的两种固定的平仄格式。七律诗以首句入韵者为常，而首句入韵之七律诗的两种固定的平仄格式分别是：

（首句平起平收式）

平⃝平仄⃝仄仄平平，仄⃝仄平平仄⃝仄平。

仄⃝仄平⃝平平⃝仄仄，平⃝平仄⃝仄仄平平。

平⃝平仄⃝仄平⃝平仄，仄⃝仄平平仄⃝仄平。

仄⃝仄平⃝平平⃝仄仄，平⃝平仄⃝仄仄平平。

（首句仄起平收式）

仄⃝仄平平仄⃝仄平，平⃝平仄⃝仄仄平平。

平⃝平仄⃝仄平⃝平仄，仄⃝仄平平仄⃝仄平。

仄⃝仄平⃝平平⃝仄仄，平⃝平仄⃝仄仄平平。

平⃝平仄⃝仄平⃝平仄，仄⃝仄平平仄⃝仄平。

我先前的《律诗集》和现在的《七律诗集》共收七律诗995首，首句都入韵，或用平起平收式，或用仄起平收式，分别按以上两种固定的平仄格式写成。在新声新韵这个前提下，这995首七律诗都严格遵守七律诗的格律，完全符合七律诗的标准，绝无“失对”“失黏”及“孤平”“三平调”等不合格律之处。读者若有兴趣，可用以上两种固定的平仄格式逐字逐句加以检验。那些外面加圈的字位，其平仄本来可以通融，但我也严格按格律规定而行，该平则平，该仄即仄，一般不会轻易通融。在个别情况下，一联诗中，如果上句某字的平仄通融了，则下句对应位置字的平仄也会随之通融，以使上下两句每个字的平仄始终保持相对（即相反）。例如：“经纬庙堂齐管晏，运筹帷幄汉良平”（《律诗集·唐杜如晦墓》）；“存鲁乱齐情恣肆，破吴强晋语汪洋”（《七律诗集·子贡》）。这两联的平仄格式原本都是：仄⃝仄平⃝平平⃝仄仄，平⃝平仄⃝仄仄平平。上句第一字由仄声通融为平声（经、存），第三字由平声通融为仄声（庙、乱）；与其相对应，下句第一字由平声通融为仄声（运、破），第三字由仄声通融为平声（帷、强）。这样，通融之后的平仄格式变为：平仄仄平平仄仄，仄平平仄仄平平。这既不违背原平仄格式，又使上下两句每个字的平仄始终保持相对。再如：“生身永记李妃苦，教子常思刘后恩”（《七律诗集·宋仁宗赵祯》）；“当年既撰五朝史，异日方垂千载名”（《七律诗集·薛居正》）。这两联的平仄格式原本都是：平⃝平仄⃝仄平⃝平仄，仄⃝仄平平仄⃝仄平。上句第五字由平声通融为仄声（李、五），与其相对应，下句第五字由仄声通融为平声（刘、千）。这样，通融之后的平仄格式变为：平平仄仄仄平仄，仄仄平平平仄平。这既不违背原平仄格式，又使上下两句每个字的平仄始终保持相对。

这里须要略谈一下孤平拗救的问题。在“仄⃝仄平平仄⃝仄平”这种形式的七言律句中，第三字按规定不能通融，必须用平声，若用仄声，则犯孤平（全句除韵脚固定的平声字不计外，只剩下一个平声字，故曰“孤平”）。孤平属严重拗句，若拗而不救，则为大病，乃诗家之大忌；但若拗而能救，则不为病。孤平拗救的方法是本句自救，即：若第三字该平而用仄，犯了孤平，则第五字必须改仄为平，加以补救。但是，“仄⃝仄平平仄⃝仄平”这种形式的七言律句除了经常出现在七言律诗的首句位置（仄起平收，首句入韵）外，更多出现在七言律诗的二、四、六、八句的位置，也就是说，更多出现在一联七言律诗的下句位置，与上句共同组成“平⃝平仄⃝仄平⃝平仄，仄⃝仄平平仄⃝仄平”这样一联七律诗的平仄格式。这时，如果下句对孤平只采取本句自救的方法，则会出现以下情况：下句第三字因用仄声（犯孤平），便与上句第三字同为仄声；下句第五字因用平声（本句自救），便与上句第五字同为平声。这种情况虽不违背原平仄格式，但却达不到上下两句每个字的平仄始终保持相对的完美境界。因此，在一联七律诗中，孤平拗救往往采取下句（本句）自救与上句通融相结合的方法进行。例如：“一言能害岳鹏举，三字怎安韩世忠”（《七律诗集·秦桧》）一联，上句第一字由平声通融为仄声（一），下句第一字由仄声通融为平声（三）；上句第三字由仄声通融为平声（能），下句第三字由平声改为仄声（怎），有意造成孤平；上句第五字由平声通融为仄声（岳），下句第五字由仄声改为平声（韩），既起到在本句中孤平自救的作用，又起到与上句第五字平仄相对的作用。这样，原来的平仄格式变为：仄平平仄仄平仄，平仄仄平平仄平。这既不违背原平仄格式，又使上下两句每个字的平仄始终保持相对。类似的诗联还有“哀生哀死孟郊苦，亦友亦师韩愈亲”（《七律诗集·张籍》）等，亦属下句（本句）自救与上句通融相结合而进行孤平拗救的例证。古代诗人均善孤平拗救，其中唐代诗人许浑最精此道，如“水声东去市朝变，山势北来宫殿高”（《登故洛阳城》），“溪云初起日沉阁，山雨欲来风满楼”（《咸阳城东楼》），“初更云尽出沧海，半夜露寒当碧天”（《鹤林寺中秋夜玩月》）等，都是下句（本句）自救与上句通融相结合而进行孤平拗救的典范。

在古代的七律诗中，有两种特殊的律句形式亦须略作说明。第一种是将“仄仄平平平仄仄”这种常规的律句形式有意改为“仄仄平平仄平仄”这种特殊的律句形式。也就是说，先将常规的律句形式中平仄原本可以通融的第三字固定为平声字，再将第五字改平为仄，第六字改仄为平。这种特殊的律句形式多用于七律诗的尾联上句（其他各联上句亦有），如杜甫《咏怀古迹五首》其一“庾信平生最萧瑟，暮年诗赋动江关”，白居易《西湖留别》“处处回头尽堪恋，就中难别是湖边”，林逋《山园小梅》“幸有微吟可相狎，不须檀板共金尊”，黄庭坚《登快阁》“万里归船弄长笛，此心吾与白鸥盟”等。这种特殊的律句形式，已被诗人广泛认同，使用频率很高，数量几可与常规的律句形式平分秋色。第二种是将“平平仄仄平平仄”这种常规的律句形式有意改为“平平仄仄平仄仄”这种特殊的律句形式，与此同时，将下句“仄仄平平仄仄平”中原本固定为平声字的第三字通融为可平可仄，而将平仄原本可以通融的第五字固定为平声字，使下句成为“仄仄平平平仄平”这种律句形式。也就是说，下句第三字无论是否犯“孤平”，第五字都必须是平声字。如殷文圭《八月十五夜》“满衣水彩拂不落，遍地银光凝欲流”

(下句第三字未犯孤平),陆游《桐庐县放舟东归》"宦游何啻路九折,归卧恨无山万重"(下句第三字犯孤平)等。这种特殊的律句形式及其与下句的组联方法,未被诗人广泛认同,使用频率很低,数量亦甚少。古代诗人之所以有意造出以上两种特殊的律句形式,目的本在于追求格调之拗峭高古,但在格调拗峭高古之同时,却付出了平仄失谐之代价。即:第一种特殊律句形式的第六字与其下句的第六字同为平声(萧、江,堪、湖,相、金,长、鸥);第二种特殊律句形式的第六字与其下句的第六字同为仄声(不、欲,九、万)。在七律诗中,每联诗上下两句每个字的平仄本该始终保持相对(如首句入韵,则首联上下两句第七字同为平声,不可能相对),尤其是第二、第四、第六这三个关键字位,因是重要的节奏点,其平仄更应保持严格相对。在这方面,以上两种特殊的律句形式所产生的平仄失谐,显而易见。所以,我的全部七律诗,均用常规的律句形式写成,而未用以上两种特殊的律句形式。

七律诗是格律诗中最难把握的一种诗体,也是对作者束缚限制最大的一种诗体。但是,无规矩则不能成圆方,无格律则不能成律诗。写作七律诗,如同戴着镣铐跳舞,格律如同镣铐,既是对诗体个性特征的界定规范,也是对作者写作行为的束缚限制。但作者对格律束缚限制的感觉却因人而异:能熟练掌握格律并具有丰富创作经验者,依然可以左右逢源,纵横驰骋,并不觉得格律是一种束缚限制;反之,则会跋前踬后,寸步难行,举手投足之间,总感觉处处受制于格律而无从下笔。孔子说:"七十而从心所欲不逾矩。"(《论语·为政》)这虽是就人的修养与社会规范之关系而言的,但用来说明作者的修养与格律之关系,道理亦是相通的。我研究格律诗数十年,创作律诗过千首,对律诗格律的掌握运用,虽不敢说已达"从心所欲不逾矩"之最高境界,但庶几可谓驾轻就熟、得心应手了。当然,律诗写得是否成功,不仅要看是否遵守律诗的格律,是否符合律诗的标准,更要看是否具有诗味。格律是具体而易于检验的硬标准,诗味是抽象而难于评判的软标准。在诗味方面,我只能说尽了最大的努力，至于效果如何，则不敢自许，还是由读者去作见仁见智的评判吧！

现代人写格律诗，名家辈出，高手如云，成就斐然，有目共睹。但不可否认，有些作者因忙于应付格律的束缚限制而往往出现顾此失彼的情况，表现在语言方面则是：艰深晦涩，生硬牵强，斧痕累累，凿迹斑斑，给人以佶屈聱牙、阻滞不通之感。其实，无论何种诗体之语言，均以艰深晦涩、生硬牵强为忌，而以通顺流畅、平淡自然为贵。梅尧臣说："因吟适情性，稍欲到平淡"（《依韵和晏相公》）；"作诗无古今，唯造平淡难"（《读邵不疑学士诗卷……以奉呈》）。苏轼说："渐老渐熟，乃造平淡。"（《竹坡诗话》）韩愈诗之语言，向称奇险怪谲，但他在《送无本师归范阳》诗中也说："奸穷怪变得，往往造平淡。"朱彝尊在评韩愈《送无本师归范阳》诗时也说："由奇怪入平淡，是诗家次第。"他人失败的教训，应该引以为戒；他人成功的经验，应该认真汲取。我现在的《七律诗集》与先前的《律诗集》一样，在语言方面都既避艰涩，亦忌俚俗，力求作到雅俗共赏、流畅自然。这个目标是否达到，也请读者评判。与语言相关的问题是诗后的"自注"。因诗中了无艰深晦涩之词，故自注的原则是：一般情况下不释词义，只注事件。而对事件的注释，或引录史料原文，或综述史料大意，皆视具体情况而定。

全书所咏之历史人物，大体按时代先后划分为六个时期。每两个时期交接之际，都有一些人既可划归前一时期，亦可划归后一时期，如何处理，均视具体情况而定。例如秦襄公本是东周初期人，但因其为嬴秦开国之君，故而划归秦时期。再如曹操集团中之郭嘉、王粲等人，刘备集团中之法正、庞统等人，孙权集团中之鲁肃、周瑜等人，均卒于汉献帝建安年间，本是东汉人，但因其传记均在《三国志》中，故而均划归三国时期。又如袁术、袁绍、刘表、刘焉等人，《后汉书》与《三国志》均为之立传，但因其年庚稍先，故而均划归东汉时期。总之，每两个时期交接之际，某人划归某个时期，并非按固定的年份而定，只是依据具体情况大致划分而已。对此，读者不必细考深究。

日月长存，山河永在。星移斗转，物是人非。马齿徒增，早过从心之岁；牛腰渐悟，全凭励志之年。界域难分，历史同文学并重；春秋易逝，研究与创作兼行。始爱白仙，仰慕风诗之旷逸；终亲甫圣，痴迷律体之森严。一点疏忽，便易多生谬误；千般谨慎，犹难尽免瑕疵。刻鸟雕虫，聊呈小技；挑瑕指谬，尚待高才。敬请方家，开诚赐教。

寇养厚

2016年2月20日于山东大学

目　录

卷一　远古三代时期(119首)

卷二　秦汉时期(88首)

卷三　三国两晋南北朝时期(109首)

卷四　隋唐五代时期(87 首)

卷五　两宋时期(77 首)

卷六　元明清时期及其他(93 首)

卷一　远古三代时期 119首

伏　羲

华胥圣子本神人，故事难明假与真。
娶妹成婚生士女，排爻布卦断凶祯。
经营畜牧知三昧，示范烹调授万民。[①]
面正身奇形怪异，羲皇创世永传闻。[②]

自注

①据多种古籍所载神话传说，华胥氏是伏羲之母，因履巨人足迹而有娠，遂生伏羲。如《太平御览》卷七八引《诗含神雾》："大迹出雷泽，华胥履之，生宓牺。""伏羲"一名，古无定书，或作"伏希""伏戏""宓戏""宓羲""宓牺""伏牺""庖牺""羲皇""牺皇""太昊""太皓""太皞"等。又据多种古籍所载神话传说，伏羲与女娲原为兄妹，后结为夫妻，诞育人类。如《路史·后纪二》注引《风俗通》："女娲，伏希之妹。"又唐李冗《独异志》(下)："昔宇宙初开之时，只有女娲兄妹二人，在昆仑山……咒曰：'天若遣我兄妹二人为夫妻，而烟悉合；若不，使烟散。'于是烟即合。其妹即来就兄，乃结草为扇，以障其面。"又《易·系辞》："庖牺氏始作八卦。"又《路史·后纪一》："(伏羲)豢育牺牲，服牛乘马，草鞮皮蒙，引重致远以利天下，而下服度。"又《补史记三皇本纪》："(伏羲)养牺牲以充庖厨，故曰庖牺。"又《绎史》卷三引《三坟》："(伏羲)冶金成器，教民炮食。"

②《艺文类聚》卷一一引《帝王世纪》："伏羲氏……蛇身人首。"《太平御览》卷七八引《帝系谱》："伏羲人头蛇身。"

女　娲

华胥圣女列神坛，异事奇闻少贯穿。
柱立八方撑大盖，石成五色补高天。
灰尘漫漫消洪水，草木离离遍莽原。[①]
自主为婚兄娶妹，浑沦宇宙诞黎元。[②]

自注

①《淮南子·览冥训》："往古之时，四极废，九州裂，天不兼覆，地不周载，火爁炎而不灭，水浩洋而不息……于是女娲炼五色石以补苍天，断鳌足以立四极，杀黑龙以济冀州，积芦灰以止淫水。"

②详见《伏羲》自注①。

蚩　尤

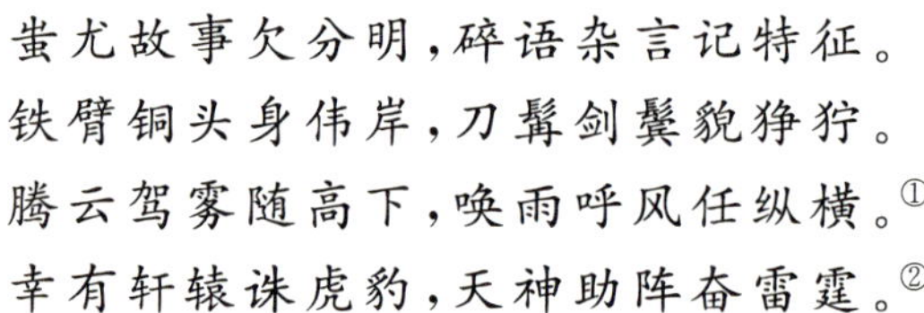

蚩尤故事欠分明，碎语杂言记特征。
铁臂铜头身伟岸，刀髯剑鬓貌狰狞。
腾云驾雾随高下，唤雨呼风任纵横。[①]
幸有轩辕诛虎豹，天神助阵奋雷霆。[②]

自注

①《太平御览》卷七四引《龙鱼河图》："蚩尤兄弟八十一人，并铜头铁额，食沙石。"《述异记》(上)载："蚩尤氏耳鬓如剑戟，头有角，与轩辕斗，以角觝人，人不能向。"《述异记》(上)又载："蚩尤能作云雾……人身、牛蹄、四目、六手，齿长二寸，坚不可碎。"《山海经·大荒北经》载蚩尤与黄帝作战时，"请风伯、雨师，纵大风雨"。

②《艺文类聚》卷一一引《帝王世纪》："(轩辕黄帝)征师诸侯，使力牧、神皇直讨蚩尤氏。"按，力牧、神皇直，均为天神名。又《山海经·大荒北经》："蚩尤请风伯、雨师，纵大风雨。黄帝乃下天女曰魃，雨止，遂杀蚩尤。"

少　昊

己挚生平试探求，只言片语各千秋。[①]
轩辕父号三皇尾，少昊身名五帝头。[②]
考士除官参众鸟，牵车效力用单牛。[③]
玄嚣更有青阳字，巷议街谈任自由。[④]

【自注

①据《帝王世纪》《拾遗记》等记载，少昊亦作“少皞”，以别于太昊，故称。以金德王，故亦称“金天氏”。黄帝子，姓己，名挚，字青阳。

② 三皇与五帝，其说不一。《帝王世纪》以伏羲、神农、黄帝为三皇，以少昊、颛顼、帝喾、尧、舜为五帝。据此，则黄帝为三皇之尾，少昊为五帝之头。

③《左传·昭公十七年》载郯子曰：“我高祖少皞挚之立也，凤鸟适至，故纪于鸟，为鸟师而鸟名。凤鸟氏，历正也；玄鸟氏，司分者也……五鸠，鸠民者也。五雉为五工正，利器用，正度量，夷民者也。九扈，为九农正，扈民无淫者也。”《后汉书·舆服志上》刘注引《古史考》：“黄帝作车，引重致远。其后少昊时驾牛，禹时奚仲驾马。”

④《史记·五帝本纪》：“（黄帝）娶于西陵之女，是为嫘祖。嫘祖为黄帝正妃，生二子，其后皆有天下：其一曰玄嚣，是为青阳，青阳降居江水；其二曰昌意，降居若水。”关于少昊之生平，以及玄嚣与青阳同为一人，抑或别为二人等问题，历来众说纷纭，迄无定论。

颛　顼

弃世轩辕化彩云，颛顼继位是宗孙。
生财育物尊天地，致雨兴风敬鬼神。
万落千村宣教化，三江五岳励忠勤。[①]
临朝圣主登遐后，送葬黎民欲断魂。

【自注

①《史记·五帝本纪》：“帝颛顼高阳者，黄帝之孙而昌意之子也。静渊以有谋，疏通而知事；养材以任地，载时以象天，依鬼神以

制义，治气以教化，絜诚以祭祀。北至于幽陵，南至于交阯，西至于流沙，东至于蟠木。动静之物，大小之神，日月所照，莫不砥属。”

帝　喾

颛顼从子有奇能，落地开言道姓名。①
后己先人分义利，听微视远赖聪明。
忧民济世心慈善，敬鬼尊神意信诚。
朗日和风临九域，天涯海角颂升平。②

自注

①《史记·五帝本纪》：“帝喾高辛者，黄帝之曾孙也……高辛于颛顼为族子……高辛生而神灵，自言其名。”从(zòng)子：即侄子。

②《史记·五帝本纪》：“（帝喾）普施利物，不于其身。聪以知远，明以察微。顺天之义，知民之急。仁而威，惠而信，修身而天下服。取地之财而节用之，抚教万民而利诲之，历日月而迎送之，明鬼神而敬事之。其色郁郁，其德嶷嶷。其动也时，其服也士。帝喾溉执中而遍天下，日月所照，风雨所至，莫不从服。”

帝　尧

高辛庶子始封陶，继挚登庸理圣朝。①
治水排洪咨四岳，安邦靖乱徙三苗。②
人民饫暖山河定，领袖英明日月昭。
位舍丹朱传舜帝，君臣禅让自唐尧。③

自注

①《史记·五帝本纪》：“帝尧为陶唐，帝舜为有虞。”裴骃《集解》引韦昭曰：“陶唐皆国名，犹汤称殷商矣。”盖尧始封于陶，后封于唐，故称“陶唐”。《史记·五帝本纪》又载：“帝喾娶陈锋氏女，生放勋。娶娵訾氏女，生挚。帝喾崩而挚代立。帝挚立，不善，而弟放勋立，是为帝尧。”按，帝喾凡四妃，除后稷之母姜嫄为元妃外，放勋之母居三，挚之母居四，班次最下。但挚于兄弟最长，故得登帝位。

②《史记·五帝本纪》：“四岳举鲧治鸿水，尧以为不可，岳强请

试之，试之而无功，故百姓不便。三苗在江淮、荆州数为乱。于是舜归而言于帝……迁三苗于三危，以变西戎；殛鲧于羽山，以变东夷。”

③《史记·五帝本纪》：“尧知子丹朱之不肖，不足授天下，于是乃权授舜。授舜，则天下得其利而丹朱病；授丹朱，则天下病而丹朱得其利。尧曰：‘终不以天下之病而利一人。’而卒授舜以天下。”

巢父许由

上古巢由逸事传，只言片语尽相关。
清心隐遁箕山下，洗耳盘桓颍水边。
避世应须藏大谷，逃名定要躲高岩。
牵牛问故羞污口，更上源头饮醴泉。[①]

【自注

①《高士传》：“尧让天下于许由，许由不受而逃去。于是遁耕于中岳，颍水之阳，箕山之下。尧又召为九州长，由不欲闻之，洗耳于颍水滨。时其友巢父牵犊欲饮之，见由洗耳，问其故。对曰：‘尧欲召我为九州长，恶闻其声，是故洗耳。’巢父曰：‘子若处高岸深谷，人道不通，谁能见子？子故浮游，欲闻求其名誉，污吾犊口。’牵犊上流饮之。”

帝　舜

远祖高阳谱系全，颛顼后嗣起民间。[①]
持家贵妇迎娥女，济世良臣用恺元。[②]
受苦千般尊父母，投荒四裔放凶顽。[③]
商均率性难承祀，大禹登基续圣贤。[④]

【自注

①《史记·五帝本纪》：“虞舜者，名曰重华。重华父曰瞽叟，瞽叟父曰桥牛，桥牛父曰句望，句望父曰敬康，敬康父曰穷蝉，穷蝉父曰帝颛项，颛项父曰昌意：以至舜七世矣。自从穷蝉以至帝舜，皆微为庶人。”

②娥女：指娥皇、女英。恺元：指八恺、八元。《史记·五帝本纪》：“舜年二十以孝闻。三十而帝尧问可用者，四岳咸荐虞舜，曰

可。于是尧乃以二女妻舜以观其内，使九男与处以观其外。舜居妫汭，内行弥谨。尧二女不敢以贵骄事舜亲戚，甚有妇道。尧九男皆益笃。”又载：“昔高阳氏有才子八人，世得其利，谓之‘八恺’。高辛氏有才子八人，世谓之‘八元’。……舜举八恺，使主后土，以揆百事，莫不时序。举八元，使布五教于四方，父义，母慈，兄友，弟恭，子孝，内平外成。”

③《史记·五帝本纪》：“舜父瞽叟盲，而舜母死，瞽叟更娶妻而生象，象傲。瞽叟爱后妻子，常欲杀舜，舜避逃；及有小过，则受罪。顺事父及后母与弟，日以笃谨，匪有解。”又载：浑沌、穷奇、梼杌、饕餮，世称“四凶”，“舜乃流四凶族，迁于四裔，以御螭魅”。

④《史记·五帝本纪》：“舜子商均亦不肖，舜乃豫荐禹于天。十七年而崩。三年丧毕，禹亦乃让舜子，如舜让尧子。诸侯归之，然后禹践天子位。尧子丹朱，舜子商均，皆有疆土，以奉先祀。”

夏禹

大禹为臣立圣朝，抛家治水任辛劳。
千秋伟业疏河道，万里洪流入海涛。[①]
摄政兴农尊后稷，登庸理狱敬皋陶。[②]
颛顼后裔行公正，舍子传贤法舜尧。[③]

自注

①《史记·夏本纪》：当帝尧之时，洪水滔天，下民其忧。尧听四岳，用鲧治水。九年而水不息。舜摄行天子之政，殛鲧于羽山而荐禹，使续鲧之业。禹伤先人父鲧功之不成而受诛，乃劳身焦思，居外十三年，过家门而不敢入，终使水患平息。

②后稷善农事，皋陶善理狱，二人皆被禹重用。

③《史记·夏本纪》：“禹之父曰鲧，鲧之父曰帝颛顼，颛顼之父曰昌意，昌意之父曰黄帝。禹者，黄帝之玄孙而帝颛顼之孙也。”又载：“帝禹立而举皋陶荐之，且授政焉，而皋陶卒……十年，帝禹东巡狩，至于会稽而崩。以天下授益。三年之丧毕，益让帝禹之子启，而辟居箕山之阳。禹子启贤，天下属意焉。及禹崩，虽授益，益之佐禹日浅，天下未洽。故诸侯皆去益而朝启，曰‘吾君帝禹之子也’。于是启遂即天子之位，是为夏后帝启。”据此，则禹法尧舜，传贤不传子。他本欲禅皋陶而皋陶卒，最后禅于益。只是由于益之谦逊礼让，加之诸侯拥戴启，启始即天子位，开始了家天下的历史。

皋陶

天生舜帝若神明，委任皋陶大理卿。
表善彰良邦有道，鞭邪挞恶法无情。
核查罪案经三审，检视囚徒议五刑。[①]
夏禹登基将禅位，何堪俊士赴幽冥。[②]

自注

①《史记·五帝本纪》："舜曰：'皋陶，蛮夷猾夏，寇贼奸轨，汝作士，五刑有服，五服三就；五流有度，五度三居：维明能信。'"所谓"士"，裴骃《集解》引马融曰："狱官之长。"张守节《正义》曰："案：若大理卿也。"《史记·五帝本纪》："皋陶为大理，平，民各伏得其实。"所谓"平"，张守节《正义》曰："皋陶作士，正平天下罪恶也。"

②《史记·夏本纪》："帝禹立而举皋陶荐之，且授政焉，而皋陶卒。"另请参阅《夏禹》自注。

伯益

散见生平大体同，人言鸟语两精通。
尧天昊昊初为政，舜日曈曈屡建功。
走兽飞禽皆顺化，山林水草俱葱茏。[①]
难承禹命轻君位，永遁箕山作老农。[②]

自注

①伯益，亦作"益""伯翳""栢翳"等。《汉书·地理志》："伯益知禽兽。"《后汉书·蔡邕传》："昔伯翳综声于鸟语。"据《史记·夏本纪》，当帝尧之时，洪水滔天，"禹乃遂与益、后稷奉帝命，命诸侯百姓兴人徒以傅土，行山表木，定高山大川"，则伯益为佐禹治水之主要助手。又据《史记·五帝本纪》，因伯益能驯化禽兽，善理原隰草木，故帝舜"以益为朕虞"，使其为掌山泽之官。

②详见《夏禹》自注③。

夏　启

诸侯感念禹恩情，益返江山启又兴。
自古君臣明禅让，从今父子永传承。[①]
藩邦已叛违三正，御驾亲征命六卿。[②]
四海朝天皆纳贡，十年在位保升平。[③]

自注

①详见《夏禹》自注③。

②藩邦：指有扈氏。

③《史记·夏本纪》："有扈氏不服，启伐之，大战于甘。将战，作《甘誓》，乃召六卿申之。启曰：'嗟！六事之人，予誓告女：有扈氏威侮五行，怠弃三正，天用剿绝其命。今予维共行天之罚……"遂灭有扈氏，天下咸朝。裴骃《集解》引孔安国曰："天子六军，其将皆命卿也。""各有军事，故曰六事。"又《集解》引郑玄曰："五行，四时盛德所行之政也。威侮，暴逆之。三正，天、地、人之正道。"又《集解》引徐广曰："皇甫谧曰夏启元年甲辰，十年癸丑崩。"

后　羿

彤弓素箭倍精神，九射金乌作夏臣。[①]
立弟逐兄先摄政，登基篡位后成君。[②]
终朝宴乐疏贤士，镇日畋游近佞人。
岂料狂徒行恶事，身亡子丧妇离门。[③]

自注

①后羿，亦作"后夷"。古代君主称后，故后羿即帝羿之义。《史记·夏本纪》张守节《正义》引《帝王纪》云："帝羿有穷氏未闻其先何姓。帝喾以上，世掌射正。至喾，赐以彤弓素矢，封之于钽，为帝司射，历虞、夏。"《淮南子·本经训》云："尧之时，十日并出，焦禾稼，杀草木，而民无所食"，尧乃使羿"上射十日"而落其九。

②《史记·夏本纪》："夏后帝启崩，子帝太康立。帝太康失国，昆弟五人，须于洛汭，作《五子之歌》。"裴骃《集解》引孔安国曰："盘于游田，不恤民事，为羿所逐，不得反国。"后羿逐太康而立其弟中

康。中康崩，其子帝相立，后羿摄政。后羿徙帝相于商丘，依同姓诸侯斟寻，而己登基篡位，成为君主。

③《左传·襄公四年》："（后羿）因夏民以代夏政。恃其射也，不修民事而淫于原兽。弃武罗、伯因、熊髡、龙圉而用寒浞。寒浞，伯明氏之谗子弟也。伯明后寒弃之，夷羿收之，信而使之，以为己相。"最后，后羿及其子皆为寒浞所杀，妻室亦为寒浞所霸占。又神话传说，后羿有妻曰"恒娥"，俗作"姮娥"。后人以《说文》无"姮"字，又避汉文帝刘恒之讳，而"恒""常"二字其义相通，遂改称"常娥"，后来又演变为"嫦娥"。《淮南子·览冥训》引高诱注云："姮娥，羿妻。羿请不死之药于西王母，未及服之，姮娥盗食之得仙，奔入月中，为月精。"

寒浞

奸徒自少有谗名，相羿夺权握重兵。
手段凶残烹故主，朝纲紊乱荡邪风。
诛杀帝子非人道，霸占君妻是兽行。
幸赖遗臣能举事，衰亡夏祚又传承。①

自注

①《史记·夏本纪》张守节《正义》引《帝王纪》云："寒浞，伯明氏之谗子，伯明后以谗弃之，而羿以为己相。寒浞杀羿于桃梧，而烹之以食其子。其子不忍食之，死于穷门。浞遂代夏，立为帝。寒浞袭有穷之号，因羿之室，生奡及豷。奡多力，能陆地行舟。使奡帅师灭斟灌、斟寻，杀夏帝相，封奡于过，封豷于戈。恃其诈力，不恤民事。初，奡之杀帝相也，妃有仍氏女曰后缗，归有仍，生少康。初，夏之遗臣曰靡，事羿，羿死，逃于有鬲氏，收斟寻二国余烬，杀寒浞，立少康，灭奡于过，后杼灭豷于戈，有穷遂亡也。"参阅《后羿》自注。

夏桀

体貌魁梧气势豪，为非作恶有奇招。
身强陆上能搏虎，力猛河中敢斗蛟。
害政残民游累日，贪杯好色乐通宵。①
人亡鼎去谁怜念，莫怨商汤灭夏朝。②

【自注

①《淮南子·主术训》:“桀之力,制觡伸钩,索铁歙金,椎移大牺,水杀鼋鼍,陆捕熊罴。”《新序·刺奢》:“桀作瑶台,罢民力,殚民财。”《列女传·夏桀末喜》:“桀既弃礼义,淫于妇人,求美女,积之于后宫,收倡优侏儒狎徒能为奇伟戏者,聚之于旁,造烂漫之乐,日夜与末喜及宫女饮酒……为酒池可以运舟,一鼓而牛饮者三千人……醉而溺死者,末喜笑之,以为乐。”又《博物志·异闻》:“夏桀之时,为长夜宫于深谷之中,男女杂处,十旬不出听政,天乃大风扬沙,一夕填此宫谷。”

②《史记·夏本纪》:“桀不务德而武伤百姓,百姓弗堪。乃召汤而囚之夏台,已而释之。汤修德,诸侯皆归汤,汤遂率兵以伐夏桀。桀走鸣条,遂放而死。桀谓人曰:‘吾悔不遂杀汤于夏台,使至此。’汤乃践天子位,代夏朝天下。”

妹　喜

父老皆知妹喜名,专权擅宠鼓妖风。[①]
宣淫大殿耽欢乐,纵酒深池忘死生。
放荡惟求听艳曲,稀奇最爱裂新缯。[②]
商汤战胜鸣条后,败灭南巢了世情。[③]

【自注

①《史记·夏本纪》张守节《正义》引《国语》云:“夏桀伐有施,施人以妹喜女焉。”

②《帝王世纪》:“妹喜好闻裂缯之声而笑,桀为发缯裂之,以顺适其意。”

③《史记·夏本纪》:“汤修德,诸侯皆归汤,汤遂率兵以伐夏桀。桀走鸣条,遂放而死。”张守节《正义》引《括地志》云:“庐州巢县有巢湖,即《尚书》‘成汤伐桀,放于南巢’者也。”又引《淮南子》云:“汤败桀于历山,与末喜同舟浮江,奔南巢之山而死。”另请参阅《夏桀》自注。

殷 契

当年帝喾众妻房，首位偏妃事异常。
吞卵河边逢紫燕，梦兰帐内诞玄王。
高辛庶子名称契，大舜贤臣地赐商。
斗转星移十四代，成汤灭夏业辉煌。①

〖自注

①《史记·殷本纪》："殷契，母曰简狄，有娀氏之女，为帝喾次妃。三人行浴，见玄鸟堕其卵，简狄取吞之，因孕生契。契长而佐禹治水有功。帝舜乃命契曰：'百姓不亲，五品不训，汝为司徒而敬敷五教，五教在宽。'封于商。"司马贞《索隐》："契始封商，其后裔盘庚迁殷，殷在邺南，遂为天下号。契是殷家始祖，故言殷契。"《索隐》又云："从契至汤凡十四代，故《国语》曰：'玄王勤商，十四代兴。'玄王，契也。"

商 汤

玄王后裔久传承，序至成汤占上风。
继位迁都能作诰，旌功讨罪可招兵。①
挥师灭夏惩淫乐，立庙兴商致太平。
捕兽犹开三面网，临朝辅政倚阿衡。②

〖自注

①《史记·殷本纪》："自契至汤八迁。汤始居亳，从先王居，作帝诰。汤征诸侯。葛伯不祀，汤始伐之。"裴骃《集解》引孔安国曰："十四世凡八徙国都。"又曰："契父帝喾都亳，汤自商丘迁焉，故曰：'从先工居。'"又曰："（汤）为夏方伯，得专征伐。"《集解》又引《孟子》曰："汤居亳，与葛伯为邻。"

②《史记·殷本纪》："汤出，见野张网四面……汤曰：'嘻，尽之矣！'乃去其三面……诸侯闻之，曰：'汤德至矣，及禽兽。'"阿衡：指伊尹。商汤灭夏兴商事，可参阅《夏桀》自注②。

伊　尹

陪门作媵侍成汤，位至阿衡任栋梁。
力赞诸侯亡夏室，身兼庶政辅商邦。①
违规乱法能迁主，向善归仁可复王。②
尽享天年臻百岁，千秋相业甚辉煌。③

【自注】

①《史记·殷本纪》："（伊尹）欲奸汤而无由，乃为有莘氏媵臣，负鼎俎，以滋味说汤，致于王道……汤举任以国政。伊尹去汤适夏。既丑有夏，复归于亳。"裴骃《集解》引《列女传》曰："汤妃有莘氏之女。"至于"阿衡"，则有二解。司马迁《史记·殷本纪》："伊尹名阿衡。"认为"阿衡"是伊尹之名。而司马贞《索隐》引《孙子兵书》曰："伊尹名挚。"又引孔安国曰"伊挚"，则认为伊尹名挚。《索隐》又云："按：阿，倚也。衡，平也。言依倚而取平。《书》曰'惟嗣王弗惠于阿衡'。亦曰保衡，皆伊尹之官号，非名也……又《吕氏春秋》云：'有侁氏女采桑，得婴儿于空桑，母居伊水，命曰伊尹。'尹，正也，谓汤使之正天下。"

②《史记·殷本纪》："汤崩……伊尹乃立太丁之子太甲。太甲，成汤適长孙也，是为帝太甲……帝太甲既立三年，不明，暴虐，不遵汤法，乱德，于是伊尹放之于桐宫。三年，伊尹摄行政当国，以朝诸侯。帝太甲居桐宫三年，悔过自责，反善，于是伊尹乃迎帝太甲而授之政。帝太甲修德，诸侯咸归殷，百姓以宁。伊尹嘉之，乃作《太甲训》三篇，褒帝太甲，称太宗。"

③《史记·殷本纪》张守节《正义》引《帝王世纪》云："伊尹名挚，为汤相，号阿衡，年百岁卒，大雾三日，沃丁以天子礼葬之。"

傅　说

傅说兴商载纪文，明君访士有深因。
三年不语思贤佐，五夜难眠梦圣人。
绘影图形寻众吏，观容阅貌觅群臣。
胥靡板筑埋名姓，首相原来隐贱民。①

自注

①《史记·殷本纪》:“帝武丁即位,思复兴殷,而未得其佐。三年不言,政事决定于冢宰,以观国风。武丁夜梦得圣人,名曰说。以梦所见视群臣百吏,皆非也。于是乃使百工营求之野,得说于傅险中。是时说为胥靡,筑于傅险。见于武丁,武丁曰是也。得而与之语,果圣人,举以为相,殷国大治。故遂以傅险姓之,号曰傅说。”

殷 纣

汤开帝业祚绵长,至纣诸侯始叛商。
行乐贪欢亲佞幸,饰非拒谏戮忠良。①
仁人义士皆离散,暴主妖妃俱丧亡。②
万里山河谁掌舵,殷民献舞拜周王。③

自注

①佞幸:指费仲、恶来等。忠良:指九侯、鄂侯等。《史记·殷本纪》:“(纣)知足以距谏,言足以饰非;矜人臣以能,高天下以声,以为皆出己之下。好酒淫乐,嬖于妇人。爱妲己,妲己之言是从。于是使师涓作新淫声,北里之舞,靡靡之乐。厚赋税以实鹿台之钱,而盈钜桥之粟。益收狗马奇物,充仞宫室。益广沙丘苑台,多取野兽蜚鸟置其中。慢于鬼神。大聚乐戏于沙丘,以酒为池,县肉为林,使男女裸相逐其间,为长夜之饮。百姓怨望而诸侯有畔者,于是纣乃重刑辟,有炮格之法。”

②仁人、义士:指微子、箕子、比干、商容等。暴主:指殷纣。妖妃:指妲己。

③《史记·周本纪》:周武王伐殷灭纣,“商国百姓咸待于郊。于是武王使群臣告语商百姓曰:‘上天降休!’商人皆再拜稽首,武王亦答拜”。

妲 己

柔情媚态献殷勤,作恶多端类帝辛。①
镇日陪王糟似阜,终年伴驾肉如林。

挖心破腹无人道，害命伤躯有虿盆。[2]

主丧国亡周布罪，悬头示众慰黎民。[3]

【自注

①帝辛：即殷纣。

②虿盆：盛有蝎子等毒虫的大盆。殷纣和妲己将人置入虿盆以取乐。

③《史记·殷本纪》："周武王遂斩纣头，县之大白旗。杀妲己。"《史记·周本纪》：周武王"以黄钺斩纣头，县大白之旗。已而至纣之嬖妾二女，二女皆经自杀。武王又射三发，击以剑，斩以玄钺，县其头小白之旗"。按，此"嬖妾二女"中当有一人为妲己。又《列女传·殷纣妲己》："武王遂致天之罚，斩妲己，头县于小白旗，以为亡纣者是女也。"参阅《殷纣》自注。

箕　子

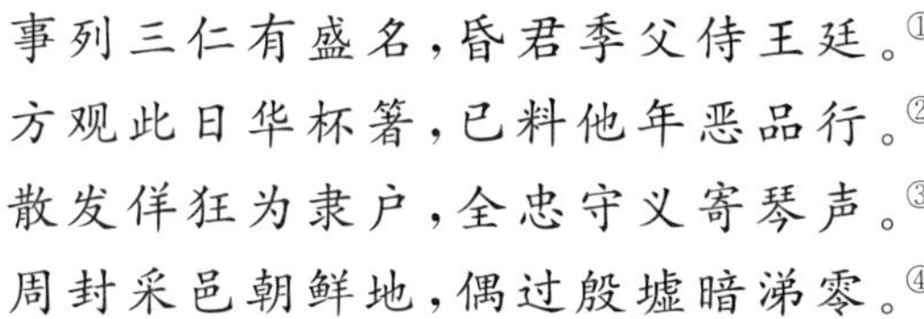

事列三仁有盛名，昏君季父侍王廷。[1]

方观此日华杯箸，已料他年恶品行。[2]

散发佯狂为隶户，全忠守义寄琴声。[3]

周封采邑朝鲜地，偶过殷墟暗涕零。[4]

【自注

①《论语·微子》："微子去之，箕子为之奴，比干谏而死。孔子曰：'殷有三仁焉。'"《史记·宋微子世家》："箕子者，纣亲戚也。"司马贞《索隐》："箕，国。子，爵也。司马彪曰'箕子名胥余'。马融、王肃以箕子为纣之诸父。服虔、杜预以为纣之庶兄。"余采马、王之说。

②《史记·宋微子世家》："纣始为象箸，箕子叹曰：'彼为象箸，必为玉杯；为杯，则必思远方珍怪之物而御之矣。舆马宫室之渐自此始，不可振也。'"

③《史记·宋微子世家》："纣为淫泆，箕子谏，不听。人或曰：'可以去矣。'箕子曰：'为人臣谏不听而去，是彰君之恶而自说于民，吾不忍为也。'乃被发佯狂而为奴。遂隐而鼓琴以自悲，故传之曰《箕子操》。"

④《史记·宋微子世家》："于是武王乃封箕子于朝鲜而不臣也。其后箕子朝周，过故殷虚，感宫室毁坏，生禾黍，箕子伤之……乃作

《麦秀之诗》以歌咏之。其诗曰：'麦秀渐渐兮，禾黍油油。彼狡僮兮，不与我好兮！'所谓狡僮者，纣也。殷民闻之，皆为流涕。"

比　干

直臣烈士久传闻，伴驾陪王欲献身。①
可叹癫狂人易老，当知退隐志难申。②
执言敢谏凭忠义，守道能持赖善仁。③
纵使昏王全季父，丹心亦肯示黎民。④

自注

①《史记·宋微子世家》："王子比干者，亦纣之亲戚也。"比干是纣之季父，时任少师。

②《史记·宋微子世家》：纣淫乱不止，微子数谏不听，遂隐去；箕子佯狂为奴，纣又囚之。比干曰："为人臣者，不得不以死争。"乃强谏纣。《殷本纪》张守节《正义》引《括地志》云："比干见微子去，箕子狂，乃叹曰：'主过不谏，非忠也。畏死不言，非勇也。过则谏，不用则死，忠之至也。'进谏不去者三日。"《史记·宋微子世家》："（比干）见箕子谏不听而为奴，则曰：'君有过而不以死争，则百姓何辜！'乃直言谏纣。"在比干看来，箕子佯狂，只能虚度年华，于事无补；微子隐去，其身虽安，而其志难申，二者皆不可取。可行者，惟有以死强谏一途。

③《史记·殷本纪》张守节《正义》引《括地志》云："（比干）进谏不去者三日。纣问：'何以自持？'比干曰：'修善行仁，以义自持。'"

④《史记·殷本纪》："（比干）强谏纣。纣怒曰：'吾闻圣人心有七窍。'剖比干，观其心。"《史记·宋微子世家》："纣怒曰：'吾闻圣人之心有七窍，信有诸乎？'乃遂杀王子比干，刳视其心。"

周后稷

周人始祖若神明，屡次逢凶俱复生。
牛马留心穿隘巷，鹊鸟展翅护寒冰。①
因时稼穑棉麻好，相地耕耘豆麦成。②
舜帝封邰称后稷，如今采邑号杨凌。③

【自注

①《史记·周本纪》:"周后稷,名弃。其母有邰氏女,曰姜原。姜原为帝喾元妃。姜原出野,见巨人迹,心忻然说,欲践之,践之而身动如孕者。居期而生子,以为不祥,弃之隘巷,马牛过者皆辟不践;徙置之林中,适会山林多人,迁之;而弃渠中冰上,飞鸟以其翼覆荐之。姜原以为神,遂收养长之。初欲弃之,因名曰弃。"

②《史记·周本纪》:"弃为儿时,屹如巨人之志。其游戏,好种树麻、菽,麻、菽美。及为成人,遂好耕农,相地之宜,宜谷者稼穑焉,民皆法则之。帝尧闻之,举弃为农师,天下得其利,有功。"

③《史记·周本纪》:"帝舜曰:'弃,黎民始饥,尔后稷播时百谷。'封弃于邰,号曰后稷,别姓姬氏。"张守节《正义》引《说文》云:"邰,炎帝之后,姜姓,封邰,周弃外家。"司马贞《索隐》:"即《诗·生民》曰'有邰家室'是也。邰即斄,古今字异耳。"《正义》引《括地志》云:"故斄城一名武功城,在雍州武功县西南二十二里,古邰国,后稷所封也。有后稷及姜嫄祠。"又引毛苌云:"邰,姜嫄国也,后稷所生。"按,邰国故址在陕西武功县境,现已在原址单独设立杨凌区,为国家级农业示范区。另,《诗经·大雅·生民》即专写后稷之事。

伯夷　叔齐

俱道夷齐是典型,清高隐士好名声。
千年社稷传君父,万里江山让弟兄。①
暴主虽曾施虎政,忠臣不可犯龙廷。②
军前叩马诚迂腐,饿死西山有怨情。③

【自注

①《史记·伯夷列传》:"伯夷、叔齐,孤竹君之二子也。父欲立叔齐,及父卒,叔齐让伯夷。伯夷曰:'父命也。'遂逃去。叔齐亦不肯立而逃之。国人立其中子。"

②《史记·伯夷列传》:"于是伯夷、叔齐闻西伯昌善养老,盍往归焉。及至,西伯卒,武王载木主,号为文王,东伐纣。伯夷、叔齐叩马而谏曰:'父死不葬,爰及干戈,可谓孝乎?以臣弑君,可谓仁乎?'左右欲兵之。太公曰:'此义人也。'扶而去之。"

③《史记·伯夷列传》:"武王已平殷乱,天下宗周,而伯夷、叔齐耻之,义不食周粟,隐于首阳山,采薇而食之。及饿且死,作歌,其辞

曰：'登彼西山兮，采其薇矣。以暴易暴兮，不知其非矣。神农虞夏忽焉没兮，我安适归矣？于嗟徂兮，命之衰矣！'遂饿死于首阳山。由此观之，怨邪非邪？"司马贞《索隐》曰："太史公言己观此诗之情，夷、齐之行似是有所怨邪？又疑其云非是怨邪？"又曰："今其诗云'我安适归矣？于嗟徂兮，命之衰矣'。是怨词也。"

周成王

明君继位未成年，守业安邦赖圣贤。
治理乾坤分二陕，戡平叛乱撤三监。[①]
真封晋主因儿戏，善待周公委政权。[②]
礼乐雍和人敬睦，河清海晏月团圆。

自注

①《史记·燕召公世家》："其在成王时，召公为三公：自陕以西，召公主之；自陕以东，周公主之。"裴骃《集解》引何休曰："陕者，盖今弘农陕县是也。"《史记·周本纪》张守节《正义》引《地理志》云："周既灭殷，分其畿内为三国，《诗》邶、鄘、卫是。邶以封纣子武庚；鄘，管叔尹之；卫，蔡叔尹之。以监殷民，谓之三监。"《帝王世纪》则云："自殷都以东为卫，管叔监之；殷都以西为鄘，蔡叔监之；殷都以北为邶，霍叔监之。是为三监。"后三监叛周，周公奉成王之命，东征讨平叛乱，撤去三监。

②《史记·晋世家》："武王崩，成王立，唐有乱，周公诛灭唐。成王与叔虞戏，削桐叶为珪以与叔虞，曰：'以此封若。'史佚因请择日立叔虞。成王曰：'吾与之戏耳。'史佚曰：'天子无戏言。言则史书之，礼成之，乐歌之。'于是遂封叔虞于唐。"张守节《正义》引《括地志》云："故唐城在并州晋阳县北二里。《城记》云尧筑也。"又引《毛诗谱》云："叔虞子燮父以尧墟南有晋水，改曰晋侯。"所以，唐与晋，名虽异而地实同。先称唐，后改称晋。

周康王

圣武嫡孙正弱龄，神文后裔续家风。
新君继位崇三代，幼主登基赖二卿。[①]

励志艰难朝祖庙，修身朴素拜先灵。
成康父子传佳话，燕舞莺歌颂太平。[②]

【自注

①三代：指文王、武王、成王。二卿：指召公、毕公。

②《史记·周本纪》：“成王将崩，惧太子钊之不任，乃命召公、毕公率诸侯以相太子而立之。成王既崩，二公率诸侯，以太子钊见于先王庙，申告以文王、武王之所以为王业之不易，务在节俭，毋多欲，以笃信临之，作《顾命》。太子钊遂立，是为康王。康王即位，遍告诸侯，宣告以文武之业以申之，作《康诰》。故成康之际，天下安宁，刑错四十余年不用。”

周厉王

盛世明君去不还，姬胡继位罪滔天。[①]
侵夺百姓千般利，霸占诸侯万顷田。[②]
禁士批评虽弭谤，防民议论甚壅川。[③]
亲离众叛王何在，二相同心摄政权。[④]

【自注

①明君：指文、武、成、康诸王。

②《史记·周本纪》：“夷王崩，子厉王胡立。厉王即位三十年，好利，近荣夷公。大夫芮良夫谏厉王曰：‘王室其将卑乎？夫荣公好专利而不知大难……匹夫专利，犹谓之盗，王而行之，其归鲜矣。荣公若用，周必败也。’厉王不听，卒以荣公为卿士，用事。”

③《史记·周本纪》：厉王暴虐侈傲，国人谤王。王怒，使卫巫监谤者，以告则杀之。国人莫敢言，道路以目。厉王喜，告召公曰：“吾能弭谤矣，乃不敢言。”召公曰：“是鄣之也。防民之口，甚于防水。水壅而溃，伤人必多，民亦如之。是故为水者决之使导，为民者宣之使言……若壅其口，其与能几何？”“王不听。于是国人莫敢出言，三年，乃相与畔，袭厉王。厉王出奔于彘。”

④《史记·周本纪》：厉王出奔彘后，“召公、周公二相行政，号曰‘共和’。共和十四年，厉王死于彘。太子静长于召公家，二相乃共立之为王，是为宣王”。

周宣王

前功后过两分明，既效成康亦逆风。[①]
保命昏君藏彘地，脱身太子隐都城。[②]
登庸尚肯施仁政，拒谏惟能损令名。
杜主无辜遭大辟，杀仇雪恨恃魂灵。[③]

【自注

①《史记·周本纪》："宣王即位，二相（召公、周公）辅之，修政，法文、武、成、康之遗风，诸侯复宗周。十二年，鲁武公来朝。"又载："宣王不修籍于千亩，虢文公谏曰不可，王弗听。三十九年，战于千亩，王师败绩于姜氏之戎。宣王既亡南国之师，乃料民于太原。仲山甫谏曰：'民不可料也。'宣王不听，卒料民。"

②昏君：指宣王父厉王。太子：指宣王。《史记·周本纪》："厉王出奔于彘。厉王太子静匿召公之家，国人闻之，乃围之。召公曰：'昔吾骤谏王，王不从，以及此难也。今杀王太子，王其以我为仇而怼怒乎？夫事君者，险而不仇怼，怨而不怒，况事王乎！'乃以其子代王太子，太子竟得脱。"参阅《周厉王》自注④。

③杜主：指杜国君主恒。《绎史》卷二七引《周春秋》："周杜国之伯名为恒，为周大夫。宣王之妾曰女鸠，欲通之，杜伯不可。女鸠诉之宣王曰：'恒窃与妾交。'宣王信之，囚杜伯于焦，使薛甫与司工锜杀杜伯。"《史记·周本纪》张守节《正义》引《周春秋》云："宣王杀杜伯而无辜，后三年，宣王会诸侯田于圃，日中，杜伯起于道左，衣朱衣冠，操朱弓矢，射宣王，中心折脊而死。"此外，《墨子·明鬼下》亦记此事。

褒 姒

褒家少女媚幽王，擅宠专权惹祸殃。
故事情由实怪诞，童年履历甚荒唐。[①]
烽烟起处逗欢笑，寇盗来时遭报偿。
子丧夫亡身作虏，空留玉貌侍强梁。[②]

【自注

①《史记·周本纪》：昔自夏后氏之衰，有二神龙止于夏帝庭，自

称是褒之二君。夏帝卜请其漦（龙所吐的涎沫），藏于柜椟。历夏、商、周三代，莫敢发之。至周厉王末年，发而观之，漦流于庭，化为玄鼋。后宫童妾遇之而孕，生女婴而弃之。至周宣王时，女婴被卖檿弧（山桑所制之弓）的夫妇收养于褒地，即为褒姒。后褒人有罪，入褒姒于周幽王以赎罪，幽王见而爱之，生子伯服，竟废申后及太子，以褒姒为后，伯服为太子。

②《史记·周本纪》："褒姒不好笑，幽王欲其笑万方，故不笑。幽王为烽燧大鼓，有寇至则举烽火。诸侯悉至，至而无寇，褒姒乃大笑。幽王说之，为数举烽火。其后不信，诸侯益亦不至……又废申后，去太子也。申侯怒，与缯、西夷犬戎攻幽王。幽王举烽火征兵，兵莫至。遂杀幽王骊山下，虏褒姒，尽取周赂而去。"

周平王

三年太子本安宁，父纳妖妃变故生。
庶孽偏房承宠幸，元良正室受欺凌。①
诸侯救难登王位，众寇邀功弃镐京。
自此春秋无义战，金戈铁马定输赢。②

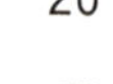

自注

①《史记·周本纪》："三年，幽王嬖爱褒姒。褒姒生子伯服，幽王欲废太子。太子母申侯女，而为后。后幽王得褒姒，爱之，欲废申后，并去太子宜臼，以褒姒为后，以伯服为太子。周太史伯阳读史记曰：'周亡矣。'"庶孽：指伯服。偏房：指褒姒。元良：指太子宜臼，即后来的周平王。正室：指申后。

②《史记·周本纪》："申侯怒，与缯、西夷犬戎攻幽王。幽王举烽火征兵，兵莫至。遂杀幽王骊山下，虏褒姒，尽取周赂而去。于是诸侯乃即申侯而共立故幽王太子宜臼，是为平王，以奉周祀。平王立，东迁于雒邑，辟戎寇。平王之时，周室衰微，诸侯强并弱，齐、楚、秦、晋始大，政由方伯。"按，周平王东迁，标志着中国历史进入春秋时期。《孟子·尽心下》曰："春秋无义战。"当时各诸侯国之间的战争，全靠武力定输赢。

吴太伯

大冢犹存事渺然，追根认祖念岐山。
排行自古分兄弟，继位如今让圣贤。
谢罪怀恩辞父母，文身断发入荆蛮。[①]
东南始创句吴业，岁久年深胄裔繁。[②]

自注

①《史记·吴太伯世家》："吴太伯，太伯弟仲雍，皆周太王之子，而王季历之兄也。季历贤，而有圣子昌，太王欲立季历以及昌，于是太伯、仲雍二人乃奔荆蛮，文身断发，示不可用，以避季历。季历果立，是为王季，而昌为文王。"

②《史记·吴太伯世家》："太伯之奔荆蛮，自号句吴。荆蛮义之，从而归之千余家，立为吴太伯。太伯卒，无子，弟仲雍立，是为吴仲雍。"裴骃《集解》引《皇览》曰："太伯冢在吴县北梅里聚，去城十里。"按，太伯为吴国始祖，但因其无子，故吴国姬姓，皆为仲雍胄裔。

季　札

延陵季子大贤人，隐士高风冠古今。
圣父仁兄传社稷，诚心快意让乾坤。[①]
长途适鲁观周乐，近道如齐访晏门。[②]
过郑忠言交首相，经徐宝剑赠亡魂。[③]

自注

①《史记·吴太伯世家》："王寿梦卒。寿梦有子四人，长曰诸樊，次曰馀祭，次曰馀昧，次曰季札。季札贤，而寿梦欲立之，季札让不可，于是乃立长子诸樊，摄行事当国。王诸樊元年，诸樊已除丧，让位季札。季札谢曰……吴人固立季札，季札弃其室而耕，乃舍之……十三年，王诸樊卒。有命授弟馀祭，欲传以次，必致国于季札而止，以称先王寿梦之意，且嘉季札之义，兄弟皆欲致国，令以渐至焉。季札封于延陵，故号曰延陵季子。……王馀昧卒，欲授弟季札。季札让，逃去。"

②《史记·吴太伯世家》："吴使季札聘于鲁，请观周乐……曰：

‘观止矣，若有他乐，吾不敢观。’去鲁，遂使齐。说晏平仲曰：‘子速纳邑与政。无邑无政，乃免于难。齐国之政将有所归；未得所归，难未息也。’故晏子因陈桓子以纳政与邑，是以免于栾高之难。”

③《史记·吴太伯世家》：“去齐，使于郑。见子产，如旧交……季札之初使，北过徐君。徐君好季札剑，口弗敢言。季札心知之，为使上国，未献。还至徐，徐君已死，于是乃解其宝剑，系之徐君冢树而去。从者曰：‘徐君已死，尚谁予乎？’季子曰：‘不然。始吾心已许之，岂以死倍吾心哉！’”

专诸

刺客专诸气奋扬，轻生重义报姬光。
当年既定兄传弟，此日方闻相弑王。①
地室精兵虽易料，鱼肠短剑却难防。
功成命殒谁怜念，换取孤儿侍庙堂。②

【自注

①《史记·刺客列传》：“专诸者，吴堂邑人也。伍子胥之亡楚而如吴也，知专诸之能……乃进专诸于公子光。”又载：“光之父曰吴王诸樊。诸樊弟三人：次曰馀祭，次曰夷（按当为“馀”）眛，次曰季子札。诸樊知季子札贤而不立太子，以次传三弟，欲卒致国于季子札。诸樊既死，传馀祭。馀祭死，传夷眛。夷眛死，当传季子札。季子札逃不肯立，吴人乃立夷眛之子僚为王。公子光曰：‘使以兄弟次邪，季子当立；必以子乎，则光真適嗣，当立。’故尝阴养谋臣以求立。”按，姬光：即吴公子光，时任吴相。吴宗室皆姓姬。

②《史记·刺客列传》：吴王僚十三年（前 514）四月丙子“光伏甲士于窟室中，而具酒请王僚。王僚使兵陈自宫至光之家，门户阶陛左右，皆王僚之亲戚也。夹立侍，皆持长铍。酒既酣，公子光详为足疾，入窟室中，使专诸置匕首鱼炙之腹中而进之。既至王前，专诸擘鱼，因以匕首刺王僚，王僚立死。左右亦杀专诸，王人扰乱。公子光出其伏甲以攻王僚之徒，尽灭之，遂自立为王，是为阖闾。阖闾乃封专诸之子以为上卿”。

吴王阖庐

句吴历史近千年，霸业阖庐最可观。
序改遗言兄篡位，功成刺客弟夺权。[①]
行军作战凭孙武，建策兴谋赖伍员。[②]
屡破强邻威海内，焉知檇李赴黄泉。[③]

自注

①《史记·吴太伯世家》：吴王寿梦临终遗言，其子四人（诸樊、馀祭、馀眜、季札）以次相传，最后将王位传于季札。"王馀眜卒，欲授弟季札。季札让，逃去。于是吴人曰：'先王有命，兄卒弟代立，必致季子。季子今逃位，则王馀眜后立。今卒，其子当代。'乃立王馀眜之子僚为王……公子光者，王诸樊之子也。常以为'吾父兄弟四人，当传至季子。季子即不受国，光父先立。即不传季子，光当立'。阴纳贤士，欲以袭王僚。"吴王僚十三年（前514）四月丙子，公子光用刺客专诸成功刺死王僚，"公子光竟代立为王，是为吴王阖庐"。兄：指吴王僚。弟：指公子光。参阅《季札》自注①。

②孙武、伍员：二人皆为吴国重臣。

③《史记·吴太伯世家》：吴王阖庐十九年（前496）夏，"吴伐越，越王句践迎击之檇李……伤吴王阖庐指，军却七里。吴王病伤而死"。按，阖庐：亦作"阖闾"。

吴王夫差

吴山越水俱含愁，世代干戈战未休。
檇李伤心承父业，夫椒励志报家仇。
伍员刎颈陈忠告，勾践脱身获自由。[①]
屡向中原争霸主，姑苏大难已临头。[②]

自注

①《史记·吴太伯世家》：吴王阖庐临终立太子夫差，谓曰："尔而忘句践杀汝父乎？"夫差对曰："不敢！"吴王夫差二年（前494），"吴王悉精兵以伐越，败之夫椒，报姑苏也。越王句践乃以甲兵五千人栖于会稽，使大夫种因吴太宰嚭而行成，请委国为臣妾。吴王将

许之，伍子胥谏曰……吴王不听，听太宰嚭，卒许越平，与盟而罢兵去”。伍员（子胥）屡谏，夫差大怒，赐剑使自刎。

②《史记·吴太伯世家》：吴王夫差骄傲自满，屡向中原争霸主之位。越王勾践则卧薪尝胆，暗中准备复仇。吴王夫差二十三年（前473）十一月丁卯，越败吴，克吴都姑苏（今江苏苏州）。“越王句践欲迁吴王夫差于甬东，予百家居之。吴王曰：‘孤老矣，不能事君王也。吾悔不用子胥之言，自令陷此。’遂自刭死。越王灭吴，诛太宰嚭，以为不忠，而归。”

孙武

作战行军考地形，经书理论试宫廷。
攻城掠阵督男士，列队持矛练女兵。[①]
五次三番申号令，违规犯纪动雷霆。[②]
诸侯不敢侵吴界，破楚威齐显令名。[③]

【自注

①《史记·孙子吴起列传》：“孙子武者，齐人也。以兵法见于吴王阖庐。阖庐曰：‘子之十三篇，吾尽观之矣，可以小试勒兵乎？’对曰：‘可。’阖庐曰：‘可试以妇人乎？’曰：‘可。’于是许之，出宫中美女，得百八十人。”按，孙武有《孙子兵法十三篇》，其中有“作战”“行军”“地形”三篇。

②《史记·孙子吴起列传》：“孙子分为二队，以王之宠姬二人各为队长，皆令持戟。令之曰：……约束既布，乃设铁钺，即三令五申之。于是鼓之右，妇人大笑。孙子曰：‘约束不明，申令不熟，将之罪也。’复三令五申而鼓之左，妇人复大笑。孙子曰：‘约束不明，申令不熟，将之罪也；既已明而不如法者，吏士之罪也。’……遂斩队长二人以徇。”

③《史记·孙子吴起列传》：“于是阖庐知孙子能用兵，卒以为将。西破强楚，入郢，北威齐晋，显名诸侯，孙子与有力焉。”

伍子胥

太子婚姻惹祸长，兄随父死自逃亡。
吹箫卖艺来吴市，毁墓鞭尸报楚王。[①]

苦劝兵戎防越主，坚持礼义待齐邦。
昏君未纳忠臣策，反用鸱夷葬栋梁。[②]

〖自注

①《史记·伍子胥列传》："伍子胥者，楚人也，名员。员父曰伍奢。员兄曰伍尚……楚平王有太子名曰建，使伍奢为太傅，费无忌为少傅。无忌不忠于太子建。平王使无忌为太子取妇于秦，秦女好，无忌驰归报平王曰：'秦女绝美，王可自取，而更为太子取妇。'平王遂自取秦女而绝爱幸之，生子轸。更为太子取妇。"伍奢谏楚平王，平王不听，反信费无忌谗言，杀伍奢与伍尚，伍员逃往吴国。伍员向吴公子光荐举刺客专诸，使刺死吴王僚，公子光即王位，是为吴王阖庐。阖庐遣孙武与伍员率兵伐楚，入郢都。时楚平王已死，伍员"乃掘楚平王墓，出其尸，鞭之三百，然后已"。

②《史记·伍子胥列传》：阖庐死，其子夫差立为吴王，败越王勾践于夫椒。越王勾践使大夫文种厚币遗吴太宰伯嚭以请和，吴王许之。又，吴王夫差欲称霸中原，多次攻齐。伍员屡次苦谏，劝吴王礼遇齐国而重点防范越王勾践。吴王不听，反赐伍员宝剑，令其自刎。伍员死后，吴王"乃取子胥尸盛以鸱夷革，浮之江中。吴人怜之，为立祠于江上，因命曰胥山"。按，鸱夷：即状如鸱鸟之大皮囊。

齐襄公

自幼轻狂任纵横，登基作浪又兴风。
当年太子通亲妹，此日昏君续旧情。
盛宴齐公思女弟，华车鲁主毙彭生。[①]
荒丘射彘留伤痛，遇害深宫落骂名。[②]

〖自注

①《史记·齐太公世家》："三十三年，釐公卒，太子诸儿立，是为襄公……四年，鲁桓公与夫人如齐。齐襄公故尝私通鲁夫人。鲁夫人者，襄公女弟也，自釐公时嫁为鲁桓公妇，及桓公来而襄公复通焉。鲁桓公知之，怒夫人，夫人以告齐襄公。齐襄公与鲁君饮，醉之，使力士彭生抱上鲁君车，因拉杀鲁桓公，桓公下车则死矣。鲁人以为让，而齐襄公杀彭生以谢鲁。"

②《史记·齐太公世家》："（十二年）冬十二月，襄公游姑棼，遂猎沛丘。见彘，从者曰'彭生'。公怒，射之，彘人立而啼。公惧，坠

车伤足。”公孙无知、连称、管至父等闻襄公受伤，遂率其众袭宫，弑襄公，而公孙无知自立为齐君。

齐桓公

通商教战立纲常，首相夷吾任栋梁。①
塞上挥师平寇盗，朝中辅政敬君王。
强燕弱鲁成朋辈，远晋疏秦变友邦。
岂料深宫行逆事，春秋霸主恨绵长。②

【自注

①《史记·齐太公世家》：“齐君无知游于雍林。雍林人尝有怨无知，及其往游，雍林人袭杀无知，告齐大夫曰：‘无知弑襄公自立，臣谨行诛。唯大夫更立公子之当立者，唯命是听。’”时襄公之弟公子纠和公子小白分别自鲁和莒返国争立，而小白捷足先登，是为齐桓公。齐桓公通商教战，举贤任能，九合诸侯，尊王攘夷，使齐国迅速强盛，自己亦成为首位春秋霸主。夷吾：指管仲。

②《史记·齐太公世家》：首相管仲临终时，桓公问曰：“群臣谁可相者？”并分别提及易牙、开方、竖刀三人。管仲以此三人做事不近人情，不能重用。管仲死后，桓公不用管仲言，宠用三人，使其专擅朝政。桓公有子十余人，除太子昭外，地位较尊者有五人，亦皆觊觎君位。“桓公病，五公子各树党争立。及桓公卒，遂相攻，以故宫中空，莫敢棺。桓公尸在床上六十七日，尸虫出于户。”易牙与竖刀等人滥杀群吏，立公子无诡为君。而太子昭逃奔宋国。无诡立，始殓葬桓公。

管　仲

齐襄遇弑位犹存，二弟争权各有因。①
故傅忠心酬故主，贤师慧眼荐贤臣。②
诸侯纳贡尊周室，众寇离边舍卫君。
力佐桓公行霸道，春秋相业首功人。③

【自注

①《史记·齐太公世家》：“初，襄公之醉杀鲁桓公，通其夫人，杀

诛数不当，淫于妇人，数欺大臣，群弟恐祸及，故次弟纠奔鲁，其母鲁女也，管仲、召忽傅之。次弟小白奔莒，鲍叔傅之。小白母，卫女也，有宠于釐公。小白自少好善大夫高傒。及雍林人杀无知，议立君，高、国先阴召小白于莒。鲁闻无知死，亦发兵送公子纠，而使管仲别将兵遮莒道，射中小白带钩。小白详死，管仲使人驰报鲁。鲁送纠者行益迟，六日至齐，则小白已入，高傒立之，是为桓公。"

②《史记·管晏列传》："管仲夷吾者，颍上人也。少时常与鲍叔牙游，鲍叔知其贤。管仲贫困，常欺鲍叔，鲍叔终善遇之，不以为言。已而鲍叔事齐公子小白，管仲事公子纠。及小白立为桓公，公子纠死，管仲囚焉。鲍叔遂进管仲。"故傅：指管仲。故主：指公子纠。贤师：指鲍叔牙。贤臣：指管仲。

③《史记·管晏列传》："管仲既用，任政于齐，齐桓公以霸，九合诸侯，一匡天下，管仲之谋也。"又《史记·齐太公世家》：齐桓公"二十八年，卫文公有狄乱，告急于齐。齐率诸侯城楚丘而立卫君"。

晏婴

人才干练志恢弘，立业传名建事功。
解马途中赎越父，伏尸院内悼庄公。[①]
行端不肯结朋党，理正方能任股肱。
论盗华堂全使命，神闲气定语从容。[②]

自注

①《史记·管晏列传》："晏平仲婴者，莱之夷维人也。事齐灵公、庄公、景公，以节俭力行重于齐。既相齐，食不重肉，妾不衣帛……以此三世显名于诸侯。越石父贤，在缧绁中。晏子出，遭之涂，解左骖赎之，载归……于是延入为上客。"又载："方晏子伏庄公尸哭之，成礼然后去，岂所谓'见义不为无勇'者邪？"司马贞《索隐》云："按：《左传》崔杼弑庄公，晏婴入，枕庄公尸股而哭之，成礼而出，崔杼欲杀之是也。"

②《晏子春秋》："晏子至，楚王赐晏子酒，酒酣，吏二缚一人诣王，王曰：'缚者曷为者也？'对曰：'齐人也，坐盗。'王视晏子曰：'齐人固善盗乎？'晏子避席对曰：'婴闻之，橘生淮南则为橘，生于淮北则为枳，叶徒相似，其实味不同。所以然者何？水土异也。今民生长于齐不盗，入楚则盗，得无楚之水土使民善盗耶？'王笑曰：'圣人非所与熙也，寡人反取病焉。'"

田(陈)完

陈完卜卦兆祺祥，后裔为君在异邦。①
冒死逃生辞故土，存名改氏入他乡。
桓公礼士除官位，懿仲联姻嫁女郎。②
果见常和专政柄，姜田易姓换朝堂。③

【自注

①《史记·田敬仲完世家》："陈完者，陈厉公他之子也。完生，周太史过陈，陈厉公使卜完，卦得《观》之《否》：'是为观国之光，利用宾于王。此其代陈有国乎？不在此而在异国乎？非此其身也，在其子孙。若在异国，必姜姓。姜姓，四岳之后。物莫能两大，陈衰，此其昌乎？'"

②《史记·田敬仲完世家》："（陈）庄公卒，立弟杵臼，是为宣公。宣公二十一年，杀其太子御寇。御寇与完相爱，恐祸及己，完故奔齐……桓公使为工正。齐懿仲欲妻完，卜之，占曰：'是谓凤皇于蜚，和鸣锵锵。有妫之后，将育于姜。五世其昌，并于正卿。八世之后，莫之与京。'卒妻完。完之奔齐，齐桓公立十四年矣。完卒，谥为敬仲。仲生稚孟夷。敬仲之如齐，以陈字为田氏。"

③《史记·田敬仲完世家》：田完后裔逐渐掌握姜齐朝政。公元前481年，田常杀齐简公，立齐平公，任齐相，专齐政。公元前386年，"魏文侯乃使使言周天子及诸侯，请立齐相田和为诸侯。周天子许之"。田和乃迁齐康公于海上。公元前379年，齐康公卒，姜齐绝祀，田齐正式取代姜齐。常和：指田常、田和。

司马穰苴

田完庶孽志恢弘，武略文韬俱贯通。
统帅卑微难附众，监军显贵易收功。①
延时误点惩庄贾，退晋驱燕报景公。②
著就兵书传后世，家门位望渐兴隆。③

【自注

①《史记·司马穰苴列传》："司马穰苴者，田完之苗裔也。齐景

公时，晋伐阿、甄，而燕侵河上，齐师败绩。景公患之。晏婴乃荐田穰苴曰：'穰苴虽田氏庶孽，然其人文能附众，武能威敌，愿君试之。'景公召穰苴，与语兵事，大说之，以为将军，将兵扞燕晋之师。穰苴曰：'臣素卑贱，君擢之闾伍之中，加之大夫之上，士卒未附，百姓不信，人微权轻，愿得君之宠臣，国之所尊，以监军，乃可。'于是景公许之，使庄贾往。"

②《史记·司马穰苴列传》："穰苴既辞，与庄贾约曰：'旦日日中会于军门。'穰苴先驰至军，立表下漏待贾。贾素骄贵……日中而贾不至……于是遂斩庄贾以徇三军。三军之士皆振慄……三日而后勒兵。病者皆求行，争奋出为之赴战。晋师闻之，为罢去。燕师闻之，度水而解。于是追击之，遂取所亡封内故境而引兵归。"

③《史记·司马穰苴列传》："景公与诸大夫郊迎，劳师成礼，然后反归寝。既见穰苴，尊为大司马。田氏日以益尊于齐。"又载："齐威王使大夫追论古者《司马兵法》而附穰苴于其中，因号曰《司马穰苴兵法》。"按，现存《司马兵法》凡五篇，普遍的看法是："仁本""天子"二篇为古《司马兵法》；"定爵""严位""用众"三篇，为《司马穰苴兵法》。

田齐威王

始祖田完创本营，常和后裔主朝廷。①
声高政乱惩虚假，政理声低奖信诚。②
炫目明珠非喜好，关心异宝是贤能。③
兴师破魏称王号，海内诸侯许盛名。④

自注

①《史记·田敬仲完世家》：田（陈）完为田齐始祖，田常始专齐政，田和被周天子正式封为诸侯而取代姜齐。田齐威王因齐乃田和之孙。参阅《田（陈）完》自注。

②《史记·田敬仲完世家》："威王召即墨大夫而语之曰：'自子之居即墨也，毁言日至。然吾使人视即墨，田野辟，民人给，官无留事，东方以宁。是子不事吾左右以求誉也。'封之万家。召阿大夫语曰：'自子之守阿，誉言日闻。然使使视阿，田野不辟，民贫苦。昔日赵攻甄，子弗能救。卫取薛陵，子弗知。是子以币厚吾左右以求誉也。'是日，烹阿大夫，及左右尝誉者皆并烹之。"

③《史记·田敬仲完世家》："二十四年，与魏王会田于郊。魏王

问曰：‘王亦有宝乎？’威王曰：‘无有。’梁王曰：‘若寡人国小也，尚有径寸之珠照车前后各十二乘者十枚，奈何以万乘之国而无宝乎？’威王曰：‘寡人之所以为宝与王异。吾臣有檀子者，使守南城，则楚人不敢为寇东取……吾臣有种首者，使备盗贼，则道不拾遗。将以照千里，岂特十二乘哉！’梁惠王惭，不怿而去。”

④《史记·田敬仲完世家》：“齐因起兵击魏，大败之桂陵。于是齐最强于诸侯，自称为王，以令天下。”

淳于髡

赘婿身分小外形，诙谐睿智是天生。[1]
豪言烈酒吃三石，暗讽长筵罢五更。
殿上贤君方振奋，庭中圣鸟已飞鸣。[2]
鸿鹄远去人无奈，巧辩翻成信士名。[3]

自注

①《史记·滑稽列传》：“淳于髡者，齐之赘婿也。长不满七尺，滑稽多辩，数使诸侯，未尝屈辱。”

②《史记·滑稽列传》：齐威王好长夜之饮，淳于髡以饮酒讽谏，认为“酒极则乱，乐极则悲，万事尽然”。威王称善，乃罢长夜之饮。又载：“齐威王之时喜隐，好为淫乐长夜之饮，沉湎不治，委政卿大夫。百官荒乱，诸侯并侵，国且危亡，在于旦暮，左右莫敢谏。淳于髡说之以隐曰：‘国中有大鸟，止王之庭，三年不蜚又不鸣，王知此鸟何也？’王曰：‘此鸟不飞则已，一飞冲天；不鸣则已，一鸣惊人。’于是乃朝诸县令长七十二人，赏一人，诛一人，奋兵而出。诸侯振惊，皆还齐侵地。威行三十六年。”

③《史记·孟子荀卿列传》：淳于髡前两次见梁惠王时，惠王貌似静听而心有旁骛，淳于髡终无一言。第三次见时，惠王专心致志，淳于髡“壹语连三日三夜无倦。惠王欲以卿相位待之，髡因谢去。于是送以安车驾驷，束帛加璧，黄金百镒。终身不仕”。

孙 膑

战策兵书有定评，忠诚颖悟是天生。
高人尽力传真谛，竖子存心动酷刑。[1]

赛马三轮分胜负，夺金二注定输赢。[2]
挥师再度行梁地，计射庞涓显盛名。[3]

自注

①《史记·孙子吴起列传》:“孙膑以此名显天下，世传其兵法。”又载:“孙武既死，后百余岁有孙膑。膑生阿鄄之间，膑亦孙武之后世子孙也。孙膑尝与庞涓俱学兵法。庞涓既事魏，得为惠王将军，而自以为能不及孙膑，乃阴使召孙膑。膑至，庞涓恐其贤于己，疾之，则以法刑断其两足而黥之，欲隐勿见。”

②《史记·孙子吴起列传》:孙膑被齐使从魏国暗中带回齐国后，齐将田忌善而客待之。“忌数与齐诸公子驰逐重射。孙子见其马足不甚相远，马有上、中、下辈。于是孙子谓田忌曰:‘君弟重射，臣能令君胜。’田忌信然之，与王及诸公子逐射千金。及临质，孙子曰:‘今以君之下驷与彼上驷，取君上驷与彼中驷，取君中驷与彼下驷。’既驰三辈毕，而田忌一不胜而再胜，卒得王千金。于是忌进孙子于威王。威王问兵法，遂以为师。”

③《史记·孙子吴起列传》:梁惠王三十年(前341)，魏攻韩，韩向齐求救。齐威王乃以田忌为将，孙膑为师，率军往救。孙膑采用“减灶法”迷惑魏军统帅庞涓。庞涓误以为齐军怯阵大量逃亡，遂率轻装精兵兼程追赶，直达马陵(今河南范县西南)。马陵道狭，两旁多阻隘。孙膑“乃斫大树白而书之曰‘庞涓死于此树之下’。于是令齐军善射者万弩，夹道而伏，期曰‘暮见火举而俱发’。庞涓果夜至斫木下，见白书，乃钻火烛之。读其书未毕，齐军万弩俱发，魏军大乱相失。庞涓自知智穷兵败，乃自刭，曰:‘遂成竖子之名!’齐因乘胜尽破其军，虏魏太子申以归”。此即著名的“马陵之战”。

田忌

南征北战几浮沉，主将元戎有大勋。
妙计三轮赢二驷，豪情一赌获千金。[1]
围梁救赵从贤士，减灶伏兵射恶人。[2]
借问公孙缘底事，阴同首相害忠臣。[3]

自注

①详见《孙膑》自注②。

②梁惠王十七年(前354),田忌与孙膑采用“围魏救赵”之计,大破魏军于桂陵,此即著名的“桂陵之战”。“围魏救赵”与“围梁救赵”意同。魏之国都在大梁(今河南开封),故魏国亦称梁国,魏惠王亦称梁惠王。梁惠王三十年(前341),田忌与孙膑采用“减灶法”迷惑魏军,大破魏军于马陵,并使庞涓自刭,此即著名的“马陵之战”。参阅《庞涓》自注及《孙膑》自注。

③《史记·田敬仲完世家》:齐相成侯邹忌与将军田忌不和。公孙阅为邹忌出谋划策,陷害田忌,迫使田忌一度离开齐国。齐宣王时,又召田忌回国复位。

邹　忌

异姓封侯有盛名,威宣两代立朝廷。①
咸夸貌美情虚假,毕赞民安意奉承。②
上下君臣通政令,兴亡治乱寄琴声。③
公孙诈术倾田忌,将相离心损太平。④

自注

①据《战国策·齐一》及《史记·田敬仲完世家》,邹忌以异姓而被田齐封为成侯。

②《战国策·齐一》:邹忌“于是入朝见威王,曰:‘臣诚知不如徐公美。臣之妻私臣,臣之妾畏臣,臣之客欲有求于臣,皆以美于徐公。今齐地方千里,百二十城,宫妇左右莫不私王,朝廷之臣莫不畏王,四境之内莫不有求于王:由此观之,王之蔽甚矣。’”。邹忌以此讽齐威王要拒绝虚情假意的奉承而虚心纳谏。意见被齐威王接受。

③《史记·田敬仲完世家》:“驺(邹)忌子以鼓琴见威王,威王说而舍之右室。须臾,王鼓琴,驺(邹)忌子推户入曰……”邹忌认为齐威王鼓琴而“治国家而弭人民皆在其中”,从琴声中可听出君臣政令之意和兴亡治乱之理。威王称善,三月而授以相印。

④《战国策·齐一》:“田忌三战三胜,邹忌以告公孙闬。公孙闬乃使人操十金而往卜于市,曰:‘我田忌之人也,吾三战而三胜,声威天下,欲为大事,亦吉否?’卜者出,因令人捕为人卜者,亦验其辞于王前。田忌遂走。”《史记·田敬仲完世家》亦有相同记载,惟公孙闬作“公孙阅”。参阅《田忌》自注③。

苏 秦

胸怀壮志未安贫，鬼谷传薪有大恩。[①]
三鼓读书锥刺股，六王拜相印随身。[②]
阖家往日讥寒士，举世今朝叩贵人。[③]
纵长田齐虽遇害，秦兵不敢越关门。[④]

【自注

①《史记·苏秦列传》："苏秦者，东周雒阳人也。东事师于齐，而习之于鬼谷先生。"

②《史记·苏秦列传》裴骃《集解》引《战国策》曰："（苏秦）读书欲睡，引锥自刺其股，血流至踵。"又载，苏秦游说韩、赵、魏、燕、齐、楚六国合纵成功，"于是六国从合而并力焉。苏秦为从约长，并相六国"。

③《史记·苏秦列传》：苏秦未发迹时，"出游数岁，大困而归。兄弟嫂妹妻妾窃皆笑之，曰：'周人之俗，治产业，力工商，逐什二以为务。今子释本而事口舌，困，不亦宜乎！'"。又载，苏秦挂六国相印经过洛阳时，"周显王闻之恐惧，除道，使人郊劳。苏秦之昆弟妻嫂侧目不敢仰视，俯伏侍取食。苏秦笑谓其嫂曰：'何前倨而后恭也？'嫂委蛇蒲服，以面掩地而谢曰：'见季子位高金多也。'"。

④《史记·苏秦列传》：齐湣王时，与苏秦争宠之齐大夫使人刺死苏秦。又载："苏秦既约六国从亲，归赵，赵肃侯封为武安君，乃投从约书于秦。秦兵不敢窥函谷关十五年。"

孟尝君田文

富埒朝廷握重权，延宾揽客过三千。
萱堂降子违椿训，庶孽当家胜正男。[①]
狗盗鸡鸣能致用，行仁市义可安眠。[②]
冯谖魏某皆贤士，遇险田文赖保全。[③]

【自注

①《史记·孟尝君列传》：孟尝君名文，姓田氏。其父田婴乃齐威王少子而齐宣王庶弟，为齐相，封于薛。田婴有子四十余人。文

母为婴贱妾，五月五日生文，俗云五月五日生者，男害父，女害母。田婴告文母勿养，其母窃养之，及长，始告知田婴。田婴使文主家待宾客，宾客日进，名声闻于诸侯。诸侯皆使人请薛公田婴以文为太子，婴许之。婴卒，而文果代立于薛，是为孟尝君。

②《史记·孟尝君列传》：秦昭王囚孟尝君欲杀之。孟尝君向昭王幸姬求救，幸姬曰："妾愿得白狐裘。"而裘已献昭王。其客有能为狗盗者，夜入秦宫盗取白裘以献幸姬。幸姬为言昭王，孟尝君获释。孟尝君即驰去，夜半至函谷关，而关法鸡鸣始出客。其客有能为鸡鸣者，效鸡之鸣，而众鸡齐鸣。孟尝君始出关脱险。又《战国策·齐四》载，孟尝君使门客冯谖收债于薛，冯谖至薛，矫命免民债务，悉烧券契，民称万岁。冯谖称此为"市义"。冯谖又曰："狡兔有三窟，仅得免其死耳。今君有一窟，未得高枕而卧也，请为君复凿二窟。"孟尝君为齐相数十年，无纤芥之祸，冯谖之计也。

③《史记·孟尝君列传》：孟尝君使舍人魏某收邑租，魏某矫命免一贤者租。居数年，齐滑王疑孟尝君将为乱，孟尝君乃奔。被免租之贤者闻之，"乃上书言孟尝君不作乱，请以身为盟，遂自刭宫门以明孟尝君。滑王乃惊，而踪迹验问，孟尝君果无反谋，乃复召孟尝君。孟尝君因谢病，归老于薛。滑王许之"。

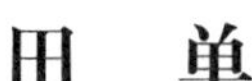

田　单

齐城尽破主漂流，小吏田单自运筹。
预见人群争马道，先行铁鍱裹车轴。[①]
三餐妙计招神鸟，五夜奇兵纵火牛。
大败燕军杀主将，名垂正史复何求。[②]

【自注

①《史记·田单列传》："田单者，齐诸田疏属也。湣王时，单为临菑市掾，不见知。及燕使乐毅伐破齐，齐湣王出奔，已而保莒城。燕师长驱平齐，而田单走安平，令其宗人尽断其车轴末而傅铁笼。已而燕军攻安平，城坏，齐人走，争涂，以辖折车败，为燕所虏，唯田单宗人以铁笼故得脱，东保即墨。"

②《史记·田单列传》：田单行反间于燕，燕惠王使骑劫代乐毅。"田单乃令城中人食必祭其先祖于庭，飞鸟悉翔舞城中下食。燕人怪之。田单因宣言曰：'神来下教我。'乃令城中人曰：'当有神人为我师。'"又载："田单乃收城中得千余牛，为绛缯衣，画以五彩龙文，

束兵刃于其角，而灌脂束苇于尾，烧其端。凿城数十穴，夜纵牛，壮士五千人随其后。牛尾热，怒而奔燕军，燕军夜大惊。牛尾炬火光明炫耀，燕军视之皆龙文，所触尽死伤。五千人因衔枚击之，而城中鼓噪从之，老弱皆击铜器为声，声动天地。燕军大骇，败走。齐人遂夷杀其将骑劫……而齐七十余城皆复为齐。”

鲁仲连

倜傥风流有热忱，出谋划策解纠纷。
新垣乐见秦称帝，鲁仲羞闻赵作臣。[①]
赵弱秦强生辩论，新输鲁胜定浮沉。[②]
聊城一纸降燕将，遁世长为海上人。[③]

【自注

① 新垣：指新垣衍。鲁仲：指鲁仲连。

②《史记·鲁仲连邹阳列传》：“鲁仲连者，齐人也。好奇伟俶傥之画策，而不肯仕宦任职，好持高节。游于赵。”时秦军围赵都邯郸，诸侯救赵之兵莫敢击秦军。魏王使客将军新垣衍间入邯郸，因平原君谓赵王曰：“秦所为急围赵者，前与齐湣王争强为帝，已而复归帝；今齐已益弱，方今唯秦雄天下，此非必贪邯郸，其意欲复求为帝。赵诚发使尊秦昭王为帝，秦必喜，罢兵去。”鲁仲连义不帝秦，乃因平原君见新垣衍，与之辩论，终于说服新垣衍。会魏信陵君无忌夺晋鄙军以救赵，击秦军，秦军遂引而去。于是平原君欲封鲁仲连，鲁仲连辞让者三，终不肯受。平原君乃置酒，酒酣起前，以千金为鲁仲连寿。鲁仲连笑曰：“所贵于天下之士者，为人排患释难解纷乱而无取也。即有取者，是商贾之事也，而连不忍为也。”遂辞平原君而去，终身不复见。

③《史记·鲁仲连邹阳列传》：其后燕将据聊城，齐将田单攻之岁余不能下。鲁仲连为书遗燕将，燕将自杀，聊城乃下。齐欲爵鲁仲连，鲁仲连乃逃隐于海上。

邹　衍

谈天论地喜遨游，胜水名山一眼收。
宇宙循环生土木，君王替代应商周。

神州尽处犹存县，赤县穷时更有州。[①]
稷下奇才言广大，邻邦待士若公侯。[②]

【自注

①《史记·孟子荀卿列传》：邹衍，战国时齐临淄人。深观阴阳消息而作怪迂之变，著《终始》《大圣》等篇，凡十余万言，其语闳大不经。“称引天地剖判以来，五德转移，治各有宜，而符应若兹。以为儒者所谓中国者，于天下乃八十一分居其一分耳。中国名曰赤县神州。赤县神州内自有九州，禹之序九州是也，不得为州数。中国外如赤县神州者九，乃所谓九州也。于是有裨海环之，人民禽兽莫能相通者，如一区中者，乃为一州。如此者九，乃有大瀛海环其外，天地之际焉。”其术皆类此。

②《史记·孟子荀卿列传》：“王公大人初见其术，惧然顾化，其后不能行之。是以驺(邹)子重于齐。适梁，惠王郊迎，执宾主之礼。适赵，平原君侧行撇席。如燕，昭王拥彗先驱，请列弟子之座而受业，筑碣石宫，身亲往师之。作《主运》。其游诸侯见尊礼如此，岂与仲尼菜色陈蔡，孟轲困于齐梁同乎哉！”稷下：地名，在战国齐都城临淄稷门。齐宣王喜文学游说之士，于稷门设馆，招邹衍、淳于髡、田骈、接予、慎到、环渊等七十六人，皆赐第，为上大夫，不治事而议论，有“稷下学士”“稷下先生”之称。

荀子

理论根基在孔门，儒经法制两相存。
谈天论地游齐鲁，涉水登山历楚秦。
稷下学宫尊领袖，兰陵政府治军民。[①]
平生弟子推韩李，教化能移性恶人。[②]

【自注

①《史记·孟子荀卿列传》：荀子，名况，字卿，汉以后因讳汉宣帝刘询嫌名，多称孙卿。战国时赵人。年五十始游学于齐稷下。“齐襄王时，而荀卿最为老师。齐尚修列大夫之缺，而荀卿三为祭酒焉。齐人或谗荀卿，荀卿乃适楚，而春申君以为兰陵令。春申君死而荀卿废，因家兰陵。李斯尝为弟子，已而相秦。荀卿嫉浊世之政，亡国乱君相属……于是推儒、墨、道德之行事兴坏，序列著数万言而卒。因葬兰陵。”荀子思想的理论基础是儒家思想，但也有法家思想

的成分。荀子不但到过齐鲁和楚国，还在秦昭王时赴秦，见过秦昭王和范雎。

②荀子的弟子很多，最著名的是韩非和李斯。荀子认为人性本恶，人性由恶变善，是接受教育的结果。

鲁公伯禽

周公摄政辅成王，太子伯禽代理邦。[1]
简易规章齐五月，繁难制度鲁三霜。[2]
镐京本是弦歌地，曲阜翻成礼乐乡。[3]
剿灭徐戎平叛乱，文经武纬俱传扬。[4]

【自注

①《史记·鲁周公世家》：周武王亡殷灭纣，“封周公旦于少昊之虚曲阜，是为鲁公。周公不就封，留佐武王”，后又辅佐成王。由其太子伯禽继位鲁公，治理鲁国。故伯禽为鲁国始祖。

②《史记·鲁周公世家》：“鲁公伯禽之初受封之鲁，三年而后报政周公。周公曰：‘何迟也？’伯禽曰：‘变其俗，革其礼，丧三年然后除之，故迟。’太公亦封于齐，五月而报政周公。周公曰：‘何疾也？’曰：‘吾简其君臣礼，从其俗为也。’及后闻伯禽报政迟，乃叹曰：‘呜呼，鲁后世其北面事齐矣！夫政不简不易，民不有近；平易近民，民必归之。’”

③周之国都，本是镐京。周公制礼作乐，亦在镐京。周室东迁后，礼崩乐坏，惟鲁国犹保存较完整的周朝礼乐。故吴季札聘鲁，请观周乐，观后曰：“观止矣，若有他乐，吾不敢观。”

④《史记·鲁周公世家》：“伯禽即位之后，有管、蔡等反也，淮夷、徐戎亦并兴反。于是伯禽率师伐之于肸……遂平徐戎，定鲁。”

鲁隐公

先公去世隐当权，孔圣春秋记首篇。
允是元良方弱岁，息为庶孽正英年。[1]
君亡不敢居丧主，母逝难容祔庙龛。[2]
太子成人将返政，安知大祸起谗言。[3]

【自注

①《史记·鲁周公世家》:"四十六年,惠公卒,长庶子息摄当国,行君事,是为隐公。初,惠公适夫人无子,公贱妾声子生子息。息长,为娶于宋。宋女至而好,惠公夺而自妻之。生子允。登宋女为夫人,以允为太子。及惠公卒,为允少故,鲁人共令息摄政,不言即位。"《春秋》及《左传》记事,均由鲁隐公元年(前722)开始。允:指鲁惠公太子(元良)允,即后来的鲁桓公。息:指鲁惠公的庶子(庶孽)息,即鲁隐公。

②《左传·隐公元年》:"冬十月庚申,改葬惠公。公弗临,故不书。"意谓改葬惠公时,因允为太子,故隐公虽摄政,但不敢以丧主身份到场哭泣,所以《春秋》对此不加记载。《左传·隐公三年》:"夏,君氏卒。声子也。不赴于诸侯,不反哭于寝,不祔于姑,故不曰薨。不称夫人,故不言葬。不书姓,为公故,曰'君氏'。"意谓隐公之母声子身为惠公贱妾,故其死后,不给诸侯发讣告,安葬后不回祖庙号哭,神主不能祔于婆婆神主之旁,所以《春秋》称为"卒"而不称"薨"。又因声子不是夫人,故不记载下葬之事。《春秋》也未记载她的姓氏,只因她是鲁隐公之母,所以才称为"君氏"。

③《史记·鲁周公世家》:隐公十一年(前712)冬,公子挥建议隐公正式即位,并请杀太子允。隐公不听,拟返政于太子。公子挥惧怕太子允即位后于己不利,乃反诬隐公于太子允曰:"隐公欲遂立,去子,子其图之。请为子杀隐公。"太子允许诺。十一月,公子挥使人弑隐公,太子允立为君,是为鲁桓公。

柳下惠

柳下原来是展禽,生平简略事犹真。[①]
同胞骨肉为强盗,共座婵娟验圣人。[②]
正道陪君甘罢黜,廉泉奉己乐清贫。[③]
申明说论挠齐主,祀典何曾列鸟神。[④]

【自注

①柳下惠,即春秋鲁大夫展禽。鲁僖公时人,又字季。因食邑柳下,谥惠,故称柳下惠。

②强盗:指盗跖。《庄子·盗跖》言盗跖为柳下惠之弟。此说不可靠,但写诗非修史,故仍用此说。又《荀子·大略》:"柳下惠与后

门者同衣而不见疑。”意谓柳下惠与一女子因日暮城门关闭而夜坐城门外，他怕女子着凉，就用衣服将女子裹在怀里坐等天亮，整夜并未发生非礼行为，人们也不怀疑他。成语“坐怀不乱”即言此事。

③《论语·微子》：“柳下惠为士师，三黜。人曰：‘子未可去乎？’曰：‘直道而事人，焉往而不三黜？枉道而事人，何必去父母之邦？’”

④《左传》载僖公二十六年（前634）夏，齐孝公进攻鲁国，鲁僖公使展喜、展禽往犒齐师。展禽用一篇义正辞严的言论，使齐孝公折服而退兵。《国语·鲁语上》：“海鸟曰‘爰居’，止于鲁东门之外三日，臧文仲使国人祭之。展禽曰：‘越哉，臧孙之为政也！夫祀，国之大节也；而节，政之所成也。故慎制祀以为国典。今无故而加典，非政之宜也……’”“文仲闻柳下季之言，曰：‘信吾过也，季之之言不可不法也。’使书以为三筴。”

庆　父

先公次子鲁陪臣，位列三桓是孟孙。①
庆父叔牙怀异志，姬同季友誓诚心。②
杀班立启身为相，盗嫂戕侄自作君。③
弑主夺权生祸乱，天教正士灭奸人。④

自注

①《史记·鲁周公世家》：庆父是鲁桓公次子，是其兄鲁庄公之臣。诸侯之臣对周天子而言，即为陪臣。三桓：庆父之后为孟孙氏（亦称仲孙氏），其弟叔牙之后为叔孙氏，其弟季友之后为季孙氏。因庆父、叔牙、季友皆为鲁桓公之子，故孟孙、叔孙、季孙合称“三桓”。

②《史记·鲁周公世家》：庆父是鲁桓公次子，叔牙是鲁桓公第三子，此二人心怀异志，结为一党。姬同是鲁桓公太子，即鲁庄公，季友是鲁桓公第四子，此二人关系密切，季友发誓效忠于庄公。庄公病时，叔牙欲立庆父为嗣，季友以庄公之命，命叔牙饮鸩自尽。

③《史记·鲁周公世家》：鲁庄公三十二年（前662）八月癸亥，庄公卒，季友尊庄公之命，立其子班为君。庆父与庄公夫人哀姜私通，哀姜无子。十月乙未，庆父使圉人荦杀班，而立启（庄公与哀姜妹叔姜所生，汉时避景帝刘启讳而改称开）为君，是为湣公。庆父自为国相。湣公二年（前660），庆父与哀姜通益甚，哀姜与庆父谋杀湣公而立庆父，庆父遂使卜齮杀湣公，自为鲁君。

④《史记·鲁周公世家》：庆父杀班之后，季友奔陈。庆父杀湣公之后，季友与湣公弟申如邾求助，请返鲁国。鲁人欲诛庆父，庆父奔莒。于是季友奉申返鲁，立申为君，是为釐公。季友以赂如莒求庆父，庆父自杀。哀姜为齐女，齐桓公闻哀姜与庆父乱以危鲁，乃召之邾而杀之，以其尸归鲁，鲁釐公请而葬之。晋李密曾说："庆父不死，鲁难未已。"（《晋书·李密传》）庆父死后，鲁国始安。

左丘明

孔父丘明二伟人，春秋左传两难分。[①]
经文简练由玄圣，注事周详自素臣。[②]
历代君王尊瞽史，终生口耳记新闻。[③]
身残尚可成国语，动地惊天泣鬼神。[④]

【自注

①据《论语·公冶长》"左丘明耻之，丘亦耻之"，则左丘明与孔子同时，均为春秋鲁人。左氏，名丘明。一说复姓左丘，名明。孔子作《春秋》，左丘明为《春秋》作注，称为《左传》。

②玄圣：指孔子。《春秋演孔图》："孔子母征在梦感黑帝而生，故曰玄圣。"素臣：指左丘明。杜预《春秋左传序》："仲尼自卫返鲁，修《春秋》，立素王，丘明为素臣。"

③瞽史：既是盲乐官，也是盲史官。据传左丘明即为盲史官，靠口耳相传以记录史事。

④司马迁《史记·太史公自序》和《报任少卿书》都说："左丘失明，厥有《国语》。"左丘明作为盲人，身残志坚，既作《左传》，又作《国语》，真可谓惊天地而泣鬼神。

子　路

休言子路是粗人，勇力儒风聚一身。
既见升堂方晓义，还须入室更知仁。[①]
高冠映日名雄雉，宝剑含光号牡豚。[②]
邑宰焚台戡内乱，从容殉难壮师门。[③]

【自注

①《史记·仲尼弟子列传》："仲由字子路，卞人也。少孔子九岁。"《论语·先进》："子曰：'由也升堂矣，未入于室也。'"

②《史记·仲尼弟子列传》："子路性鄙，好勇力，志伉直，冠雄鸡，佩豭豚，陵暴孔子。孔子设礼稍诱子路，子路后儒服委质，因门人请为弟子。"裴骃《集解》云："冠以雄鸡，佩以豭豚。二物皆勇，子路好勇，故冠带之。"按，豭豚：即牡豚，亦即公猪。

③《史记·仲尼弟子列传》：卫灵公太子蒉聩因得罪灵公宠姬南子，惧诛而离卫出奔。灵公卒，卫人立蒉聩之子辄为君，是为卫出公。出公十二年(前481)，蒉聩潜回卫国，藏于卫大夫孔悝家，与孔悝共谋作乱，遂率其徒攻出公。出公奔鲁，而蒉聩入立，是为卫庄公。当蒉聩与孔悝作乱时，子路正为孔悝之邑宰。子路闻乱，赶回卫都。蒉聩与孔悝登台。子路谓蒉聩曰："君焉用孔悝？请得而杀之。"蒉聩弗听，于是子路欲焚台。蒉聩惧，乃命石乞、壶黡下台攻子路，击断子路之缨。子路曰："君子死而冠不免。"遂结缨而死。

颜　回

颜回雅号著儒林，望重德高地位尊。
尚义崇仁诚乐道，粗粮陋室固安贫。[①]
心思善政能知马，耳纳哀声可辨音。[②]
孔父三千贤弟子，堪称复圣仅斯人。[③]

【自注

①《史记·仲尼弟子列传》："颜回者，鲁人也，字子渊。少孔子三十岁。"《论语·颜渊》："颜渊问仁。子曰：'克己复礼为仁。一日克己复礼，天下归仁焉。'"诸如此类，事例甚多。《论语·雍也》："子曰：'贤哉回也！一箪食，一瓢饮，在陋巷，人不堪其忧，回也不改其乐。贤哉回也！'"

②《孔子家语·颜回》："鲁定公问于颜回曰：'子亦闻东野毕之善御乎？'对曰：'善则善矣，虽然，其马将必佚。'定公色不悦……后三日，牧来诉之曰：'东野毕之马佚，两骖曳，两服入于厩。'公闻之，越席而起，促驾召颜回。回至，公曰：'……不识吾子奚以知之？'颜回对曰：'以政知之。'"又载："孔子在卫，昧旦晨兴，颜回侍侧，闻哭者之声甚哀。子曰：'回，汝知此何所哭乎？'对曰：'回以此哭声非但

为死者而已，又有生离别者也。’……孔子使人问哭者，果曰：‘父死家贫，卖子以葬，与长决。’子曰：‘回也，善于识音矣。’”

③《元史·文宗本纪》载至顺元年(1330)闰七月戊申：“加封孔子父齐国公叔梁纥为启圣王，母鲁国太夫人颜氏为启圣王夫人，颜子兖国复圣公，曾子郕国宗圣公……”

闵子骞

高坟耸立百花园，大孝皆知闵子骞。①
打裂新衣飘旧絮，撕开旧袄露新棉。②
温床保暖严寒夜，爽簟生凉酷暑天。
婉拒权臣辞县令，尊亲奉老尽余年。③

自注

①《史记·仲尼弟子列传》：“闵损字子骞。少孔子十五岁。孔子曰：‘孝哉闵子骞！人不间于其父母昆弟之言。’”裴骃《集解》引郑玄，司马贞《索隐》引《家语》，皆云闵子骞为鲁人。今济南百花公园内有闵子骞墓。

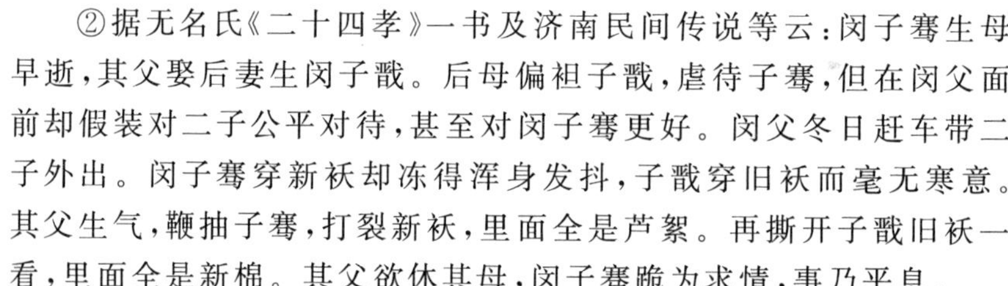

②据无名氏《二十四孝》一书及济南民间传说等云：闵子骞生母早逝，其父娶后妻生闵子骞。后母偏袒子骞，虐待子骞，但在闵父面前却假装对二子公平对待，甚至对闵子骞更好。闵父冬日赶车带二子外出。闵子骞穿新袄却冻得浑身发抖，子骞穿旧袄而毫无寒意。其父生气，鞭抽子骞，打裂新袄，里面全是芦絮。再撕开子骞旧袄一看，里面全是新棉。其父欲休其母，闵子骞跪为求情，事乃平息。

③《论语·雍也》：“季氏使闵子骞为费宰，闵子骞曰：‘善为我辞焉！如有复我者，则吾必在汶上矣。’”

子　贡

子贡其人有特长，能言善辩会经商。
分庭抗礼交权贵，累富积财比庙堂。①
存鲁乱齐情恣肆，破吴强晋语汪洋。②
恩师谢世悲难尽，六载栖庐守墓旁。③

【自注

①《史记·仲尼弟子列传》:"端沐赐,卫人,字子贡。少孔子三十一岁。"又曰:"子贡利口巧辞,孔子常黜其辩。"又曰:"子贡好废举,与时转货赀……家累千金。"裴骃《集解》云:"废举谓停贮也。与时谓逐时也。夫物贱则买而停贮,值贵即逐时转易,货卖取资利也。"

②《史记·仲尼弟子列传》:"田常欲作乱于齐,惮高、国、鲍、晏,故移其兵欲以伐鲁。孔子闻之,谓门弟子曰:'夫鲁,坟墓所处,父母之国,国危如此,二三子何为莫出?'子路请出,孔子止之。子张、子石请行,孔子弗许。子贡请行,孔子许之。"子贡先后至齐、吴、越、晋、鲁五国进行游说,最后的结果是:"故子贡一出,存鲁,乱齐,破吴,强晋而霸越。子贡一使,使势相破,十年之中,五国各有变。"

③《史记·孔子世家》:"孔子葬鲁城北泗上,弟子皆服三年。三年心丧毕,相诀而去,则哭,各复尽哀;或复留。唯子赣庐于冢上,凡六年,然后去。"司马贞《索隐》释"庐于冢上"之"上"曰:"亦是边侧之义。"按,子赣:即子贡。

子 夏

三千俊士显奇能,子夏文章最有名。①
细考卦爻为易注,深究风雅作诗评。②
西河授业留声誉,北阙传经固友情。
老境失明因丧子,年逾百岁享龟龄。③

【自注

①《史记·仲尼弟子列传》:"卜商字子夏。少孔子四十四岁。"裴骃《集解》:"《家语》云卫人。郑玄曰温国卜商。"《论语·先进》:"德行:颜渊、闵子骞、冉伯牛、仲弓。言语:宰我、子贡。政事:冉有、季路。文学:子游、子夏。"

②《论语·八佾》:子夏问曰:"'巧笑倩兮,美目盼兮,素以为绚兮。'何谓也?"子曰:"绘事后素。"曰:"礼后乎?"子曰:"起予者商也,始可与言《诗》已矣。"《史记·仲尼弟子列传》司马贞《索隐》曰:"按:子夏文学著于四科,序《诗》,传《易》。又孔子以《春秋》属商。又传《礼》,著在《礼志》。"

③《史记·仲尼弟子列传》:"孔子既没,子夏居西河教授,为魏

文侯师。其子死，哭之失明。”按，子夏生于公元前507年，卒于公元前400年，享年108岁。

曾参

论恕谈忠省自身，深通孝道作经文。
慎终定可民归厚，追远方能士向仁。①
小吏欢欣常奉母，高官悔恨永离亲。②
三千弟子多贤俊，更有颜曾二圣人。③

【自注

①《史记·仲尼弟子列传》：“曾参，南武城人，字子舆。少孔子四十六岁。孔子以为能通孝道，故授之业。作《孝经》。”《论语·里仁》：“曾子曰：夫子之道，忠恕而已矣。”又《论语·学而》：“曾子曰：‘吾日三省吾身：为人谋而不忠乎？与朋友交而不信乎？传不习乎？’”又《论语·学而》：“曾子曰：‘慎终，追远，民德归厚矣。’”

②《史记·仲尼弟子列传》张守节《正义》引《韩诗外传》云：“曾子曰：‘吾尝仕为吏，禄不过钟釜，尚犹欣欣而喜者，非以为多也，乐道养亲也。亲没之后，吾尝南游于越，得尊官，堂高九仞，榱提三尺……然犹北向而泣者，非为贱也，悲不见吾亲也。”

③《元史·文宗本纪》载至顺元年(1330)闰七月戊申，加封“曾子郕国宗圣公”。参阅《颜回》自注③。

墨子

尚俭除奢倡力行，劳身累体苦终生。
惟求海内相关爱，不满人间互战争。
重夏崇实遵墨典，轻周贱礼辟儒经。①
云梯纵有千般用，解带犹能守宋城。②

【自注

①《史记·孟子荀卿列传》：“盖墨翟，宋之大夫，善守御，为节用。或曰并孔子时，或曰在其后。”《庄子·天下》亦有关于墨子思想的分析。据今人研究，墨翟为战国初期鲁国人，生卒年约为公元前

468～前376年。一说约为公元前478～前392年。尚俭、除奢、力行、劳苦、兼爱、非攻等，都是墨子的基本思想观点。墨家尊夏，崇拜夏禹的劳苦精神。儒家尊周，崇拜周公的礼乐制度。

②《墨子·公输》：公输班为楚造云梯成，将以攻宋。墨子闻之，自鲁动身，行十日十夜至于楚都郢，面见公输班。墨子解带为城，以牒为械。公输班九设攻城之机变，墨子九拒之。公输班之攻械尽，墨子之守御有余。最后公输班和楚王均屈服，放弃攻宋。

公输班

何人不晓鲁班名，百匠宗师艺道精。
墨斗玲珑能画线，云梯斧峙可登城。
圆方异趣遵规矩，正变同归任纵横。
巧构奇思称木圣，千秋俎豆祀神明。[①]

【自注

①公输班，亦作公输盘。公输为复姓。春秋战国之际鲁国人，又称鲁班，是我国古代著名工匠，历代木工都尊其为祖师。《礼记·檀弓》《战国策·宋卫》《墨子·公输》等有极简之事迹。

滕文公

地小人多世统长，姬宏事业永流芳。
轻徭减赋施仁政，济困扶危理善邦。[①]
陈相弟兄皆落户，许行师友俱分房。[②]
崇文重教开民智，礼士尊贤致富强。

【自注

①滕文公姓姬名宏。《史记·陈杞世家》司马贞《索隐》曰："滕不知本封，盖轩辕氏子有滕姓，是其祖也。后周封文王子错叔绣于滕。故宋忠云：'今沛国公丘是滕国也。'"《孟子·滕文公上》："今滕，绝长补短，将五十里也，犹可以为善国。"

②《孟子·滕文公上》："陈良之徒陈相与其弟辛，负耒耜而自宋之滕，曰：'闻君行圣人之政，是亦圣人也，愿为圣人氓。'"又载："有

为神农之言者许行，自楚之滕，踵门而告文公曰：‘远方之人闻君行仁政，愿受一廛而为氓。’文公与之处。”

燕召公

上姓高名举世传，招亡后裔是姬丹。
神文在位初封召，圣武登基复徙燕。①
划界分区成二地，临民辅政现双元。②
沧桑巨变人何在，尚有甘棠颂大贤。③

【自注

①《史记·燕召公世家》：“召公奭与周同姓，姓姬氏。周武王之灭纣，封召公于北燕。”司马贞《索隐》曰：“召者，畿内采地。奭始食于召，故曰召公。或说者以为文王受命，取岐周故墟周、召地分爵二公，故《诗》有周、召二南，言皆在岐山之阳，故言南也。后武王封之于北燕……亦以元子就封，而次子留周室代为召公。”派荆轲刺秦之燕太子姬丹即为召公奭后裔，其刺秦行为是招致燕国灭亡的导火索。

②《史记·燕召公世家》：“其在成王时，召公为三公。自陕以西，召公主之；自陕以东，周公主之。”

③《史记·燕召公世家》：“召公巡行乡邑，有棠树，决狱政事其下，自侯伯至庶人各得其所，无失职者。召公卒，而民人思召公之政，怀棠树不敢伐，歌咏之，作《甘棠》之诗。”

燕昭王

太子姬平历败亡，登基理政是昭王。
求名愦主传强相，拓地明君破弱邦。①
吊死怜生扶困厄，修台筑馆致贤良。②
招来乐毅为元帅，父恨国仇俱报偿。③

【自注

①《史记·燕召公世家》：燕昭王姬平，乃燕王哙之太子。愦主：指燕王哙。强相：指燕相子之。明君：指齐宣王。燕王哙慕尧帝传

贤不传子之名，将王位传给燕相子之。子之掌权，燕国大乱。将军市被与太子姬平起兵攻子之，不克。市被及百姓反攻太子平。市被死后，燕国更陷入大乱之中。齐宣王听孟轲劝告，乘燕国大乱而伐之，大破燕军。燕王哙被杀，子之逃亡。两年之后，燕人立太子平，是为燕昭王。

②《史记·燕召公世家》：燕昭王即位后，卑身厚币以招贤者，修台筑馆，师事郭隗。于是乐毅、邹衍、剧辛等人纷纷至燕。燕昭王吊死问孤，与百姓同甘苦。

③《史记·燕召公世家》：燕昭王二十八年（前284），"燕国殷富，士卒乐轶轻战，于是遂以乐毅为上将军，与秦、楚、三晋合谋以伐齐。齐兵败，湣王（按，齐宣王已死多年，其子湣王即位）出亡于外。燕兵独追北，入至临淄，尽取齐宝，烧其宫室宗庙。齐城之不下者，独唯聊、莒、即墨"。

乐 毅

文韬武略并优长，祖上原来是乐羊。
致乱人亡辞赵室，招贤令下入燕邦。①
三齐众将皆归顺，五路诸侯俱奋扬。②
岂料田单行反间，观津避祸远朝堂。③

【自注

①《史记·乐毅列传》："乐毅者，其先祖曰乐羊。乐羊为魏文侯将，伐取中山，魏文侯封乐羊以灵寿。乐羊死，葬于灵寿，其后子孙因家焉。"致乱人：指赵武灵王。招贤令：指燕昭王所下招贤令。

②《史记·乐毅列传》：燕昭王以乐毅为上将军，统率赵、魏、韩、楚、燕五国之兵伐齐，大破齐军，攻入齐都临淄，下齐七十余城，皆为郡县以属燕。

③《史记·乐毅列传》：燕昭王死，其子立为燕惠工。"惠工自为太子时尝不快于乐毅，及即位，齐之田单闻之，乃纵反间于燕……于是燕惠王固已疑乐毅，得齐反间，乃使骑劫代将，而召乐毅。乐毅知燕惠王之不善代之，畏诛，遂西降赵。赵封乐毅于观津，号曰望诸君。"

蔡叔度

贵胄天潢任重臣，文王太姒是双亲。[①]
周公摄政功勋著，蔡度传谣罪孽深。
位列三监兴叛乱，师旋一旅定乾坤。[②]
姬胡改过成贤士，复嗣先君理万民。[③]

【自注

①《史记·管蔡世家》："管叔鲜、蔡叔度者，周文王子而武王弟也。武王同母兄弟十人。母曰太姒，文王正妃也。其长子曰伯邑考，次曰武王发，次曰管叔鲜，次曰周公旦，次曰蔡叔度，次曰曹叔振铎，次曰成叔武，次曰霍叔处，次曰康叔封，次曰冉季载。"

②《史记·管蔡世家》："武王既崩，成王少，周公旦专王室。管叔、蔡叔疑周公之为不利于成王，乃挟武庚以作乱。周公旦承成王命伐诛武庚，杀管叔，而放蔡叔，迁之，与车十乘，徒七十人从。"三监：见《周成王》自注①。

③《史记·管蔡世家》："蔡叔度既迁而死。其子曰胡，胡乃改行，率德驯善。周公闻之，而举胡以为鲁卿士，鲁国治。于是周公言于成王，复封胡于蔡，以奉蔡叔之祀，是为蔡仲。"

曹共公

太姒诸男第六门，分茅裂土是先君。[①]
偷观沐浴欺重耳，暗致甘肥礼晋文。[②]
特赦闾阎酬义士，专攻殿宇虏仇人。[③]
安知霸主行仁政，复使曹囚理庶民。[④]

【自注

①周朝曹国之始祖是周文王与太姒第六子曹叔振铎，也是曹共公的始祖。《史记·管蔡世家》："曹叔振铎者，周武王弟也。武王已克殷纣，封叔振铎于曹。"详见《蔡叔度》自注①。

②偷观沐浴：指曹共公在重耳沐浴时偷看其骈胁（肋骨相连如一骨，其间无空隙）。暗致甘肥：指釐负羁私下热情招待重耳。

③义士：指釐负羁。仇人：指曹共公。

④《史记·管蔡世家》:"初,晋公子重耳其亡过曹,曹君无礼,欲观其骈胁。釐负羁谏,不听,私善于重耳。二十一年,晋文公重耳伐曹,虏共公以归,令军毋入釐负羁之宗族闾。或说晋文公曰:'昔齐桓公会诸侯,复异姓;今君囚曹君,灭同姓,何以令于诸侯?'晋乃复归共公。"

陈胡公

承祧守器祀先人,历史何曾忘圣君。
晏驾唐尧传帝舜,登基夏禹赐商均。
分茅未列二王贵,降礼犹居三恪尊。[①]
斗转星移千载后,英皇胄裔又封陈。[②]

自注

①《史记·陈杞世家》:"陈胡公满者,虞帝舜之后也。昔舜为庶人时,尧妻之二女,居于妫汭,其后因为氏姓,姓妫氏。舜已崩,传禹天下,而舜子商均为封国。夏后之时,或失或续。至于周武王克殷纣,乃复求舜后,得妫满,封之于陈,以奉帝舜祀,是为胡公。"司马贞《索隐》曰:"按:商均所封虞,即今之梁国虞城是也。"又曰:"夏代犹封虞思、虞遂是也。"又曰:"遏父为周陶正。遏父,遂之后。陶正,官名。生满。"又引《左传》曰:"武王以元女太姬配虞胡公而封之陈,以备三恪。"二王:古代新王朝建立后,封前两朝的王族后裔为诸侯国君,称二王。如周封禹后裔于杞,封汤后裔于宋。三恪:古代新王朝建立后,给前三朝的贵族后裔以诸侯名号,称三恪。其礼较二王转降,示敬而已。恪者,敬也。或曰"三恪"即"三客",以客礼待前三朝王族后裔也。

②《史记·五帝本纪》裴骃《集解》引皇甫谧曰:"娥皇无子,女英生商均。"则商均亦是娥皇之甥,而陈胡公则是女英、娥皇之后裔。

陈厉公

英皇胄裔历浮沉,帝舜千年百世孙。[①]
妻母同宗为蔡女,弟兄异志作陈君。
三侄顺次登公位,一子离邦躲祸根。
政废国亡人尚在,田完后代治齐民。[②]

【自注

①陈厉公是陈胡公后裔，自然也是女英、娥皇与帝舜的后裔。详见《陈胡公》自注。

②《史记·陈杞世家》：陈文公卒，长子鲍立，是为桓公。桓公鲍卒，太子免当立。而桓公鲍之异母弟佗，因母为蔡女，故蔡人杀太子免而立佗，是为厉公。厉公亦娶蔡女，蔡女与蔡人乱，厉公数如蔡淫。桓公太子免有三弟（实即厉公之三侄），长曰跃，中曰林，少曰杵臼。三人令蔡人诱厉公以好女，与蔡人共杀厉公而立跃，是为利公。利公卒，立林，是为庄公。庄公卒，立杵臼，是为宣公。厉公有子完，与宣公太子御寇相善。宣公二十一年（前672）杀其太子御寇。完恐祸及己，遂奔齐，成为田齐始祖，其后裔竟为齐王。详见《田（陈）完》自注。

陈灵公

灵公继位主朝堂，酒色奢淫政务荒。
特示衷衣行丑恶，专评外貌语轻狂。
明戕泄冶绝规劝，暗辱徵舒惹祸殃。①
大楚庄王诚可敬，恭迎太子救沦亡。②

【自注

①《史记·陈杞世家》：“灵公与其大夫孔宁、仪行父皆通于夏姬，衷其衣以戏于朝。泄冶谏曰：‘君臣淫乱，民何效焉？’灵公以告二子，二子请杀泄冶，公弗禁，遂杀泄冶。十五年，灵公与二子饮于夏氏。公戏二子曰：‘徵舒似汝。’二子曰：‘亦似公。’徵舒怒。灵公罢酒出，徵舒伏弩厩门射杀灵公。孔宁、仪行父皆奔楚，灵公太子午奔晋。徵舒自立为陈侯。徵舒，故陈大夫也。夏姬，御叔之妻，舒之母也。”

②《史记·陈杞世家》：楚庄王因夏徵舒杀灵公，遂率诸侯伐陈而诛徵舒，并接受申叔时之建议，迎陈灵公太子午于晋而立之，复君陈如故，是为成公。

卫康叔

受教周公弱岁人，神文圣武最相亲。
难留禄父承殷祀，特遣姬封作卫君。[①]
弃暴施仁民喜乐，尊汤斥纣政清淳。
成王赐器加司寇，誉满诸侯是近臣。[②]

自注

①《史记·卫康叔世家》："卫康叔名封，周武王同母少弟也。其次尚有冉季，冉季最少。武王已克殷纣，复以殷余民封纣子武庚禄父，比诸侯，以奉其先祀勿绝。为武庚未集，恐其有贼心，武王乃令其弟管叔、蔡叔傅相武庚禄父，以和其民。武王既崩，成王少。周公旦代成王治，当国。管叔、蔡叔疑周公，乃与武庚禄父作乱，欲攻成周。周公旦以成王命兴师伐殷，杀武庚禄父、管叔，放蔡叔，以武庚殷余民封康叔为卫君，居河、淇间故商墟。"

②《史记·卫康叔世家》："周公旦惧康叔齿少，乃申告康叔曰……康叔之国，既以此命，能和集其民，民大说。成王长，用事，举康叔为周司寇，赐卫宝祭器，以章有德。"

卫武公

大卫兴邦历九传，姬和主事庶民安。
杀兄篡位无凭语，继父承祧有证言。[①]
诫士修身称睿圣，平戎护驾号忠贤。
苍髯皓首犹勤政，寿近期颐聚美谈。[②]

自注

①《史记·卫康叔世家》：自康叔封卫，至武公姬和，其间共历九代。"釐侯卒，太子共伯馀立为君。共伯弟和有宠于釐侯，多予之赂；和以其赂赂士，以袭攻共伯于墓上，共伯入釐侯羡自杀。卫人因葬之釐侯旁，谥曰共伯，而立和为卫侯，是为武公。"按司马迁此记载，则姬和乃杀兄篡位之人。对此，司马贞《索隐》曰："和杀恭伯代立，此说盖非也。按：季札美康叔、武公之德。又《国语》称武公年九十五矣，犹箴诫于国，恭恪于朝，倚几有诵，至于没身，谓之睿圣。又

《诗》著卫世子恭伯早卒，不云被杀。若武公杀兄而立，岂可以为训而形之于国史乎？盖太史公采杂说而为此记耳。”

②《史记·卫康叔世家》：“武公即位，修康叔之政，百姓和集。四十二年，犬戎杀周幽王，武公将兵往佐周平戎，甚有功，周平王命武公为公。五十五年，卒，子庄公扬立。”

州吁

违规越制放言行，日久年深羽翼丰。
生母无缘居正室，宠儿有幸领强兵。①
收残聚散杀君主，纳叛招降作友朋。
善恶从来皆报应，石卿用计灭濮城。②

【自注

①《史记·卫康叔世家》：“庄公有宠妾，生子州吁。十八年，州吁长，好兵，庄公使将。石碏谏庄公曰：‘庶子好兵，使将，乱自此起。’不听。二十三年，庄公卒，太子完立，是为桓公。桓公二年，弟州吁骄奢，桓公绌之，州吁出奔。”

②《史记·卫康叔世家》：“十三年，郑伯弟段攻其兄，不胜，亡，而州吁求与之友。十六年，州吁收聚卫亡人以袭杀桓公，州吁自立为卫君。为郑伯弟段欲伐郑，请宋、陈、蔡与俱，三国皆许州吁。州吁新立，好兵，弑桓公，卫人皆不爱。石碏乃因桓公母家于陈，详为善州吁。至郑郊，石碏与陈侯共谋，使右宰醜进食，因杀州吁于濮，而迎桓公弟晋于邢而立之，是为宣公。”

卫宣公

论过评功见短长，宣公好色甚荒唐。
奇闻未料夫成子，异事方知父变郎。
妻诞元良为正室，妾生庶孽作偏房。①
安排刺客潜边境，二孝争旌俱殒亡。②

【自注

①《史记·卫康叔世家》：“宣公爱夫人夷姜，夷姜生子伋，以为

太子，而令右公子傅之。右公子为太子取齐女，未入室，而宣公见所欲为太子妇者好，说而自取之，更为太子取他女。宣公得齐女，生子寿、子朔，令左公子傅之。”

②《史记·卫康叔世家》：“太子伋母死，宣公正夫人与朔共谗恶太子伋。宣公自以其夺太子妻也，心恶太子，欲废之。及闻其恶，大怒，乃使太子伋于齐而令盗遮界上杀之，与太子白旄，而告界盗见持白旄者杀之。”太子伋将行，寿谓太子曰：“界盗见太子白旄，即杀太子。太子可毋行。”太子曰：“逆父命求生，不可。”遂行。“寿见太子不止，乃盗其白旄而先驰至界。界盗见其验，即杀之。……而太子伋又至，谓盗曰：‘所当杀乃我也。’盗并杀太子伋，以报宣公。”

宋微子

暴主亲兄乃圣贤，仁风义气感苍天。[①]
佯狂不肯从箕子，苦谏诚能效比干。[②]
宋室新君初理政，殷廷旧谱又增年。
诗经自古存商颂，后启前汤一脉连。[③]

自注

①《史记·宋微子世家》：“微子开者，殷帝乙之首子而帝纣之庶兄也。”裴骃《集解》引孔安国曰：“微，畿内国名。子，爵也。为纣卿士。”司马贞《索隐》：“按：《尚书·微子之命篇》云命微子启代殷后，今此名开者，避汉景帝讳也。”《索隐》又云：“按：《尚书》亦以为殷王元子而是纣之兄。按：《吕氏春秋》云生微子时母犹为妾，及为妃而生纣。故微子为纣同母庶兄。”《史记·殷本纪》：“帝乙长子曰微子启，启母贱，不得嗣。少子辛，辛母正后，辛为嗣。帝乙崩，子辛立，是为帝辛，天下谓之纣。”《索隐》云：“微，国号。爵为子。启，名也。”又云：“此以启与纣异母，而郑玄称为同母，依《吕氏春秋》，言母当启时犹未正立，及生纣时始正为妃，故启大而庶，纣小而嫡。”

②《史记·殷本纪》：“纣愈淫乱不止。微子数谏不听，乃与大师、少师谋，遂去。”则微子能效比干苦谏，而不肯从箕子佯狂。

③《史记·宋微子世家》：周武王伐殷灭纣后，封子武庚禄，以续殷祀，并使其弟管叔、蔡叔相禄父治殷。“武王崩，成王少，周公旦代行政当国。管、蔡疑之，乃与武庚作乱，欲袭成王、周公。周公既承成王命诛武庚，杀管叔，放蔡叔，乃命微子开代殷后，奉其先祀，作《微子之命》以申之，国于宋。微子故能仁贤，乃代武庚，故殷之余民

甚戴爱之。”今《诗经·商颂》存诗五首，均为宋君祭祀其祖先（包括殷契、商汤、宋微子启等）之乐歌。

宋襄公

霸业虚无梦想存，招贤纳士号仁君。
将循长幼兄为主，拟让江山弟作臣。[①]
道正能催千列阵，心慈不虏二毛人。
空谈礼义徒伤股，孔孟何尝是战神。[②]

自注

①《史记·宋微子世家》：“三十年，桓公病，太子兹甫让其庶兄目夷为嗣。桓公义太子意，竟不听。三十一年春，桓公卒，太子兹甫立，是为襄公。以其庶兄目夷为相。”

②《左传·僖公二十二年》：“宋公及楚人战于泓。宋人既成列，楚人未既济。司马曰：‘彼众我寡，及其未既济也，请击之。’公曰：‘不可。’既济而未成列，又以告。公曰：‘未可。’既陈而后击之，宋师败绩。公伤股，门官歼焉。国人皆咎公。公曰：‘君子不重伤，不禽二毛。古之为军也，不以阻隘也。寡人虽亡国之余，不鼓不成列。’”按，司马：即宋襄公之庶兄目夷，字子鱼。

庄　子

漆园小吏有高名，理论多承柱下风。[①]
撰就雄文为道典，编成故事刺儒经。[②]
穿鼻络首违天性，弃智绝仁复本能。[③]
厚禄尊官非所愿，无羁快意见真情。[④]

自注

①柱下：指老子李耳，老子曾为周柱下史。

②《史记·老子韩非列传》：“庄子者，蒙人也，名周。周尝为蒙漆园吏，与梁惠王、齐宣王同时。其学无所不阙，然其要本归于《老子》之言。故其著书十余万言，大抵率寓言也。作《渔父》、《盗跖》、《胠箧》，以诋訿孔子之徒，以明《老子》之术。”

③《庄子·秋水》："牛马四足，是谓天；落马首，穿牛鼻，是谓人。故曰：无以人灭天，无以故灭命……谨守而勿失，是谓反其真。"《庄子·胠箧》："圣人不死，大盗不止"，"圣人已死，则大盗不起"，"绝圣弃智，大盗乃止……殚残天下之圣法，则民始可以与论议"。

④《史记·老子韩非列传》："楚威王闻庄周贤，使使厚币迎之，许以为相。庄周笑谓楚使者曰：'千金，重利；卿相，尊位也。子独不见郊祭之牺牛乎？养食之数岁，衣以文绣，以入大庙。当是之时，虽欲为孤豚，岂可得乎？子亟去，无污我。我宁游戏污渎之中自快，无为有国者所羁，终身不仕，以快吾志焉。'"

晋唐叔虞

异事奇人涉武成，开唐始祖具休徵。
天托圣父心中梦，字验娇儿掌上名。[①]
桐叶封君虽戏语，玉珪裂地是真情。[②]
三家日后同分晋，并列七雄任纵横。[③]

自注

①《史记·晋世家》："晋唐叔虞者，周武王子而成王弟。初，武王与叔虞母会时，梦天谓武王曰：'余命女生子，名虞，余与之唐。'及生子，文在其手曰'虞'，故遂因命之曰虞。"

②详见《周成王》自注②。

③自晋昭公（前531～前526在位）以后，在晋国形成强大的范、中行、智、韩、赵、魏六卿。六卿之间争权夺利，斗争激烈。晋定公（前511～前475）时，范、中行两家首先败亡。晋哀公四年（前453），韩、赵、魏三家又共灭智氏，三分其地，晋实际已被三家瓜分。晋烈公十九年（前403），周烈王正式承认韩、赵、魏三家为诸侯。晋敬公二年（前376），韩哀侯、赵敬侯、魏武侯废晋静公而三分晋地，建立近七百年的晋国灭亡。此后，韩、赵、魏三国并列于战国七雄之中。

晋献公

高龄晋献甚荒唐，宠幸骊姬惹祸殃。
已立嫡亲为太子，安容庶孽作元良。

偏妃借梦施奸计，正脉含冤殉异乡。[①]
里克寻仇杀少主，荀息守义死朝堂。[②]

【自注

①《史记·晋世家》：晋献公本立申生为太子，太子母为齐桓公女，曰齐姜。宠妃骊姬生子奚齐，献公爱之，遂欲废太子申生而立奚齐。骊姬托言梦见齐姜，命太子申生至曲沃齐姜庙祭祀，并要其将祭肉献给献公。申生遵命。献公时出猎，祭肉置于宫中，骊姬使人置毒药于祭肉中。献公归，欲食祭肉。骊姬认为肉从外来，是否有毒，宜试之。试之，果有毒。太子闻之，奔新城（即曲沃）。献公怒，乃诛太子傅杜原款。或谓太子曰："为此药者乃骊姬也，太子何不自辞明之？"太子曰："吾君老矣，非骊姬，寝不安，食不甘。即辞之，君且怒之。不可。"或劝太子奔他国，太子曰："被此恶名以出，人谁内我？我自杀耳。""十二月戊申，申生自杀于新城。"

②《史记·晋世家》：献公临终时谓荀息曰："吾以奚齐为后，年少，诸大臣不服，恐乱起，子能立之乎？"荀息曰："能。"于是托奚齐于荀息。献公卒后，里克杀奚齐于丧次，献公时尚未葬。荀息又立骊姬妹所生之悼子而葬献公。不久，里克又杀悼子于朝，而荀息死之。里克杀奚齐、悼子之后，使人迎立公子重耳，重耳谢绝。里克又迎公子夷吾。夷吾在秦穆公护送下返晋，立为晋君，是为惠公。

晋文公

骊姬恃宠妒元良，暗设阴谋乱纪纲。
祭母储君遭陷害，脱身公子叹流亡。[①]
携文带武来齐地，历芈经嬴返晋邦。[②]
破楚城濮兴霸业，诸侯效命奉周王。[③]

【自注

①据《史记·晋世家》：骊姬害死太子申生后，公子重耳和公子夷吾来朝。"人或告骊姬曰：'二公子怨骊姬谮杀太子。'骊姬恐，因谮二公子：'申生之药胙，二公子知之。'二子闻之，恐，重耳走蒲，夷吾走屈，保其城，自备守。"祭母储君：指晋献公太子申生。脱身公子：指晋献公之公子重耳，亦即后来之晋文公。详参《晋献公》自注。

②《史记·晋世家》：重耳由蒲至翟，由翟过卫至齐，由齐过曹、

过宋、过郑而至楚，由楚至秦。最后由秦穆公送回晋国即君位，是为晋文公。重耳出亡凡十九年而返国，时年六十二。

③《史记·晋世家》：公元前632年，晋文公在城濮大败楚军。中原各诸侯国纷纷离楚归晋，晋文公遂成为继齐桓公之后的另一春秋霸主。

介子推

悉心尽力辅潜龙，志在林泉不揽功。①
伴驾偏妃凭巧媚，脱身庶子赖臣工。②
人因扈跸方贪赏，己为逃名却隐踪。
火后绵山悲处士，千秋忌日祀无穷。③

自注

①潜龙：指晋公子重耳，即后来的晋文公。

②偏妃：指晋献公之宠妃骊姬。庶子：亦指晋公子重耳。据《史记·晋世家》：重耳出逃时所带文臣武将甚多，其中最著名的有狐偃、赵衰、魏武子、司空季、介子推五人。

③《史记·晋世家》：晋文公赏从亡者及功臣，未及介子推，介子推不言功，与其母俱隐于绵山。介子推从者怜之，乃悬书宫门曰："龙欲上天，五蛇为辅。龙已升云，四蛇各入其宇，一蛇独怨，终不见处所。"文公出而见之，知此为介子推也。乃使人召之，则已亡矣。文公闻其入绵山，乃环绵山而封之，以为介推田，号曰介山，并说："以记吾过，且旌善人。"另据民间传说，晋文公在绵山求介子推不得，乃放火烧山，欲逼介子推出山受赏，介子推抱树而死，终未出山。文公为悼念介子推，禁止在其忌日烧火做饭，只吃冷食。以后相沿成俗，称为"寒食禁火"。按，禁火之事，乃周旧制，本与介子推之死无关。晋陆翙《邺中记》《后汉书·周举传》等始附会为介子推之事。余诗采用民间传说。

豫　让

天生豫让历浮沉，报主酬恩敢献身。
败毁音容如乞相，更移姓字似刑人。①

伏桥匿厕怀霜刃，忍恨寻仇记血痕。
仗剑击袍三踊跃，方偿夙愿便成仁。[②]

【自注

①《史记·刺客列传》："豫让者，晋人也，故尝事范氏及中行氏，而无所知名。去而事智伯，智伯甚尊宠之。及智伯伐赵襄子，赵襄子与韩、魏合谋灭智伯，灭智伯之后而三分其地。赵襄子最怨智伯，漆其头以为饮器。豫让遁逃山中，曰：'嗟乎！士为知己者死，女为说己者容。今智伯知我，我必为报仇而死，以报智伯，则吾魂魄不愧矣。'"于是豫让漆身为疠，吞炭为哑，状貌不复可知，行乞于市，又变易名姓为刑人，伺机刺杀赵襄子。

②《史记·刺客列传》：豫让先匿厕中，欲刺杀赵襄子，未能遂愿。后又伏桥下。赵襄子至桥而马惊，使人搜之，又为豫让，乃数之曰："子不尝事范、中行氏乎？智伯尽灭之，而子不为报仇，而反委质臣于智伯。智伯亦已死矣，而子独何以为之报仇之深也？"豫让曰："臣事范、中行氏，范、中行氏皆众人遇我，我故众人报之。至于智伯，国士遇我，我故国士报之。"豫让又请曰："今日之事，臣固伏诛，然愿请君之衣而击之焉，以致报仇之意，则虽死不恨。"襄子大义之，乃使人持衣与豫让。"豫让拔剑三跃而击之，曰：'吾可以下报智伯矣！'遂伏剑自杀。死之日，赵国志士闻之，皆为涕泣。"

赵盾

先君仕晋历艰难，庶子承祧仁显官。[①]
刺客门前知善恶，饥人殿上辨忠奸。[②]
交朋正气称韩献，弑主羞名叹赵穿。[③]
杵臼程婴皆义士，孤儿赖此获安全。[④]

【自注

①《史记·赵世家》："重耳以骊姬之乱亡奔翟，赵衰从。翟伐廧咎如，得二女，翟以其少女妻重耳，长女妻赵衰而生盾。初，重耳在晋时，赵衰妻亦生赵同、赵括、赵婴齐。赵衰从重耳出亡，凡十九年，得反国……赵衰既反晋，晋之妻固要迎翟妻，而以其子盾为適嗣，晋妻三子皆下事之。"晋襄公六年(前622)，赵衰卒，赵盾代其父任国政。

②《左传·宣公二年》：晋灵公无道，赵盾屡谏，“公患之，使钼麑贼之。晨往，寝门辟矣，盛服将朝，尚早，坐而假寐。麑退，叹而言曰：‘不忘恭敬，民之主也。贼民之主，不忠。弃君之命，不信。有一于此，不如死也。’触槐而死”。又载：“晋侯饮赵盾酒，伏甲将攻之。其右提弥明知之，趋登曰：‘臣侍君宴，过三爵，非礼也。’遂扶以下。公嗾夫獒焉，明搏而杀之。盾曰：‘弃人用犬，虽猛何为！’斗且出。提弥明死之。初宣子田于首山，舍于翳桑，见灵辄饿，问其病。曰：‘不食三日矣。’食之。……既而与为公介，倒戟以御公徒而免之。问何故，对曰：‘翳桑之饿人也。’问其名居，不告而退，遂自亡也。”

③《史记·赵世家》：晋景公三年（前597），赵盾已卒，其子赵朔执政。司寇屠岸贾欲族灭赵氏，赵氏友人韩厥（即韩献之）曰：“灵公遇贼，赵盾在外，吾先君以为无罪，故不诛。今诸君将诛其后，是非先君之意而今妄诛。妄诛谓之乱。臣有大事而君不闻，是无君也。”屠岸贾不听。韩厥劝赵朔逃亡。赵朔不肯，曰：“子必不绝赵祀，朔死不恨。”韩厥许诺，称疾不出。屠岸贾遂擅杀赵朔、赵同、赵括、赵婴齐，皆灭其族。又据《史记·晋世家》：灵公十四年（前607），灵公欲杀赵盾，盾奔而未出晋境，九月乙丑，盾昆弟将军赵穿杀灵公于桃园而迎盾。晋太史董狐书曰：“赵盾弑其君。”盾曰：“弑者赵穿，我无罪。”太史曰：“子为正卿，而亡不出境，反不诛国乱，非子而谁？”

④ 据《史记·赵世家》及《史记·韩世家》等载，赵朔妻（晋成公姊）有遗腹子名赵武，在义士公孙杵臼和程婴定计保护下，长大成人。晋景公十七年（前583），韩厥向景公说明当年赵氏冤情，并说赵氏有孤儿赵武在世。景公于是命赵武等灭屠岸贾之族，以续赵氏祀，复予赵武田邑如故。

程 婴

程婴故事久传闻，动地惊天泣鬼神。
擅政屠门为恶吏，亡家赵氏乃忠臣。[①]
仁宾效命垂青史，义友全孤献赤忱。[②]
愿遂功成人自尽，亲将喜讯报冤魂。[③]

自注

①屠门：指屠岸贾。赵氏：指赵盾、赵朔父子等。

②仁宾：指赵朔门客公孙杵臼。义友：指赵朔友人程婴。据《史记·赵世家》载，晋景公三年（前597）赵氏被屠岸贾族灭后，赵朔妻

为晋成公姊，有遗腹，逃入晋景公（成公子）宫中藏匿。公孙杵臼谓程婴曰：“胡不死？”程婴曰：“朔之妇有遗腹，若幸而男，吾奉之；即女也，吾徐死耳。”不久，朔妇生男赵武，屠岸贾闻之，索于宫中，不得。公孙杵臼谓程婴曰：“立孤与死孰难？”程婴曰：“死易，立孤难耳。”公孙杵臼曰：“赵氏先君遇子厚，子强为其难者，吾为其易者，请先死。”“乃二人谋取他人婴儿负之，衣以文葆，匿山中。程婴出，谬谓诸将军曰：‘婴不肖，不能立赵孤。谁能与我千金，吾告赵氏孤处。’诸将皆喜，许之，发师随程婴攻公孙杵臼。杵臼谬曰：‘小人哉程婴！昔下宫之难不能死，与我谋匿赵氏孤儿，今又卖我。纵不能立，而忍卖之乎！’抱儿呼曰：‘天乎天乎！赵氏孤儿何罪？请活之，独杀杵臼可也。’诸将不许，遂杀杵臼与孤儿。诸将以为赵氏孤儿良已死，皆喜。然赵氏真孤乃反在，程婴卒与俱匿山中。”

③《史记·赵世家》：晋景公十七年（前583），韩厥向景公说明当年赵氏冤情，并说赵氏孤儿尚在，年已十五。景公命灭屠岸贾之族，并为赵氏昭雪平反。“及赵武冠，为成人，程婴乃辞诸大夫，谓赵武曰：‘昔下宫之难，皆能死。我非不能死，我思立赵氏之后。今赵武既立，为成人，复故位，我将下报赵宣孟与公孙杵臼。’”遂自杀。

赵武灵王

论古谈今细考量，征询意见觅良方。
难凭旧制脱贫弱，可立新规致富强。
雅士文人行赵礼，骑兵射手易胡装。①
沙丘祸起萧墙内，主父深宫饮恨亡。②

【自注

①《史记·赵世家》：赵武灵王为便于骑射，欲改行胡服，而群臣皆反对。经征询意见和说服教育，在得到重臣楼缓、肥义及王叔公子成等人的支持后，终于颁布胡服令。

②《史记·赵世家》：赵武灵王二十七年（前299），废太子章而立王子何为王，是为惠文王。而武灵王自号为主父。赵惠文王四年（前295），主父心怜故太子章，乃欲分赵而王章于代，计未决而辍。主父及惠文王游沙丘，异宫而居。故太子章以其徒与田不礼作乱，诈以主父令召惠文王。惠文王之相国肥义先入，被杀。惠文王遂与故太子战于沙丘。主父之叔公子成与李兑自国至，乃起四邑之兵以拒难，灭故太子之党而定王室。故太子章败后，逃往主父宫，主父开

门纳之。公子成与李兑遂围主父宫。故太子章死后，公子成与李兑谋曰："以章故围主父，即解兵，吾属夷矣。"乃遂围主父，而令宫中人悉出。"主父欲出不得，又不得食，探爵鷇而食之，三月余而饿死沙丘宫。"

平原君赵胜

平原揽客混鱼龙，左道旁门任股肱。
敬士尊贤杀宠妾，知非改过谢邻翁。①
楚王歃血凭毛遂，秦将收兵赖李同。②
可笑虞卿发谬论，公孙善辩理难穷。③

【自注】

①《史记·平原君虞卿列传》："平原君赵胜者，赵之诸公子也。诸子中胜最贤，喜宾客，宾客盖至者数千人。……平原君家楼临民家。民家有躄者，槃散行汲。平原君美人居楼上，临见，大笑之。明日，躄者至平原君门，请曰：'臣闻君之喜士，士不远千里而至者，以君能贵士而贱妾也。臣不幸有罢癃之病，而君之后宫临而笑臣，臣愿得笑臣者头。'平原君笑应曰：'诺。'躄者去……居岁余，宾客门下舍人稍稍引去者过半。平原君怪之，曰：'胜所以待诸君者未尝敢失礼，而去者何多也？'门下一人前对曰：'以君之不杀笑躄者，以君为爱色而贱士，士即去耳。'于是平原君乃斩笑躄者美人头，自造门进躄者，因谢焉。其后门下乃复稍稍来。"

②《史记·平原君虞卿列传》：秦之围邯郸，赵王使平原君赴楚求救，平原君约与文武兼备之门客二十人偕往。得十九人，余无可取者。门客毛遂自荐，以满二十之数。毛遂在楚奋其智勇，迫使楚王与平原君歃血为盟，发兵救赵。又载：平原君返赵，楚、魏两国救兵尚未到达，秦围邯郸急，赵且降，平原君患之。邯郸传舍吏子李同说平原君曰："今君诚能令夫人以下编于士卒之间，分功而作，家之所有尽散以飨士，士方其危苦之时，易德耳。"平原君从之，得敢死之士三千人。李同遂与三千人赴秦军，秦军为之却三十里。适楚、魏救至，秦兵遂退。李同战死，封其父为李侯。

③《史记·平原君虞卿列传》：虞卿欲以信陵君之存邯郸为平原君请封。公孙龙闻之，夜驾见平原君曰："此甚不可。"平原君遂不听虞卿之言而厚待公孙龙。公孙龙善为坚白之辩，著有《坚白论》《白马论》等，是战国时期名家之代表人物，"白马非马"是其著名论题。

廉　颇

大将廉颇胆气豪，安边定策著勋劳。
刀光剑影催奔马，血雨腥风染战袍。
率性矜功争位次，真心请罪负荆条。[①]
郭开设计绝归路，魏楚思乡度寂寥。[②]

【自注

①《史记·廉颇蔺相如列传》：赵惠文王以蔺相如功大，拜为上卿，位在廉颇之右。廉颇曰："我为赵将，有攻城野战之大功，而蔺相如徒以口舌为劳，而位居我上，且相如素贱人，吾羞，不忍为之下。"宣言曰："我见相如，必辱之。"又载：廉颇闻听蔺相如"先国家之急而后私仇"之大公无私议论后，深知己过，乃肉袒负荆，亲至蔺相如门谢罪，曰："鄙贱之人，不知将军宽之至此也。"卒相与欢，为刎颈之交。

②《史记·廉颇蔺相如列传》：赵悼襄王（惠文王之孙）立，"使乐乘代廉颇。廉颇怒，攻乐乘，乐乘走。廉颇遂奔魏之大梁。……廉颇居梁久之，魏不能信用。赵以数困于秦兵，赵王思复得廉颇，廉颇亦思复用于赵。赵王使使者视廉颇尚可用否。廉颇之仇郭开多与使者金，令毁之。赵使者既见廉颇，廉颇为之一饭斗米，肉十斤，被甲上马，以示尚可用。赵使还报王曰：'廉将军虽老，尚善饭，然与臣坐，顷之三遗矢矣。'赵王以为老，遂不召。楚闻廉颇在魏，阴使人迎之。廉颇一为楚将，无功，曰：'我思用赵人。'廉颇卒死于寿春"。

蔺相如

奋勇宣忠立庙堂，奇谋妙策可担当。
金城不肯割秦室，玉璧还须返赵邦。[①]
鼓瑟书名欺弱小，敲盆记姓挫豪强。[②]
尊贤敬老和文武，将相同心任栋梁。

【自注

①《史记·廉颇蔺相如列传》：赵惠文王时，得楚和氏璧。秦昭

王闻之，使人遗赵王书，愿以十五城请易璧。赵王遂遣蔺相如奉璧入秦。相如入秦，视秦王无意偿赵城，乃奋其智勇，完璧归赵。

②《史记·廉颇蔺相如列传》：秦王与赵王会于渑池。“秦王饮酒酣，曰：‘寡人窃闻赵王好音，请奏瑟。’赵王鼓瑟。秦御史前书曰：‘某年月日，秦王与赵王会饮，令赵王鼓瑟。’蔺相如前曰：‘赵王窃闻秦王善为秦声，请奏盆缶秦王，以相娱乐。’秦王怒，不许。”相如奋其智勇，逼秦王为其击缶。相如遂召赵御史书曰：“某年月日，秦王为赵王击缶。”

赵　奢

善武能文任重臣，精研战策训儿孙。
王亲仗势留田赋，部吏行权斩舍人。[1]
一体家邦同利害，三军将士共浮沉。[2]
艰达险地生奇计，大破秦师泣鬼神。[3]

自注

①《史记·廉颇蔺相如列传》：“赵奢者，赵之田部吏也。收租税而平原君家不肯出租，奢以法治之，杀平原君用事者九人。”

②《史记·廉颇蔺相如列传》：“平原君怒，将杀奢。奢因说曰：‘君于赵为贵公子，今纵君家而不奉公则法削，法削则国弱，国弱则诸侯加兵，诸侯加兵是无赵也，君安得有此富乎？以君之贵，奉公如法则上下平，上下平则国强，国强则赵固，而君为贵戚，岂轻于天下邪？’平原君以为贤，言之于王。王用之治国赋，国赋大平，民富而府库实。”又载：赵奢为将时，“身所奉饭饮而进食者以十数，所友者以百数，大王及宗室所赏赐者尽以予军吏士大夫，受命之日，不问家事”，与士兵同甘苦，三军将士齐心协力。

③《史记·廉颇蔺相如列传》：秦伐韩，军于阏与。赵王召廉颇而问曰：“可救不？”对曰：“道远险狭，难救。”又召乐乘而问焉，对如廉颇。于是召问赵奢，奢对曰：“其道远险狭，譬之犹两鼠斗于穴中，将勇者胜。”赵王乃令赵奢将，救之。赵奢去邯郸三十里，坚壁，留二十八日不行，以麻痹秦军。后又用奇计，卷甲而趋之，二日一夜至阏与，大破秦军。赵王赐奢号为马服君，赵奢于是与廉颇、蔺相如同位。

赵 括

秦人设计赞虚名，果代廉颇诩将星。①
死记条文空论政，生搬教令泛谈兵。②
发家有道贪财货，待士无情喜奉承。③
尽改成规施浪战，三军饮恨丧长平。④

【自注

①《史记·廉颇蔺相如列传》：赵孝成王七年（前259），秦与赵相拒于长平。时赵奢已卒，蔺相如病笃，赵使廉颇为将。秦数挑战，颇固壁不战，秦之间言曰："秦之所恶，独畏马服君赵奢之子赵括为将耳。"赵王信秦之间，因以赵括为将，代廉颇。

②《史记·廉颇蔺相如列传》："赵括自少时学兵法，言兵事，以天下莫能当。尝与其父奢言兵事，奢不能难，然不谓善。"括母问故，奢曰："兵，死地也，而括易言之。使赵不将括即已，若必将之，破赵军者必括也。"蔺相如亦谏赵王曰："王以名使括，若胶柱而鼓瑟耳。括徒能读其父书传，不知合变也。"赵奢与蔺相如均认为赵括无实战经验，所学不切实际，只会纸上谈兵。

③《史记·廉颇蔺相如列传》：括母谓赵王曰："今括一旦为将，东向而朝，军吏无敢仰视之者，王所赐金帛，归藏于家，而日视便利田宅可买者买之。王以为何如其父？父子异心，愿王勿遣。"

④《史记·廉颇蔺相如列传》："赵括既代廉颇，悉更约束，易置军吏。秦将白起闻之，纵奇兵，详败走，而绝其粮道，分断其军为二，士卒离心。四十余日，军饿，赵括出锐卒自博战，秦军射杀赵括。括军败，数十万之众遂降秦，秦悉坑之。赵前后所亡凡四十五万。"

李 牧

身居代郡雁门城，久备匈奴大有声。
示怯常年防要塞，争雄异日布奇兵。
强秦不敢侵边界，弱赵犹能慑虏廷。①
可叹郭开施诡计，将军断首却垂名。②

【自注

①《史记·廉颇蔺相如列传》："李牧者，赵之北边良将也。常居

代雁门，备匈奴。”日杀数牛飨士，习射骑，谨烽火，多间谍，厚遇战士。为约曰：“匈奴即入盗，急入收保，有敢捕虏者斩。”如是数岁，亦不亡失。匈奴以李牧为怯，赵王让李牧，李牧如故。赵王怒，召之，使他人代将。岁余复用李牧，李牧至，如故约。匈奴数岁无所得，终以为怯。边士日得赏赐而不用，皆愿一战。李牧于是“选车得千三百乘，选骑得万三千匹，百金之士五万人，彀者十万人，悉勒习战。大纵畜牧，人民满野。匈奴小入，详北不胜，以数千人委之。单于闻之，大率众来入。李牧多为奇阵，张左右翼击之，大破杀匈奴十余万骑。灭襜褴，破东胡，降林胡，单于奔走。其后十余岁，匈奴不敢近赵边城”。又载：“赵乃以李牧为大将军，击秦军于宜安，大破秦军，走秦将桓齮。封李牧为武安君。居三年，秦攻番吾，李牧击破秦军，南距韩、魏。”

②《史记·廉颇蔺相如列传》：“赵王迁七年，秦使王翦攻赵，赵使李牧、司马尚御之。秦多与赵王宠臣郭开金，为反间，言李牧、司马尚欲反。赵王乃使赵葱及齐将颜聚代李牧。李牧不受命，赵使人微捕得李牧，斩之。废司马尚。后三月，王翦因急击赵，大破杀赵葱，虏赵王迁及其将颜聚，遂灭赵。”

魏绛

躬承祖业号名臣，仕晋多沾雨露恩。①
屡建功勋收女乐，全凭智勇佐新军。②
坚持铁律诛亲贵，善待番邦睦友邻。③
岂料同朝韩赵魏，他年裂土战纷纭。④

【自注

①《史记·魏世家》：魏绛之祖魏武子事晋公子重耳，从重耳出亡十九年。“重耳立为晋文公，而令魏武子袭魏氏之后封，列为大夫，治于魏。生悼子。魏悼子徙治霍。生魏绛。”

②《国语·晋语七》：晋悼公十二年（前561），“公赐魏绛女乐一八、歌钟一肆，曰：‘子教寡人和诸戎、狄而正诸华，于今八年，七合诸侯，寡人无不得志，请与子共乐之。’魏绛辞曰：‘夫和戎、狄，君之幸也。八年之中，七合诸侯，君之灵也。二三子之劳也，臣焉得之？’公曰：‘微子，寡人无以待戎，无以济河，二三子何劳焉！子其受之。’”。又载：晋悼公使张老为卿，辞曰：“臣不如魏绛。夫绛之智能治大官，其仁可以利公室不忘，其勇不疚于刑，其学不废其先人之职，若在卿

位，外内必平。”晋悼公遂使魏绛佐新军。

③《史记·魏世家》：“魏绛事晋悼公。悼公三年，会诸侯。悼公弟杨干乱行，魏绛僇辱杨干。悼公怒曰：‘合诸侯以为荣，今辱吾弟！’将诛魏绛。或说悼公，悼公止。卒任魏绛政。”又《国语·晋语七》：晋悼公欲伐戎狄，魏绛谏曰：“劳师于戎，而失诸华，虽有功，犹得兽而失人也，安用之？且夫戎、狄荐处，贵货而易土。予之货而获其土，其利一也；边鄙耕农不儆，其利二也；戎、狄事晋，四邻莫不震动，其利三也。君其图之！”悼公悦，使魏绛抚诸戎狄。

④韩厥、赵盾、魏绛均为晋之忠臣，然其后代日渐强大，分别建立韩、赵、魏三国。后三国分晋，并列战国七雄，互相攻伐，战事纷纭。

魏文侯

贯史通经赖卜商，封侯裂土建新邦。①
尊师礼敬段干木，问道交游田子方。②
拜相择人询李克，除卿论士慢翟璜。③
明君重用西门豹，治邺传名显栋梁。④

【自注

①卜商字子夏，孔子弟子。《史记·仲尼弟子列传》：“孔子既没，子夏居西河教授，为魏文侯师。”《史记·魏世家》：“文侯受子夏经艺。”又载：“（文侯）二十二年，魏、赵、韩列为诸侯。”

②《史记·魏世家》：“文侯受子夏经艺，客段干木，过其闾，未尝不轼也。”张守节《史记正义》引《淮南子》云：“段干木，晋之大驵，而为文侯师。”《史记·魏世家》又载：“子击逢文侯之师田子方于朝歌，引车避，下谒。”

③《史记·魏世家》：魏文侯欲从魏成子与翟璜二人中择相，而询于李克。李克曰：“君不察故也。居视其所亲，富视其所与，达视其所举，穷视其所不为，贫视其所不取，五者足以定之矣，何待克哉！”文侯遂相魏成子。又张守节《史记正义》引《吕氏春秋》云：“魏文侯见段干木，立倦而不敢息。及见翟璜，踞于堂而与之言。翟璜不悦。文侯曰：‘段干木，官之则不肯，禄之则不受。今汝欲官则相至，欲禄则上卿至，既受吾赏，又责吾礼，无乃难乎？’”

④《史记·魏世家》：“（文侯）任西门豹守邺，而河内称治。”

西门豹

河神娶妇害黎元，邺令西门铲祸端。
忍泪娇娃方殒命，贪财丑类便分钱。[①]
行权设计沉巫妪，跪地求饶叩县官。[②]
数载开渠兴水利，终将赤地变良田。[③]

自注

①《史记·滑稽列传》：魏文侯时，西门豹为邺令，至则会长老，问民疾苦。长老曰："苦为河伯娶妇，以故贫。"豹问其故，对曰："邺三老、廷掾常岁赋敛百姓，收取其钱得数百万，用其二三十万为河伯娶妇，与祝巫共分其余钱持归。当其时，巫行视小家女好者，云是当为河伯妇，即娉取。……共粉饰之，如嫁女床席，令女居其上，浮之河中。始浮，行数十里乃没。"

②《史记·滑稽列传》：至河伯娶妇日，西门豹会三老、官属、豪长、父老、巫祝等于河上，观者数千人。西门豹以所选河伯妇貌丑，需另选好女为由，命巫妪入报河伯，于是投巫妪于河。又以巫妪报事迟慢为由，命其女弟子入河催促，于是连投三弟子于河。复以女子办事不力为由，命三老入白河伯，于是投三老于河。巫妪、三老不返，西门豹"欲复使廷掾与豪长者一人入趣之。皆叩头，叩头且破，额血流地，色如死灰。……邺吏民大惊恐，从是以后，不敢复言为河伯娶妇"。

③《史记·滑稽列传》："西门豹即发民凿十二渠，引河水灌民田，田皆溉。……故西门豹为邺令，名闻天下，泽流后世，无绝已时，几可谓非贤大夫哉！"

庞　涓

庞涓设计害同窗，手辣言甘罪益彰。
忌妒贤才生怨恨，摧残故友露疯狂。
虽驱虎豹围强赵，未料貔貅困大梁。[①]
善恶从来皆有报，终当树下见无常。[②]

自注

①《史记·孙子吴起列传》：梁惠王十七年(前354)，魏伐赵，赵

求救于齐。齐威王以田忌为将，孙膑为师，率军往救。孙膑采用“围魏救赵”之计，大破魏军于桂陵（今河南长垣西北，一说今山东菏泽东北），此即著名的“桂陵之战”。时魏军统帅为庞涓。

②庞涓害孙膑及兵败马陵自刭而亡等，请参阅《孙膑》自注。

信陵君魏无忌

昭王少子享高名，致客延宾号信陵。[1]
壮士扬椎杀晋鄙，仁君揽辔礼侯嬴。[2]
退秦恶战传千代，存赵奇功谢五城。
久寓邯郸十载后，薛毛劝驾返梁廷。[3]

【自注

①《史记·魏公子列传》：“魏公子无忌者，魏昭王少子而魏安釐王异母弟也。昭王薨，安釐王即位，封公子为信陵君……公子为人仁而下士，士无贤不肖皆谦而礼交之，不敢以其富贵骄士。士以此方数千里争往归之，致食客三千人。”

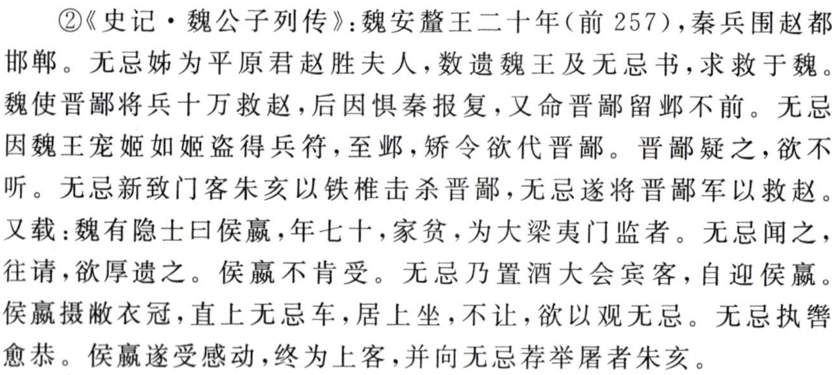

②《史记·魏公子列传》：魏安釐王二十年（前257），秦兵围赵都邯郸。无忌姊为平原君赵胜夫人，数遗魏王及无忌书，求救于魏。魏使晋鄙将兵十万救赵，后因惧秦报复，又命晋鄙留邺不前。无忌因魏王宠姬如姬盗得兵符，至邺，矫令欲代晋鄙。晋鄙疑之，欲不听。无忌新致门客朱亥以铁椎击杀晋鄙，无忌遂将晋鄙军以救赵。又载：魏有隐士曰侯嬴，年七十，家贫，为大梁夷门监者。无忌闻之，往请，欲厚遗之。侯嬴不肯受。无忌乃置酒大会宾客，自迎侯嬴。侯嬴摄敝衣冠，直上无忌车，居上坐，不让，欲以观无忌。无忌执辔愈恭。侯嬴遂受感动，终为上客，并向无忌荐举屠者朱亥。

③《史记·魏公子列传》：无忌夺晋鄙军退秦存赵，赵以五城封无忌，无忌谦谢不受。无忌盗用兵符而杀晋鄙，惧魏王怪罪，乃使将将其军归魏，而独与客留赵十年不归。秦闻无忌在赵，日夜出兵伐魏，魏王使人往请无忌，无忌不见使者。赵有隐士毛公藏于博徒，薛公藏于卖浆家，二人见无忌劝之。语未卒而无忌变色改容，立催驾归救魏。梁廷：即魏廷。

韩 厥

韩厥仕晋有才能，屡建奇勋任上卿。
既晓孤儿全性命，还怜义士断宾朋。[①]
知情故主除奸党，复位忠臣洗恶名。[②]
虏获姜齐逢丑父，文韬武略俱英明。[③]

自注

①《史记·韩世家》："程婴、公孙杵臼之藏赵孤赵武也，厥知之。"义士：指程婴。程婴抚养赵氏孤儿于深山中，为免被人发现，遂断绝与外界之一切往来。

②知情故主：指晋景公。奸党：指奸臣屠岸贾一党。复位忠臣：指赵衰、赵盾、赵朔、赵武等赵氏忠臣。《史记·韩世家》："晋景公十七年，病，卜大业之不遂者为祟。韩厥称赵成季（赵盾之父赵衰，谥成季）之功，今后无祀，以感景公。景公问曰：'尚有世乎？'厥于是言赵武，而复与故赵氏田邑，续赵氏祀。"

③《史记·韩世家》："景公十一年，厥与郤克将兵八百乘伐齐，败齐顷公于鞍，获逢丑父。于是晋作六卿，而韩厥在一卿之位，号为献子。"另参阅《赵盾》自注及《程婴》自注。

聂 政

聂政如齐避重刑，潜踪市井寂无声。
恩高自可捐生命，母老惟能作友朋。[①]
入府登阶成大事，杀身毁面掩真情。[②]
陈尸布赏追凶犯，姐弟同传烈士名。[③]

自注

①《史记·刺客列传》："聂政者，轵深井里人也。杀人避仇，与母、姊如齐，以屠为事。""久之，濮阳严仲子事韩哀侯，与韩相侠累有郤。严仲子恐诛，亡去，游求人可以报侠累者。至齐，齐人或言聂政勇敢士也，避仇隐于屠者之间。"严仲子遂奉百金为聂政母寿，欲结交聂政。聂政以母在未敢以身许人为由辞谢。

②《史记·刺客列传》：聂政母死。既葬，除服，聂政感严仲子之

恩，遂西至濮阳见严仲子。领命之后，聂政乃谢绝车骑人徒，独自仗剑至韩。“韩相侠累方坐府上，持兵戟而卫侍者甚众。聂政直入，上阶刺杀侠累，左右大乱。聂政大呼，所击杀者数十人，因自皮面决眼，自屠出肠，遂以死。”

③《史记·刺客列传》：“韩取聂政尸暴于市，购问莫知谁子。于是韩县购之，有能言杀相侠累者予千金。久之莫知也。”政姊荣闻之，自料乃其弟，如韩之市，而死者果为聂政，乃伏尸哭极哀。众人皆曰：“此人暴虐吾国相，王县购其名姓千金，夫人不闻与？何敢来识之也？”荣应之曰：“闻之。然政所以蒙污辱自弃于市贩之间者，为老母幸无恙，妾未嫁也。亲既以天年下世，妾已嫁夫，严仲子乃察举吾弟困污之中而交之，泽厚矣，可柰何！士固为知己者死，今乃以妾尚在之故，重自刑以绝从，妾其柰何畏殁身之诛，终灭贤弟之名！”其言大惊韩市之人，荣乃大呼天者三，卒悲哀而死政旁。

韩　非

韩非自幼好刑名，口笨人勤著述丰。
受业能承荀况志，同窗未感李斯情。[1]
君临社稷凭权势，驾驭臣民赖奖惩。[2]
奉使咸阳终饮恨，遭谗陷狱死秦廷。[3]

【自注

①《史记·老子韩非列传》：“韩非者，韩之诸公子也。喜刑名法术之学，而其归本于黄老。非为人口吃，不能道说，而善著书。与李斯俱事荀卿，斯自以为不如非。”

②韩非是先秦法家思想之集大成者，他总结了商鞅、申不害和慎到三家的思想，提出了一整套法、术、势相结合的法治理论，认为君主应凭借权力和威势以及驾驭臣民的权术，保证法令贯彻执行，以巩固君主的地位。

③《史记·老子韩非列传》：秦王（即后之秦始皇）见韩非之书，欲得其人，因急攻韩。韩王遣非使秦，秦王悦之，未信用。李斯、姚贾毁之曰：“韩非，韩之诸公子也。今王欲并诸侯，非终为韩不为秦，此人之情也。今王不用，久留而归之，此自遗患也，不如以过法诛之。”“秦王以为然，下吏治非。李斯使人遗非药，使自杀。韩非欲自陈，不得见。秦王后悔之，使人赦之，非已死矣。”

楚庄王

荆蛮礼义俱沉沦，僭号称王喜自尊。
三载昏君方理政，一鸣圣鸟便惊人。
精神振奋伐庸宋，意气昂扬破晋陈。①
问鼎中原因底事，分明不肯作周臣。②

【自注

①《史记·楚世家》："庄王即位三年，不出号令，日夜为乐，令国中曰：'有敢谏者死无赦！'伍举入谏。庄王左抱郑姬，右抱越女，坐钟鼓之间。伍举曰：'愿有进。'隐曰：'有鸟在于阜，三年不蜚不鸣，是何鸟也？'庄王曰：'三年不蜚，蜚将冲天；三年不鸣，鸣将惊人。举退矣，吾知之矣。'居数月，淫益甚。大夫苏从乃入谏。王曰：'若不闻令乎？'对曰：'杀身以明君，臣之愿也。'于是乃罢淫乐，听政，所诛者数百人，所进者数百人，任伍举、苏从以政，国人大说。是岁灭庸。六年，伐宋，获五百乘。"以后又伐陈，杀夏徵舒，并大败晋师。

②《史记·楚世家》：楚庄王伐陆浑戎，遂之洛，陈兵周郊以示威。周定王使王孙满劳楚王。楚王问鼎之小大轻重，王孙满对曰："昔成王定鼎于郏鄏，卜世三十，卜年七百，天所命也。周德虽衰，天命未改。鼎之轻重，未可问也。"楚王乃归。

吴　起

曾参弟子损师名，寡义无情好用兵。
弃母从戎游鲁地，杀妻挂帅破齐营。①
将军战士同甘苦，剑影刀光共死生。②
可叹西河贤郡守，身穿楚箭赴幽冥。③

【自注

①《史记·孙子吴起列传》："吴起者，卫人也，好用兵。尝学于曾子，事鲁君。齐人攻鲁，鲁欲将吴起，吴起取齐女为妻，而鲁疑之。吴起于是欲就名，遂杀其妻，以明不与齐也。鲁卒以为将。将而攻齐，大破之。"又载："起之为人，猜忍人也。其少时，家累千金，游仕不遂，遂破其家，乡党笑之，吴起杀其谤己者三十余人，而东出卫郭

门。与其母诀，啮臂而盟曰：'起不为卿相，不复入卫。'遂事曾子。居顷之，其母死，起终不归。曾子薄之，而与起绝。"

②《史记·孙子吴起列传》："起之为将，与士卒最下者同衣食。卧不设席，行不骑乘，亲裹赢粮，与士卒分劳苦。卒有病疽者，起为吮之。"

③《史记·孙子吴起列传》：吴起去鲁适魏，魏文侯以为将，击秦，拔五城。又用为西河守，以拒秦、韩，颇有声名。吴起辞魏之楚，大受楚悼王重用。"及悼王死，宗室大臣作乱而攻吴起，吴起走之王尸而伏之。击起之徒因射刺吴起，并中悼王。悼王既葬，太子立，乃使令尹尽诛射吴起而并中王尸者。坐射起而夷宗死者七十余家。"

屈　原

赋祖屈平享誉长，高名上姓俱芬芳。
身兼外事娴辞令，位处中枢草宪章。
屡恨张仪通靳尚，常忧郑袖媚怀王。[①]
忠臣受谤遭流放，一首离骚欲断肠。[②]

自注

①《史记·屈原贾生列传》："屈原者，名平，楚之同姓也。为楚怀王左徒。博闻强志，明于治乱，娴于辞令。入则与王图议国事，以出号令；出则接遇宾客，应对诸侯。王甚任之。上官大夫与之同列，争宠而心害其能。怀王使屈原造为宪令，屈平属草稿未定。上官大夫见而欲夺之，屈平不与，因谗之曰：……王怒而疏屈平。"上官大夫：即上官靳尚，时任大夫。张仪：秦国使者。郑袖：楚怀王宠姬。

②《史记·屈原贾生列传》：靳尚和郑袖接受张仪的贿赂，暗中帮助秦国，出卖楚国利益；二人又共同诬陷屈原。楚怀王不辨忠奸，听信佞臣靳尚和宠姬郑袖之谗言，竟将忠臣屈原加以流放，屈原于是忧愁幽思而作《离骚》。

春申君黄歇

异姓春申握相权，门人待遇胜平原。[①]
详陈利弊联秦楚，细论恩仇断魏韩。[②]

建议昭王行友善，安排太子返乡关。[3]
缘何不采朱英计，致使头颅丧李园。[4]

【自注

①《史记·春申君列传》：春申君者，楚人也，名歇，姓黄氏。楚考烈王以黄歇为相，封为春申君。“赵平原君使人于春申君，春申君舍之于上舍。赵使欲夸楚……请命春申君客。春申君客三千余人，其上客皆蹑珠履以见赵使，赵使大惭。”

②《史记·春申君列传》：楚顷襄王时，秦昭王将使白起与韩、魏之师共伐楚。楚使黄歇至秦，上书秦昭王，详论楚、秦、韩、魏诸国之关系，认为秦、楚应该联合，而韩、魏两国是秦之仇敌。秦昭王看罢上书曰：“善。”于是止白起而谢韩、魏。发使赂楚，约为与国。

③《史记·春申君列传》：楚顷襄王使太子完与黄歇入质于秦，秦留之数年。顷襄王病，太子不得归。黄歇因应侯范雎以说秦昭王，请放太子归楚。昭王尚在犹豫，黄歇已安排太子易服为楚使者御以出关。昭王大怒，欲使黄歇自杀。后经应侯范雎营救，黄歇始返楚。

④《史记·春申君列传》：楚考烈王无子，春申君患之，求妇人宜子者屡进，卒无子。赵人李园欲进其妹于楚王，恐其无子失宠，乃先进于春申君，使孕。园妹乘间说春申君曰：“妾幸君未久，诚以君之重而进妾于楚王，王必幸妾；妾赖天有子男，则是君之子为王也，楚国尽可得。”春申君果进园妹于楚王，楚王幸之，遂生男，立为太子，园妹得为王后，李园亦当权用事。考烈王病危时，春申君门客朱英请春申君提防李园为变，并建议：“君置臣郎中，楚王卒，李园必先入，臣为君杀李园。”春申君不听。考烈王卒，李园果先入，伏死士于棘门之内。春申君后入，至棘门被杀，斩其头，投之棘门之外，又尽灭春申君之家。而李园妹与春申君所生子遂立，是为楚幽王。

越王句践

吴兵越士两相仇，剑影刀光几度秋。
槜李阖庐曾饮恨，夫椒句践亦蒙羞。
卧薪既晓今朝苦，尝胆应知往日愁。[1]
竟破姑苏偿夙愿，封王赐霸统诸侯。[2]

【自注

①《史记·越王句践世家》：吴王阖庐兴师伐越，被越王句践败于槜李，伤指而死。越王句践兴师伐吴，被吴王夫差败于夫椒，困于会稽。“吴既赦越，越王句践反国，乃苦身焦思，置胆于坐，坐卧即仰胆，饮食亦尝胆也。曰：‘女忘会稽之耻邪？’身自耕作，夫人自织，食不加肉，衣不重采，折节下贤人，厚遇宾客，振贫吊死，与百姓同其劳。”

②《史记·越王句践世家》：越王句践经多年准备，积蓄力量，终于大破吴军，攻克吴都姑苏，逼吴王夫差自杀。“句践已平吴，乃以兵北渡淮，与齐、晋诸侯会于徐州，致贡于周。周元王使人赐句践胙，命为伯。……当是时，越兵横行于江、淮东，诸侯毕贺，号称霸王。”

文　种

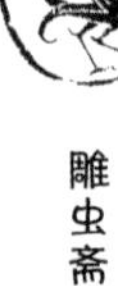

高才宛令细思量，立志辞荆赴越邦。
访圣闻名寻范蠡，求和奉旨见吴王。
子胥仗义明拦阻，伯嚭贪财暗赞襄。[①]
鸟尽弓藏人未去，杀身大祸起朝堂。[②]

【自注

①《史记·越王句践世家》张守节《正义》引《吴越春秋》云：“大夫种姓文名种，字子禽。荆平王时为宛令，之三户之里，范蠡从犬窦蹲而吠之，从吏恐文种惭，令人引衣而鄣之。文种曰：‘无鄣也。吾闻犬之所吠者人，今吾到此，有圣人之气，行而求之，来至于此。且人身而犬吠者，谓我是人也。’乃下车拜，蠡不为礼。”又载：越王句践兵败夫椒，受困会稽时，曾派文种求和于吴。吴臣伍子胥言于吴王曰：“天以越赐吴，勿许也。”又曰：“今不灭越，后必悔之。句践贤君，种、蠡良臣，若反国，将为乱。”吴臣伯嚭受文种之贿赂，暗中帮助文种。吴王卒赦越，罢兵而归。

②《史记·越王句践世家》：句践灭吴称霸后，范蠡遂去，自齐遗文种书曰：“蜚鸟尽，良弓藏；狡兔死，走狗烹。越王为人长颈鸟喙，可与共患难，不可与共乐。子何不去？”文种见书，称病不朝。人或谮种将作乱，越王句践乃赐种剑曰：“子教寡人伐吴七术，寡人用其三而败吴，其四在子，子为我从先王试之。”种遂自杀。

范　蠡

名臣巨贾两无妨，首富元勋一体当。
运去求和存越主，时来请战灭吴王。①
危邦自可同忧患，盛世焉能共庙堂。
致仕辞朝游海内，陶朱事业更辉煌。②

【自注

①《史记·越王句践世家》张守节《正义》引《会稽典录》云："范蠡字少伯，越之上将军也。本是楚宛三户人，佯狂倜傥负俗。文种为宛令，遣吏谒奉。吏还曰：'范蠡本国狂人，生有此病。'种笑曰：'吾闻士有贤俊之姿，必有佯狂之讥，内怀独见之明，外有不知之毁，此固非二三子之所知也。'驾车而往，蠡避之。后知种之必来谒，谓兄嫂曰：'今日有客，愿假衣冠。有顷种至，抵掌而谈，旁人观者耸听之矣。'"越王句践兵败夫椒，受困会稽时，范蠡首主求和。后又为质于吴，二岁而吴归范蠡。范蠡曾对越王曰："兵甲之事，种不如蠡；填抚国家，亲附百姓，蠡不如种。"当时机成熟时，范蠡主动请战，率军灭吴。

②《史记·越王句践世家》：范蠡认为，句践其人，"可与共患难，不可与共乐"，故在功成名就之后，"浮海出齐，变姓名，自谓鸱夷子皮，耕于海畔，苦身戮力，父子治产。居无几何，致产数十万。齐人闻其贤，以为相。范蠡喟然叹曰：'居家则致千金，居官则至卿相，此布衣之极也。久受尊名，不祥。'乃归相印，尽散其财，以分与知友乡党，而怀其重宝，间行以去，止于陶，以为此天下之中，交易有无之路通，为生可以致富矣。于是自谓陶朱公。复约要父子耕畜，废居，候时转物，逐什一之利。居无何，则致赀累巨万。天下称陶朱公"。

西　施

谁怜美女救危亡，奉命西施亦感伤。
曼舞轻歌习越调，柔情媚态惑吴王。

终年酒色人心散，累月巡游政务荒。
一叶扁舟从范蠡，天高地迥水苍茫。[①]

【自注

①据《吴越春秋·句践阴谋外传》《越绝书》《吴地记》等载，西施为春秋末期越诸暨苧萝鬻薪者之女，又称西子，著名美女。越王句践败于夫椒，困于会稽，命范蠡求得美女西施，进于吴王夫差，吴王许和。西施奉命以美色迷惑吴王，使其耽于酒色，荒疏政务，最后为越所灭。吴亡之后，西施从范蠡泛舟五湖，不知所终。

郑桓公

裂地分茅佐二龙，兴邦建郑始桓公。
天潢贵胄厉为父，雁序深情宣是兄。
受宠初封京邑左，求安又徙洛城东。[①]
骊山举燧无人应，护驾司徒丧犬戎。[②]

【自注

①《史记·郑世家》："郑桓公友者，周厉王少子而宣王庶弟也。宣王立二十二年，友初封于郑。封三十三岁，百姓皆便爱之。幽王以为司徒。和集周民，周民皆说，河雒之间，人便思之。为司徒一岁，幽王以褒后故，王室治多邪，诸侯或畔之。于是桓公问太史伯曰：'王室多故，予安逃死乎？'太史伯对曰：'独雒之东土，河济之南可居。'……于是卒言王，东徙其民雒东。"按，郑桓公初封之郑，在今陕西华县境；其徙雒东之郑，号为新郑，在今河南郑州附近。

②《史记·郑世家》："犬戎杀幽王于骊山下，并杀桓公。郑人共立其子掘突，是为武公。"参阅《褒姒》自注②。

郑庄公

庄公堕地有奇名，倒产惊亲号寤生。[①]
险邑超常难允制，高墙过度却从京。[②]

骄奢母弟攻新郑，伪诈胞兄灭乱兵。③
已誓黄泉诚悔恨，封人设计拟佳城。④

自注

①《史记·郑世家》："武公十年，娶申侯女为夫人，曰武姜。生太子寤生，生之难，及生，夫人弗爱。后生少子叔段，段生易，夫人爱之。二十七年，武公疾。夫人请公，欲立段为太子，公弗听。是岁，武公卒，寤生立，是为庄公。"

②《左传·隐公元年》："及庄公即位，为之请制。公曰：'制，岩邑也，虢叔死焉，佗邑唯命。'请京，使居之，谓之'京城大叔'。"按，制和京，均为地名。武姜为叔段请制未获允许，转而请得京地。叔段将京之城墙建筑得超过制度规定，大夫祭仲提醒庄公应该警惕，庄公却说："姜氏欲之，焉辟害？"又说叔段"多行不义必自毙"，故意让叔段继续违法乱制。

③《史记·郑世家》："段至京，缮治甲兵，与其母武姜谋袭郑。二十二年，段果袭郑，武姜为内应。庄公发兵伐段，段走。伐京，京人畔段，段出走鄢。鄢溃，段出奔共。"

④《左传·隐公元年》：庄公击败其弟叔段后，遂置其母姜氏于城颍，而发誓曰："不及黄泉，无相见也。"所谓"黄泉"，实即坟墓，意谓不到死后进入坟墓，母子不会相见。既而悔之，封人颍考叔闻之，谓庄公曰："君何患焉？若阙地及泉，隧而相见，其谁曰不然？"庄公从之。掘地道（实际象征坟墓，即佳城）而见母，遂为母子如初。封人：管理疆界之官。

子　产

诸侯贵胄位尊崇，政事民情俱贯通。①
厚遇吴宾亲季子，深交晋主慰平公。②
初逢玄圣似昆弟，久任上卿如股肱。③
四代忠臣辞世后，国人送葬若长龙。④

自注

①《史记·郑世家》："子产者，郑成公少子也。为人仁爱人，事

君忠厚。”自郑简公十二年(前 554)为卿始,至郑声公五年(前 496)卒,历简公、定公、献公、声公四君,执政近六十年。名侨,字子产。

②《史记·郑世家》:“(郑简公)二十二年,吴使延陵季子于郑,见子产如旧交。”又载:“(郑简公)二十五年,郑使子产于晋,问平公疾。”平公厚礼以待子产。

③玄圣:指孔子。《史记·郑世家》:“孔子尝过郑,与子产如兄弟云。及闻子产死,孔子为泣曰:‘古之遗爱也!’”

④《史记·郑世家》:“声公五年,郑相子产卒,郑人皆哭泣,悲之如亡亲戚。”

卷二　秦汉时期 88首

秦襄公

梦入中原气势雄，秦襄主政运方通。
蒙尘已倡勤王事，救难还收护驾功。
此日封公居右地，他年率部破西戎。[①]
南征北战人相继，一统江山定祖龙。[②]

自注

①《史记·秦本纪》：周宣王召秦庄公昆弟五人，与兵七千，使伐西戎，破之。周宣王遂封秦庄公为西垂大夫，使居其祖先大骆、秦仲之故地西犬丘（今甘肃天水西南，礼县东北）。庄公卒，太子襄公代立。秦襄公七年（前771）春，“周幽王用褒姒废太子，立褒姒子为适，数欺诸侯，诸侯叛之。西戎犬戎与申侯伐周，杀幽王郦山下。而秦襄公将兵救周，战甚力，有功。周避犬戎难，东徙雒邑，襄公以兵送周平王。平王封襄公为诸侯，赐之岐以西之地。曰：‘戎无道，侵夺我岐、丰之地，秦能攻逐戎，即有其地。’与誓，封爵之。襄公于是始国”。

②《史记·秦本纪》：自秦襄公正式立国，中经二十九位君主，历时五百五十年，至公元前221年，始由秦始皇统一天下。祖龙：即秦始皇。

百里奚

讨饭陪牛乐赤贫，苍髯皓首却逢春。
亡国入晋为俘虏，辱志归秦作媵臣。[①]
贱价赎身称五羖，悲情送子泣三人。
殽山败阵遗长恨，始叹贤才料鬼神。[②]

【自注

①《史记·秦本纪》：百里奚，春秋时虞人。少家贫，尝游困于齐而乞食铚人。又闻周王子穨好牛，而以养牛干之。晋献公灭虞，虏虞君与其大夫百里奚，又以百里奚为秦穆公夫人媵于秦。

②《史记·秦本纪》：百里奚以媵臣为耻亡秦走宛，楚鄙人执之。秦穆公闻百里奚贤，欲重金赎之，恐楚人不与，乃使人谓楚曰："吾媵臣百里傒在焉，请以五羖羊皮赎之。"楚人许之。时百里奚年已七十余。秦穆公与语国事三日，大悦，授之国政，号曰五羖大夫。百里奚又荐其友贤士蹇叔，秦穆公遂以蹇叔为上大夫。又载：秦穆公以百里奚之子孟明视、蹇叔之子西乞术及白乙丙三人为将，将越国以伐郑。百里奚与蹇叔谏，不听。临行日，百里奚、蹇叔二人哭之。穆公怒曰："孤发兵而子沮哭吾军，何也？"二人曰："臣非敢沮君军。军行，臣子与往；臣老，迟还恐不相见，故哭耳。"二人又谓其子曰："汝军即败，必于殽厄矣。"秦军东进至滑，郑商人弦高说破其伐郑之谋。三将见伐郑无望，乃顺道灭滑。滑为晋之边邑，晋襄公大怒，发兵遮秦兵于殽，大破秦军，虏秦三将以归。

张　仪

鬼谷高徒有盛名，能言善辩仕秦廷。[①]
七雄异政分强弱，二士同门斗纵横。[②]
往日何曾偷玉璧，他年必定取金城。[③]
连齐负楚多权变，诈献商於是恶行。[④]

【自注

①《史记·张仪列传》："张仪者，魏人也。始尝与苏秦俱事鬼谷先生，学术，苏秦自以不及张仪。"又载，张仪"见秦惠王，惠王以为客

卿，与谋伐诸侯”，后竟为秦相。

②《史记·张仪列传》：苏秦与张仪，虽师出同门，但政见不同。苏秦主张合纵，合山东六国以抗秦；张仪主张连横，说六国以奉秦。

③《史记·张仪列传》：“张仪已学而游说诸侯。尝从楚相饮，已而楚相亡璧，门下意张仪，曰：‘仪贫无行，必此盗相君之璧。’共执张仪，掠笞数百，不服，释之。”又载：“张仪既相秦，为文檄告楚相曰：‘始吾从若饮，我不盗而璧，若笞我。若善守汝国，我顾且盗而城！’”

④《史记·张仪列传》：秦欲伐齐而齐楚纵亲，于是使张仪说楚王曰：“大王诚能听臣，闭关绝约于齐，臣请献商於之地六百里。”楚与齐绝交后，秦反与齐连横。楚使请地，张仪改口将原许诺之“六百里”说成“六里”。楚王大怒，发兵击秦，秦齐共攻楚，斩首八万，杀大将屈匄。

魏冉

赢秦悼武甫身亡，地覆天翻魏冉忙。
异父同堂连太后，排忧解困立昭王。[①]
长甥僭号曾称帝，元舅挥师屡破梁。
拜相封侯极富贵，权移范氏去辉煌。[②]

【自注

①《史记·穰侯列传》：“秦武王卒，无子，立其弟为昭王。昭王母故号为芈八子，及昭王即位，芈八子号为宣太后。宣太后非武王母。武王母号曰惠文后，先武王死。宣太后二弟：其异父长弟曰穰侯，姓魏氏，名冉；同父弟曰芈戎，为华阳君。而昭王同母弟曰高陵君、泾阳君。而魏冉最贤，自惠王、武王时任职用事。武王卒，诸弟争立，唯魏冉力为能立昭王。昭王即位，以冉为将军，卫咸阳。诛季君之乱，而逐武王后出之魏，昭王诸兄弟不善者皆灭之，威振秦国。昭王少，宣太后自治，任魏冉为政。”

②《史记·穰侯列传》：秦昭王为魏冉长甥，曾于昭王十九年（前288）称西帝，田齐湣王称东帝。月余，秦、齐各复归帝为王。魏冉为秦昭王元舅，四登相位，再列封疆，初封于穰，复益封陶，号穰侯，多次领兵，屡破大梁。正当魏冉富贵已极时，魏人范雎入秦，获秦昭王重用。“范雎言宣太后专制，穰侯擅权于诸侯，泾阳君、高陵君之属太侈，富于王室。于是秦昭王悟，乃免相国，令泾阳之属皆出关，就封邑。穰侯出关，辎车千乘有余。穰侯卒于陶，而因葬焉。秦复收陶为郡。”

蔡　泽

善辩能言泣鬼神，堪教范氏信为真。
种胥位显亡吴越，鞅起功高灭楚秦。
宿怨深仇均已报，新灾大祸又将临。①
纲成利口终如愿，拜相当年又易人。②

【自注

①《史记·范雎蔡泽列传》：蔡泽燕人，游学屡干诸侯不遇。闻秦相应侯范雎所任用之郑安平与王稽皆负重罪于秦，范雎内惭，蔡泽乃入秦见范雎，言曰：文种于越有大功，然为越所灭；伍子胥于吴有大功，然为吴所灭；商鞅于秦有大功，然为秦所灭；吴起与楚有大功，然为楚所灭。日中则移，月满则亏，进退盈缩，与时变化，成功之下，不可久处。今君宿怨深仇已报，何不此时归相印，让贤者而授之，退而长保富贵；否则，必有四子之祸。

②《史记·范雎蔡泽列传》：范雎信蔡泽之言，延为上客，又荐举于秦王。秦王诏见蔡泽，与语大悦，拜为客卿。范雎因谢病请归相印，秦王遂以蔡泽为相。“蔡泽相秦数月，人或恶之，惧诛，乃谢病归相印，号为纲成君。居秦十余年，事昭王、孝文王、庄襄王。卒事始皇帝，为秦使于燕，三年而燕使太子丹入质于秦。”

吕不韦

大贾多金昼夜忙，邯郸处事若经商。
当年破产居奇货，异日收功相大邦。①
号父如前通赵后，封侯照旧骗秦王。②
三千贵客集门下，吕氏春秋享誉长。③

【自注

①《史记·吕不韦列传》：秦庄襄王子楚乃秦昭王庶孙，太子安国君庶子，在赵为人质。阳翟大贾吕不韦于赵都邯郸，见子楚而怜之，认为“此奇货可居”，乃行政治投机，以重金为子楚谋求嫡嗣之位。太子安国君之宠姬华阳夫人，身为正夫人而无子，经吕不韦以

重金游说，华阳夫人遂立子楚为嫡嗣。吕不韦取邯郸诸姬绝好善舞者赵氏与居，知有身，乃献于子楚。赵氏自匿有身，至大期生子政，子楚遂立赵氏为夫人。秦昭王薨后，太子安国君立，是为孝文王，华阳夫人为王后，子楚为太子。孝文王即位当年即薨，太子子楚立，是为庄襄王，赵氏为王后，政为太子，以吕不韦为丞相，封文信侯。庄襄王即位三年而薨，太子政立，尊吕不韦为相国，号称“仲父”。赵氏则成为太后。

②《史记·吕不韦列传》：秦王政年少，赵太后时窃私通吕不韦。吕不韦恐事泄祸及，乃进嫪毐，诈腐以为宦官，使侍赵太后。

③《史记·吕不韦列传》：吕不韦集门客三千人，共著《吕氏春秋》二十余万言。嫪毐诈腐事泄，吕不韦自度有罪而自杀，然《吕氏春秋》却享誉后世。

嫪毐

邯郸浪子荡咸阳，巧凑机缘侍相邦。
诈腐多年通太后，真生数孽辱秦王。[1]
虽云酒后发狂论，却想人前作上皇。[2]
恶棍封侯犹叛乱，天诛地灭自沦亡。[3]

【自注

①《史记·吕不韦列传》：“始皇帝益壮，太后淫不止。吕不韦恐觉祸及己，乃私求大阴人嫪毐以为舍人，时纵倡乐，使毐以其阴关桐轮而行，令太后闻之，以啖太后。太后闻，果欲私得之。吕不韦乃进嫪毐，诈令人以腐罪告之。不韦又阴谓太后曰：‘可事诈腐，则得给事中。’太后乃阴厚赐主腐者吏，诈论之，拔其须眉为宦者，遂得侍太后。太后私与通，绝爱之。有身，太后恐人知之，诈卜当避时，徙宫居雍。嫪毐常从，赏赐甚厚，事皆决于嫪毐。”毐封长信侯，与太后生二子，皆匿之。

②《史记·吕不韦列传》：嫪毐曾与太后谋曰：“王即薨，以子为后。”裴骃《集解》引《说苑》云：“毐与侍中左右贵臣博弈饮酒，醉，争言而斗，瞋目大叱曰：‘吾乃皇帝假父也，窭人子何敢乃与我亢。’所与斗者走，行白始皇。”

③《史记·吕不韦列传》：秦王政九年（前238），有告嫪毐实非宦官者，常与太后私乱，生二子。毐闻之，恐祸起，乃与其党谋，矫太后玺发卒以反蕲年宫。秦王发兵攻毐，追斩之好畤，遂灭其宗而夷三族。又杀太后所生二子，而迁太后于雍之棫阳宫。

甘　罗

下蔡甘罗有盛名，年方满纪立朝廷。
能教吕相知才气，可令张公晓罪行。[①]
入赵劳心施妙计，归秦唾手取坚城。[②]
虽云策士多谋诈，毕竟冲龄任上卿。[③]

【自注

①《史记·樗里子甘茂列传》：甘罗者，下蔡甘茂之孙也，年十二，事秦相文信侯吕不韦。秦王政使蔡泽于燕，三年而燕王喜使太子丹入质于秦。秦使张唐往相燕，欲与燕共伐赵以广河间之地，张唐借口不肯行，吕不韦自请之，亦不肯。甘罗见张唐曰：卿之功远不及武安君白起；应侯范雎受秦之信任，远不及文信侯吕不韦。可是，“应侯欲攻赵，武安君难之，去咸阳七里而立死于杜邮。今文信侯自请卿相燕而不肯行，臣不知卿所死处矣”。张唐听罢，知罪愿行。

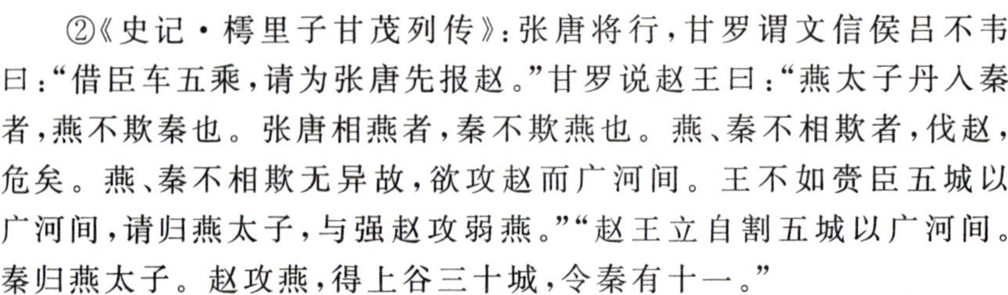

②《史记·樗里子甘茂列传》：张唐将行，甘罗谓文信侯吕不韦曰：“借臣车五乘，请为张唐先报赵。”甘罗说赵王曰：“燕太子丹入秦者，燕不欺秦也。张唐相燕者，秦不欺燕也。燕、秦不相欺者，伐赵，危矣。燕、秦不相欺无异故，欲攻赵而广河间。王不如赍臣五城以广河间，请归燕太子，与强赵攻弱燕。”“赵王立自割五城以广河间。秦归燕太子。赵攻燕，得上谷三十城，令秦有十一。”

③《史记·樗里子甘茂列传》：“甘罗年少，然出一奇计，声称后世。虽非笃行之君子，然亦战国之策士也。方秦之强时，天下尤趋谋诈哉。”

徐　福

秦皇畏死欲延年，术士乘机献异端。
备弩杀鲛寻药饵，登舟入海觅神仙。[①]
江山万代诚虚构，寿命千旬亦妄言。
奉旨楼船何处去，童男少女是疑团。[②]

【自注

①《史记·秦始皇本纪》：徐福，秦时齐方士，亦作徐市。秦始皇

二十八年(前 219),始皇东行郡县,南登琅邪,立刻石,颂秦德,既已,“齐人徐市等上书,言海中有三神山,名曰蓬莱、方丈、瀛洲,仙人居之。请得斋戒,与童男女求之。于是遣徐市发童男女数千人,入海求仙人”。又载:“方士徐市等入海求神药,数岁不得,费多,恐谴,乃诈曰:‘蓬莱药可得,然常为大鲛鱼所苦,故不得至,原请善射与俱,见则以连弩射之。’”

②《史记·淮南衡山列传》:秦始皇“使徐福入海求神异物”,徐福还而伪辞曰:“臣见海中大神,言曰:‘汝西皇之使邪?’臣答曰:‘然。’‘汝何求?’曰:‘原请延年益寿药。’神曰:‘汝秦王之礼薄,得观而不得取。’即从臣东南至蓬莱山,见芝成宫阙,有使者铜色而龙形,光上照天。于是臣再拜问曰:‘宜何资以献?’海神曰:‘以令名男子若振女与百工之事,即得之矣。’”秦始皇大悦,“遣振男女三千人,资之五谷种种百工而行。徐福得平原广泽,止王不来”。按,振女:即童女、幼女。振男女,即童男幼女。又张守节《史记正义》引《括地志》云:“亶洲在东海中,秦始皇使徐福将童男女入海求仙人,止在此洲,共数万家,至今洲上有至会稽市易者。吴人《外国图》云亶洲去琅邪万里。”

赵 高

身残体贱意猖狂,扈驾中途遇大丧。
先迫李斯更密诏,后推胡亥作新皇。[①]
原非鹿马难分辨,本是忠奸费考量。[②]
擅政专权杀二世,焉知顷刻见无常。[③]

【自注

①《史记·秦始皇本纪》与《史记·李斯列传》载:秦始皇三十七年(前 210)七月,始皇出游至沙丘,病甚,令宦者赵高为书赐公子扶苏曰:“以兵属蒙恬,与丧会咸阳而葬。”书已封,未授使者,始皇崩。赵高胁迫丞相李斯更改密诏内容,立公子胡亥为太子,继位为秦二世皇帝,而更为书与公子扶苏及将军蒙恬,数以罪,赐死。

②《史记·秦始皇本纪》:秦二世二年(前 208)七月,赵高杀丞相李斯,二世以赵高为丞相。三年(前 207)八月己亥,“赵高欲为乱,恐群臣不听,乃先设验,持鹿献于二世,曰:‘马也。’二世笑曰:‘丞相误邪?谓鹿为马。’问左右,左右或默,或言马以阿顺赵高。或言鹿,高因阴中诸言鹿者以法。后群臣皆畏高”。

③《史记·秦始皇本纪》:赵高逼杀二世皇帝后,立二世之兄子公子婴为秦王。公子婴与其二子谋曰:"丞相高杀二世望夷宫,恐群臣诛之,乃详以义立我。我闻赵高乃与楚约,灭秦宗室而王关中。今使我斋见庙,此欲因庙中杀我。我称病不行,丞相必自来,来则杀之。"高使人请子婴数辈,子婴不行。高果自往,子婴遂刺杀高于斋宫,三族高家以徇咸阳。

陈　胜

佣耕壮士未安贫,蔑视王侯信自身。
燕雀巢堂栖绿树,鸿鹄掠汉入青云。[①]
揭竿举事兴张楚,遣将分兵抗暴秦。
建号称孤虽半载,亡羸却是领头人。[②]

【自注

①《史记·陈涉世家》:陈胜字涉,少时尝与人佣耕。辍耕之垄上,怅恨久之,曰:"苟富贵,无相忘。"佣者笑而应曰:"若为佣耕,何富贵也?"陈胜太息曰:"嗟乎,燕雀安知鸿鹄之志哉!"又载:陈胜号召九百徒属起义时,曾说:"且壮士不死即已,死即举大名耳,王侯将相宁有种乎!"

②《史记·陈涉世家》:起义大军攻陷陈县(今河南淮阳)后,"陈涉乃立为王,号为'张楚'"。陈胜自秦二世元年(前209)七月起义,至秦二世二年(前208)腊月被叛徒庄贾杀害,首尾合计,历时仅半载。按:秦以十月为岁首,陈胜所历,二世元年三个月(七月至九月),二世二年亦三个月(十月至腊月),合计凡六月。

章　邯

奉旨挥师讨叛王,韩成魏咎与周章。[①]
先诛楚相杀陈胜,继斩齐君灭项梁。[②]
钜鹿兵强诚振奋,棘原路断始投降。[③]
刘邦略定三秦日,水灌雍都饮恨亡。[④]

【自注

①据《史记》之《陈涉世家》《项羽本纪》《高祖本纪》等载,陈胜起

兵反秦后，原六国贵族皆自立为王，恢复旧国。秦二世乃大赦天下，使少府章邯免骊山徒、人奴子，悉发以击关东叛王。韩成是韩王，魏咎是魏王，周章（字文，亦称周文）是陈胜所派西进击秦之主将。三人均为章邯所败，其中周章兵败自杀，魏咎兵败而为其民约降后，亦自杀。

②楚相：指陈胜之将军田臧。陈胜使田臧助假王吴广西击荥阳，田臧以吴广骄不知兵为由，矫陈胜令诛杀吴广，陈胜赐田臧为楚令尹（即相）。田臧率兵西进，亦败于章邯，被杀。在章邯所率秦军的打击下，陈胜义军节节败退，陈胜之御庄贾见大势已去，乃杀陈胜而降秦。齐君：指自立为齐王的原齐国贵族田儋，为章邯所杀。项梁：原楚国大将项燕之子，项羽之叔父，在定陶之战中亦为章邯所杀。

③《史记·项羽本纪》：章邯已破项梁军，乃渡河击赵，又大破之，令王离、涉间、苏角合围钜鹿，困赵王歇及其相张耳于钜鹿城内。诸侯救赵者，皆不敢与秦军交战。独项羽破釜沉舟，渡河击秦军，大破之，杀苏角，虏王离，涉间战败自杀。驻军于钜鹿之南棘原之章邯，在内有赵高之陷害，外有项羽之强兵的情况下，乃降于项羽。

④《史记·项羽本纪》：章邯随项羽入关中，被封为雍王，王咸阳以西，都废丘。刘邦自汉中还定三秦，水灌废丘，章邯兵败自杀。

楚霸王项羽

暴起重瞳若亢龙，诸侯领袖日当空。①
轻皇蔑帝凌云志，复楚亡秦盖世功。②
月下悲歌愁不尽，江边浩叹恨无穷。③
生前叱咤山河动，死后犹能作鬼雄。④

自注

①《史记·项羽本纪》：太史公曰："吾闻之周生曰'舜目盖重瞳子'，又闻项羽亦重瞳子。羽岂其苗裔邪？何兴之暴也！夫秦失其政，陈涉首难，豪杰蜂起，相与并争，不可胜数。然羽非有尺寸，乘執起陇亩之中，三年，遂将五诸侯灭秦，分裂天下，而封王侯，政由羽出，号为'霸王'，位虽不终，近古以来未尝有也。"《易·乾卦》上九："亢龙有悔。"

②《史记·项羽本纪》："秦始皇帝游会稽，渡浙江，梁与籍俱观。籍曰：'彼可取而代也。'"按：项籍字羽，项籍即项羽。

③《史记·项羽本纪》：项羽被围垓下，夜闻四面楚歌，乃起饮帐

中。有美人虞姬，常幸从；骏马名骓，常骑之。于是项羽乃慷慨悲歌，自为诗曰："力拔山兮气盖世，时不利兮骓不逝。骓不逝兮可奈何，虞兮虞兮奈若何！"歌数阕，美人和之。项羽泣下数行，左右皆泣，莫能仰视。又载：项羽自垓下突围驰走，渡淮迷路，从者仅二十八骑，而汉骑追者数千人。项羽自度不得脱，乃谓其骑曰："吾起兵至今八岁矣，身七十余战，所当者破，所击者服，未尝败北，遂霸有天下。然今卒困于此，此天之亡我，非战之罪也。今日固决死，原为诸君快战，必三胜之，为诸君溃围，斩将，刈旗，令诸君知天亡我，非战之罪也。"

④李清照《乌江》诗云："生当作人杰，死亦为鬼雄。至今思项羽，不肯过江东。"

范 增

重瞳武信正迷茫，亚父兴言立楚王。[①]
屡进奇谋扶项羽，常施妙计困刘邦。
争夺社稷非齐主，取代江山是汉皇。[②]
怎奈陈平行反间，膺填怒气去朝堂。[③]

【自注

①《史记·项羽本纪》：项梁、项羽闻陈胜已死，不知所措，乃会诸将于薛而计事。居鄛人范增，年七十，素居家，好奇计，往说项梁曰："陈胜败固当。夫秦灭六国，楚最无罪。自怀王入秦不反，楚人怜之至今，故楚南公曰'楚虽三户，亡秦必楚'也。今陈胜首事，不立楚后而自立，其势不长。今君起江东，楚蜂午之将皆争附君者，以君世世楚将，为能复立楚之后也。"项梁然其言，乃于民间求得已为人牧羊之楚怀王孙心，立为楚怀王，以从民望。按，重瞳：指项羽。武信：指项梁，梁自号为武信君。亚父：指范增，项羽尊称范增为亚父。

②《史记·项羽本纪》：项羽自立为西楚霸王，王九郡，都彭城，其西有汉王，其北有齐王。项羽轻汉王而重齐王。范增数谏，认为真正与项羽争夺江山社稷者，是汉王而非齐王，应乘汉王兵败彭城之机，一鼓作气，将其消灭，否则，"今释弗取，后必悔之"。

③《史记·项羽本纪》："汉王患之，乃用陈平计间项王。……项王乃疑范增与汉有私，稍夺之权。范增大怒，曰：'天下事大定矣，君王自为之。原赐骸骨归卒伍。'项王许之。行未至彭城，疽发背而死。"

吴　芮

文韬武略俱优长，爱女诚心配九江。[①]
久著贤名传海内，多施惠政理番阳。
身携百越反秦帝，力辅诸侯从项王。
裂土衡山因霸主，长沙建号谢高皇。[②]

【自注

①九江：指黥布，他曾被项羽封为九江王。

②《汉书·韩彭英卢吴传》："吴芮，秦时番阳令也，甚得江湖间民心，号曰番君。天下之初叛秦也，黥布归芮，芮妻之，因率越人举兵以应诸侯。沛公攻南阳，乃遇芮之将梅鋗，与偕攻析、郦，降之。及项羽相王，以芮率百越佐诸侯，从入关，故立芮为衡山王，都邾。其将梅鋗功多，封十万户，为列侯。项籍死，上以鋗有功，从入武关，故德芮，徙为长沙王，都临湘，一年薨，谥曰文王，子成王臣嗣。"

魏　豹

二世江山渐渺茫，群雄较力动刀枪。
初收旧地为梁主，再建新功徙魏王。[①]
不满分封离项羽，才遭挫败去刘邦。[②]
河东被虏心犹恨，命丧周苛自殒亡。[③]

【自注

①《史记·魏豹彭越列传》：魏豹者，故魏诸公子也。陈胜起兵，乃立魏豹之兄魏咎为魏王。章邯围魏咎于临济，咎为其民约降而自烧杀。魏豹亡走楚，楚怀王予兵数千，使复徇魏地。魏豹下魏二十余城，楚怀王立豹为魏王。魏豹率精兵从项羽入关有功，项羽封诸侯，欲有梁地，乃徙魏豹于河东，为西魏王，都平阳。按，战国时魏之国都在大梁，故魏亦称梁，魏王即梁王，秦汉因之。

②《史记·魏豹彭越列传》：魏豹不满项羽徙其为西魏王，遂叛项羽而降刘邦，并从刘邦击楚于彭城。项羽由齐率精兵三万南下，收复彭城，大破刘邦所率五诸侯兵凡五十六万。魏豹见刘邦受挫，

退守荥阳，乃请归视亲病，至国，即绝河津而叛刘邦。

③《史记·魏豹彭越列传》：刘邦使韩信击虏魏豹于河东，传诣荥阳。刘邦未杀魏豹，反使其协助周苛、枞公守荥阳。项羽围荥阳甚急，周苛恐魏豹生变，遂杀之。

陈馀其一

易姓更名躲暴秦，包羞忍耻作监门。[①]
胸怀壮志投陈涉，手握雄兵立武臣。[②]
钜鹿生嫌离挚友，南皮挑衅破仇人。[③]
宣忠故主击韩信，败阵捐躯报赵民。[④]

【自注

①《史记·张耳陈馀列传》：张耳者，大梁人也；陈馀者，亦大梁人也。馀年少，父事张耳，两人相与为刎颈交。秦灭魏后，闻此二人皆魏之名士，购求张耳以千金，陈馀以五百金。张耳与陈馀乃"变名姓，俱之陈，为里监门以自食"。

②《史记·张耳陈馀列传》：陈涉起义后，张耳与陈馀谒陈涉，劝立六国后，并从武臣北定赵地。后又劝武臣自立为赵王，以张耳为右丞相，陈馀为大将军。武臣被叛将李良杀死，张耳与陈馀又立赵歇为赵王。

③《史记·张耳陈馀列传》：秦将王离围张耳与赵王歇于钜鹿，时陈馀领兵数万军于钜鹿北。如何解钜鹿之围，张陈二人产生严重分歧，互相怨恨，终成仇敌。钜鹿解围后，陈馀愤而离去，张耳从项羽入关，被封为常山王。项羽以陈馀未从入关，"闻其在南皮，即以南皮旁三县以封之"。陈馀不服，张陈仇恨更深。"张耳之国，陈馀愈益怒……因悉三县兵袭常山王张耳"，张耳败走，投奔汉王刘邦。

④《史记·张耳陈馀列传》：陈馀大破张耳，尽复赵地，复迎赵歇为赵王。赵王德陈馀，立其为代王。陈馀以赵王弱，国初定，不之代，留辅赵王。汉三年（前204），刘邦遣张耳与韩信击赵破井陉，斩陈馀泜水上，追杀赵王歇于襄国。陈馀、赵歇死后，刘邦立张耳为赵王。

陈馀其二

绝恩断义话张陈，刎颈之交势利分。
隐姓埋名同避祸，防秦立赵共为臣。
生嫌钜鹿情难在，挑衅南皮怨更深。
背叛刘邦仇项羽，淮阴破阵斩斯人。[①]

【自注

①《史记·张耳陈馀列传》："汉二年，东击楚，使使告赵，欲与俱。陈馀曰：'汉杀张耳乃从。'于是汉王求人类张耳者斩之，持其头遗陈馀。陈馀乃遣兵助汉。汉之败于彭城西，陈馀亦复觉张耳不死，即背汉。"参阅《陈馀其一》自注。

田　荣

救魏堂兄始阵亡，承家从弟又担当。[①]
楚君不肯杀田假，齐将焉能助项梁。[②]
散漫残民谁做主，纷纭乱世自称王。
重瞳率部临城下，败走平原斩道旁。[③]

【自注

①《史记·田儋列传》：田荣乃齐王田儋从弟。秦将章邯围魏王咎于临济。魏咎求于齐，齐王田儋将兵救魏。章邯大破齐、魏军，杀田儋于临济。田荣收田儋余部走东阿。

②《史记·田儋列传》：齐人闻田儋死，乃立故齐王建之弟田假为齐王，田角为相，田间为将，以拒诸侯。田荣闻之，乃引兵击逐齐王田假。田假走楚，田角走赵，田间往赵求救，亦留不敢归。田荣乃立田儋子市为齐王，荣自相之，弟田横为将，平齐地。项梁既追章邯，章邯兵盛，项梁使人告赵、齐，发兵共击章邯。田荣曰："使楚杀田假，赵杀田角、田间，乃肯出兵。"楚、赵不听。田荣亦怒，终不肯出兵助项梁，项梁遂被章邯击杀。项羽由此怨田荣。

③《史记·田儋列传》：项羽入关，大封诸侯，徙齐王田市为胶东王，治即墨；立齐将田都为齐王，治临淄；立故齐王建之孙田安为济北王，治博阳。田荣以负项梁，故不封王；赵将陈馀以失职离任，仅

封三县，亦不封王。二人俱怨项羽。项羽归彭城，诸侯各就国。田荣使人将兵助陈馀，令反赵地。而田荣则发兵拒击田都，田都走楚。田荣又留田市，不使之胶东，田市惧项羽，不听田荣，田荣即杀田市，又杀济北王田安。于是田荣自立为齐王，尽并三齐之地。项羽闻之，大怒，乃由彭城北伐齐。齐王田荣兵败，走平原，为平原人所杀。

郦食其

落拓监门有盛名，年逾耳顺号狂生。①
多才不让三千客，辩口能当百万兵。
奉命单车为汉使，开言数语下齐廷。②
焉知蒯彻私韩信，竟致高阳死酷刑。③

【自注

①《史记·郦生陆贾列传》：郦生食其者，陈留高阳人也。好读书，家贫落拓，为里监门吏，然县中豪杰不敢役。年逾六十，人皆谓之狂生。好饮，自称高阳酒徒。刘邦引兵过陈留，郦生往见，请为刘邦说陈留令，陈留令不听，郦生斩之，刘邦乃下陈留，号郦生为广野君。

②《史记·郦生陆贾列传》：汉三年（前204），郦生请为刘邦说齐王田广归汉，刘邦许之。郦生凭其辩口，三言两语，竟说服田广。田广及其相田横等，遂罢历下兵守战备，与郦生日纵酒。

③《史记·淮阴侯列传》：韩信平赵、燕后，闻郦食其已说齐归汉，欲止不进。范阳辩士蒯通说韩信曰："将军受诏击齐，而汉独发间使下齐，宁有诏止将军乎？何以得毋行也！且郦生一士，伏轼掉三寸之舌，下齐七十余城，将军将数万众，岁余乃下赵五十余城，为将数岁，反不如一竖儒之功乎？"韩信以为然，乃袭破齐历下军，攻陷临淄。齐王田广及其相田横，以为郦食其卖己，乃烹之。按：蒯彻、蒯通，乃是一人，本名彻。《史记》《汉书》因避汉武帝刘彻讳，皆书为蒯通。

田　横

战败兄亡弟顺承，收残聚散又兴兵。
宣忠自可立田广，泄愤焉能烹郦生。①

汉帝宽宏捐大罪，齐王愧疚陨长星。
忽闻五百贤宾客，赴死同传义士名。[②]

自注

①《史记·田儋列传》：项羽伐齐，击杀齐王田荣时，刘邦乘机攻陷楚都彭城。项羽回师南下，收复彭城时，田荣之弟田横乘机收其兄散兵数万，攻齐城邑，立田荣子田广为齐王，横自为相，以专齐政。三年之后，汉王刘邦遣郦食其往说齐王田广归汉，田横以为然，解历下军。汉将韩信已平赵、燕，用蒯通计，夜渡平原而袭破齐历下军，因入临淄。田广与田横怒，以为郦食其卖己，遂烹郦食其。

②《史记·田儋列传》：韩信虏齐王广，田横闻田广死，乃自立为齐王，走梁归彭越。后岁余，刘邦灭项羽，称皇帝，立彭越为梁王。田横惧诛，乃与其徒属五百余人亡居海岛中。刘邦遣使赦田横罪而召之。横谢曰："臣亨陛下之使郦生，今闻其弟郦商为汉将而贤，臣恐惧，不敢奉诏，请为庶人，守海岛中。"刘邦严诫郦商，复遣使召田横曰："田横来，大者王，小者乃侯耳；不来，且举兵加诛焉。"田横乃与其客二人乘传诣洛阳。距洛阳三十里时，田横谓其客曰："横始与汉王俱南面称孤，今汉王为天子，而横乃为亡虏而北面事之，其耻固已甚矣。且吾亨人之兄，与其弟并肩而事其主，纵彼畏天子之诏，不敢动我，我独不愧于心乎？且陛下所以欲见我者，不过欲一见吾面貌耳。今陛下在洛阳，今斩吾头，驰三十里间，形容尚未能败，犹可观也。"遂自刭，令客奉其头，随使者驰奏刘邦。刘邦为之流涕，拜二客为都尉，以王礼葬田横。既葬，二客穿其冢旁孔，皆自刭，下从之。刘邦闻之大惊，以田横之客皆贤，尚有五百人居海岛中，乃使人召之。使至，五百宾客闻田横死，亦皆自杀。

陈　豨

将军本是大梁人，少慕贤才礼贵宾。[①]
已率精兵屯钜鹿，犹生逆计附淮阴。[②]
封侯拜相光陈氏，略地称王号代君。
汉帝雄师临要塞，灵丘断首作亡魂。[③]

自注

①《史记·韩信卢绾列传》："陈豨，梁人，其少时数称慕魏公子；

及将军守边，招致宾客而下士，名声过实。”

②《史记·淮阴侯列传》：陈豨拜为钜鹿守，辞于淮阴侯。淮阴侯曰：“公之所居，天下精兵处也；而公，陛下之信幸臣也。人言公之畔，陛下必不信；再至，陛下乃疑矣；三至，必怒而自将。吾为公从中起，天下可图也。”陈豨素知其能，信之，曰：“谨奉教！”果反。按，淮阴：指淮阴侯韩信。

③《史记·韩信卢绾列传》：陈豨曾被汉高祖刘邦封为阳夏侯，拜为赵相国。陈豨反后，“自立为代王，劫略赵、代”。又载：“高祖十二年冬，樊哙军卒追斩豨于灵丘。”

彭　越

巨野渔畋镇日忙，群儿効命聚山冈。
攻秦草寇兴昌邑，助汉游兵起外黄。[①]
策应刘邦居魏相，围歼项羽进梁王。[②]
功臣受骗遭诬陷，剁骨分尸醢洛阳。[③]

【自注

①《史记·魏豹彭越列传》：彭越者，昌邑人也，字仲。常渔畋于巨野泽中，为群盗。陈胜、项梁起岁余，泽间少年百余人往从彭越，请为首领，乃行略地，收诸侯散卒，得千余人。“汉王二年春，与魏王豹及诸侯东击楚，彭越将其兵三万余人归汉于外黄。”

②《史记·魏豹彭越列传》：彭越收魏地得十余城，汉王刘邦乃拜彭越为魏相国。彭越常往来为汉游兵，击楚，数绝楚粮于梁地。垓下之战时，彭越助刘邦灭项羽。战后，刘邦立彭越为梁王，都定陶。

③《史记·魏豹彭越列传》：陈豨反代地，刘邦自往击之，征兵彭越，彭越称病，派将前往。刘邦怒，使人责之。彭越将扈辄劝其反，彭越不听。彭越欲斩其太仆，太仆亡走汉，告彭越与扈辄谋反。有司治反形已具，刘邦赦以为庶人，使处蜀地。西至郑，逢吕后从长安来，欲之洛阳。彭越诉冤，自言无罪，欲处故乡昌邑。吕后佯许，至洛阳则令其舍人告彭越复谋反。刘邦信之，吕后乃夷彭越宗族，醢彭越之尸而遍赐诸侯。

韩王信

竖子何能主庙堂，原来祖父是韩襄。
方收故地初为将，尽复新城始立王。①
此日降胡丢马邑，当年叛汉弃荥阳。②
明知已犯三条罪，尚扰边庭取败亡。③

【自注】

①《史记·韩信卢绾列传》："韩王信者，故韩襄王孽孙也。"陈胜起兵后，六国王室后裔各自称王，恢复旧国。在张良的劝说下，项梁立韩成为韩王，张良为韩司徒。韩成被章邯击败，投奔楚怀王。项羽入关封诸侯，虽仍封韩成为韩王，但因张良投刘邦，故不遣成之国，后又杀于彭城。当韩成投奔楚怀王之际，刘邦使张良以韩司徒略韩故地，访得韩信，立为韩将，从刘邦入关。刘邦还定三秦，先拜信为韩太尉，将兵略韩地。韩信略定韩地十余城，刘邦乃立韩信为韩王。

②《史记·韩信卢绾列传》："三年，汉王出荥阳，韩王信、周苛等守荥阳。及楚败荥阳，信降楚，已而得亡，复归汉，汉复立以为韩王，竟从击破项籍，天下定。五年春，遂与剖符为韩王，王颍川。"后刘邦诏徙韩信王太原以北，以御胡，都晋阳。韩信以晋阳去塞远，请治马邑。刘邦许之。"秋，匈奴冒顿大围信，信数使使胡求和解。汉发兵救之，疑信数间使，有二心，使人责让信。信恐诛，因与匈奴约共攻汉，反，以马邑降胡，击太原。"

③《史记·韩信卢绾列传》：汉使柴将军击韩信，并遗信书，劝其复归。韩信报曰："陛下擢仆起闾巷，南面称孤，此仆之幸也。荥阳之事，仆不能死，囚于项籍，此一罪也。及寇攻马邑，仆不能坚守，以城降之，此二罪也。今反为寇将兵，与将军争一旦之命，此三罪也。"信知归汉必死，遂战。柴将军斩韩王信。

黥（英）布

暗领群徒冒死亡，呼朋唤友盗长江。
兴兵应楚投吴芮，率部攻秦附项梁。①
草寇封王功显赫，权臣弑帝罪昭彰。②
淮南丧命因何故，妒媚猜疑自报偿。③

【自注

①《史记·黥布列传》：黥布，六人也，姓英氏，秦时为布衣，坐法黥，因称黥布。“布已论输丽山，丽山之徒数十万人，布皆与其徒长豪桀交通，乃率其曹偶，亡之江中为群盗。陈胜之起也，布乃见番君，与其众叛秦，聚兵数千人。番君以其女妻之。章邯之灭陈胜，破吕臣军，布乃引兵北击秦左右校，破之清波，引兵而东。闻项梁定江东会稽，涉江而西。……英布、蒲将军亦以兵属项梁。”按，番君：指吴芮，时为番阳令，甚得江湖间民心，号曰番君。

②《史记·黥布列传》：项羽以英布残忍嗜杀，勇冠三军，屡建战功，乃立英布为九江王，都六。“汉元年四月，诸侯皆罢戏下，各就国。项氏立怀王为义帝，徙都长沙，乃阴令九江王布等行击之。其八月，布使将击义帝，追杀之郴县。”

③《史记·黥布列传》：英布后来叛项羽而投刘邦，被刘邦立为淮南王，并助刘邦灭项羽。吕后杀韩信，醢彭越，英布大恐，心生反意。“布所幸姬疾，请就医，医家与中大夫贲赫对门，姬数如医家，贲赫自以为侍中，乃厚馈遗，从姬饮医家。姬侍王，从容语次，誉赫长者也。”英布疑贲赫与其姬乱，欲捕之，贲赫遂诣长安告变。英布反书闻，刘邦亲征。英布败逃，为番阳人所杀。

卢 绾

父辈深交汉上皇，平生挚友是刘邦。
同时诞育同年岁，共里英豪共奋扬。
望重方能居太尉，人亲自可立燕王。[①]
无缘解释降胡事，客死匈奴恨绪长。[②]

【自注

①《史记·韩信卢绾列传》：“卢绾者，丰人也，与高祖同里。卢绾亲与高祖太上皇相爱，及生男，高祖、卢绾同日生，里中持羊酒贺两家。及高祖、卢绾壮，俱学书，又相爱也。里中嘉两家亲相爱，生子同日，壮又相爱，复贺两家羊酒。高祖为布衣时，有吏事辟匿，卢绾常随出入上下。及高祖初起沛，卢绾以客从，入汉中为将军，常侍中。从东击项籍，以太尉常从，出入卧内，衣被饮食赏赐，群臣莫敢望，虽萧曹等，特以事见礼，至其亲幸，莫及卢绾。绾封为长安侯。长安，故咸阳也。……高祖已定天下，诸侯非刘氏而王者七人。欲

王卢绾，为群臣觖望。及虏臧荼，乃下诏诸将相列侯，择群臣有功者以为燕王。群臣知上欲王卢绾，皆言曰：'太尉长安侯卢绾常从平定天下，功最多，可王燕。'诏许之。汉五年八月，乃立虏绾为燕王。诸侯王得幸莫如燕王。"

②《史记·韩信卢绾列传》：卢绾为燕王，受其臣张胜及范齐挑唆，暗中与匈奴及陈豨勾结。事泄，高祖使樊哙击燕，"燕王绾悉将其宫人家属骑数千居长城下，候伺，幸上病愈，自入谢。四月，高祖崩，卢绾遂将其众亡入匈奴，匈奴以为东胡卢王。绾为蛮夷所侵夺，常思复归。居岁余，死胡中。"

叔孙通

秦时奉诏掌儒林，汉室加封稷嗣君。
战乱惟能推武士，升平自可荐文人。[①]
初违礼制军权重，竟立朝仪帝位尊。[②]
若论刘盈为太子，叔孙本是首功臣。[③]

自注

①《史记·刘敬叔孙通列传》：叔孙通者，薛人也。秦时以文学征，拜博士。陈胜起兵，通亡归项梁，后事项羽。刘邦入彭城，通降汉，汉复拜通博士，加封稷嗣君。叔孙通有儒生弟子百余人，然通无所荐举，而专荐故群盗武士。弟子窃骂，通闻之，乃谓曰："汉王方蒙矢石争天下，诸生宁能斗乎？故先言斩将搴旗之士。诸生且待我，我不忘矣。"后天下大定，叔孙通因进言曰："诸弟子儒生随臣久矣，与臣共为仪，原陛下官之。"高帝悉以为郎。

②《史记·刘敬叔孙通列传》：刘邦称帝后，群臣多武将，因酒争功，醉或妄呼，拔剑击柱，刘邦患之。叔孙通谓曰："臣愿征鲁诸生，与臣弟子共起朝仪。"刘邦许之。朝仪成，刘邦接受朝拜。群臣如仪而行，秩序井然，竟朝置酒，无敢喧哗失礼者。刘邦口："吾乃今日知为皇帝之贵也。"

③《史记·刘敬叔孙通列传》：刘邦欲以赵王刘如意易太子刘盈。叔孙通强谏，以为不可，且曰："陛下必欲废適而立少，臣愿先伏诛，以颈血污地。"刘邦曰："吾听公言。"及置酒宴，见留侯张良所招四皓从太子入见，刘邦遂消废嫡立幼之念。

郦商

兴兵聚众起高阳，志在亡秦号郦商。
陷阵胡陵攻楚士，冲锋易县破燕王。
搴旗斩将从高帝，拜相封侯卫上皇。①
幸有贤郎能卖友，方诛吕氏正朝堂。②

【自注

①《史记·樊郦滕灌列传》：郦商者，高阳人，郦食其之弟。陈胜起时，商聚众数千人以从刘邦入关破秦。后又击项羽于胡陵，复从击燕王臧荼，先登陷阵，破臧荼军于易县。以功拜右丞相，封曲周侯。曾为太上皇卫将。

②《史记·樊郦滕灌列传》：吕后时，商疾不治事。其子寄，字况，与吕禄善。“及高后崩，大臣欲诛诸吕，吕禄为将军，军于北军，太尉勃不得入北军，于是乃使人劫郦商，令其子况绐吕禄，吕禄信之，故与出游，而太尉勃乃得入据北军，遂诛诸吕。是岁商卒，谥为景侯。子寄代侯。天下称郦况卖交也。”《汉书·樊郦滕灌傅靳周传》曰：“当孝文时，天下以郦寄为卖友。夫卖友者，谓见利而忘义也。若寄，父为功臣而又执劫，虽摧吕禄，以安社稷，谊存君亲，可也。”

灌婴

群雄并起各奔忙，远附刘邦战四方。
大破秦军临霸上，强摧楚骑守荥阳。
三年效力从韩帅，五将争功裂项王。①
暗佐周陈诛吕氏，重兴汉室立文皇。②

【自注

①《史记·樊郦滕灌列传》：颍阴侯灌婴者，睢阳贩缯者也。从刘邦征战四方，多建大功。奉命从韩信三年。“项籍败垓下去也，婴以御史大夫受诏将车骑别追项籍至东城，破之。所将卒五人共斩项籍，皆赐爵列侯。”据《史记·项羽本纪》载，项羽自杀后，裂项羽之尸的五人皆为灌婴部将：王翳取项羽头，杨喜、吕马童、吕胜、杨武各得其一体。

②《史记·樊郦滕灌列传》:吕后崩,诸吕欲为乱。齐哀王刘襄(高帝刘邦之孙,悼惠王刘肥之子)闻之,举兵西进,欲入长安平乱。“吕禄等闻之,乃遣婴为大将,将军往击之。婴行至荥阳,乃与绛侯等谋,因屯兵荥阳,风齐王以诛吕氏事,齐兵止不前。绛侯等既诛诸吕,齐王罢兵归,婴亦罢兵自荥阳归,与绛侯、陈平共立代王为孝文皇帝。”按,绛侯:即周勃。

季布

刘邦灭羽布犹存,易姓为奴又卖身。①
毁誉随心评圣主,忠奸任口斥谀臣。②
三仁自可传千载,一诺谁能重百金。③
令弟贤兄皆义士,缘何舅氏作亡魂。④

自注

①《史记·季布栾布列传》:季布者,楚人也,为项羽名将,数窘刘邦。及羽灭,刘邦求布以千金。布易姓更名,匿濮阳周氏。周氏髡钳季布,卖与鲁人朱家。朱家心知是季布,善待之,乃往说夏侯婴。婴知季布为贤者,乃上言刘邦。刘邦遂赦季布,拜为郎中。

②《史记·季布栾布列传》:文帝时,季布为河东太守。人有言其贤者,文帝召之长安,欲以为御史大夫。复有人言其勇而使酒难近。留邸一月见罢。季布因进言曰:“臣无功窃宠,待罪河东。陛下无故召臣,此人必有以臣欺陛下者;今臣至,无所受事,罢去,此人必有以毁臣者。夫陛下以一人之誉而召臣,一人之毁而去臣,臣恐天下有识闻之有以窥陛下也。”文帝默然而惭,良久乃曰:“河东吾股肱郡,故特召君耳。”布辞之官。

③三仁:指殷末的微子、箕子、比干三人。《论语·微子》:“微子去之,箕子为之奴,比干谏而死。孔子曰:‘殷有三仁焉。’”又据《史记·季布栾布列传》,楚人谚曰:“得黄金百斤,不如得季布一诺。”季布以重然诺著称,有“一诺千金”之誉。

④《史记·季布栾布列传》:季布弟季心,气盖关中,遇人恭谨,任侠,方数千里,士皆争为之死。当是时,季心以勇,季布以诺,俱闻名天下。季布舅丁公,为项羽将。尝逐窘刘邦于彭城西,刘邦急而求饶,丁公引兵还,刘邦遂脱去。及项羽灭,丁公谒见刘邦。刘邦以丁公徇于军中,曰:“丁公为项王臣不忠,使项王失天下者,乃丁公也。”遂斩之,使后世为人臣者无效丁公。

栾　布

义士抛家去大梁，为奴数载侍彭王。[①]
如仪奏事哭头下，尽礼焚香祭道旁。
口斥新君刑酷烈，声言故主业辉煌。[②]
封侯拜相明恩怨，遍立生祠享誉长。[③]

【自注

①《史记·季布栾布列传》：栾布者，梁人也。穷困，佣于齐，为酒保，复为人所卖，为奴于燕。为其家主报仇，燕将臧荼举以为都尉。臧荼为燕王，以布为将。及臧荼反，汉击燕虏布。梁王彭越为栾布微时友，请赎布以为梁大夫。

②《史记·季布栾布列传》：栾布奉彭越之命使齐未还，刘邦夷彭越三族，悬首于洛阳，并诏禁收视。布从齐还，奏事彭越头下，祭而哭之。吏捕布以闻。刘邦骂布，令烹之。季布曰："方上之困于彭城，败荥阳、成皋间，项王所以不能遂西，徒以彭王居梁地，与汉合从苦楚也。当是之时，彭王一顾，与楚则汉破，与汉而楚破。且垓下之会，微彭王，项氏不亡。天下已定，彭王剖符受封，亦欲传之万世。今陛下一征兵于梁，彭王病不行，而陛下疑以为反，反形未见，以苛小案诛灭之，臣恐功臣人人自危也。今彭王已死，臣生不如死，请就亨。"刘邦乃释布罪，拜为都尉。

③《史记·季布栾布列传》：文帝时栾布为燕相，至将军。于是尝有恩者，皆厚报之；尝有怨者，必以法灭之。景帝时，以平吴、楚有功，封俞侯，复为燕相。"燕齐之间皆为栾布立社，号为栾公社。"

朱　建

慕义求仁不苟行，淮南故相有家声。
忠言逆耳非英布，辩士同心善陆生。[①]
葬母筹钱因旧友，祈君赦罪为新朋。[②]
焉知往事牵诸吕，自刎清身保令名。[③]

【自注

①《史记·郦生陆贾列传》：朱建者，楚人也。善辩有口，刻廉刚

直，行不苟合，义不取容。尝再为淮南王英布相，布欲反，朱建非之，布不听遂反。朱建与辩士陆贾素相善。

②《史记·郦生陆贾列传》：朱建母死，家贫无以发丧，筹钱无果。陆贾知之，往说辟阳侯审食其，审食其乃奉百金厚葬建母。审食其幸吕太后，人或毁审食其于吕太后子惠帝刘盈。惠帝怒而欲诛审食其，吕太后惭而不可以言。朱建闻之，乃见慧帝幸臣闳籍孺曰：“君所以得幸帝，天下莫不闻。今辟阳侯幸太后而下吏，道路皆言君谗，欲杀之。今日辟阳侯诛，旦日太后含怒，亦诛君。何不肉袒为辟阳侯言于帝？帝听君出辟阳侯，太后大欢。两主共幸君，君贵富益倍矣。”闳籍孺从其计，言于惠帝，果赦审食其。旧友：指陆贾。新朋：指审食其。

③《史记·郦生陆贾列传》：吕太后崩，大臣诛诸吕。审食其与诸吕关系至深而未被诛杀者，皆陆贾、朱建之功也。汉文帝时，淮南王刘长以审食其乃吕氏余党为由，并为报母之仇而杀审食其。文帝闻朱建为审食其门客，曾为其划策，乃使吏捕之。朱建闻吏至门，乃自杀。

申屠嘉

勇健申屠命世雄，循阶拜相继张公。[①]
心忧景帝听晁错，力谏文皇宠邓通。
慢贵凌尊难整治，穿垣占地可宽容。
刚肠易断人先逝，四代连侯位始穷。[②]

自注

①《史记·张丞相列传》：申屠嘉者，梁人也。以勇健多力从刘邦击项羽，迁为队率。复从击英布，为都尉。惠帝时，为淮阳守。文帝初，为关内侯，后迁御史大夫。丞相张苍病免，文帝乃以申屠嘉继为丞相。封故安侯。

②《史记·张丞相列传》：文帝宠臣邓通慢贵凌尊，不尊朝仪。申屠嘉力谏，文帝私之。申屠嘉为檄召邓通诣相府，通恐，人言文帝。文帝曰：“汝第往，吾今使人召若。”通至相府，免冠，徒跣，顿首谢。嘉坐自如，故不为礼，严责之，令吏将斩之。通顿首，首尽出血。文帝度嘉已困通，使使者持节召通，而谢嘉曰：“此吾弄臣，君释之。”通遂获救。景帝时，晁错贵幸用事，于法令多所变更，申屠嘉忧之。错为内史，门东出，不便，更穿一门南出。南出者，太上皇庙堧垣。

嘉闻之，欲以错擅穿宗庙垣为门，奏请诛错。错闻之，夜入宫诉诸景帝。次日早朝，丞相嘉奏请诛内史错。景帝曰："错所穿非真庙垣，乃外堧垣，故他官居其中，且又我使为之，错无罪。"朝罢，嘉谓长史曰："吾悔不先斩错，乃先请之，为错所卖。"至舍，因呕血而死。谥为节侯。凡传四代，国除。

贾　谊

高才令誉美诗文，未冠雕龙已似真。
殿上呈书兴礼制，江边作赋吊辞人。
忠臣五夜谈军政，圣主三更问鬼神。①
再任亲王贤太傅，缘何受挫便沉沦。②

【自注

①《史记·屈原贾生列传》：贾谊者，洛阳人也。年十八以能诵诗属书闻于郡中，颇通诸子百家之言。河南守吴公为廷尉，荐贾谊于朝，文帝召为博士，一岁中至太中大夫。文帝初即位，谦让未遑，诸律令更定及列侯就国，皆自贾生发之。文帝欲以贾生为公卿，绛灌等功臣尽害之，共短贾谊。文帝乃以贾生为长沙王太傅。谊至长沙，意不自得，及渡湘水，乃为赋以吊屈原。后贾谊复被征入朝，于宣室拜见文帝。"上因感鬼神事，而问鬼神之本。贾生因具道所以然之状。至夜半，文帝前席。既罢，曰：'吾久不见贾生，自以为过之，今不及也。'居顷之，拜贾生为梁怀王太傅。"

②《史记·屈原贾生列传》：梁怀王刘楫，乃文帝宠爱之少子，好读书，故帝令贾谊傅之。"居数年，怀王骑，坠马而死，无后。贾生自伤为傅无状，哭泣岁余，亦死。"

晁　错

冷面无情任太常，称书引传事文皇。
深研法术为家令，雅善刑名号智囊。①
改制虽能尊汉帝，削藩却在损吴王。
诸侯借口清君侧，致使晁门俱丧亡。②

【自注

①《史记·袁盎晁错列传》：晁错者，颍川人也。为人峭直深刻，习申商刑名法术之学，以文学为太常。书数十上，文帝不听，然奇其才，诏以为太子家令。以其辩得幸于太子，太子家号为智囊。

②《史记·袁盎晁错列传》：文帝崩，太子即位，是为景帝。景帝信任晁错，以为内史，又迁为御史大夫。晁错见诸侯坐大，枝强干弱，乃说景帝削藩，以尊汉室，景帝许之。削藩诏下，吴、楚等七国皆反，以清君侧为名，请诛晁错。景帝屈服于吴、楚七国之压力，又轻信袁盎、窦婴之言，遂斩晁错于长安东市。

楚元王刘交

兴兵起事便从龙，雅颂国风俱会通。
序齿排行为四弟，攻城略地辅三兄。
明诗自可编经传，善政方能任股肱。[①]
岂料愚孙参叛逆，身亡誉败恨无穷。[②]

【自注

①《史记·楚元王世家》：楚元王刘交者，高祖之同母少弟（按：《汉书》作"同父少弟"）也，字游。高祖刘邦兄弟四人：长兄刘伯，早卒；次兄刘仲，居家侍父；次刘季（即刘邦）；次刘交，从刘邦起兵，攻城略地，多有战功。又据《汉书·楚元王传》：刘交"好书，多材艺。少时尝与鲁穆生、白生、申公俱受《诗》于浮丘伯。伯者，孙卿门人也"。又云："元王既至楚，以穆生、白生、申公为中大夫。高后时，浮丘伯在长安，元王遣子郢客与申公俱卒业。文帝时，闻申公为《诗》最精，以为博士。元王好《诗》，诸子皆读《诗》，申公始为《诗》传，号《鲁诗》。元王亦次之《诗》传，号曰《元王诗》，世或有之。"

②《史记·楚元王世家》："高祖六年，已禽楚王韩信于陈，乃以弟交为楚王，都彭城。即位二十三年卒，子夷王郢（《汉书》作"郢客"）立。夷王四年卒，子王戊立。"刘戊是刘交之孙，后与吴王刘濞等发动七国叛乱，兵败自杀。

楚王刘戊

裂地刘交任楚王，愚孙犯顺毁家邦。
初知慢老忽甘酒，逆料轻贤怠义方。[①]
拒谏扬言杀季父，服丧纵欲辱先皇。[②]
联吴借口清君侧，撼树蚍蜉自败亡。[③]

自注

①《汉书·楚元王传》：刘戊乃楚元王刘交之孙，楚夷王刘郢客之子，继郢客为楚王。“初，元王敬礼申公等，穆生不耆酒，元王每置酒，常为穆生设醴。及王戊即位，常设，后忘设焉。穆生退曰：‘可以逝矣！醴酒不设，王之意怠，不去，楚人将钳我于市。’”穆生又谓申公、白生曰：“先王之所以礼吾三人者，为道之存故也；今而忽之，是忘道也。忘道之人，胡可与久处！岂为区区之礼哉？”遂谢病去。申公、白生独留。

②《汉书·楚元王传》：“王戊稍淫暴，二十年，为薄太后服私奸，削东海、薛郡，乃与吴通谋。二人（指申公、白生）谏，不听，胥靡之，衣之赭衣，使杵臼雅舂于市。休侯使人谏王，王曰：‘季父不吾与，我起，先取季父矣。’”按，休侯：指楚元王刘交之子刘富，封休侯，乃刘戊叔父。

③参阅《晁错》自注②及《楚元王刘交》自注②。

齐悼惠王刘肥

母氏卑微己汗颜，遵规守矩保平安。
排行序齿为元子，论贵评尊是庶男。
万里山川齐土地，千年带砺汉屏藩。[①]
缘何敬献城阳郡，吕后淫威势必然。[②]

自注

①《史记·齐悼惠王世家》：“齐悼惠王刘肥者，高祖长庶男也。其母外妇也，曰曹氏。高祖六年，立肥为齐王，食七十城，诸民能齐言者皆予齐王。”

②《史记·齐悼惠王世家》：“齐王，孝惠帝兄也。孝惠帝二年，

齐王入朝。惠帝与齐王燕饮，亢礼如家人。吕太后怒，且诛齐王。齐王惧不得脱，乃用其内史勋计，献城阳郡，以为鲁元公主汤沐邑。吕太后喜，乃得辞就国。”按：鲁元公主乃吕太后之女，惠帝同母姊。

城阳王刘章

朱虚有力正当年，宿卫京城虑变天。
法令森严监酒会，歌谣巧妙喻农田。①
深明大义杀诸吕，略带私情建数言。②
圣主文皇犹记恨，封王不肯释前嫌。③

自注

①《史记·齐悼惠王世家》：刘章乃齐悼惠王刘肥之子，齐哀王刘襄之弟。“哀王三年，其弟章入宿卫于汉，吕太后封为朱虚侯，以吕禄女妻之。后四年，封章弟兴居为东牟侯，皆宿卫长安中。”又载：朱虚侯刘章年二十，有气力，愤诸吕专权，刘氏失职，尝入侍太后燕饮，吕太后令其为酒吏以监酒。章自请曰：“臣，将种也，请得以军法行酒。”太后许之。酒酣，章进饮歌舞。已而曰：“请为太后言耕田歌。”太后亦许之。章曰：“深耕穊种，立苗欲疏。非其种者，鉏而去之。”吕后默然。顷之，诸吕有一人醉，亡酒，章追，拔剑斩之。太后及左右皆大惊。业已许其军法，无以罪也。

②《史记·齐悼惠王世家》：吕太后崩，诸吕欲为乱。刘章知其谋，乃使人阴出告其兄齐王，欲令发兵西，而朱虚侯刘章及东牟侯刘兴居为内应，以诛诸吕，因立齐王为帝。后刘章与太尉周勃、丞相陈平等果尽诛诸吕。

③《史记·齐悼惠王世家》：汉大臣既诛诸吕，议立帝，皆以齐王母家驷钧，其人恶戾，虎而冠者，而代王母家薄氏乃君子长者，遂共迎立代王刘恒(刘邦之子)，立以为帝，是为汉文帝。“始大臣诛吕氏时，朱虚侯功尤大，许尽以赵地王朱虚侯，尽以梁地王东牟侯。及孝文帝立，闻朱虚、东牟之初欲立齐王，故绌其功。及二年，王诸子，乃割齐二郡以王章、兴居。”此亦即“汉以齐之城阳郡立朱虚侯为城阳王，以齐济北郡立东牟侯为济北王”。刘章与刘兴居自以失职夺功，章抑郁而死，兴居乘文帝亲征匈奴之机而反于济北，兵败自杀。

淮南厉王刘长

淮南勇气冠诸侯，力大身强性未收。
为母鸣冤衔旧恨，因兄泄愤报私仇。[①]
模皇制度开宫殿，仿帝威仪戴冕旒。
灭口杀人藏逆犯，辎车殒命复何尤。[②]

【自注

①《史记·淮南衡山列传》："淮南厉王长者，高祖少子也，其母故赵王张敖美人。高祖八年，从东垣过赵，赵王献之美人。厉王母得幸焉，有身。赵王敖弗敢内宫，为筑外宫而舍之。及贯高等谋反柏人事发觉，并逮治王，尽收捕王母兄弟美人，系之河内。厉王母亦系，告吏曰：'得幸上，有身。'吏以闻上，上方怒赵王，夫理厉王母。厉王母弟赵兼因辟阳侯言吕后，吕后妒，弗肯白，辟阳侯不强争。及厉王母已生厉王，恚，即自杀。吏奉厉王诣上，上悔，令吕后母之，而葬厉王母真定。"刘长成人，力能扛鼎，立为淮南王。汉文帝即位，刘长自以为兄弟最亲，入朝椎杀辟阳侯审食其，声言为母报仇，文帝伤其志，不罪。

②《史记·淮南衡山列传》：刘长骄恣横行，居处无度，僭拟天子，不用汉法，招降纳叛，匿藏钦犯，甚或杀人灭口，抗拒汉廷。群臣俱言刘长死罪，法当弃市。文帝废其王位而赦其死罪，诏载以辎车，发往蜀郡严道县安置。刘长为人刚暴，不忍受辱，途中绝食而死。

淮南王刘安

淮南效父抗朝廷，五次三番欲起兵。
划策筹谋凭伍被，通风报信恃刘陵。[①]
优柔寡断情难尽，反复无常事不成。
圣旨临门人自刎，雄文百卷可垂名。[②]

【自注

①《史记·淮南衡山列传》：淮南王刘安，乃淮南厉王刘长之嫡长子。刘长死，文帝怜之，乃立刘安为淮南王，弟刘勃为衡山王，弟刘赐为庐江王，三王尽王淮南故地。"淮南王安为人好读书鼓琴，不

喜弋猎狗马驰骋，亦欲以行阴德拊循百姓，流誉天下。时时怨望厉王死，时欲畔逆，未有因也。及建元二年，淮南王入朝。素善武安侯，武安侯时为太尉，乃逆王霸上，与王语曰：'方今上无太子，大王亲高皇帝孙，行仁义，天下莫不闻。即宫车一日晏驾，非大王当谁立者！'淮南王大喜，厚遗武安侯金财物。阴结宾客，拊循百姓，为畔逆事。"伍被：乃刘安门客，主要谋士。刘陵：乃刘安之女，慧有口辩，刘安多予金钱，使为谍于长安。

②《史记·淮南衡山列传》：刘安处事优柔寡断，反复无常，欲反而迟迟不敢行动。事泄，汉武帝使宗正以符节赴淮南治之，刘安闻之而自刎。雄文：指淮南王刘安及门客等所撰《淮南子》一书。

吴王刘濞

分茅裂土作藩臣，奉诏吴王治海滨。[①]
铸币熬盐增物力，轻徭减赋揽民心。
文皇赐杖情犹在，景帝杀儿怨始深。[②]
借口诛奸行叛逆，苍天不辅自亡人。[③]

【自注

①《史记·吴王刘濞列传》：吴王濞者，高帝兄刘仲之子也。仲为代王，匈奴攻代，仲不能坚守，弃国间行走洛阳，自归天子。高帝以骨肉故，不忍致法，废以为郃阳侯。仲子沛侯刘濞年二十，有气力，从征淮南王英布有功，高帝乃立濞于沛为吴王。已拜受印，高帝召濞相之，谓曰："状若有反相。"心独悔，业已拜，因拊其背告曰："汉后五十年东南有乱者，岂若邪？然天下同姓为一家也，慎无反！"濞顿首曰："不敢。"

②《史记·吴王刘濞列传》：吴有豫章郡铜山，濞则招致天下亡命者铸钱，煮海水为盐，以故无赋，国用富饶。文帝时，吴太子刘贤入见，得侍皇太子刘启（即后之汉景帝）饮博。吴太子师傅皆楚人，轻悍，又素骄，与皇子博而争道，不恭。皇太子引博局掷击吴太子，杀之。于是遣其丧归葬。至吴，吴王愠曰："天下同宗，死长安即葬长安，何必来葬为！"复遣丧之长安葬。吴王由此稍失藩臣之礼，称病不朝。文帝赐吴王几杖，许其老病不朝。

③《史记·吴王刘濞列传》：景帝即位，纳晁错之议以削藩王之地。削藩诏下，年已六十二的吴王刘濞与楚王刘戊等七王，借口诛奸臣晁错以清君侧，而起兵造反。兵败，刘濞亡走东越，为东越人所杀。

梁孝王刘武

梁王体近位尊崇，抗楚遮吴有大功。[①]
屡入京城因孝母，常思帝位拟承兄。[②]
收罗俊彦兴辞赋，任用奸邪刺股肱。
抑郁难圆天子梦，黄泉路近恨无穷。[③]

【自注】

①《史记·梁孝王世家》：梁孝王刘武者，汉文帝之子，汉景帝之同母弟也。母为窦太后。吴、楚等七国反，刘武坚守睢阳，而使韩安国、张羽等为大将军以拒吴、楚。吴、楚以梁为限，不敢过而西，与太尉周亚夫等相持三月，终败。吴楚之乱得以平息，梁孝王功尤显著。

②《史记·梁孝王世家》：刘武乃窦太后少子，太后爱之。景帝与梁王燕饮，尝从容言曰："千秋万岁后传于王。"梁王辞谢。虽知非至言，然心内喜，太后亦喜。从此梁王常思承兄为帝。

③梁孝王雅好艺文辞赋，曾建梁苑，亦名梁园，又称兔园，以为游赏与延宾之所。当时名士如司马相如、枚乘、邹阳、庄忌等，皆曾为梁孝王座上宾。景帝后欲传位梁王，但汉大臣袁盎、窦婴等皆以为汉法周道，周道传子不传弟，景帝不应传位梁王。梁王闻之，乃与奸人羊胜、公孙诡谋，使人刺杀袁盎及其他议臣十余人。景帝由此怨望疏远梁王。梁王帝梦成空，郁闷不乐，不久病死。以其乃慈孝之人，每闻窦太后病，口不能食，居不安寝，常欲留长安侍太后，故谥曰孝王。

文　翁

高才美誉举贤良，教化黎民有义方。
既往皇州习律令，还从雅士属文章。
当年类似蛮荒地，此日翻成礼乐乡。[①]
历代川人歌善政，兴祠塑像念甘棠。[②]

【自注】

①《汉书·循吏传》：文翁，庐江舒人也。少好学，通《春秋》，以

郡县吏察举。景帝末，为蜀郡守，仁爱好教化。见蜀地僻陋有蛮夷风，乃选郡县小吏开敏有才者张叔等十余人亲自饬历，遣诣京师，受业博士，或学律令。数岁，蜀生皆成就还归，文翁授以高职，复以次察举，官有至郡守刺史者。又修起学官于成都市中，招下县子弟以为学官弟子，高者以补郡县吏，次为孝悌力田。县邑吏民见而荣之，数年，争欲为学官弟子，富人至出钱以求之。由是大化，蜀地学于京师者比齐鲁焉。至武帝时，乃令天下郡国皆立学官，自文翁为之始云。

②《汉书·循吏传》："文翁终于蜀，吏民为立祠堂，岁时祭祀不绝。至今巴蜀好文雅，文翁之化也。"

赵(尉)佗

群雄举事已亡秦，尚理龙川欲报恩。
义感任嚣方作尉，忠因陆贾始称臣。
南天屡望河阳树，北地常思岭外云。①
历事诸朝修贡礼，松龄鹤寿百年人。②

自注

①《史记·南越列传》：赵佗，真定人，秦时为南海龙川令。至秦二世时，南海尉任嚣病将死，召赵佗行南海尉事，故赵佗亦称尉佗。任嚣死后，赵佗乘秦亡而天下大乱之机，攻占南海、象郡、桂林诸郡，自立为南越武王。汉已定天下，高帝使辩士陆贾往立佗为南越王，与剖符通使，使和集百越。吕后时，因禁南越关市铁器，赵佗乃发兵攻汉长沙边邑，自称南越武帝。文帝时，复使陆贾往说赵佗。赵佗乃去帝号而复王号，愿长为汉藩臣。文帝以赵佗双亲墓冢在河北真定，乃为置守邑，岁时奉祀，复召其从昆弟等，尊官厚赐而宠之，使赵佗大为感动。

②《史记·南越列传》：赵佗历事汉高帝至汉武帝诸朝，至武帝建元四年(前137)卒，其年龄当在百岁左右。

主父偃

通经贯史忍欺凌，日暮途穷歹念生。
旅舍呈文言九事，朝堂降旨用三英。①

人君显布推恩令，墨吏潜开受贿风。[②]
举报亲王非死罪，收尸可见孔车情。[③]

【自注

①《史记·平津侯主父列传》：主父偃者，齐临淄人也。学长短纵横之术及《易》《春秋》、百家言。游齐诸生间，诸生相与排摈，不容于齐。家贫，借贷无所得，乃北游燕、赵、中山，皆莫能厚遇，为客甚困。汉武帝元光元年（前134），西入长安，于逆旅中上书言九事（八事为律令，一事为谏伐匈奴）。时赵人徐乐、齐人严安亦各上书言事。书奏天子，武帝召见三人，俱拜为郎中。而主父偃尤受重用，一岁中四迁，官至中大夫。

②《史记·平津侯主父列传》：主父偃说武帝曰："愿陛下令诸侯得推恩分子弟，以地侯之。彼人人喜得所愿，上以德施，实分其国，不削而稍弱矣。"武帝从其计，发布推恩令。主父偃自以为有功，始大量贪墨受贿。人或劝之，主父曰："臣结发游学四十余年，身不得遂，亲不以为子，昆弟不收，宾客弃我，我厄日久矣。且丈夫生不五鼎食，死即五鼎烹耳。吾日暮途远，故倒行暴施之。"

③《史记·平津侯主父列传》：主父偃曾举报燕王刘定国之乱伦兽行，燕王畏罪自杀。为齐相时，又举报齐王刘次景与其姊奸情，齐王亦畏罪自杀。赵王刘彭祖上书言主父偃贪墨受贿事，又诬其陷害诸王使自杀。武帝本不欲诛主父，后听御史大夫公孙弘之言，乃族诛主父偃。"主父方贵幸时，宾客以千数，及其族死，无一人收者，唯独孔车收葬之。天子后闻之，以为孔车长者也。"

李　广

陇右豪门享盛名，荒原大漠晓家声。
凝神引臂弓弦紧，殪虎穿石箭法精。[①]
事历三朝居汉守，人经百战慑胡兵。
轻身快马称飞将，未见封侯却论刑。[②]

【自注

①《史记·李将军列传》：李广者，陇西成纪人也。其先李信，秦时为将，逐得燕太子丹者也。家世善射，箭法颇精。广为人长身而猿臂，善射乃天性，虽其子孙他人学者，莫能及之。广曾出猎，见草中石，以为虎而射之，中石没镞。所居郡闻有虎，尝自射之。及居右

北平射虎，虎腾伤广，广亦竟杀虎。

②《史记·李将军列传》：李广历事汉文帝、汉景帝、汉武帝三朝，尝为陇西、北地、雁门、代郡、云中诸郡太守，身经百战，功绩卓著。匈奴号李广为“汉之飞将军”，不敢轻为边患。然广与匈奴前后七十余战，未能封侯。武帝元狩四年（前 119），李广随大将军卫青击匈奴，因失道误期将下狱论罪，遂引刀自刭。

司马相如

神清气爽志鹰扬，锦绣成都是故乡。
雅士弹琴蝶恋蕊，佳人会意凤求凰。[1]
描形绘景铺辞赋，禅地封天立典章。
两度行文临蜀地，山高路险誉绵长。[2]

【自注

①《史记·司马相如列传》：司马相如者，蜀郡成都人也，字长卿。少时好读书，学击剑，长而擅辞赋，善弹琴，雍容闲雅，时人慕之。曾应好友临邛令王吉之邀，饮于临邛富人卓王孙家。卓王孙有女文君新寡，好音。相如以琴心挑之，文君会意而夜奔相如，相如乃与驰归成都。司马贞《史记索隐》录司马相如琴挑卓文君之曲辞曰：“凤兮凤兮归故乡，游遨四海求其皇，有一艳女在此堂，室迩人遐毒我肠，何由交接为鸳鸯。”又曰：“凤兮凤兮从皇栖，得托孳尾永为妃。交情通体必和谐，中夜相从别有谁。”

②《史记·司马相如列传》：司马相如是汉赋之奠基者，尤善写景状物之铺陈大赋，如《天子游猎赋》（即《文选》分为两篇的《子虚赋》与《上林赋》）。司马相如又有《封禅文》一篇，为后世帝王封禅大典立下典制。司马相如又奉武帝之命，两度出使西南夷，作《喻巴蜀檄》《难蜀父老文》。

朱买臣

壮岁樵夫志趣宏，春秋楚赋各精通。
初随计吏居宫外，竟遇乡人侍殿中。[1]
此日新官夸富贵，当年旧妇怨贫穷。[2]
酬恩卷入张汤案，怒何屠刀不改容。[3]

【自注】

①《汉书·朱买臣传》：朱买臣字翁子，吴人也。家贫，好读书，不治产业，年四十余，犹刈薪樵，卖以给食。后数岁，随计吏入长安，诣阙上书而久不报，困甚。会邑人严助贵幸，荐买臣。召见，买臣说《春秋》，言《楚辞》，甚精通，武帝悦之，拜买臣为中大夫，与严助俱侍中。

②《汉书·朱买臣传》：买臣居乡为樵时，其妻嫌其贫贱，离去。后武帝拜买臣为会稽太守，"会稽闻太守且至，发民除道，县吏并送迎，车百余乘。入吴界，见其故妻、妻夫治道。买臣驻车，呼令后车载其夫妻，到太守舍，置园中，给食之。居一月，妻自经死，买臣乞其夫钱，令葬"。

③据《史记·酷吏列传》及《汉书·朱买臣传》载，张汤为御史大夫，与丞相庄青翟有隙，相府长史朱买臣、王朝、边通亦常受张汤凌辱。三长史合谋，发张汤之阴事，武帝遂命张汤自裁。张汤自杀后，武帝悔恨，又杀朱买臣等三长史。丞相庄青翟亦自杀。

东方朔

汉武求贤重品行，东方应诏赴京城。
言谈屡见诙谐事，赋颂常闻讽谏声。[1]
既吓侏儒增俸禄，犹猜壁虎动公卿。[2]
倡优侍主供消遣，纬地经天万不能。

【自注】

①《汉书·东方朔传》：东方朔字曼倩，平原厌次人也。武帝初既位，征天下方正贤良文学才力之士，待以不次之位。朔上书自荐曰："臣朔年二十二，长九尺三寸，目若悬珠，齿若编贝，勇若孟贲，捷若庆忌，廉若鲍叔，信若尾生。若此，可以为天子大臣矣。臣朔昧死再拜以闻。"东方朔滑稽多智，诙谐风趣，其所作辞赋亦常于滑稽诙谐中蕴含讽谏之意。

②《汉书·东方朔传》：武帝令东方朔待诏公车。俸禄甚薄，难见天子。久之，朔绐侏儒曰："上以若曹无益于县官……今欲尽杀若曹。"侏儒大恐，啼泣 。朔教曰："上即过，叩头请罪。"居有顷，闻上过，侏儒皆号泣顿首。上问："何为？"对曰："东方朔言上欲尽诛臣等。"武帝问朔为何吓侏儒，朔对曰："朱儒长三尺余，奉一囊粟，钱二

百四十。臣朔长九尺余，亦奉一囊粟，钱二百四十。朱儒饱欲死，臣朔饥欲死。臣言可用，幸异其礼；不可用，罢之，无令但索长安米。”武帝大笑，因使待诏金马门，增其俸禄。又载：“上尝使诸数家射覆，置守宫盂下，射之，皆不能中。”东方朔射曰：“是非守宫即蜥蜴。”武帝大喜，赐帛十匹。守宫乃蜥蜴之一种，又名壁虎。

汲 黯

长孺尚老又尊黄，面谏廷争禀性刚。
陷罪实难容酷吏，和亲自可靖番邦。
常持正论批庸相，屡进忠言犯圣皇。①
理郡求贤为太守，犹能卧病治淮阳。②

自注

①《史记·汲郑列传》：汲黯字长孺，濮阳人也。学黄老之言。治官理民，好清静，择丞史而任之，责大旨，不苛小，务在无为而已。禀性刚烈，倨傲少礼，好面折廷争，不能容人之过。多次批评汉武帝重用酷吏张汤与庸相公孙弘，又反对征讨匈奴，主张与和亲。

②《史记·汲郑列传》：汉武帝拜汲黯为淮阳太守，汲黯以病辞谢。武帝强起之，曰：“顾淮阳吏民不相得，吾徒得君之重，卧而治之。”汲黯赴任，郡果大治。

终 军

历下终军雅号传，工文善辩自朝天。
神童扈驾颂奇兽，圣主观书更旧元。①
矫制焉能逃汉律，抛繻尚敢入秦川。②
长缨未遂羁王志，殉难方逾弱冠年。③

自注

①《汉书·终军传》：终军字子云，济南（即历下）人也。少好学，以辩博能属文闻于郡中。年十八，选为博士弟子，诣长安。武帝异其文，拜为谒者给事中。从上幸雍祠五畤，获一角五蹄白麟，上异此兽，博谋群臣。终军上言颂此奇兽，以为瑞兆。后应验，果有越地及

匈奴来降者。武帝甚喜，遂改元朔年号为元狩。

②《汉书·终军传》：武帝元鼎中，博士徐偃奉旨巡行，擅使胶东、鲁国鼓铸盐铁。御史大夫张汤劾徐偃矫制，法当死。徐偃以为《春秋》之义，大夫出疆，有可以安社稷存万民者，专之可也。二人争执不下，诏问终军。终军以为，如今天下为一，万里同风，徐偃巡行封域之中，不可称之为出疆。且盐铁之物，胶东、鲁国有余而汉廷不足，徐偃以安社稷存万民为辞，亦属强辩不通。徐偃词穷，服罪当死。又载：当初终军由济南西入秦川时，关吏发给他一种叫作“繻”的帛制凭证，以便东返时过关验证。终军曰：“大丈夫西游，终不复传还。”弃繻而去。

③《汉书·终军传》：南越与汉和亲，汉武帝遣终军使南越，欲令其王入朝。终军自请曰：“愿受长缨，必羁南越王而致之阙下。”终军至南越，南越王听许内属。武帝大悦，赐南越大臣印绶，并令使者终军等留南越而镇抚之。南越相吕嘉不欲内属，发兵攻杀其王，而汉使者终军等亦被杀。终军死时年二十余，故世谓之“终童”。

江　充

暴起邯郸恃女郎，形容伟岸罪昭彰。
奇装炫目迷刘帝，丑事惊心毁赵王。①
硬阻金车拦贵主，潜埋木偶陷元良。
嫉贤害正查巫蛊，太子兴兵总报偿。②

自注

①《汉书·江充传》：江充字次倩，赵国邯郸人，形容伟岸，好奇装异服。本名齐，其女弟嫁赵太子丹，遂得幸于赵王，为上客。久之，太子疑齐以己阴私告王，与齐忤，遣吏捕之不得，乃收系齐父兄，按验，皆弃市。齐遂更名充，西逃入长安，诣阙告太子丹与同产姊及王后宫奸乱事，竟败赵王及太子丹。

②《汉书·江充传》：江充至长安后，深受汉武帝重用，拜为直指绣衣使者，督三辅盗贼，禁察逾侈。充出，逢馆陶长公主（武帝之姑，武帝陈皇后之母）行驰道中。充呵问之，公主曰：“有太后诏。”充曰：“独公主得行，车骑皆不得。”尽劾没入宫。又载：江充从武帝幸甘泉宫，逢太子使者乘车马行驰道中，充以属吏。太子求江充勿白武帝，充不听，竟奏，由是与太子有隙。武帝病于甘泉宫，江充见帝年老，恐帝晏驾后己为太子所诛，因奏言帝疾祟在巫蛊。帝以充为使者治

巫蛊，充于太子宫掘得桐木偶（实为充使人预先潜埋），诬太子行巫蛊。太子惧，不能见帝，无以自明，遂兴兵收江充而斩之。巫蛊事件之后，武帝知太子被冤，江充有诈，乃夷充三族。

戾太子刘据

未料江充弄鬼神，元良被祸拟全身。
蒙冤问计听贤傅，解恨兴兵斩佞臣。①
老父回心思孝子，黎民忍泪吊忠魂。②
天旋地转乾坤正，又见宣皇是后人。③

自注

①《汉书·武五子传》：刘据者，汉武帝长子也，元狩元年（前122）立为皇太子，时年七岁，母为卫皇后，故史书亦称刘据为卫太子。武帝末年，卫后宠衰，江充用事。充与太子及卫氏有隙，恐帝晏驾后已为太子所诛，因生奸计，欲陷太子。会武帝病于甘泉宫（在京城长安西北约二百公里处），充因言帝疾祟在长安宫中巫蛊。帝使江充典治巫蛊，使按道侯韩说、御史章赣、黄门苏文等助充。充于太子宫掘得桐木偶（实为充使人预先潜埋），诬太子行巫蛊，太子惧，不能见帝，无以自明，乃召问少傅石德。石德劝太子不能坐以待毙，可矫召收捕江充等，穷治其奸诈，以明真相。征和二年（前91）七月壬午，太子以江充谋反为名，兴兵长安，斩充以徇。御史章赣被创突亡，归甘泉宫以报武帝。武帝命丞相刘屈氂与太子战，合战五日，丞相附兵浸多，太子兵败。太子夜出长安，东逃至湖县（今河南灵宝）泉鸠里藏匿。后被发觉，吏围捕太子，太子自度不得脱，即自经而亡。其子二人，皆并遇害。

②《汉书·武五子传》：久之，巫蛊事多不信。武帝知太子惶恐起兵无他意，而车千秋复讼太子冤，武帝遂擢千秋为丞相，而族灭江充家。焚黄门苏文于横桥上，及泉鸠里加兵刃于太子者，俱族。武帝怜太子无辜，乃作“思子宫”，为“归来望思之台”于湖地，天下闻而悲之。

③《汉书·武五子传》：太子刘据凡三子，其中两子与太子同时遇害于湖，父子三人并葬于湖。另一子刘进，史良娣所生，称史皇孙（因母姓史，又为武帝之孙，故称），亦遇害于长安。史皇孙纳王翁须为夫人，生刘询（初名病已）。刘询生数月，遭巫蛊事，祖父母、父母皆遇害，而刘询幸得保全。十八年后，霍光立刘询为帝，以嗣汉昭

帝，是为汉宣帝。宣帝下诏为祖父刘据议谥，因太子刘据案乃武帝时旧案，无法彻底昭雪，故仍加以恶谥曰“戾”。参阅《江充》自注。

李　陵

疏财仗义礼亲朋，善射传名具祖风。
苦战番邦十万骑，全凭汉室五千兵。[①]
方图効命从曹沫，岂料夷宗负李陵。[②]
广利无功应谢罪，缘何太史受宫刑。[③]

自注

①《史记·李将军列传》：李陵乃飞将军李广之孙，李当户（李广长子）之遗腹子，字少卿。善骑射，有祖风，事亲孝，与士信，疏财仗义，常奋不顾身以殉国家之急，有国士之名。天汉二年（前99），汉武帝命贰师将军李广利（武帝李夫人长兄，其次兄为协律都尉李延年）将三万骑出酒泉，击匈奴右贤王于天山，而命李陵将五千步卒出居延，欲以分匈奴兵力，减轻李广利之压力。李陵至浚稽，与匈奴单于三万骑相遇。单于初战不利，又召八万骑攻陵。李陵以五千步卒抗击单于十余万骑兵，连斗八日，杀伤匈奴兵万余人。在士卒死者过半，兵矢既尽，粮饷断绝，救兵不至之情况下，李陵遂降匈奴。

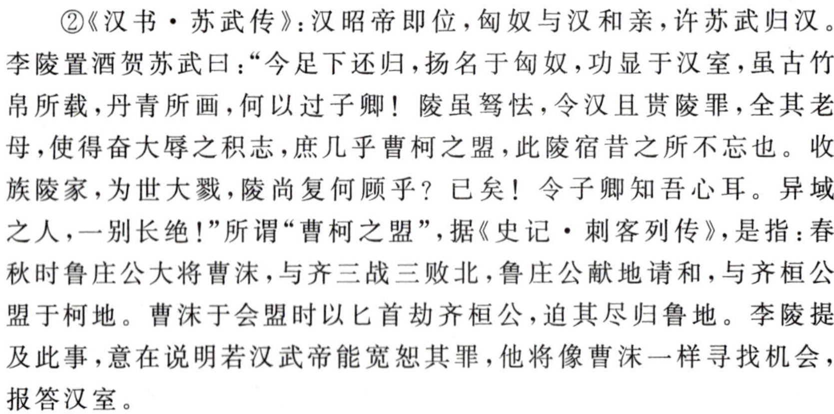

②《汉书·苏武传》：汉昭帝即位，匈奴与汉和亲，许苏武归汉。李陵置酒贺苏武曰：“今足下还归，扬名于匈奴，功显于汉室，虽古竹帛所载，丹青所画，何以过子卿！陵虽驽怯，令汉且贳陵罪，全其老母，使得奋大辱之积志，庶几乎曹柯之盟，此陵宿昔之所不忘也。收族陵家，为世大戮，陵尚复何顾乎？已矣！令子卿知吾心耳。异域之人，一别长绝！”所谓“曹柯之盟”，据《史记·刺客列传》，是指：春秋时鲁庄公大将曹沫，与齐三战三败北，鲁庄公献地请和，与齐桓公盟于柯地。曹沫于会盟时以匕首劫齐桓公，迫其尽归鲁地。李陵提及此事，意在说明若汉武帝能宽恕其罪，他将像曹沫一样寻找机会，报答汉室。

③据《汉书·司马迁传》及《汉书·李广传》载，李陵降匈奴后，司马迁曾为李陵辩护。汉武帝认为司马迁有意沮李广利之功而为李陵游说，遂处司马迁以宫刑。太史：指司马迁，时任太史令。

车千秋

天威震怒士惊魂，小吏深情感至尊。
子弄亲兵无大罪，亲容子过有鸿恩。
封侯拜相居高位，受命扶孤任重臣。①
本是田齐贤胄裔，乘舆便作姓车人。②

【自注

①《汉书·车千秋传》：车千秋，本姓田氏，其先以齐诸田徙长陵。千秋为高寝郎，会太子刘据为江充所谮败，久之，千秋上急变讼太子冤曰："子弄父兵，罪当笞；天子之子过误杀人，当何罪哉！臣尝梦见一白头翁教臣言。"千秋为高庙卫寝之郎，其所谓"白头翁"者，实暗指高帝刘邦也。是时，武帝颇知太子惶恐发兵无他意，乃大感悟，召见千秋而谓曰："父子之间，人所难言也，公独明其不然。此高庙神灵使公教我，公当遂为吾辅佐。"立拜千秋为大鸿胪，数月，遂代刘屈氂为丞相，封富民侯。后武帝疾，立钩弋夫人子刘弗陵为太子，拜大将军霍光、车骑将军金日磾、御史大夫桑弘羊及丞相车千秋，并受遗诏，共辅少主。武帝崩，昭帝即位，霍光专政，而千秋居相位，谨厚有重德，颇受霍光敬重。千秋为相十二年，薨，谥"定侯"。

②《汉书·车千秋传》："初，千秋年老，上优之，朝见，得乘小车入宫殿中，故因号曰'车丞相'。"后遂以车为姓。

魏 相

体貌威严个性强，疑奸斩客忤弘羊。
行权理政遵前制，务本兴农守旧章。
未见烽烟来塞上，应防祸乱起身旁。①
忧民济世贤丞相，九岁阿衡享誉长。②

【自注

①《汉书·魏相传》：魏相字弱翁，济阴定陶人也，徙平陵。相为茂陵令时，"御史大夫桑弘羊客诈称御史止传，丞不以时谒，客怒缚丞。相疑其有奸，收捕，案致其罪，论弃客市，茂陵大治"。汉宣帝时，相代韦贤为丞相，封高平侯，总领众职，甚称上意。元康中，宣帝

与后将军赵充国等议，欲出兵击匈奴。魏相上书谏曰："间者匈奴尝有善意，所得汉民辄奉归之，未有犯于边境，虽争屯田车师，不足致意中。今闻诸将军欲兴兵入其地，臣愚不知此兵何名者也。……案今年计，子弟杀父兄、妻杀夫者，凡二百二十二人，臣愚以为此非小变也。今左右不忧此，乃欲发兵报纤介之忿于远夷，殆孔子所谓'吾恐季孙之忧不在颛臾而在萧墙之内'也。"宣帝从其言而止之。

②《汉书·魏相传》：魏相其人严毅，个性刚强，为相九岁，数陈便宜，宣帝皆纳用焉。班固于本传末赞曰："近观汉相，高祖开基，萧、曹为冠，孝宣中兴，丙、魏有声。是时黜陟有序，众职修理，公卿多称其位，海内兴于礼让。览其行事，岂虚虖哉！"

黄霸

少好刑名有热忱，宽和禀性伴终身。
求师诏狱习经传，拜相朝堂爱吏民。[①]
道不拾遗皆向善，田能让畔俱归仁。
重临颍地八年后，治郡头功赞此人。[②]

自注

①《汉书·循吏传》：黄霸字次公，淮阳阳夏人也。少好刑名律令，喜为吏，持法平和，温良有让，吏民爱敬之。汉宣帝即位，欲为武帝立庙乐，诏群臣会议。知长信少府夏侯胜非议诏书，以为不宜为武帝立庙乐，丞相长史黄霸阿纵胜，不举劾，二人俱下狱。霸因从胜受《尚书》经传于狱中，讲论不息，积三岁乃出。后竟代丙吉为丞相。

②《汉书·循吏传》：黄霸曾两为颍川太守，前后八载，道不拾遗，田者让畔，深得吏民之心，户口岁增，治为天下第一。

王昭君

王嫱奉旨甚从容，解怨和亲立大功。
汉室名姝人艳丽，番邦圣母位尊崇。
荒原日夜闻边马，故里音书盼塞鸿。
赤县神州成一统，高天万里挂长虹。[①]

【自注

①王昭君之事迹，散见于《汉书》之《元帝纪》《匈奴传》及《后汉书·南匈奴列传》等正史。其他稗官野史所载及街谈巷语、道听途说之所造，多不可信。现综合正史之零星记载，简介如下：王昭君名嫱（《汉书·元帝纪》作“樯”，《汉书·匈奴传》作“牆”，《后汉书·南匈奴列传》虽作“嫱”，但以昭君为名，嫱为字），字昭君，南郡秭归人，汉元帝宫人。竟宁元年（前33），匈奴呼韩邪单于朝汉，求美人为阏氏，元帝赐昭君，以结和亲。昭君入匈奴，号宁胡阏氏，生一男。呼韩邪死，其子复株絫若鞮单于立，复妻王昭君，生二女。王昭君在匈奴地位尊贵，卒后亦葬于匈奴。今内蒙古呼和浩特市有昭君墓，自古称为“青冢”。又晋人为避太祖文皇帝司马昭讳，改称昭君为明君，后人又称明君为明妃。

刘 向

元王后裔立朝廷，奉旨石渠论众经。
挞显鞭恭曾入狱，扬堪赞猛始更名。[1]
常闻圣主崇三代，罕见明君抑五行。
目录辞章多贡献，天人谶纬记神灵。[2]

【自注

①《汉书·楚元王传》：刘向字子政，本名更生，楚元王刘交（高祖刘邦弟）五世孙，通达善属文辞。宣帝“初立《穀梁春秋》，征更生受《穀梁》，讲论五经于石渠”。元帝时，更生因反对宦官石显、弘恭，支持正士周堪、张猛而被捕下狱。成帝即位，更生复进用，始更名为向。

②《汉书·楚元王传》：刘向喜谈五行灾异及谶纬迷信、天人感应之事，认为圣主明君应崇三代而信五行。时多有地震及风雨雷电等灾变，刘向以为此乃帝舅王凤兄弟专权所致。“向乃集合上古以来历春秋六国至秦汉符瑞灾异之记，推迹行事，连转祸福，著其占验，比类相从，各有条目，凡十一篇，号曰《洪范五行传论》，奏之。天子心知向忠精，故为凤兄弟起此论也，然终不能夺王氏权。”刘向在典校古籍时，撰有《别录》，此为我国最早之目录学著作。又《汉书·艺文志》云：“刘向赋三十三篇。”其对辞赋亦有大贡献。

刘　歆

父子专家并有名，刘歆大业继更生。
群书校理存精品，众目编排树准绳。①
贬抑增言今字典，称扬补事古文经。②
何来勇气劫新莽，计败人亡恨未平。③

【自注

①《汉书·楚元王传》：刘歆字子骏，刘向少子，以通经善属文见称于世。成帝时，受诏与父向同领校秘书，讲六艺传记，诸子、诗赋、数术、方技，无所不究。哀帝即位，向甫卒，歆复领校五经，卒父前业。向本撰有《别录》，歆又集六艺群书，因《别录》而撰为《七略》，对我国目录学贡献颇巨。后班固《汉书·艺文志》即因刘歆《七略》而成。

②增言今字典：指以增补议论为主的《春秋公羊传》及《春秋穀梁传》。此两部经典，先秦时只靠口说流传，至汉初始用当时通行之隶书记录成书，汉人称其为“今文经”。补事古文经：指以增补史实为主的《春秋左氏传》。此部经典，先秦时已用古文字记录成书，汉人称其为“古文经”。汉哀帝时，《春秋公羊传》及《春秋穀梁传》皆列于学官，为设博士。刘歆是古文经学家，认为《春秋左氏传》比《春秋公羊传》及《春秋穀梁传》更为重要，也应列于学官，为设博士，并因此与众多今文经学家发生激烈争论。

③《汉书·王莽传》：汉哀帝初即位，刘歆曾被大司马王莽荐举，从此，二人关系密切。王莽篡汉立新后，任刘歆为国师。新莽地皇四年(23)，刘歆与王涉、董忠等见王莽大势已去，合谋共劫王莽以降南阳刘秀。七月谋泄，董忠等被杀，刘歆、王涉皆自杀。刘歆于哀帝建平元年(前6)改名为秀，字颖叔，故《资治通典》等史书，亦称后期之刘歆为刘秀。

王　莽

势弱家贫志不穷，兄亡父死已谦恭。
沽名钓誉实藏伪，市义博仁假效忠。①
木偶孤童欺汉帝，金縢秘策仿周公。②
夺权篡位谈何易，灭莽天兵下九重。③

【自注

①《汉书·王莽传》：王莽字巨君，汉元帝皇后王政君之侄。政君父禁，凡生八男：长凤、次曼、次谭、次崇、此商、次立、次根、次逢时。惟凤、崇与政君同母，为禁嫡妻李氏所生。政君父及兄弟皆于元帝、成帝时封侯，居位辅政，惟莽父曼早死，不侯。莽以孤贫，因折节为谦恭。受《礼经》于沛郡陈参，勤身博学，被服如儒生。事母及寡嫂甚孝谨，养兄孤子，行甚敕备。又外交英俊，内事诸父，甚有礼仪。成帝阳朔中，伯父凤病，莽侍疾，亲尝药，乱首垢面，不解衣带者连月。凤且死，以托太后（王政君）及帝。永始元年（前16）封莽为新都侯。

②《汉书·王莽传》：成帝崩，哀帝即位，太皇太后（王政君）诏莽就国，避帝外家傅氏。哀帝崩，太皇太后召莽还朝，拜为大司马，共立平帝。平帝刘衎乃元帝庶孙，成帝庶侄，三岁嗣父为中山王，母卫姬。九岁被立为帝后，王莽为独揽大权，命帝母卫姬及帝舅卫宝、卫玄等皆留中山，不得至长安与帝见面。九岁孤童，整日以泪洗面。群臣奏言，莽功德比周公，平帝乃赐号安汉公。“平帝疾，莽作策，请命于泰畤，戴璧秉圭，愿以身代。藏策金縢，置于前殿，敕诸公勿敢言。”然此后不久，莽即鸩弑平帝，篡汉得逞。

③《汉书·王莽传》：地皇四年（23）十月三日晨，绿林义军及长安市民攻入王莽宫殿。莽逃至渐台，被商人杜吴所杀，新朝遂亡。

刘 玄

逃刑避吏躲平林，起义群雄奉作君。
践祚兴刘称汉帝，分兵灭莽戮新臣。[①]
金迷纸醉人无道，众叛亲离事有因。
二载天王如梦幻，身归谢禄变亡魂。[②]

【自注

①《后汉书·刘玄列传》：刘玄字圣公，汉光武帝刘秀之族兄。弟为人所杀，玄结客欲报之。客犯法，玄避吏于平林。新莽地皇三年（22），绿林起义爆发，玄投奔陈牧所率之平林兵，为安集掾。次年，绿林军诸部（包括下江兵、新市兵、平林兵等）共号玄为更始将军。不久，又因刘玄为刘姓宗室，乃共拥立为帝，建元更始。绿林军攻克长安，王莽败死后，玄由洛阳移都长安。

②《后汉书·刘玄列传》：刘玄无德无才，一朝为帝，即沉湎于纸醉金迷、花天酒地之宫廷淫乐生活，不理朝政，委政于岳父赵萌，以致众叛亲离。赤眉军进逼长安时，刘玄杀害绿林旧将申屠建、陈牧等人，于更始三年（25）十月奉玺绶降于赤眉军所立之帝刘盆子。刘盆子封刘玄为长沙王，使赤眉大将谢禄统之。不久，谢禄缢杀刘玄。

刘盆子

城阳后裔久沉沦，岂料朱眉掠入军。
怯懦言行含稚气，聪明举动露童心。
拈阄甚易为皇帝，解绶诚难作庶民。[①]
败走中途归圣主，高官厚禄享天伦。[②]

【自注

①《后汉书·刘盆子列传》：刘盆子者，泰山式人，城阳景王刘章（高帝孙）之后也。新莽末年，樊崇起兵于莒，皆朱其眉以相识别，号其兵曰赤眉。赤眉军过式，掠盆子及二兄恭、茂，皆留军中。时欲立城阳景王刘章之后为帝，而刘恭此前已被更始帝刘玄封为式侯，其余血缘最近者有刘孝、刘茂、刘盆子三人。经拈阄，盆子立为帝，时年十五。诸将拜，盆子披发跣足，破衣烂衫，惊恐欲哭。赤眉入长安，大肆抢掠。刘恭知其必败，恐兄弟俱及于祸，乃秘教盆子归玺绶而为庶民。盆子数解玺绶，叩头请辞。樊崇等因共抱持盆子，带以玺绶，盆子号哭不已。

②《后汉书·刘盆子列传》：更始三年（25）十二月，赤眉军因三辅大饥，战乱频仍，而退出长安东归。次年正月，光武帝刘秀亲至宜阳，盛兵邀截赤眉军归路。樊崇及盆子等三十余人皆肉袒降。其兵卒二十余万已随道溃散。樊崇后复反，诛死。光武帝怜盆子，赏赐甚厚，以为赵王郎中。盆子"后病失明，赐荥阳均输官地，以为列肆，使食其税终身"。

汉光武帝刘秀

稼穑诗书两不妨，文经武纬可安邦。[①]
亡新略地平河北，复汉迁都定洛阳。

四海皆朝铜马帝，十年尽灭草头王。
重光日月中兴主，再造乾坤历世长。②

【自注

①《后汉书·光武帝纪》：刘秀字文叔，南阳蔡阳人，汉高祖刘邦九世孙，出自景帝子长沙定王发。刘秀九岁而孤，养于叔父良，性勤于稼穑。而兄伯升好侠养士，常非笑弟秀事田业，比之高祖兄仲。新莽天凤中，秀之长安，从中大夫许子威受《尚书》，略通大义。资用乏，与同舍生韩子合钱买驴，令从者僦，以给诸费。

②《后汉书·光武帝纪》：新莽地皇三年（22），刘秀与其兄刘缜反莽，起事于舂陵，有众七八千，号"舂陵军"。舂陵军初战不利，遂与绿林军联合。更始政权建立后，刘玄任刘缜为大司徒，任刘秀为太常、偏将军。在昆阳之战与宛城之战中，刘秀与刘缜各立大功。刘玄心生嫉妒，杀死刘缜。刘秀谢罪，始获刘玄信任，被封为破虏大将军、武信侯，不久又行大司马事。后刘玄遣刘秀往河北地区镇抚州郡。刘秀先诛灭称帝邯郸之王郎，被刘玄封为萧王，自此始贰于刘玄。不久，刘秀又破降和收编河北地区的铜马、高湖等部起义军，势力大增，关西遂号刘秀为"铜马帝"。刘秀复遣吴汉等袭杀更始政权之大吏谢躬于邺，从此与更始政权彻底决裂。建武元年（25）六月，刘秀称帝于鄗，重建汉政权，不久定都洛阳，史称东汉，亦称后汉。东汉建立后，刘秀又经过十二年征讨，终于削平群雄，完成统一大业。

汉献帝刘协

分茅裂土治陈留，似父承兄御九州。
董借君名欺众霸，曹挟帝号令诸侯。
心胸郁闷如秦赘，境况艰难类楚囚。①
大汉江山传魏主，高皇社稷付东流。②

【自注

①《后汉书·孝献帝纪》："孝献皇帝讳协，灵帝中子也。母王美人，为何皇后所害。中平六年四月，少帝即位，封帝为渤海王，徙封陈留王。"李贤注引《张璠记》曰："灵帝以帝似己，故名曰协。"《后汉书·董卓列传》载：何进欲诛杀宦官而事败身死，袁术、袁绍等又入宫诛灭宦官，宫中大乱。而中常侍段珪等于乱中劫少帝刘辩与陈留王刘协夜走小平津。董卓率部入京，于洛阳城外与少帝及陈留王相

遇。卓与少帝语，少帝恐怖悲泣，不能辞对；与陈留王语，王述说祸乱，事理明晰。董卓以陈留王为贤，终废少帝刘辩，而立陈留王刘协为帝，是为汉献帝，时年九岁。汉献帝实为傀儡皇帝，董卓与曹操先后挟其名号以令天下。献帝终生心情郁闷，境况艰难。

②《后汉书·孝献帝纪》：献帝建安二十五年（220）正月庚子，魏王曹操薨。子曹丕袭位，三月，改元延康。“冬十月乙卯，皇帝逊位，魏王丕称天子。”至此，汉高祖刘邦所创建之大汉江山社稷，经四百余年（前206～220）后，终为曹魏政权所取代。按：两汉之间有十四年时间（9～23）为新莽政权时期。另有两年时间为更始政权时期，而更始政权本身也是汉政权。

隗嚣

素好经书有热忱，尊贤礼士悦民心。
传檄布罪伐新主，立庙收功拜汉君。[①]
背弃玄皇归建武，脱离秀帝附公孙。
西州霸业难如愿，毁誉相参异论存。[②]

【自注】

①《后汉书·隗嚣列传》：隗嚣字季孟，天水成纪人。好经书，素有名，能得众心。王莽国师刘歆引嚣为官，歆死，嚣归乡里。季父崔闻更始立而莽兵败，乃与兄义及上邽人杨广、冀人周宗起兵应汉，共推隗嚣为上将军。嚣既立，从平陵人方望之言，先为汉高祖刘邦等立庙，称臣拜揖，以收人心，后传檄布罪，讨伐王莽。兵集十万，嚣遂分遣诸将徇陇西、武都、金城、武威、张掖、酒泉、敦煌，皆下之，声威震西北。

②《后汉书·隗嚣列传》：更始二年（24），刘玄遣使征隗嚣至长安，以为御史大夫。次年夏，赤眉入关，三辅扰乱，传闻光武帝刘秀即位河北，嚣说刘玄归政于刘秀叔父刘良（时为更始政权三老），玄不听，嚣与诸将欲劫刘玄归刘秀，事发觉，嚣亡归天水。及更始败，三辅耆老士大夫皆奔归嚣。建武二年（26），刘秀以嚣为西州大将军，专制凉州朔方事。其后公孙述数出兵汉中，遣使以大司空扶安王印绶授嚣。嚣虽未受，然意持两端，不愿天下统一，欲长霸西州。刘秀知嚣终不为用，乃发兵讨之，嚣遂称臣于公孙述，被封为朔宁王。建武九年（33）春，隗嚣兵败，病且饿，恚愤而死。

公孙述

祖上移家徙茂陵，为郎作吏好门风。[①]
安邦济世无良策，跸路清宫有盛名。
地利人和争胜负，成皇汉帝斗输赢。
龙兴雅号如残梦，建武新元致太平。[②]

自注

①《后汉书·公孙述列传》：公孙述字子阳，其先武帝时以吏二千石自无盐徙茂陵。哀帝时，以父任为郎，后又为清水长，人皆称其能。王莽天凤中，为导江卒正（王莽改蜀郡曰导江，太守曰卒正），复有能名。

②《后汉书·公孙述列传》：更始二年（24）秋，刘玄遣柱功侯李宝及益州刺史张忠将兵万余人徇蜀汉。述恃其地险众附，有自立之志，乃使其弟恢于绵竹击破李宝及张忠军，由是威震益都。建武元年（25）四月，述从功曹李熊之言，自立为帝，号"成家"（以起成都，故号成家），建元曰龙兴元年。刘秀数与述书，晓以大势，劝其去帝号而归汉，述不听。述称帝后，治国无方而威仪颇盛，恃其地利而与刘秀抗衡。刘秀在消灭隗嚣之后，发兵攻述。建武十二年（36）十一月，述军大败，述亦被杀。

窦融

观津窦氏号名门，早附文皇是内亲。
先辈联姻扶汉主，自身嫁妹佐新君。
河西五郡为元帅，日下三旬任重臣。[①]
拜相封侯知进退，谦恭礼让颂贤人。[②]

自注

①《后汉书·窦融列传》：窦融字周公，祖籍清河观津，后徙扶风平陵。七世祖广国，乃汉文帝窦皇后之弟。融女弟为新莽大司空王邑小妻。王莽末，融为波水将军。莽败，融以军降更始帝刘玄。融见更始新立，东方尚扰，而窦氏累世官河西，知其土俗，乃求出河西。刘玄乃以融为张掖属国都尉。既至，抚结雄杰，怀辑羌虏，甚得其欢

心，河西五郡（武威、张掖、酒泉、敦煌、金城）翕然归之，共推融为大将军。建武五年（29），融遥归光武帝刘秀，任凉州牧。后又助刘秀灭隗嚣，封安丰侯。陇蜀平定后，奉诏入京，任冀州牧、大司空等要职。融历事光武帝及明帝凡三十年，直至七十八岁去世。

②《后汉书·窦融列传》：窦氏一门，贵盛荣宠，凡计一公、两侯、三尚公主、四二千石，府第相望京邑，奴婢以千数，贵戚功臣，莫与为比。融以兄弟并受爵位，惧不自安，屡乞骸骨，以求退让，而圣恩不许。其可谓深知进退之礼矣。

邓　禹

受业长安已附龙，诗书易礼俱精通。
既摧更始业诚伟，虽败赤眉心尚雄。[①]
论道经邦陪二帝，封侯拜相列三公。
尊亲教子轻名利，像绘云台位最崇。[②]

自注

①《后汉书·邓寇列传》：邓禹字仲华，南阳新野人也。年十三，能诵诗，受业长安。时光武亦游学京师，禹年虽幼，而见光武知非常人，遂相亲附。刘玄命光武安集河北州郡，邓禹往从光武于邺。建武元年（25）正月，光武拜禹为前将军，率精兵两万西征更始。禹连战皆捷，遂定河东。光武拜禹为大司徒，封酂侯，不久又改封梁侯。建武二年（26）春，赤眉由长安西走扶风，禹乘机由渭北南至长安，驻军昆明池。不久，赤眉复返长安，大败禹军。光武欲征禹还，禹惭于受任而功不遂，数以饥卒与赤眉战，辄不利。建武三年（27）春，禹复与赤眉战，亦为所败，众皆死散，禹独与二十四骑还诣宜阳，谢上大司徒、梁侯印绶。诏归侯印绶。建武十三年（37），天下平定，光武以禹功高，封禹为高密侯，食四县，又封其弟邓宽为明亲侯。中元元年（56），复行司徒事。

②《后汉书·邓寇列传》："禹内文明，笃行淳备，事母至孝。天下既定，常欲远名势。有子十三人，各使守一艺。修整闺门，教养子孙，皆可以为后世法。资用国邑，不修产利。帝益重之。"汉明帝刘庄即位，以禹先帝元功，拜为太傅，进见东向，甚见尊宠。后明帝图画中兴功臣二十八人（一云三十二人）于云台，邓禹位列第一。

严 光

汉帝同窗远市廛，更名易姓遁深山。
为书有意辞恭敬，复信无情话简单。①
昨夜明星侵御座，今晨隐士去朝班。
躬耕自钓严陵濑，皓月清风任往还。②

【自注

①《后汉书·逸民列传》：严光字子陵，一名遵，会稽余姚人也。少有高名，与光武同游学。及光武即位，乃变名姓，隐身不见。帝思其贤，令以形貌访之。后齐国上言："有一男子，披羊裘钓泽中。"帝疑其为光，乃备安车聘之，三返而后至。舍于北军，给床褥，太官朝夕进膳。司徒侯霸与光素旧，遣使奉书，辞甚恭敬。光得书不语，投札使者，口授复书曰："君房（侯霸字君房）足下，位至鼎足，甚善。怀仁辅义天下悦，阿谀顺旨要领绝。"又李贤注引皇甫谧《高士传》曰：霸使"西曹属侯子道奉书，光不起，于床上箕踞抱膝发书读讫，问子道曰：'君房素痴，今为三公，宁小差否？'子道曰：'位已鼎足，不痴也。'光曰：'遣卿来何言？'子道传霸言。光曰：'卿言不痴，是非痴语也？天子征我三乃来。人主尚不见，当见人臣乎？'子道求报。光曰：'我手不能书。'乃口授之。使者嫌少，请更足。光曰：'买菜乎？求益也？'"

②《后汉书·逸民列传》：光武帝曾与光夜共偃卧，"光以足加帝腹上。明日，太史奏客星犯御坐甚急。帝笑曰：'朕故人严子陵共卧耳。'"。帝除光为谏议大夫，光不受，乃躬耕于富春山，后人名其钓处为严陵濑。建武十七年（41），帝复特征，亦不至。年八十而终。

梁鸿 孟光

举案齐眉享誉长，男婚女嫁俱芬芳。
梁迎丑妇情恭顺，孟配贫夫性善良。
麻屦布衣同隐遁，鲁山吴水共徜徉。①
他乡病体弥留日，卜葬要离大冢旁。②

【自注

①《后汉书·逸民列传》：梁鸿字伯鸾，扶风平陵人。幼遭新莽

乱世，卷席而葬父。后受业太学，家贫尚气节，博览无不通，而不为章句。势家慕其高节，多欲以女妻之，鸿并绝不娶。同县孟氏有女，状肥丑而黑，力举石臼，年三十不嫁。父母问其故，女曰："欲得贤如梁伯鸾者。"鸿闻而娶之，喜曰："此真梁鸿妻也，能奉我矣！"字之曰德曜，名曰光。婚后，夫妻麻屦布衣，共入霸陵山中，以耕织为业，咏诗书，弹琴以自娱。后东出关，过洛阳，因作《五噫之歌》，汉章帝闻而非之，求鸿不得。鸿乃易姓更名，与妻隐居齐鲁之间。有顷，复适吴。

②《后汉书·逸民列传》：至吴，依大家皋伯通，居庑下。鸿为人赁舂，每归，妻为具食，不敢于鸿前仰视，举案齐眉。伯通察而异之，乃舍之于家。鸿潜著文十余篇。鸿疾且困，告主人曰："昔延陵季子葬子于嬴博之间，不归乡里，慎勿令我子持丧归去。"及卒，伯通等咸曰："要离烈士，而伯鸾清高，可令相近。"乃葬于要离冢旁。葬毕，妻子俱归扶风。按，要离：人名，春秋时刺客。吴公子光遣专诸刺死吴王僚，夺得王位，时吴王僚之子庆忌在卫，以勇武著称，光以为患，复遣要离刺死庆忌。要离刺死庆忌后，亦伏剑自尽。事见《吴越春秋·阖闾内传》。作为姓氏，"要"读平声。若读仄声，则此句犯孤平。

班　彪

终生只为汗青忙，大事名人细考量。
百姓犹能思汉帝，七雄不肯奉周王。[①]
河西避乱凭才干，日下扬声赖奏章。
后传初成身已逝，儿曹励志续辉煌。[②]

自注

①《后汉书·班彪列传》：班彪字叔皮，扶风安陵人。年二十余，更始帝刘玄败，三辅大乱，彪乃避难天水以从隗嚣，为其辨析周末与汉末大势之别曰："周之废兴，与汉殊异。昔周爵五等，诸侯从政，本根既微，枝叶强大，故其末流有从横之事，埶数然也。汉承秦制，改立郡县，主有专己之威，臣无百年之柄……方今雄桀带州域者，皆无七国世业之资，而百姓讴吟，思仰汉德，已可知矣。"

②《后汉书·班彪列传》：彪见隗嚣不用其言，复避地河西，为河西大将军窦融从事，为融策划事汉，并掌章奏。及融征还京师，光武问曰："所上章奏，谁与参之？"融对曰："皆从事班彪所为。"光武素闻

彪才，因召入见。彪才高而好述作，专心于史籍之间。因见司马迁《史记》阙录武帝太初以后事，彪遂继采前史遗事，旁贯异闻，成《后传》六十五篇，以为《史记》续篇。《后传》初成而彪卒，其子班固在《后传》基础上撰成《汉书》。

窦宪

女弟中宫掌大权，胞兄擅政任高官。
寻仇径斩良家子，仗势强夺贵主田。[①]
屡破胡酋功盖世，常图汉帝罪滔天。
阴谋败露身先死，善恶分明事了然。[②]

【自注

①《后汉书·窦融列传》：窦宪字伯度，扶风平陵人，窦融曾孙。父勋被诛，宪少孤。建初二年(77)，女弟立为章帝皇后，拜宪为郎，稍迁侍中、虎贲中郎将。宪兄弟亲幸，并侍宫省，恃强凌弱，炙手可热。明帝永平时，谒者韩纡尝考劾宪父勋狱，宪得势后遂令客斩韩纡子，以首祭勋冢。章帝时，宪恃宫掖声势，以贱值强夺沁水公主(明帝女)园田，主畏而不敢计。

②《后汉书·窦融列传》：宪于和帝时因刺杀太后宠臣而被囚于宫中。宪惧诛，自请击匈奴以赎死。和帝乃以宪为车骑将军，率军出征。宪大破北匈奴，追击塞外三千里，登燕然山，刻石纪功，命中护军班固作铭。后又两度出塞大破北匈奴，北单于遁走，不知下落。北匈奴以此破散，边患解除。窦宪既破北匈奴，威震朝廷，遂谋弑和帝而篡位。阴谋泄露，和帝夺其兵权，迫令自杀。

袁安

后汉袁安有盛名，寒冬卧雪悯苍生。
公差不肯持私信，弱岁犹能擅众经。
细检刘英真逆案，深批窦宪伪忠情。[①]
仙人指地颇灵验，累世三公起父茔。[②]

【自注

①《后汉书·袁安列传》：袁安字邵公，汝南汝阳人，少传祖父良

《孟氏易》，兼擅众经。初为县功曹，奉檄诣从事，从事因安致书于令，安曰：“公事自有邮驿，私请则非功曹所持。”辞不肯受，从事惧然而止。又《汝南先贤传》云：“时大雪积地丈余，洛阳令身出案行，见人家皆除雪出，有乞食者。至袁安门，无有行路。谓安已死，令人除雪入户，见安僵卧。问何以不出。安曰：‘大雪人皆饿，不宜干人。’令以为贤，举为孝廉。”汉明帝永平十三年(70)，楚王刘英谋为逆，事下郡覆考。次年，三府举安理此案，明帝遂拜安楚郡太守。是时，因刘英供词所连而遭拘系者数千人，明帝怒甚，吏案之急，迫痛自诬，死者甚重。安到郡，理其无明验者，遂分别具奏。明帝感悟，许之，得出者四百余家。汉和帝即位，窦太后临朝，窦宪倚仗权势，横行不法。袁安屡次上书，揭批窦宪罪行，和帝不听。袁安卒后数月，窦宪果因谋逆而身败名裂，和帝始悟袁安之言。

②《后汉书·袁安列传》：初，安父卒，母使安访求葬地，道逢三书生，问安何之，安为言其故，生乃指一处，曰：“葬此地，当世为上公。”须臾不见，安异之。于是遂葬其所占之地，故累世隆盛焉。袁安于汉章帝时为司徒，其后裔袁敞、袁汤、袁逢、袁隗、袁绍、袁术等，皆位至三公。袁氏一门，真可谓累世三公，势倾天下。

班　超

从戎弃笔法前贤，志士何堪户牖间。
立业孤城思介子，收功异域慕张骞。
威施鄯善逾葱岭，信著龟兹过雪山。[①]
拜将封侯偿夙愿，回朝已迈古稀年。[②]

【自注

①《后汉书·班超列传》：班超字仲升，扶风平陵人，班彪之少子。为人有大志，涉猎书传。家贫母老，常为官佣书以供养。久劳苦，尝辍业投笔而叹曰：“大丈夫无它志略，犹当效傅介子、张骞立功异域，以取封侯，安能久事笔研间乎？”汉明帝永平十六年(73)，奉车都尉窦固出击北匈奴，以班超为假司马，将兵别击伊吾，战于蒲类海，有功，窦固遂遣班超使西域。超至鄯善，适逢北匈奴亦遣使至。超用计消灭北匈奴使团成员百余人，鄯善王广震怖，遂纳子为质，专心臣服于汉。窦固奏报朝廷，上超功效。明帝以超为军司马，诏其复使西域。班超在西域凡三十年，为政宽简，吏士团结，人心归附，威信极高。汉以超为西域都护，封定远侯，邑千户。

②《后汉书·班超列传》：汉和帝永元十二年(100)，班超以久在绝域，年老思土，乃上书求归。其妹班昭亦为超上书请归。帝感其言，乃征超还。超于永元十四年(102)八月回至洛阳，拜为射声校尉。其年九月卒，年七十一。

张衡

历算阴阳两著名，谈玄论理寄心声。
身穷六艺游三辅，力尽十年赋二京。[①]
测地观天工巧技，绝图禁谶辟邪风。[②]
河间作相摧豪右，并用恩威致太平。[③]

自注

①《后汉书·张衡列传》：张衡字平子，南阳西鄂人。善阴阳历算，耽好《玄经》，喜谈玄理。少善属文，游于三辅，因入京师，观太学，遂通五经而贯六艺。"时天下承平日久，自王侯以下，莫不逾侈。衡乃拟班固《两都》，作《二京赋》，因以讽谏。精思傅会，十年乃成。"

②《后汉书·张衡列传》：张衡善机巧，尤致思于天文学。他是古代浑天说之代表人物之一，有《浑仪图注》《灵宪》等天文著作。他改进浑天仪以观天象，制造候风地动仪以测地震。又载：光武善谶，及明帝、章帝，因祖述之。自中兴之后，儒者争学图纬，兼复附以妖言。衡以图纬虚妄，非圣人之法，乃上疏朝廷，认为"宜收藏图谶，一禁绝之，则朱紫无所眩，典籍无瑕玷矣"。

③《后汉书·张衡列传》："永和初，出为河间相。时国王骄奢，不尊典宪；又多豪右，共为不轨。衡下车，治威严，整法度，阴知奸党名姓，一时收禽，上下肃然，称为政理。"

梁冀

中宫女弟史称贤，擅政胞兄是大奸。
口进谗言杀李杜，心生怒气灭胡袁。[①]
崇楼广苑极华丽，异宝奇珍甚浩繁。
欲刺皇亲惊帝座，阖门弃市己投缳。[②]

自注

①《后汉书·梁统列传》:梁冀字伯卓,安定乌氏人。大妹梁妠,为汉顺帝皇后。小妹梁女莹,为汉桓帝皇后。顺帝皇后以贤德著称。汉顺帝以梁冀为大将军。顺帝崩,皇后梁妠无子,虞贵人子刘炳即位,年甫二岁,是为冲帝。冲帝立数月而崩,汉章帝玄孙刘缵即位,年甫八岁,是为质帝。质帝少而聪慧,知冀骄横,尝朝群臣,目冀曰:“此跋扈将军也。”冀闻,深恶之,遂令左右进鸩加煮饼,质帝食之,即日而崩,年九岁。质帝崩后,因议立嗣。李固、杜乔以清河王刘蒜明德著闻,又属最亲近,宜立为嗣。而梁冀强立其妹夫蠡吾侯刘志,是为桓帝。冀又以谗言诬李固、杜乔欲立刘蒜而谋逆,遂杀之。又载:郎中袁著上书揭发梁冀,冀遣人笞杀之。著友胡武得罪梁冀,冀杀胡武,并诛其家,死者六十余人。

②《后汉书·梁统列传》:桓帝贵人邓猛,颇受宠幸。梁冀欲认邓猛为其女以自固,使易姓为梁。邓猛姊婿邴尊及邓猛母宣,皆拂其意。冀乃使人刺杀邴尊,而又欲杀宣。“宣家在延熹里,与中常侍袁赦相比。冀使刺客登赦屋,欲入宣家。赦觉之,鸣鼓会众以告宣。宣驰入以白帝,帝大怒,遂与中常侍单超、具瑗、唐衡、左悺、徐璜等五人成谋诛冀。”桓帝遣人围冀第,冀及妻孙寿皆自杀。梁氏及孙氏中外宗亲,无少长皆弃市。

陈　蕃

待举陈蕃正少年,胸怀四海欲经天。
托情致信违梁冀,诞子居丧斥赵宣。①
划策筹谋联外舍,拔刀振臂抗中官。
兵离将去人先逝,党锢灾殃更蔓延。②

自注

①《后汉书·陈蕃列传》:陈蕃字仲举,汝南平舆人也。蕃年十五,尝闲处一室,而庭宇芜秽。父友同郡薛勤来候之,谓蕃曰:“孺子何不洒扫以待宾客?”蕃曰:“大丈夫处世,当扫除天下,安事一室乎?”勤知其有清世志,甚奇之。太尉李固表荐,征拜议郎,再迁为乐安太守。大将军梁冀威震天下,时遣使诣蕃,有所请托,不得通,使者诈求谒,蕃怒,笞杀之。民有赵宣葬亲而不闭墓道,因居其中,行服二十余年,乡邑称孝,州郡数礼请之。郡内以荐蕃,蕃与相见,问

其妻子，而宣五子皆服中所生。蕃大怒曰："圣人制礼，贤者俯就，不肖企及。且祭不欲数，以其易黩故也。况乃寝宿冢藏，而孕育其中，诳时惑众，诬污鬼神乎？"遂罪之。

②《后汉书·陈蕃列传》：永康元年（167）十二月，桓帝崩，无子。皇后窦妙与其父窦武定策禁中，立汉章帝玄孙刘宏为帝，是为灵帝。灵帝于建宁元年（168）正月即位，年始十二。窦太后临朝，以大将军窦武与太傅陈蕃共秉朝政。窦武与陈蕃起用桓帝时被禁锢之"党人"，欲消灭宦官势力。事机泄露，宦官抢先动手，率众攻窦武，窦武兵败自杀。陈蕃时年七十余，闻难作，率官属诸生八十余人，并拔刀突入承明门，与宦官激战，终因寡不敌众，被执遇害。此后宦官势力更盛，党锢之祸更加蔓延。

李　膺

誉满清流比圣贤，生徒遍布数三千。
胡兵望旆皆离境，墨吏闻声尽弃官。
鲤跃龙门名显贵，人登禹阙位尊严。①
群英领袖遭诬陷，取义成仁展笑颜。②

自注

①《后汉书·党锢列传》：李膺字元礼，颍川襄城人。为乌桓校尉时，鲜卑数犯塞，膺常蒙矢石，每破走之，虏甚惮慑。羌虏及疏勒、龟兹数出攻抄张掖、酒泉、云中诸郡，百姓屡被其害，桓帝闻膺能，以为度辽将军。自膺到边，虏皆望风惧服，先所掠男女悉送还。膺为青州刺史时，守令畏其威名，多望风弃官。膺性简亢，无所交接，教授生徒常数千人，太学诸生皆传曰："天下楷模李元礼。"时朝廷日乱，纲纪废弛，膺独持风操，以声名自高，"士有被其容接者，名为登龙门"，从此身价倍增。

②《后汉书·党锢列传》：李膺为司隶校尉时，宦官张让之弟张朔为野王令，贪残无道，至杀孕妇，闻膺威严，惧罪逃还京师，匿张让第，藏于合柱中。膺知其状，率将吏破柱取朔，付洛阳狱，受辞毕，即杀之。自此，诸黄门常侍皆鞠躬屏气，休沐日亦不敢复出宫省。桓帝怪问其故，并叩头泣曰："畏李校尉。"灵帝即位后，大将军窦武与太傅陈蕃欲诛宦官而失败，李膺亦被罢废。后张俭被宦官诬以"共为部党，图危社稷"，望门投止，逃亡塞外。宦官借此事机，复拘捕李膺。人或劝其逃走，膺曰："事不辞难，罪不逃刑，臣之节也。吾年已六十，死生有命，去将安之？"乃诣诏狱而死。

王 允

幼显奇才重士林，神驹蓄势待飞奔。
呈书只为揭张让，护柩还因斩赵津。[①]
养晦韬光诛虎豹，经天纬地正乾坤。
元凶已灭胁从在，首相翻成遇害人。[②]

【自注

①《后汉书·王允列传》：王允字子师，太原祁人。世仕州郡为冠盖。同郡郭林宗尝见允而奇之，曰："王生一日千里，王佐才也。"遂与定交。王允为豫州刺史时，大破黄巾别帅，受降数十万，于黄巾军中得中常侍张让宾客书疏，与黄巾交通，允具发其奸，以状闻。允年十九为郡吏时，小黄门晋阳赵津贪横放恣，为一县巨患，允讨捕杀之。而津兄弟谄事宦官，因缘谮诉，桓帝震怒，征太守刘瓆，遂下狱死。允护柩送丧还平原，终毕三年，然后归家。

②《后汉书·王允列传》：董卓专权时，王允为司徒。允矫情屈意，每相承附，卓亦推心，不生乖疑，故得扶持王室于危乱之中，臣主内外，莫不倚恃焉。后乃潜结卓将吕布，使为内应。会卓入朝，吕布因刺杀之。卓部将李傕、郭汜等遂合谋为乱，围攻长安。城陷，吕布奔逃，傕等乃收允而杀之。

吕 布

虎鸷扬威盖世雄，长枪快马六钧弓。
杀丁附恶诚为罪，灭董依仁却是功。[①]
反复无常随去就，游移不止任西东。
兵残将败人心散，路断城头命已穷。[②]

【自注

①《后汉书·吕布列传》：吕布字奉先，五原九原人。弓马娴熟，武艺高强，所御良马，号曰赤兔，驰城飞堑，如履平地，时人语曰："人中有吕布，马中有赤兔。"初事并州刺史丁原，后被董卓以重金收买，杀丁原而投董卓，卓甚爱信之，誓为父子。司徒王允在长安欲杀董

卓，潜结吕布，使为内应，布与卓有隙而许之，遂刺杀董卓于未央宫门。允封布为温侯。

②《后汉书·吕布列传》：吕布被董卓部将李傕、郭汜等逐出长安后，先后投奔袁术、张杨、袁绍、张邈、刘备等，反复无常，游移不止。建安三年(198)，曹操围吕布于下邳。“布与麾下登白门楼，兵围之急，令左右取其首诣操。左右不忍，乃下降。”布见操乞降不成，遂被缢杀。

袁　术

四世三公任宰衡，阖朝故吏与门生。
矜名屡次污兄弟，扩地多方起战争。[①]
信谶迷图称帝号，失魂落魄去皇名。
亲离众叛身亡故，落难妻儿似转蓬。[②]

【自注

①《后汉书·袁术列传》：袁术字公路，汝南汝阳人，司空袁逢之嫡子。自高祖至父辈，四世中有五人位列三公(高祖袁安，曾祖袁京之弟袁敞，祖袁汤，父袁逢及叔父袁隗)，门生故吏遍朝廷。袁绍本为袁逢庶子，是袁术同父异母兄，因过继伯父袁成为子，史书遂称二袁为从兄弟关系。袁术与袁绍有隙，各交党援，以相图谋。术结公孙瓒，而绍连刘表。豪杰多附于绍，术怒曰：“群竖不吾从，而从吾家奴乎！”又与公孙瓒书，云：“绍非袁氏子。”

②《后汉书·袁术列传》：袁术少见谶书，言“代汉者当涂高”，自云已名及字皆应之，又从孙坚妻处夺得“汉传国玉玺”，遂生僭逆之念，终在建安二年(197)称帝于寿春。称帝之后，先为吕布所破，后为曹操所败。在众叛亲离之窘况下，袁术于建安四年(199)夏去帝号，六月间愤慨结病，呕血而死。袁术“妻子依故吏庐江太守刘勋。孙策破勋，复见收视，术女入孙权宫，子曜仕吴为郎中”。

袁　绍

四世三公美誉传，门生故吏遍朝班。[①]
宦官矫命杀何进，袁绍兴兵灭宦官。

统率群雄伐仲颖，相持数月败阿瞒。
矜名负气疏贤俊，义士忠臣叹沮田。[②]

【自注

①《后汉书·袁绍列传》：袁绍字本初，汝南汝阳人，司徒袁汤之孙，五官中郎将袁成之子。李贤注引《袁山松书》曰："绍，司空逢之孽子，出后伯父成。"又曰："《魏书》亦同。"参见《袁术》自注①。

②《后汉书·袁绍列传》：灵帝崩后，袁绍与何进谋诛宦官，事泄，宦官先行下手，矫太后（何进异母女弟）诏召何进入省闼而杀之。袁绍闻变，率军入宫，尽诛宦官。初平元年（190），关东州牧郡守联合起兵讨伐董卓（字仲颖），袁绍被推为联军盟主。建安五年（200），袁绍率十万大军与曹操（小字阿瞒）决战于官渡，相持数月，终被曹操击败。沮授、田丰为袁绍主要谋士，屡向袁绍献计献策，绍不能用。官渡之战中，沮授为曹军所俘，誓死不降，惟求速死，曹操爱才，赦而厚遇之，沮授寻复谋归袁氏，乃杀之。田丰于官渡之战前因强谏袁绍而下狱，官渡战败后，袁绍无颜面对田丰，竟曰："吾不用田丰言，果为所笑。"遂杀田丰。

刘　表

身遭党祸更从容，作牧荆州有大功。
问计宜城听蒯越，归心许县拒韩嵩。[①]
崇仁尚义尊三代，保境安民重百工。
立嗣缘何乖长幼，千秋伟业毁刘琮。[②]

【自注

①《后汉书·刘表列传》：刘表字景升，山阳高平人，鲁恭王刘馀（景帝子）之后。少知名，与张俭、岑晊、陈翔、孔昱、苑康、檀敷、翟超凡八人，被天下清流号为"八及"（《刘表列传》误为"八顾"，此依《党锢列传》应为"八及"）。及者，言其能导人追随宗仰者也。桓帝时，诏书捕案党人，表亡走得免。灵帝时党锢解除，表被辟为大将军何进掾。献帝初平元年（190），为荆州刺史（后改荆州牧）。时江南宗贼大盛，表不得至，乃单马入宜城，请南郡人蒯越、襄阳人蔡瑁与共谋划，使越遣人诱宗贼大帅十五人至，皆斩之而袭取其众。江南悉平，表遂理兵襄阳，以观时变。及曹操与袁绍相持于官渡，绍遣人求助，表许之而不至，亦不援曹操而持两端。南阳韩嵩劝表放弃中立策略，及早归心许都（即许县，建安元年曹操迎献帝都此），表拒而

不听。

②《后汉书·刘表列传》:刘表在荆州恩威并用,万里肃清,安民养士,从容自保。建安十三年(208),曹操自将征表,未至,表于八月疽发于背而卒。表二子,长琦,次琮。表初以琦貌类于己,甚爱之,后为琮娶其后妻蔡氏之侄,蔡氏遂爱琮而恶琦,毁誉之言日闻于表。又妻弟蔡瑁及外甥张允并得幸于表而睦于琮,表遂以琮为嗣。及曹军至襄阳,刘琮举州降于曹操。

刘 焉

君郎建议广颁行,牧号威严刺史轻。
众匪遮途难入境,群官护驾始临城。[①]
皆因恋色擢张鲁,但为除凶助马腾。
子丧仓焚人病故,刘璋继位毁前程。[②]

自注

①《后汉书·刘焉列传》:刘焉字君郎,江夏竟陵人,鲁恭王刘馀(景帝子)之后。时灵帝政化衰缺,四方兵起,焉以为刺史威轻,乃建议改置牧伯,清选重臣,以居其任。灵帝采用其议,以焉为监军使者,领益州牧。州任之重,自此而始。是时益州贼马相聚十余万人,自称天子,据有广汉、蜀郡、犍为、巴郡之地,刘焉难入其境。益州从事贾龙,纠合吏人及兵众,攻破马相,始迎刘焉暂入绵竹城任职。

②《后汉书·刘焉列传》:沛人张鲁,母有姿色,兼挟鬼道,往来焉家,焉遂任鲁为督义司马。鲁与别部司马张修将兵掩杀汉中太守苏固。鲁又杀张修而并其众,遂割据汉中。刘焉有四子,范、诞并随献帝在长安,璋、瑁随焉在益州。兴平元年(194),马腾与范谋诛李傕,焉遣蜀兵五千助之。战败,范及诞并见杀。焉既痛二子,又遇天火烧其府库车重,延及民家,馆邑无余,乃由绵竹徙居成都,遂疽发于背而卒。其子璋嗣位,建安十九年(214)降于刘备。

刘 璋

继父承州恰盛年,宽仁暗懦两相兼。
公旗有意脱巴蜀,季玉无心顾汉川。[①]

保境迎宾从法正，开门纳盗拒黄权。
成都被困情难忍，尚为黎民拜马前。[②]

【自注

①《后汉书·刘焉列传》：刘璋字季玉，刘焉之子，性宽仁暗懦。焉卒，益州大吏赵韪等以璋温仁易控，立为刺史。诏书以璋为监军使者，领益州牧。张鲁（字公旗）以璋暗懦，不复顺承。璋怒，杀鲁母及弟。从此，张鲁脱离刘璋而割据汉中（即汉川），刘璋亦无心顾及汉中。

②《后汉书·刘焉列传》：建安十六年（211），璋闻曹操将至汉中讨张鲁，内怀恐惧，便采纳法正与张松之建议，遣法正至荆州迎刘备入蜀以拒曹操。主簿黄权苦谏，以为迎刘备入蜀，无异于开门揖盗，从事王累亦自倒悬于州门以谏，刘璋一无所纳。刘备入蜀不久，即进攻刘璋，至建安十九年（214），围璋于成都。时成都城中尚有精兵三万人，粮食可支一年，吏民咸欲拒战。璋曰："父子在州二十余岁，无恩德以加百姓，而攻战三载，肌膏草野者，以璋故也。何心能安！"遂开城出降于刘备。备迁璋于公安，归其财宝。璋后以病卒。

张鲁

刘焉恋色纵斯人，羽翼生成自作君。
汉水公旗为北鄙，岷江季玉是南邻。[①]
专修鬼道传三世，但用神权理万民。
率众降曹能顺意，封侯拜将免沉沦。[②]

【自注

①参阅《刘焉》自注②及《刘璋》自注①。

②《后汉书·刘焉列传》：张鲁字公旗，沛人。祖张陵，顺帝时客于蜀，学道鹤鸣山中，造作符书，以惑百姓。受其道者辄出米五斗，故谓之"米贼"。张陵传子张衡，张衡传子张鲁，鲁遂自号"师君"。其来学者，初名为"鬼卒"，后号"祭酒"。祭酒各领部众，众多者名曰"理头"。皆校以诚信，不听欺妄。不置长吏，以祭酒为理，民夷信服。朝廷不能讨，遂拜鲁镇夷中郎将，领汉宁太守，通其贡献。建安二十年（215），曹操攻占汉中，张鲁先奔南山，不久即出降。曹操拜其为镇南将军，封阆中侯。

卷三　三国两晋南北朝时期 109首

魏武帝曹操

乱世奸雄话此人，兴兵战董讨黄巾。
亡袁灭吕惊天地，破马屠韩慑鬼神。[①]
政柄军权虽在手，刘皇汉帝尚存心。
临终欲效姬昌事，太子登庸具礼文。[②]

【自注

①《三国志·魏书·武帝纪》："太祖武皇帝，沛国谯人也，姓曹，讳操，字孟德，汉相国参之后。桓帝世，曹腾为中常侍大长秋，封费亭侯。养子嵩嗣，官至太尉，莫能审其生出本末。嵩生太祖。"裴松之注引《曹瞒传》曰："太祖一名吉利，小字阿瞒。"又引《曹瞒传》及《世语》并云："嵩，夏侯氏之子，夏侯惇之叔父。太祖于惇为从父兄弟。"董，指董卓。袁，指袁术、袁绍。吕，指吕布。马，指马超。韩，指韩遂。

②《三国志·魏书·武帝纪》：建安二十一年(216)，曹操进爵魏王，用天子旌旗，戴天子冕旒，出入得称警跸，实权远大于汉献帝，但他并未公开篡汉称帝，在名义上仍是献帝之臣、汉朝之相。建安二十四年(219)十月，孙权上书称臣，劝曹操称帝，操以权书示外曰："是儿欲踞吾著炉火上邪！"陈群、桓階、夏侯惇等文武大臣纷纷上书劝进，曹操曰："若天命在吾，吾为周文王矣。"三个月后的建安二十五年(220)正月，曹操即病故。太子曹丕继位为魏王，改建安二十五年为延康元年。当年十月，曹丕迫汉献帝禅位，自立为帝，国号魏，

改元黄初。即位一月后，即追尊曹操为“武皇帝”。姬昌：即周文王。姬昌生前并未称王，其子姬发（周武王）灭殷称王后，追尊姬昌为“文王”。

魏文帝曹丕

少处军营爱武行，弯弓纵马弄刀枪。
争权秘密图兄弟，继位公开易庙堂。[①]
汉室江山终献帝，曹家社稷始文皇。
修成典论传千古，质赋淳诗意味长。[②]

【自注

①《三国志·魏书·文帝纪》：“文皇帝讳丕，字子桓，武帝太子也。”延康元年（220）十月，汉献帝禅位于魏王曹丕。曹丕即帝位，国号魏，改元黄初。曹丕《典论·自叙》云：“余时年五岁，上以世方扰乱，教余学射，六岁而知射；又教余骑马，八岁而能骑射矣。以时之多难故，每征，余常从。……生于中平之季，长于戎旅之间，是以少好弓马，于今不衰。”图兄弟：指与弟曹植争为太子之事。易庙堂：指以魏代汉之事。

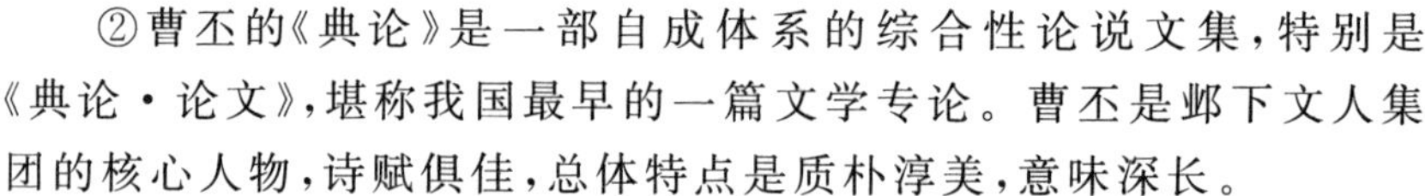

②曹丕的《典论》是一部自成体系的综合性论说文集，特别是《典论·论文》，堪称我国最早的一篇文学专论。曹丕是邺下文人集团的核心人物，诗赋俱佳，总体特点是质朴淳美，意味深长。

曹　植

坦荡襟怀率意行，新朋故友见真情。
修身不肯持中道，立储焉能占上风。[①]
绣虎千秋传雅号，雕龙万卷享高名。
当年子建今何在，寂寞荒坟伴月明。[②]

【自注

①《三国志·魏书·任城陈萧王传》：陈思王植字子建，曹操之子，曹丕同母弟。曹植与曹丕争为魏太子。曹植任性而为，不自雕励，复饮酒不节，经常误事；曹丕御之以术，矫情自饰，宫人左右，并

为之说，故遂定为嗣。

②《玉箱杂记》："曹植七步成章，号绣虎。"曹植才高八斗，文辞富艳，为邺下及建安文人之冠，幼时即有"绣虎"之雅号，言其如同一只浑身都是文彩的老虎，他人无法企及。又《三国志·魏书·任城陈萧王传》载："初，植登鱼山，临东阿，喟然有终焉之心，遂营为墓。"当他四十一岁去世后，即薄葬于东阿，至今其墓犹存。

孔融

孔圣宗孙幼显名，推梨让枣似天生。
随机应变屈陈炜，用古方今认李膺。[①]
本是谐言乖宰相，原非戏语慢朝廷。
株连子弟因何故，泄愤阿瞒甚寡情。[②]

自注

①《后汉书·孔融列传》：孔融字文举，鲁国人，孔子二十世孙也，"建安七子"之一。李贤注引《融家传》曰："兄弟七人，融第六，幼有自然之性。年四岁时，每与诸兄共食梨，融辄引小者。大人问其故，答曰：'我小儿，法当取小者。'由是宗族奇之。"融年十岁，随父诣京师。时河南尹李膺以简重自居，不妄接宾客，敕外自非当世名人及与通家，皆不得白。融欲观其人，故造膺门，语门者曰："我是李君通家子弟。"门者言之。膺请融，问曰："高明祖父尝与仆有恩旧乎？"融曰："然。先君孔子与君先人李老君同德比义，而相师友，则融与君累世通家。"众人莫不叹息。太中大夫陈炜后至，坐中以告炜。炜曰："夫人小而聪了，大未必奇。"融应声曰："观君所言，将不早惠乎！"膺大笑曰："高明必为伟器。"

②《后汉书·孔融列传》：曹操攻邺城，其子曹丕私纳袁熙妻甄氏，孔融乃与操书，称"武王伐纣，以妲己赐周公"。操不悟，问出何经典。融曰："以今度之，想当然耳。"后曹操讨乌桓，孔融又嘲之曰："大将军远征，萧条海外。昔肃慎不贡楛矢，丁零盗苏武牛羊，可并案也。"时年饥兵兴，操表制酒禁，融频书争之，多侮慢之辞。又见操雄诈渐著，数不能堪，故发辞偏宕，多致乖忤。建安十三年(208)，融终被曹操所杀，妻子皆遇害。

华　佗

医坛圣手若通神，救死扶伤去病根。
贯络谁知熏艾草，扎穴自晓用银针。
闻声望色分千症，健体强身练五禽。①
向使曹公尊异士，灵丹妙药惠黎民。②

【自注

①据《后汉书·方术列传》及《三国志·魏书·方技传》载，华佗字元化，沛国谯人也，一名旉。游学徐土，兼通数经。晓养性之术，年且百岁而犹有壮容，时人以为仙。擅长医学各科，尤精于针灸及外科手术，发明麻沸散以行麻醉之术。五禽：指华佗所创之五禽戏，模仿虎、鹿、熊、猿、鸟的动作和姿态进行肢体活动，是极佳之强身健体方法。

②据《后汉书·方术列传》及《三国志·魏书·方技传》载，曹操闻华佗之医疗绝技，召之，常置左右。操苦头风，每发，心乱目眩，佗针之，随手减轻。建安十三年(208)因得罪曹操而被杀。

荀　彧

去绍投操重士林，规天划地建奇勋。
鸿猷运腹如仙客，大道存胸似圣人。①
汉弱犹须尊汉帝，曹强不可立曹君。
奸雄恼恨封公事，饮药贤才是荩臣。②

【自注

①《后汉书·荀彧列传》：荀彧字文若，颍川颍阴人。少有才名，南阳何颙名知人，见彧而异之，曰："王佐才也。"本往冀州投州牧同郡韩馥，比至而袁绍已夺馥位。绍待彧以上宾之礼。彧见汉室崩乱，每怀匡佐之义。时曹操在东郡，彧闻操有雄略，而度绍终不能定大业，遂于初平二年(191)去绍从操。曹操与语大悦，曰："吾子房也。"彧遂成操最主要之谋士，屡建奇勋，又向操荐举荀攸(彧从子)、钟繇、郭嘉、陈群、杜袭、司马懿、戏志才等，皆称其举。

②《后汉书·荀彧列传》：建安十七年(212)，董昭等欲共进曹操

为国公，备九锡，密以访彧。彧曰："曹公本兴义兵，以匡振汉朝，虽勋庸崇著，犹秉忠贞之节。君子爱人以德，不宜如此。"操见彧持反对意见，遂迫其饮药自杀，时年五十。明年，操遂称魏公。

曹仁

灭吕摧袁斗虎狼，凡临战阵必增光。
挥戈每作步兵帅，纵马恒为骑士郎。
渭水督师攻孟起，樊城率部退云长。
申明号令严军纪，屡见成功少败亡。①

【自注】

①《三国志·魏书·曹仁传》：曹仁字子孝，曹操从弟。仁少时不修行检，及长为将，严整奉法令，常置科条于左右，案以从事。每临大战，多为步骑统帅，灭吕布，摧袁绍，破马超（字孟起），退关羽（字云长），屡建勋劳。魏文帝时拜大将军，迁大司马。裴松之注引《傅子》曰："曹大司马之勇，贲、育弗加也。张辽其次焉。"黄初四年（223）卒，谥曰忠侯。

郭嘉

颍上奇才慕塞鸿，书山励志蓄真功。
难从绍帐行韬略，始进操营任股肱。
判断袁刘如意会，分析布策若神通。①
权臣欲嘱他年事，物故人亡恨未穷。②

【自注】

①《三国志·魏书·郭嘉传》：郭嘉字奉孝，颍川阳翟人。初投袁绍，见绍好谋无决，非共济天下之主，遂去之。后经荀彧荐于曹操。操召见，与论天下事，赞曰："使孤成大业者，必此人也。"嘉出，亦喜曰："真吾主也。"遂成曹操主要谋士之一。从操征伐，十有一年，每有大议，临敌制变，操策未决，嘉辄成之，平定天下，谋功甚高。袁刘：指袁术、袁绍、刘表。布策：指吕布、孙策。

②《三国志·魏书·郭嘉传》：郭嘉年三十八而病卒。曹操临其

丧，哀甚，谓荀攸等曰：“诸君年皆孤辈也，唯奉孝最少。天下事竟，欲以后事属之，而中年夭折，命也夫！”后曹操兵败赤壁，叹曰：“郭奉孝在，不使孤至此。”又裴松之注引《傅子》曰：“太祖又云‘哀哉奉孝！痛哉奉孝！惜哉奉孝！’”

张　辽

边城有幸诞张辽，智勇双全誉望高。
下玉蒙污归吕布，随珠去垢隶曹操。
常闻大阵督兵马，屡见长江起浪涛。
镇守合肥称虎将，孙权诫士赞英豪。[①]

【自注

①《三国志·魏书·张辽传》：张辽字文远，雁门马邑人也。本聂壹之后，以避怨变姓。先为吕布大将，曹操破吕布，辽率其众降。屡临战阵，总督兵马，尤以建安二十年（215）八月合肥之战最享盛名。此役，辽以敢死步卒八百，破孙权十万之众，自古用兵，未之有也。魏文帝黄初二年（221），张辽病笃，犹乘舟临江，以威慑孙权。权甚惮怕，敕诸将曰：“张辽虽病，不可当也，慎之。”

王　粲

倒屣迎门赐典坟，三公后裔正青春。
荆南作吏如闲客，邺下封侯似贵宾。[①]
观弈谁能排乱子，阅碑自可诵全文。
诗存赋在人亡故，几阵驴声慰友魂。[②]

【自注

①《三国志·魏书·王粲传》：王粲字仲宣，山阳高平人，“建安七子”之一。曾祖龚，祖畅，皆为汉三公。献帝西迁长安时，蔡邕才学显著，贵重朝廷，常车骑填巷，宾客盈坐。闻粲至门，倒屣迎之，谓宾客曰：“此王公孙也，有异才，吾不如也。吾家书籍文章，尽当与之。”年十七，司徒辟，诏除黄门侍郎，以西京扰乱，皆不就，乃之荆州依刘表。表以粲貌寝而体弱，不甚重用。表卒，粲劝表子琮，使归曹

操。曹操辟粲为丞相掾，赐爵关内侯。后拜为魏侍中。

②《三国志·魏书·王粲传》：粲尝“观人围棋，局乱，粲为覆之。棋者不信，以帊盖局，使更以他局为之。用相比较，不误一道”。又尝与人共行，读道旁碑。人问曰：“卿能闇诵乎？”曰：“能。”因使背而诵之，不失一字。又《世说新语·伤逝》载：王仲宣好驴鸣。“既葬，文帝临其丧，顾语同游曰：‘王好驴鸣，可各作一声以送之。’赴客皆一作驴鸣。”

夏侯渊

少替阿瞒坐大牢，终生尽力辅曹操。
曾施妙计摧韩遂，复率精兵破马超。
气傲元戎方授首，心雄老将又磨刀。①
姻联魏帝人尊贵，次子封侯却叛逃。②

【自注

①《三国志·魏书·夏侯渊传》：“夏侯渊字妙才，惇族弟也。太祖居家，曾有县官事，渊代引重罪，太祖营救之，得免。”从征韩遂、马超，屡献奇计而破之。建安二十四年(219)，被刘备老将黄忠斩于汉中定军山。

②《三国志·魏书·夏侯渊传》：夏侯渊之妻，乃曹操妻妹。长子夏侯衡，尚曹操弟女，恩宠特隆。次子夏侯霸，于魏正始年间为讨蜀护军右将军，进封博昌亭侯，素为曹爽所厚。及司马懿诛曹爽，夏侯霸疑不自安，乃叛逃入蜀。

夏侯惇

仗义诛仇盖世雄，为人处事见清忠。
原同武帝排兄弟，本共文皇序祖宗。
陷阵冲锋伤左目，封侯拜将累前功。①
尊师重教轻财利，美谥良缘赐九重。②

【自注

①《三国志·魏书·夏侯惇传》：夏侯惇字元让，沛国谯人，夏侯

婴之后也。裴松之注引《曹瞒传》及《世语》并云："嵩，夏侯氏之子，夏侯惇之叔父。太祖与惇为从父兄弟。"嵩，即曹操父曹嵩，本姓夏侯，后为中常侍曹腾养子，遂改姓曹。惇年十四，就师学，人有辱其师者，惇杀之，由是以烈气闻。惇从曹操征吕布，为流矢所中，伤左目，军中号为盲夏侯。封高安乡侯，拜前将军。曹丕即王位，拜惇大将军。

②《三国志·魏书·夏侯惇传》：惇虽在军旅，亲迎师受业。性清俭，有余财辄以分施，不足资之于官，不治产业。卒后谥曰忠侯。初，曹操以女妻惇子楙，即清河公主也。

曹　真

蜾蛉养子是曹真，射虎儿郎本姓秦。
大岭陈兵拦蜀相，长江对垒破吴君。[①]
床前受命扶新主，榻侧承恩任重臣。
仗义疏财亲将士，持盈守正念贤人。[②]

自注

①《三国志·魏书·曹真传》：曹真字子丹，曹操族子也。曹操起兵，真父邵募徒众，为州郡所杀。曹操哀真少孤，收养与诸子同，使与曹丕共居。尝猎，为虎所逐，回射虎，应声而倒。裴松之注引《魏略》曰："真本姓秦，养曹氏。或云其父伯南夙与太祖善。兴平末，袁术部党与太祖攻劫，太祖出，为寇所追，走入秦氏，伯南开门受之。寇问太祖所在，答云：'我是也。'遂害之。由此太祖思其功，故变其姓。"蜀相：指诸葛亮。吴君：指孙权。

②《三国志·魏书·文帝纪》：黄初七年(226)夏五月丙辰，"帝疾笃，召中军大将军曹真、镇军大将军陈群、征东大将军曹休、抚军大将军司马宣王，并受遗诏辅嗣主"。又《三国志·魏书·曹真传》：真少与宗人曹遵、乡人朱赞并事曹操。遵、赞早亡。真愍之，请分所食邑封遵、赞子。真每征行，与将士同劳苦，军赏不足，辄以家财赐之，士卒皆乐为用。真卒后，魏明帝在诏书中称其"蹈履忠节，佐命二祖，内不恃亲戚之宠，外不骄白屋之士，可谓能持盈守位，劳谦其德者也"。

阮　籍

涉水登山喜欲狂，为官作吏苦难当。
随心任性轻名教，醉酒迷诗好老庄。
乱世何谈佳志向，高才自撰美文章。
装疯卖傻诚如愿，避祸全身享誉长。[1]

【自注

①《晋书·阮籍列传》：阮籍字嗣宗，陈留尉氏人，“竹林七贤”之一。父瑀，“建安七子”之一，知名于世。阮籍本有济世之志，鉴于魏晋之际，天下多故，名士少有全者，籍由是不与世事。或闭户读书，累月不出；或登临山水，经日忘归。博览群籍，尤好老庄。嗜酒能啸，善于弹琴。能属文，作《咏怀诗》八十余篇，为世所重。其身处乱世而能避祸全身，实为难得。

嵇　康

不肯为官喜锻行，才情化作美文章。
轻时傲物薄周孔，率性从心尚老庄。[1]
晋室谗臣开利口，曹家爱婿毁刚肠。
临终顾影兴长叹，梦断泉台曲散亡。[2]

【自注

①《晋书·嵇康列传》：嵇康字叔夜，谯国铚人也，“竹林七贤”之一。其先姓奚，会稽上虞人，以避怨，徙焉。铚有嵇山，家于其侧，因而命氏。性绝巧而好锻，宅中有一柳树甚茂，乃激水圜之，每夏月，居其下以锻。有奇才，美词气。轻时傲物，率性从心，菲薄周孔，崇尚老庄。

②《晋书·嵇康列传》：嵇康娶曹操子沛穆王曹林之女（一曰孙女）为妻，是曹氏爱婿。颍川钟会，贵公子也，精练有才辩，尝往造嵇康。康不为礼而锻不辍，钟会恨之。后钟会为晋文帝司马昭宠臣，而嵇康与好友吕安被安兄吕巽诬告下狱，钟会遂进谗言于司马昭曰：“嵇康，卧龙也，不可起。公无忧天下，顾以康为虑耳。”钟会又诬嵇康曾欲助毌丘俭谋反，并曰：“康安等言论放荡，非毁典谟，帝王者

所不宜容。宜因衅除之，以淳风俗。”嵇康、吕安遂并遇害。康将刑东市，顾视日影，索琴弹之，曰：“昔袁孝尼尝从吾学《广陵散》，吾每靳固之，《广陵散》于今绝矣！”时年四十，海内之士莫不痛之。

邓艾

棘阳壮士忍贫寒，自幼心存部伍间。
预备军资先蓄谷，兴修水利广屯田。①
南征大帅通秦岭，北进元戎阻汉川。
暗渡阴平亡蜀祚，功臣受戮世皆怜。②

【自注

①《三国志·魏书·邓艾传》：邓艾字士载，义阳棘阳人也。少孤，为农民养犊。年十二，读陈寔碑文，言“文为世范，行为士则”，遂自名范，字士则。后宗族有与同者，故改焉。每见高山大泽，辄规度指画军营处所，时人多笑焉，而司马懿奇之，辟以为掾。尝建议兴修水利，屯田两淮，以保证征吴大军之粮饷。

②《三国志·魏书·邓艾传》：魏元帝曹奂景元四年(263)冬十月，邓艾出奇兵，绕开姜维主力，自阴平道行无人之地七百余里，凿山通道，取江由，克涪县，于绵竹斩蜀将诸葛瞻，进军至雒。蜀主刘禅遣使投降，艾遂入成都。艾为人深自矜伐，以蜀地悬远，为不延误事机，乃自行任命官职，以安初附，由此违忤大将军司马昭。而钟会乘机诬邓艾谋反，司马昭命槛车征艾还京。艾槛车甫出成都，钟会作乱而死。艾本营将士出追艾槛车，欲迎还。监军卫瓘遣田续等讨艾，遇于绵竹西，斩之。艾功高蒙冤，世皆怜之。晋武帝司马炎即位后予以平反昭雪。南征大帅：指邓艾。北进元戎：指姜维。

钟会

贯史通经享誉长，年方弱冠理朝纲。
修船诈拟收吴地，越岭实将灭蜀邦。①
邓艾原非真反叛，姜维本是假归降。
心生异志难如愿，计虑粗疏命殒亡。②

【自注

①《三国志·魏书·钟会传》:钟会字士季,颍川长社人,太傅钟繇少子也。敏慧夙成,大著声誉,弱冠登朝,已历显位。历事司马师与司马昭,为其划策,时人比为张良。魏元帝曹奂景元三年(262)冬,魏将伐蜀,以钟会为镇西将军,假节都督关中诸军事。钟会建议司马昭,敕青、徐、兖、豫、荆、扬诸州,并使作船,又令唐咨造浮海大船,外若将伐吴者,借以迷惑蜀人。

②《三国志·魏书·钟会传》:景元四年(263)冬,征西将军邓艾暗渡阴平,直趋成都,蜀主刘禅降于邓艾,并敕令姜维就近降于钟会。邓艾并未反叛,而钟会忌妒其功,诬以叛逆,致使邓艾被杀。姜维并非真心归降,其假意与钟会交好,欲寻机恢复蜀祚,而钟会竟以姜维为挚友,欲借姜维之力以谋反。但钟会所率之中原将士不愿谋反,于是发动兵变,姜维与钟会皆被乱兵所杀。

蜀汉后主刘禅

幼处深宫未晓愁,登基少事更无忧。
贤明辅政为中主,宦竖专权堕下流。[①]
可叹思乡教郤正,应知奉玺误谯周。
封公赐号诚安乐,怎奈江山免姓刘。[②]

【自注

①贤明:指诸葛亮、蒋琬、费祎。宦竖:指宦官黄皓。

②《三国志·蜀书·后主传》:后主讳禅,字公嗣,先主子也。建安二十四年(219),先主为汉中王,立为王太子。章武元年(221),先主即尊位,立为皇太子。章武三年(223)夏四月,先主殂于永安宫。五月,后主袭位于成都,时年十七,改元建兴元年。炎兴元年(即魏元帝曹奂景元四年,公元263年)冬,后主刘禅用谯周之策降于邓艾,蜀汉灭亡。刘禅举家东迁魏都洛阳,魏元帝曹奂封刘禅为安乐县公。裴松之注引《汉晋春秋》载:“司马文王与禅宴,为之作故蜀技,旁人皆为之感怆,而禅喜笑自若。王谓贾充曰:‘人之无情,乃可至于是乎!虽使诸葛亮在,不能辅之久全,而况姜维邪?’充曰:‘不如是,殿下何由并之。’他日,王问禅曰:‘颇思蜀否?’禅曰:‘此间乐,不思蜀。’郤正闻之,求见禅曰:‘若王后问,宜泣而答曰“先人坟墓远在陇、蜀,乃心西悲,无日不思”,因闭其目。’会王复问,对如前。王曰:‘何乃似郤正语邪!’禅惊视曰:‘诚如尊命。’左右皆笑。”

法　正

扶风俊士气轩昂，少入西川躲旱荒。
有意循名尊许靖，无情致信劝刘璋。[①]
岷江汉水皆平定，夙愿深恩俱报偿。
好尚乖违诸葛亮，奇谋妙策是专长。[②]

【自注】

①《三国志·蜀书·法正传》：法正字孝直，扶风郿人也。建安初，天下饥荒，正与同郡孟达俱入蜀依刘璋。在蜀颇不得志，乃与益州别驾张松合谋，以讨伐汉中张鲁、抵御曹操进攻为由，劝刘璋迎刘备入蜀。刘璋听之，法正乃两度奉命至荆州，阴献策于刘备，劝其乘机进攻刘璋，夺取益州。及刘备入蜀，进围雒城，法正又亲自致书刘璋，劝其举蜀归降。刘备围成都，蜀郡太守许靖将逾城降，事觉未果。刘璋归降后，刘备薄许靖人品而不拟用之，法正劝刘备曰："天下有获虚誉而无其实者，许靖是也。然今主公始创大业，天下之人不可户说，靖之浮称，播流四海，若其不礼，天下之人以是谓主公为贱贤也。宜加敬重，以眩远近，追昔燕王之待郭隗。"刘备乃厚待靖。

②《三国志·蜀书·法正传》：法正助刘备夺取益州后，又向刘备献策，北讨曹操大将夏侯渊，夺取汉中，使刘备事业达到顶峰。建安二十四年(219)，刘备自立为汉中王，以法正为尚书令、护军将军，受宠几胜于诸葛亮。次年病卒，时年四十五。法正恩怨分明，一饭之德，睚眦之怨，无不报偿，尝擅杀毁伤己者数人，诸葛亮亦无可奈何。诸葛亮与法正虽好尚不同，然以公义相取。亮每服正智术，刘备兵败夷陵后，亮叹曰："法孝直若在，则能制主上，令不东行；就复东行，必不倾危矣。"陈寿认为法正"著见成败，有奇画策算"，将其比作曹魏集团的程昱、郭嘉等顶尖谋士。

庞　统

南州俊士贯襄阳，水镜评人又采桑。[①]
已任高官怀鲁肃，将夺宝地赚刘璋。
元戎但肯行中策，副帅犹须谢上苍。[②]

雒县攻城遭乱箭，亡因寿数等周郎。[③]

【自注

①《三国志·蜀书·庞统传》：庞统字士元，襄阳人也。少时朴钝，未有识者。颍川司马徽（庞德公称为水镜者）清雅有知人鉴，统弱冠往见徽，徽采桑于树上，坐统树下，共语自昼至夜。徽甚异之，称统当为南州士之冠冕，由是渐显。

刘备领荆州，统以从事守耒阳令，在县不治，免官。吴将鲁肃遗刘备书曰："庞士元非百里才也，使处治中、别驾之任，始当展其骥足耳。"诸葛亮亦言之于刘备，备以为治中从事，遂与亮并为军师中郎将。后随刘备入蜀攻刘璋，献上、中、下三计，备采其中计，战事进展顺利。

②元戎：指刘备。副帅：指庞统。刘备攻伐刘璋，实属背信弃义之举。刘备本不忍为，其最终能采用庞统较为平缓之中计，已属不易，故庞统认为应感谢上苍。

③建安十九年（214）进围雒县，庞统率众攻城，为流矢所中，卒，时年三十六。吴将周瑜，进攻南郡时，亦为曹军流矢所中，后卒于归途，时年亦三十六。

黄　忠

黄忠有意去韩玄，弃暗投明始见天。
马跃夔门飞险隘，人攀鸟道越雄关。
身从主帅夺岷水，力斩元戎取汉川。[①]
老将功名谁不晓，云长未到定军山。[②]

【自注

①主帅：指刘备。元戎：指夏侯渊。云长：指关羽，字云长。

②《三国志·蜀书·黄忠传》：黄忠字汉升，南阳人也。本为荆州牧刘表中郎将，镇守长沙攸县。曹操克荆州，假行裨将军，仍就故任，统属于长沙太守韩玄。刘备南定诸郡，忠遂委质，随备入蜀攻刘璋，常先登陷阵，勇毅冠三军。蜀地既定，建安二十四年（219）又击斩曹操大将夏侯渊于定军山，夺取汉中，迁征西将军。是岁，先主为汉中王，欲用忠为后将军，诸葛亮说先主曰："忠之名望，素非关、马之伦也，而今便令同列。马、张在近，亲见其功，尚可喻指；关遥闻之，恐必不悦，得无不可乎！"先主曰："吾自当解之。"又《三国志·蜀

书·费诗传》:刘备为汉中王后,遣费诗至荆州拜关羽为前将军,羽闻黄忠为后将军,怒曰:"大丈夫终不与老兵同列!"后经费诗晓以大义,羽始感悟而受拜。关羽不愿与黄忠同列(关羽为前将军,假节钺;张飞为右将军,假节;马超为左将军,假节;黄忠为后将军),实因其镇守荆州,未曾亲至蜀地与汉中,亦未曾目睹黄忠夺取益州及在定军山力斩夏侯渊之大功。

张飞

少共云长俱困穷,关张并力辅刘公。
心怀二字称忠义,命系三人号弟兄。
暴似惊雷呵虎鸷,仁如煦日释英雄。
贴身部将终发难,恨若江涛涌万重。①

自注

①《三国志·蜀书·张飞传》:张飞字益德,涿郡人也。少与羽俱事刘备。羽年长数岁,飞兄事之。刘备与二人寝则同床,恩若兄弟。而稠人广坐,二人侍立终日,随刘备周旋,不避艰险。建安十三年(208),曹操入荆州,追刘备,一日一夜,及于当阳长阪。刘备弃妻子走,使张飞将二十骑拒后。飞据水断桥,瞋目横矛而吼曰:"身是张益德也,可来共决死!"敌皆无敢近者,故遂得免。建安十九年(214),张飞溯江而上,至江州,生俘刘璋巴郡太守严颜。颜曰:"我州但有断头将军,无有降将军也。"飞怒,令左右牵去斫头,颜色不变,曰:"斫头便斫头,何为怒邪!"飞壮而释之,引为宾客。张飞雄壮威猛,敬爱君子而不恤小人,又常鞭打健儿,而令在左右。章武元年(221),刘备为报关羽之仇而将伐吴,张飞当率兵万人自阆中会江州。临发,其帐下将张达、范强杀飞,持其首,顺流而奔孙权。

赵云

公孙旧部觅机缘,弃暗投明谢上天。
正气严辞绝赵范,单枪匹马救刘禅。
冲锋自可称骁将,淡利方能拒美田。
位显功高行谨慎,仁君义相叹忠贤。①

【自注

①《三国志·蜀书·赵云传》:赵云字子龙,常山真定人也。本属公孙瓒,后归刘备。刘备被曹操追于当阳长阪,弃妻子南走,赵云身抱刘禅,保护甘夫人,皆得免难。裴松之注引《云别传》载:赵云从刘备平江南,以为偏将军,领桂阳太守,代赵范。范寡嫂曰樊氏,有国色,范欲以配云。云辞曰:"相与同姓,卿兄犹我兄。"固辞不许。时有人劝云纳之,云曰:"范迫降耳,心未可测;天下女不少。"遂不纳。后范果逃走,云无纤芥之失。《云别传》又载:益州既定,时议欲以成都中屋舍及城外园地桑田分赐诸将。云驳之曰:"霍去病以匈奴未灭,无用家为,今国贼非但匈奴,未可求安也。须天下都定,各反桑梓,归耕本土,乃其宜耳。益州人民,初罹兵革,田宅皆可归还,令安居复业,然后可役调,得其欢心。"刘备从之。云生前既著劳绩,遵奉法度,忠以卫上,礼以待下,卒后谥曰"顺平侯"。按谥法,柔贤慈惠曰顺,执事有班、克定祸乱曰平,赵云当之无愧。

马　谡

上战攻心获表扬,谈兵却未历刀枪。
先来蜀将扎山顶,后至曹军驻水旁。
自信临危皆死斗,谁知遇险俱生降。
街亭败阵滔天罪,洒泪强诛马幼长。[①]

【自注

①《三国志·蜀书·马谡传》:马谡字幼长,襄阳宜城人。以荆州从事随刘备入蜀,除成都令、越嶲太守。后又被诸葛亮拜为参军。裴松之注引《襄阳记》载:建兴三年(225),亮征南中,谡送之数十里。亮曰:"虽共谋之历年,今可更惠良规。"谡对曰:"南中恃其险远,不服久矣,虽今日破之,明日复反耳。……夫用兵之道,攻心为上,攻城为下,心战为上,兵战为下,原公服其心而已。"亮嘉其言而纳其策,七擒七纵孟获而服其心,故终亮之世,南中不复反。马谡才气过人,好纸上谈兵。刘备临终曾谓亮曰:"马谡言过其实,不可大用,君其察之!"但诸葛亮不以为然,深加器重,每引见谈论,自昼达夜。建兴六年(228)春,亮首次北伐,军向祁山,使马谡督诸军在前,与魏将张郃战于街亭。谡扎营山上,自信置之死地而后生之兵法教条。张郃驻军山下,断谡汲水之道。蜀军或死或降,遂为张郃所破。亮首

次北伐因此失败。战后，马谡下狱而死，亮亦为之流涕。

魏　延

静气平心话魏延，张黄马赵与差肩。[1]
胸存伟略防秦岭，手握雄师镇汉川。
每愿奇兵袭栈道，常期异路会潼关。
矜功傲世彰微过，叛蜀降曹构谮言。[2]

【自注

①张黄马赵：指张飞、黄忠、马超、赵云。

②《三国志·蜀书·魏延传》：魏延字文长，义阳人也。以部曲随刘备入蜀，数有战功，迁牙门将军。刘备为汉中王，迁治成都，乃拔延为督汉中镇远将军，领汉中太守。后主刘禅建兴年间，魏延每随诸葛亮出征，辄欲请兵万人，与亮异道会于潼关，如韩信故事，亮制而不许。裴松之注引《魏略》载：夏侯楙为安西将军，镇长安，诸葛亮在南郑与群下计议，魏延曰："闻夏侯楙少，主婿也，怯而无谋。今假延精兵五千，负粮五千，直从褒中出，循秦岭而东，当子午而北，不过十日可到长安。楙闻延奄至，必乘船逃走。……比东方相合聚，尚二十许日，而公从斜谷来，必足以达。如此，则一举而咸阳以西可定矣。"亮以此为悬危，故不用延计。魏延善养士卒，勇猛过人，又功高自矜，轻时傲世，常谓诸葛亮为怯，叹恨己才不能尽用。建兴十二年(234)八月，诸葛亮病卒于五丈原军中。魏延与长史杨仪本有深隙，在退兵途中，二人各向朝廷上表，指对方叛逆。一日之中，羽檄交至。最后竟至兵戎相见，杨仪遣马岱追斩魏延，致首于仪，遂夷延三族。魏延虽有过错，但谓其叛蜀降魏，实为构陷罪名之谮言。

蒋　琬

随刘入蜀久奔忙，弱冠闻名举故乡。
大吏焉能屈县署，高才自可展朝堂。[1]
移师汉水应三郡，恕过从官褒二杨。
尽守成规求稳定，宏图远略在西凉。[2]

【自注

①《三国志·蜀书·蒋琬传》:蒋琬字公琰,零陵湘乡人也。弱冠知名于乡里,以州书佐随先主入蜀,除广都长。刘备因游观忽至广都,见琬众事不理,时又沉醉,大怒,将加罪戮。诸葛亮曰:"蒋琬,社稷之器,非百里之才也。其为政以安民为本,不以修饰为先,愿主公重加察之。"琬遂得重用,立于朝堂。

②《三国志·蜀书·蒋琬传》:诸葛亮卒后,蒋琬执掌蜀汉大权。延熙元年(238),魏辽东三郡苦其暴虐,遂相纠结,与之离隔。蒋琬奉旨移师汉水,将伺机策应。又东曹掾杨戏素性简略,琬与言论,时不应答。督农杨敏曾毁琬曰:"作事愦愦,诚非及前人。"或请琬治二杨之罪,琬曰:"戏欲赞吾是耶,则非其本心,欲反吾言,则显吾之非,是以默然,是戏之快也。"又曰:"吾实不如前人,无可推也。"蒋琬以凉州胡塞之要,进退有资,且羌胡之心思汉如渴,故以姜维为凉州刺史,欲图大举,无奈旧疾增剧,延熙九年(246)病卒。蒋琬方整有威重,承诸葛亮之成规,因循而不革,尚能使边境无事,邦家和一,诚为难能可贵。

费 祎

姓费名祎父早亡,投亲入蜀附刘璋。
常为信使通吴汉,屡作和人劝魏杨。
善性仁心堪济世,文韬武略可安邦。[①]
当初未纳张公谏,遇刺元辰悔断肠。[②]

【自注

①《三国志·蜀书·费祎传》:费祎字文伟,江夏鄳人也。少孤,依族父伯仁。伯仁姑,益州牧刘璋之母也。璋遣使迎仁,仁将祎游学入蜀。诸葛亮初从南归,以祎为昭信校尉使吴。吴人论难交至,祎辞顺义笃,据理以答,终不能屈。以奉使称旨,频至于吴。诸葛亮北驻汉中,祎为司马。"值军师魏延与长史杨仪相憎恶,每至并坐争论,延或举刃拟仪,仪泣涕横集。祎常入其坐间,谏喻分别,终亮之世,各尽延、仪之用者,祎匡救之力也。"诸葛亮与蒋琬卒后,费祎执掌蜀汉大权。

②《三国志·蜀书·费祎传》:延熙十六年(253)正月初一,费祎与诸将大会于汉寿(刘备改葭萌为汉寿),魏降人郭修(一作郭循)在

坐。祎欢饮沉醉，为修手刃而死。据《三国志·蜀书·张嶷传》载：越嶲太守张嶷见费祎资性泛爱，心地善良，不疑于人，待信新附太过，曾上书谏曰：“昔岑彭率师，来歙杖节，咸见害于刺客，今明将军位尊权重，宜鉴前事，少以为警。”费祎不听，后果为刺客所害。

谯　周

通今会古好三坟，孝母尊兄励自身。
大吏原非从政士，鸿儒本是治经人。
刘皇不可降曹帝，汉主焉能作魏臣。
父子乖违行背逆，谯周误蜀负亡魂。①

【自注】

①《三国志·蜀书·谯周传》：谯周字允南，巴西西充国人也。幼孤，与母兄同居。既长，耽古笃学，诵读典籍，以忘寝食。诸葛亮以为劝学从事，蒋琬徙为典学从事，总益州之学者。后主刘禅立太子，以周为太子家令。徙中散大夫，又迁光禄大夫，位亚九卿。周虽不与政事，然以儒行见礼，时访大议，辄据经以对，而后生好事者亦咨问所疑焉。景耀六年（263）冬，魏将邓艾渡阴平而克江由，长驱将至成都。刘禅使群臣会议。或以为宜奔东吴，或以为宜奔南中，惟谯周力主投降，且曰：“若陛下降魏，魏不裂土以封陛下者，周请身诣京都，以古义争之。”刘禅遂降魏，蜀汉从此灭亡。“父子乖违”者，指刘禅在谯周误导下降魏，实违背其父刘备及诸葛亮消灭曹魏、复兴汉室之夙愿。裴松之注引孙绰评曰：“谯周说后主降魏，可乎？曰自为天子而乞降请命，何耻之深乎！夫为社稷死则死之，为社稷亡则亡之。先君正魏之篡，不与同天矣。推过于其父，俯首而事仇，可谓苟存，岂大居正之道哉！”

姜　维

嗣父从戎历战云，凉州上士自归心。
超群武略为元帅，迈众文韬作大臣。①
偶胜王经赢宿将，连输邓艾负奇人。
重兴蜀祚难如愿，放甲三军欲断魂。②

【自注

①《三国志·蜀书·姜维传》:姜维字伯约,天水冀人也。少孤,与母居,好郑氏学。以父冏昔为郡功曹,值羌、戎叛乱,身卫郡将,没于战场,赐维官中郎,参本郡军事。蜀汉后主刘禅建兴六年(228),诸葛亮首次北伐,军向祁山,姜维受天水太守猜疑,遂归降诸葛亮。诸葛亮称赞姜维忠勤时事,思虑精密,深通兵法,才略过人,为凉州上士。辟为仓曹掾,加奉义将军,封当阳亭侯,时年二十七。后迁中监军、征西将军。诸葛亮、蒋琬、费祎先后去世后,延熙十七年(254),加督中外军事,从此执掌蜀汉军政大权。

②《三国志·蜀书·姜维传》:姜维不顾蜀汉国小民劳之实情,屡次出兵伐魏。延熙十八年(255),大破魏雍州刺史王经于洮西,经众死者数万人。除此之外,其余各次北伐曹魏,均被邓艾击败。炎兴元年(景耀六年八月改元炎兴,即魏元帝曹奂景元四年,公元263年)冬,邓艾暗渡阴平,直趋成都,蜀主刘禅降于邓艾,并敕令姜维投戈放甲,就近降于钟会。蜀汉将士咸怒,拔刀砍石,以泄其愤。裴松之注引《汉晋春秋》曰:"会阴怀异图,维见而知其心,谓可构成扰乱以图克复也,乃诡说会曰……由是情好欢甚。"又引《华阳国志》曰:"维教会诛北来诸将,既死,徐欲杀会,尽坑魏兵,还复蜀祚,密书与后主曰:'愿陛下忍数日之辱,臣欲使社稷危而复安,日月幽而复明。'"后因事机泄露,激起兵变,钟会与姜维均被曹魏乱兵所杀。

吴武烈皇帝孙坚

上岸驱胡斩部从,招兵灭许建丰功。
长追乱匪协朱儁,大破奸臣戮华雄。①
汉玺今朝收洛汭,吴君异日起江东。
身承术命征刘表,梦断荒山志未穷。②

【自注

①《三国志·吴书·孙破虏传》:孙坚字文台,吴郡富春人,盖孙武之后也。年十七,与父共船至钱唐,会海贼胡玉等掠取贾人财物,方于岸上分之。坚操刀上岸,以手东西指挥,若部署兵士状。贼望见,以为官兵捕之,即委财物散走。坚追,斩一首而还。会稽妖贼许昌起于句章,自称阳明皇帝,众以万数。坚以郡司马募召精勇千余人,与州郡合讨破之。朱儁:汉中郎将,孙坚曾协助朱儁讨黄巾。华

雄：董卓大将，被孙坚所杀。

②《三国志·吴书·孙破虏传》裴松之注引《吴书》载：董卓胁迫汉献帝西迁长安，孙坚率军首入洛阳，得汉传国玉玺。裴注又引《山阳公载记》曰："袁术将僭号，闻坚得传国玺，乃拘坚夫人而夺之。"初平二年(191)，袁术使孙坚击刘表，表遣其将黄祖逆战，孙坚破之，遂围襄阳。表夜遣黄祖潜出发兵，坚逆战，祖败走，窜岘山中。坚乘胜夜追祖，祖军士从竹木间暗射坚，杀之，时年三十七。孙坚生前，袁术曾表其行破虏将军，领豫州刺史。其子孙权称帝后，追谥坚为武烈皇帝。

吴长沙桓王孙策

英雄盖世好争强，草创东吴立大纲。
叱咤风云如项羽，雍和将相似刘邦。
挥师北狩夺吴郡，率部南巡取豫章。
猝遇仇人亡箭下，权登帝位谥桓王。[①]

自注

①《三国志·吴书·孙讨逆传》：孙策字伯符，孙坚之子。其为人也，美姿颜，好笑语，性阔达，善用人，士民见者，莫不尽心，乐为致死。又复猛锐冠世，有如项羽，志凌中夏，颇似刘邦，实江东首事之君，有吴开国之主。建安五年(200)，曹操与袁绍相拒于官渡，孙策暗中治兵，部署诸将，欲乘机迎汉献帝至江东。事未发而为故吴郡太守许贡之客所杀。先是，策杀贡，贡少子与客亡匿江边。策性好猎，单骑独出，猝与许贡之客相遇，客射策中颊，创甚。策向张昭、孙权等嘱托后事后，至夜卒，时年二十六。孙策生前，曾被曹操表为讨逆将军，封为吴侯。其弟孙权称帝后，追谥策为长沙桓王。

吴大帝孙权

行权理政济刚柔，嗣父承兄慎驾舟。
联备抗操摧赤壁，用蒙袭羽取荆州。
虚辞复往瞒曹魏，信使重通助汉刘。
稳坐朝堂逾五秩，青山不老水长流。[①]

【自注

①《三国志·吴书·吴主传》:孙权字仲谋,孙坚之子,孙策之弟。建安五年(200),承父兄之基业,主持江东大政,时年十九。建安十三年(208),孙权联合刘备,共破曹操于赤壁。建安二十四年(219),孙权用吕蒙袭取荆州,杀死关羽,破坏了孙刘联盟。刘备为报关羽之仇而兴兵伐吴时,孙权又虚辞奉承曹丕,与曹魏交好。刘备兵败夷陵,病卒于白帝城后,孙权又主动与蜀汉联系,重新恢复孙刘联盟。孙权其人能屈能伸,善于权变,既似句践,又类曹操,故能自擅江表,成鼎峙之业而稳坐江山五十二年。神凤元年(252)四月卒,年七十一,谥曰大皇帝。

张　昭

讨逆临终顾命臣,高才正气辅新君。[①]
揆情力倡迎降论,献策言伤主战人。
早被桓王称管仲,曾因大帝斥邢贞。
虽云相位难如愿,屡受隆恩冠士林。[②]

【自注

①讨逆:指孙策。

②《三国志·吴书·张昭传》:张昭字子布,彭城人也。汉末避乱江南,孙策创业,用为长史,文武之事一以委之,比为管仲。孙策临终,以弟权托昭,昭率群僚立而辅之。建安十三年(208),曹操得荆州,将顺流大举伐江东。孙权集大臣问计,张昭力主降曹,并言伤周瑜、鲁肃等主战之人。魏黄初二年(221),遣使者邢贞拜权为吴王。贞入门,不下车。昭谓贞曰:"夫礼无不敬,故法无不行。而君敢自尊大,岂以江南寡弱,无方寸之刃故乎!"贞即遽下车。裴松之注引《江表传》曰:"昭忠謇亮直,有大臣节,权敬重之,然所以不相昭者,盖以昔驳周瑜、鲁肃等议为非也。"然孙权待张昭之隆恩,则非他人所能及也。年八十一卒,权素服临吊,谥曰文侯。

顾　雍

受教中郎善鼓琴,焦桐雅趣是知音。[①]

和颜断狱捐私愤，怒气填膺训长孙。
俊士多方匡睿主，明君屡次赞忠臣。
时将念载为丞相，殁后吴皇尚吊临。[2]

【自注

①中郎：指蔡邕。邕字伯喈，曾任中郎将，世称蔡中郎。

②《三国志·吴书·顾雍传》：顾雍字元叹，吴郡吴人也。蔡伯喈从朔方还，尝避怨于吴，雍从学琴书。黄武四年（225）为丞相。吕壹、秦博为中书，典校诸官府及州郡文书，因此渐作威福，举罪纠奸，纤芥必闻，毁短大臣，排陷无辜，雍等皆被举白而遭谴责。后壹之奸罪发露，收系廷尉。雍往断狱，壹以囚见，雍和颜问其辞状，临出，又谓壹曰："君意得无欲有所道？"壹叩头无言。时尚书郎怀叙面詈辱壹，雍责叙曰："官有正法，何至于此！"裴松之注引《江表传》载：权嫁从女，女为顾氏甥，故请雍父子及孙谭。是日，权极欢。谭醉酒，三起舞而不知止。雍内怒之。明日，召谭怒责曰："汝之于国，宁有汗马之劳，可书之事邪？但阶门户之资，遂见宠任耳，何有舞不复知止？虽为酒后，亦由恃恩忘敬，谦虚不足。损吾家者必尔也。"因背向壁卧，谭立过一时，乃见遣。雍为相十九年，赤乌六年（243）卒，年七十六。权素服临吊，谥曰肃侯。念载：即廿载，亦即二十年。

鲁　肃

仗义疏财重友情，分粮散米济吴兵。
坚持主战同公瑾，首倡联盟类孔明。[1]
可谓双长铭赤壁，难称一短让江陵。
堪将邓禹方贤士，继武周郎保太平。[2]

【自注

①《三国志·吴书·鲁肃传》：鲁肃字子敬，临淮东城人也。家富于财，性好施与。其时天下大乱，肃不治家事，散财货而卖田地，以赈济穷困、交结豪侠为务，甚得乡邑欢心。周瑜为居巢长，将数百人过访鲁肃，并求资粮。肃家有两囷米，各三千斛。肃乃指一囷与周瑜，瑜益知其奇也。遂相结交，定侨札之分。赤壁之战前，鲁肃支持周瑜，力主抵抗。又首倡孙刘联盟，出使刘备，请诸葛亮至江东，共商联合抗曹大计。

②《三国志·吴书·鲁肃传》:孙权曾谓陆逊曰,鲁肃有二长:一是通晓帝王之业,有雄才大略;二是与周瑜力主抗曹,取得赤壁之战之胜利。鲁肃又有一短,即劝孙权借让荆州于刘备。但孙权又曰:“(鲁肃)后虽劝吾借玄德地,是其一短,不足以损其二长也。周公不求备于一人,故孤忘其短而贵其长,常以比方邓禹也。”周瑜卒后,鲁肃代瑜领兵。建安二十二年(217)卒,年四十六。权为举哀,又临其葬。

诸葛瑾

阳都俊士有高名,避乱江东任上卿。
正使惟通吴蜀意,公差不讲弟兄情。
虞翻致信称仁义,陆逊封章赞悃诚。
屡被明君方骨肉,殷模遇赦恃良朋。[1]

【自注

①《三国志·吴书·诸葛瑾传》:诸葛瑾字子瑜,琅邪阳都人也。诸葛亮之兄。汉末避乱江东,为孙权所重用。建安二十年(215),权遣瑾使蜀通好刘备,与其弟亮俱公会相见,退无私面。虞翻以狂直流徙,惟瑾屡为之说。翻与所亲书曰:“诸葛敦仁,则天活物,比蒙清论,有以保分。”裴松之注引《江表传》载:瑾在南郡,人有密谗瑾通蜀者。陆逊上表保瑾绝无此事,权信之,答书曰:“子瑜与孤从事积年,恩如骨肉,深相明究。其为人非道不行,非义不言。……孤与子瑜,可谓神交,非外言所间也。”刘备为报关羽之仇而兴兵伐吴时,或言谨别遣人与备相闻,权曰:“孤与子瑜有死生不易之誓,子瑜之不负孤,犹孤之不负子瑜也。”权又怪校尉殷模,罪至不测。群下多为之言,权怒益甚。权问谨,谨避席对曰:“瑾与殷模等遭本州倾覆,生类殄尽。弃坟墓,携老弱,披草莱,归圣化,在流隶之中,蒙生成之福,不能躬相督厉,陈答万一,至令模孤负恩惠,自陷罪戾。臣谢过不暇,诚不敢有言。”权闻之怆然,乃赦殷模。赤乌四年(241)卒,年六十八。

周　瑜

高才雅量美英雄,胆略超群任股肱。

公瑾升堂常拜母，仲谋问计屡称兄。
庐江少树凌云志，赤壁今成盖世功。
大业方兴人早逝，悲风万里恨无穷。[①]

【自注

①《三国志·吴书·周瑜传》：周瑜字公瑾，庐江舒人也。建安三年(198)投孙策，为建威中郎将，时年二十四，吴中皆呼为周郎。建安五年(200)，孙策卒，瑜又辅孙权，以中护军与长史张昭共掌众事。周瑜与孙策同年，独相友善，瑜尝推道南大宅以舍策，升堂拜母，有无共之。又裴松之注引《江表传》载：权母尝谓权曰："公瑾与伯符同年，小一月耳，我视之如子也，汝其兄事之。"建安十三年(208)，曹操得荆州后，顺流而下，将伐江东。群臣震恐，多主降曹，周瑜与鲁肃等力排众议，坚主抵抗。权纳周瑜、鲁肃之议，联合刘备，终在赤壁大破曹军。建安十五年(210)，周瑜进攻南郡时，为曹军流矢所中，后卒于归途，时年三十六。权素服举哀，感动左右。

吕　蒙

身承鲁肃任元戎，智勇双全百计工。
旧雨传言谲郝普，新星致信赚关公。[①]
明归建业休长假，暗取荆州立大功。
赤日中天人殒逝，吴山越水恨难穷。[②]

【自注

①旧雨：即旧友，指邓玄之。新星：指陆逊。

②《三国志·吴书·吕蒙传》：吕蒙字子明，汝南富陂人也。建安二十年(215)，吕蒙欲取荆州零陵郡，太守郝普守城不降。蒙使郝普之旧友邓玄之骗诱普，普遂出降。建安二十四年(219)，关羽攻樊城，留兵守公安、南郡。吕蒙为迷惑关羽，使其将留守兵力调往樊城前线，遂诈称病笃，回建业休长假。羽果信之，稍撤兵以赴樊。与此同时，吕蒙又举荐新秀陆逊代己之职，进一步迷惑关羽。陆逊有真才而名望未著，到任后致书关羽，有意吹捧关羽而谦卑自损，使关羽更加麻痹大意，尽撤留兵以赴樊城，造成后方空虚。吕蒙遂乘机袭取荆州，并杀关羽。鲁肃卒后，吕蒙代肃领兵。建安二十四年(219)十二月卒，年四十二。权哀痛甚，为之降损。

陆　逊

武略文韬有定评，桓王快婿著佳声。
悉烧帐幕摧刘备，尽取荆襄助吕蒙。
理政朝堂为辅相，行权驻地作藩屏。
天才可埒周公瑾，后嗣机云并显名。①

【自注

①《三国志·吴书·陆逊传》：陆逊字伯言，吴郡吴人也。本名议，世江东大族，孙策之婿。建安二十四年(219)助吕蒙夺荆州而杀关羽。黄武元年(222)，刘备为报关羽之仇而率大军伐吴，陆逊在夷陵大破刘备，烧其四十余营，刘备夜遁白帝城。刘备去世后，刘禅继位，诸葛亮秉政，孙刘联盟重新恢复。陆逊以辅国将军、荆州牧、江陵侯镇守荆州。孙权对陆逊深为信任。时事所宜，孙权辄令陆逊与诸葛亮联系，并刻权印，以置逊所。孙权每与刘禅、诸葛亮书信，常过示陆逊，轻重可否，有所不妥，便令改定，以印封行之。赤乌七年(244)代顾雍为相。因亲附太子孙和，反对鲁王孙霸觊觎储位而陷入宫廷矛盾斗争中，数遭孙权责让，遂于赤乌八年(245)二月愤恚而卒，年六十三。其孙陆机、陆云，皆显名于后世。

诸葛恪

傲世凌人处庙堂，才情胆略两开张。
吴君取乐玩驴戏，汉使维尊拟凤翔。
抚定山民功显见，修成水寨祸潜藏。
推扬构陷皆孙峻，顾命权臣饮恨亡。①

【自注

①《三国志·吴书·诸葛恪传》：诸葛恪字元逊，诸葛瑾长子也。瑾面长似驴。孙权大会群臣，使人牵一驴入，长检其面，题曰“诸葛子瑜”。恪乞笔益两字，权听之。恪续其下曰：“之驴。”举座欢笑，权乃以驴赐恪。裴松之注引《恪别传》载：权尝宴蜀使费祎，先敕群臣：“使至，伏食勿起。”费祎至，孙权为辍食，而群下不起。祎嘲之曰：“凤皇来翔，骐驎吐哺，驴骡无知，伏食如故。”恪答曰：“爰植梧桐，以

待凤皇，有何燕雀，自称来翔？何不弹射，使还故乡。”祎停食饼，索笔作麦赋，恪亦请笔作磨赋，咸称善焉。丹阳郡山险民刁，号称难治，恪自请临郡，用计抚定山民，建立大功。孙权曾筑东兴堤以遏巢湖，后废不用。建兴元年(252)，诸葛恪于东兴复作大堤，左右结山，夹筑两城，以成规模宏大之水寨，并于当年在东兴大破魏军。此后，恪遂有轻敌之心，建兴二年(253)夏，又欲出兵伐魏，众人苦谏不听，结果在新城被魏军击败。恪虽有才气干略，然傲世凌人，树敌甚多，而新城兵败，大失众望。孙峻原本多方恭维恪，后因民之多怨，众之所嫌，遂构恪欲为变，与吴主孙亮共谋，置酒请恪，于座上杀之。时为建兴二年(253)冬十月，恪年五十一。

晋宣帝司马懿

曾随魏武作谋臣，屡进鸿猷任腹心。
率部雍凉拦蜀帅，督师豫宛挫吴君。
曹家顾命因宗社，晋室专权为子孙。
数代多人齐努力，终将相府变皇门。①

自注

①《晋书·宣帝纪》：司马懿字仲达，河内温县孝敬里人。初辟曹操丞相府文学掾，屡转至丞相主簿，深受曹操、曹丕、曹睿、曹芳信任，屡进鸿猷大计，被任为腹心重臣。曾在雍凉一带多次拦截蜀相诸葛亮的北伐之师，又曾久驻豫宛一带，震慑并挫败吴军。司马懿生前，已奠定了取代曹魏政权的基础。懿卒后，其子司马师、司马昭相继执掌曹魏大权。魏元帝曹奂咸熙元年(264)三月，司马昭由晋公进爵晋王。五月，魏元帝又追加司马懿为晋宣王，司马师为晋景王。咸熙二年(265)冬，司马昭之子司马炎受魏禅，即位称帝，是为晋武帝，改元泰始，追尊晋宣王司马懿为晋宣帝，晋景王司马师为晋景帝，晋文王司马昭为晋文帝。至此，司马家族终于完成了由丞相到皇帝的转换。

晋武帝司马炎

多人数代主朝堂，祖父开基立大纲。
水到渠成亡魏室，兵强马壮灭吴邦。

因停郡县免群牧，为树屏藩封众王。
太子痴呆犹继位，终尝恶果甚荒唐。[①]

【自注

①《晋书·武帝纪》：司马炎字安世，宣帝司马懿之孙，文帝司马昭长子也。咸熙二年(265)五月，立为晋王太子。八月，嗣相国，晋王位。十二月受魏禅，即位称帝，改元泰始。太康元年(280)春，灭吴统一天下。司马炎鉴于曹魏无屏藩以致孤立而亡，遂废郡县而行分封，大封同姓诸王。太子司马衷，本为痴呆昏童，而司马炎仍让其继承帝位(即晋惠帝)。诸种不当举措共同酿成恶果，导致八王之乱，终惠帝在位之十六年间(290～306)，天下板荡，世无宁日。光熙元年(306)，晋惠帝被东海王司马越毒死。晋怀帝司马炽、晋愍帝司马邺相继登基，历时总计十年。至建兴四年(316)十一月司马邺在长安出降匈奴族刘曜，西晋遂告灭亡。西晋凡四帝，享国共五十一年。

晋元帝司马睿

八王战乱扰中原，伺隙胡酋肇祸端。
再虏君臣迁塞北，重兴社稷徙江南。
侨居众士能谦让，土著群官始乂安。
幸赖人和凭地利，方延晋祚百余年。[①]

【自注

①《晋书·元帝纪》：司马睿字景文，宣帝司马懿曾孙，琅邪恭王司马觐之子也。年十五，嗣琅邪王位。八王之乱后期，奉东海王司马越之命，移镇下邳。晋怀帝司马炽永嘉元年(307)七月移镇建业。时五胡乱起，中原局势恶化。永嘉五年(311)，匈奴族刘曜攻陷洛阳，虏晋怀帝至平阳。晋愍帝司马邺建兴四年(316)，刘曜又攻陷长安，复虏晋愍帝至平阳，西晋灭亡。司马睿在群臣拥戴下，于建业即晋王位，改元建武元年(317)。建武二年(318)三月，晋愍帝崩于平阳，司马睿始正式称晋帝，并改元大兴。司马睿正确处理了南下侨居人士和江南土著人士之间的关系，使政权得以稳固。史称司马睿于建业重建之晋政权为东晋。东晋共传十一帝一百零三年。

羊祜

姻连景帝显朝廷，久驻襄阳有政声。
大府高衔为镇帅，轻裘缓带类儒生。
谦和待使安边境，妥善接邻重友情。
献策平吴终遂愿，碑称堕泪永传名。[①]

【自注

①《晋书·羊祜传》：羊祜字叔子，泰山南城人也。蔡邕外孙，景帝司马师羊皇后同母弟。自晋武帝泰始五年(269)始，坐镇荆襄整十年。在军常轻裘缓带，身不被甲，铃阁之下，侍卫者不过十数人。他本欲乘机灭吴，而吴将陆抗都督西陵等地军事，防御有方，羊祜遂与陆抗各保分界，和平相处，信使往来，犹如友邻。陆抗卒，羊祜即请伐吴，但为贾充、荀勖等所阻。咸宁四年(278)，羊祜病重，入朝洛阳，举杜预自代，并再陈平吴方略，寻卒，时年五十八。晋武帝以羊祜生前所陈方略伐吴，两年后，终灭吴国。群臣上寿，武帝执爵，流涕曰："此羊太傅之功也。"羊祜乐山水，常登岘山。襄阳百姓于岘山建碑立庙，岁时飨祭，望其碑者莫不流涕，杜预因名其为"堕泪碑"。

卫瓘

笔走龙蛇耀彩虹，书神政理并精通。
随机陷邓诚为过，应变杀钟却是功。
屡让亭侯封二弟，常居镇帅列三公。
归藩废储难如愿，大罪加身九命穷。[①]

【自注

①《晋书·卫瓘传》：卫瓘字伯玉，河东安邑人。学问深博，明习文艺，与敦煌索靖俱善草书，时称"二妙"。汉末张芝(字伯英)亦善草书，论者谓瓘得伯英筋，靖得伯英肉。邓艾、钟会之伐蜀，卫瓘持节为监军。蜀既平，邓艾辄承制封拜。钟会阴怀异志，因艾专擅，密与瓘具奏其状。诏使槛车征艾，瓘终杀艾。钟会逼卫瓘同反，瓘以计逃脱，率诸军共讨钟会，杀之。瓘位至三公，六男无爵，悉让二弟，远近称之。惠帝为太子时，痴呆不能亲政事，卫瓘尝讽武帝废之，未

果，惠帝贾皇后由是恨瓘。惠帝即位后，卫瓘与汝南王司马亮共辅朝政。亮奏遣诸王归藩，瓘赞同其事，楚王司马玮由是恨瓘。元康元年(291)六月，贾后与司马玮合谋，矫诏杀司马亮及卫瓘。瓘及子孙遇害者凡九人。

杜　预

治内安边抗犬戎，宣皇爱婿有丰功。
当年灭蜀能脱险，此日亡吴更效忠。
满腹经纶称武库，关心教化类文翁。
精研左传成新著，耀祖光宗若彩虹。①

自注

①《晋书·杜预传》：杜预字元凯，京兆杜陵人也。晋宣帝司马懿之婿。博学多能，明于治乱兴废之道，曾上疏提出内以利国、外以安边之策略五十余条，均被武帝采纳。杜预当年曾为镇西将军钟会长史，随钟会伐蜀，及钟会反，僚佐并遇害，惟杜预以智获免。太康元年(280)，统率诸军平吴。杜预长于天文历法，奏上《二元乾度历》，行于世。又造舟为桥，疏陈农要，损益万机，不可胜数，朝野称美，号曰“杜武库”，言其无所不有也。所在关心教育，修立泮宫，德施百姓，化被黎庶，颇类汉之文翁。杜预又自称有“《左传》癖”，终生精研之。其对《左传》之贡献，除作《春秋左氏传集解》外，又将《左传》按年月附于《春秋》之后，使原来各自单行的《春秋》与《左传》合为一编。

张　华

自幼恒为牧畜郎，鹪鹩赋罢姓名彰。
身能仕晋因卢鲜，力主平吴赞杜羊。
玉帐金貂尊将相，华辞丽语绣文章。
皇家内讧邦遭难，乱世忠臣死赵王。①

自注

①《晋书·张华传》：张华字茂先，范阳方城人也。少孤贫，以牧

羊为生。尝作《鹪鹩赋》以自喻，阮籍见之，叹曰："王佐之才也。"由是声名始著。同郡卢钦与郡守鲜于嗣共荐之，乃仕晋为重臣。力赞杜预与羊祜伐吴之策，吴平，进封广武县侯，增邑万户。张华于武帝时为幽州镇帅，惠帝时为相，进封壮武郡公。永康元年(300)，赵王司马伦与其嬖臣孙秀欲联合张华共废贾后，华拒之，遂遇害，时年六十九。张华乃西晋著名文学家，其诗巧用文字，务为妍冶，以华辞丽语为主要特征。

陈　寿

自幼痴书喜探求，尊师尽礼拜谯周。
宏图本是三国志，伟业原非万里侯。
正统为纲联魏晋，偏安作目系孙刘。
文坛宿将夸良史，表姓扬名五凤楼。[①]

自注

①《晋书·陈寿传》：陈寿字承祚，巴西安汉人也。少好学，师事同郡谯周。仕蜀为观阁令史，入晋除著作郎。撰《三国志》六十五卷。全书以曹魏为正统，而晋受禅于魏，亦为正统，对曹操、曹丕、曹叡等均称"帝"而为之作"纪"。以刘汉、孙吴为偏安，对刘备、刘禅、孙权等均称"主"而为之作"传"。《三国志》成书后，时人皆称寿善叙事，有良史之才。夏侯湛时著《魏书》，见寿所作，便毁己书而罢。司空张华深爱寿才，尤喜《三国志》，曾谓寿曰："当以《晋书》相付耳。"其为时所重如此。

潘　岳

美貌丰姿动妇人，高才妙艺启私心。
铺辞用典旅行赋，落泪伤怀哀悼文。
屡见趋炎施诡计，常闻附势拜权臣。
当年若肯宽孙秀，此日焉能丧赵伦。[①]

自注

①《晋书·潘岳传》：潘岳字安仁，荥阳中牟人也。美姿仪，少时

常挟弹出洛阳道，妇人遇之者，皆连手萦绕，投之以果，遂满车而归。潘岳乃西晋著名文学家，其赋以叙事纪行之《西征赋》为代表，其诗以悼念亡妻之《悼亡诗三首》为代表。潘岳性轻躁，趋炎附势，与石崇等谄事贾后与贾谧，每候其出，与石崇辄望尘而拜，又参与构陷惠帝愍怀太子司马遹，为贾谧"二十四友"之首。当初，潘岳父潘芘为琅琊内史，孙秀为小吏侍潘岳，潘岳恶其为人而数挞辱之，孙秀由是衔恨。及赵王司马伦辅政，孙秀为赵王嬖臣而任中书令。永康元年(300)，孙秀遂诬潘岳与石崇、欧阳建谋奉淮南王允、齐王冏为乱。赵王伦诛潘岳，并夷其三族。赵伦：指赵王司马伦。

石　崇

穷奢尽欲冠豪门，纸醉金迷教训深。
恺设奇珍夸贵客，崇陈异宝耀嘉宾。
矜财未可饴刷釜，炫富焉能蜡代薪。
大难临头皆保命，痴情尚有坠楼人。①

自注

①《晋书·石崇传》：石崇字季伦，渤海南皮人也。有别馆在河阳之金谷，室宇宏丽，财产丰积。后房百数，皆曳纨绣，珥金翠。丝竹尽当时之选，庖膳穷水陆之珍。与贵戚王恺、羊琇之徒以奢靡相尚。恺以饴澳釜，崇以蜡代薪。恺作紫丝布步障四十里，崇作锦步障五十里以敌之。崇涂屋以椒，恺用赤石脂。武帝每助恺，尝以珊瑚树赐之，高二尺许，枝柯扶疏，世所罕比。恺以示崇，崇以铁如意击之，应手而碎。恺既惋惜，又以为嫉己之宝，声色方厉。崇曰："不足多恨，今还卿。"乃命左右悉取珊瑚树，有高三四尺者六七株，条干绝俗，光彩曜日，如恺比者甚众。恺怳然自失矣。石崇与潘岳、陆机、陆云等俱附事贾后(惠帝皇后贾南风，贾充之女)与贾谧(本为韩谧，父韩寿，母贾午乃贾南风之妹。贾充子黎民幼殇，遂以外孙韩谧为黎民子，改姓贾，以奉充后)，时号"二十四友"。惠帝永康元年(300)，赵王司马伦废杀贾后与贾谧等，石崇以贾氏党而免官。石崇有妓曰绿珠，美艳善吹笛，赵王伦嬖臣孙秀使人求之，石崇拒绝。秀怒，乃劝伦杀崇。甲士至门，崇正宴于楼上，谓绿珠曰："我今为尔得罪。"绿珠泣曰："当效死于官前。"因自投于楼下而死。石崇及家人凡十五人皆被杀。

左　思

舌拙貌寝性温良，不喜交游好典章。
大赋十年方定稿，名人五位更增光。
空闻二陆讥伧父，未见三都覆酒缸。[①]
咏史抒情知进退，安居陋巷送残阳。[②]

【自注

①《晋书·左思传》：左思字太冲，齐国临淄人也。其先齐之公族有左右公子，因为氏焉。家世儒学，兼善阴阳之术。貌寝，口讷，不喜交游，而惟以典章辞藻为事。作《齐都赋》，一年乃成。复欲赋魏、蜀、吴三都，会妹芬入宫，为武帝贵嫔，乃移家京师，诣著作郎张载访岷邛之事。《三都赋》是左思之代表赋作，体制宏大，事类广博，征信求实，十年乃成，又得到皇甫谧、张载、刘逵、卫权、张华五位名人之揄扬称赞，于是声名大增，豪贵之家竞相传写，洛阳为之纸贵。初，陆机入洛，欲为此赋，闻思作之，抚掌而笑，与弟云书曰："此间有伧父，欲作《三都赋》，须其成，当以覆酒瓮耳。"及思赋出，陆机叹服，以为不能加也，遂辍笔焉。

②左思虽为贾谧"二十四友"之一，并为贾谧讲授《汉书》，但其人明深浅，知进退，故贾谧伏诛，而左思未受牵连。后退居宜春里，专意典籍，复举家迁冀州，以疾终。左思亦善诗，《咏史》诗八首是其代表作。

陶　侃

孤贫俊士著高名，数谒张华更有声。
率庾督温兴驻地，亡苏灭祖定朝廷。
元戎尽礼行忠义，大帅宣威弭战争。
异姓功臣居显位，千秋俎豆祀神明。[①]

【自注

①《晋书·陶侃传》：陶侃字士行，本鄱阳人也。吴平，徙家庐江之浔阳。早孤贫，有能名，至洛阳数谒张华，华与语而异之，名愈显。晋成帝司马衍咸和二年（327）冬至咸和四年（329）春，苏峻、祖约起

兵反晋，攻占建业，帝舅庾亮与江州刺史温峤共推荆州刺史陶侃为盟主，最终平定苏峻、祖约之乱，收复建业，使朝廷得以稳定。陶侃在军四十一年，威望极高。尚书梅陶与亲人曹识书曰："陶公神机明鉴似魏武，忠顺勤劳似孔明，陆抗诸人不能及也。"谢安曰："陶公虽用法，而恒得法外意。"庾亮以外戚之尊，望其尘而拜地；王导以丞相之贵，服其言而动容。咸和九年(334)卒，时年七十六。成帝赐谥曰桓，祠以太牢。东晋之异姓将帅功臣，哀荣若陶侃者，实为罕见。元戎、大帅：均指陶侃。

陆　机①

本望孙吴任栋梁，焉知暗主丧家邦。②
增光二陆来江左，减色三张隐洛阳。③
美赋开篇谈创作，奇文设论辩兴亡。④
才堪佐命身先逝，鹤唳华亭恨绪长。⑤

自注

①《晋书·陆机传》：陆机字士衡，吴郡人也。祖陆逊，吴丞相。父陆抗，吴大司马。抗卒，机领父兵为牙门将，正欲大有作为，而吴亡，机时年二十。晋太康十年(289)，陆机与弟陆云俱入洛阳，访太常张华。张华素重其名，大喜曰："伐吴之役，利获二俊。"遂广为称扬，使陆氏兄弟享誉京师，至有"二陆入洛，三张减价"之说。

②暗主：指吴亡国之主孙皓。

③三张：张载、张协、张亢，均以文才著称。

④美赋：指陆机的《文赋》，此为文学史上最早以赋体写成的文学理论著作。奇文：指陆机的《辩亡论》上、下篇，其论东吴之兴亡，滔滔不绝，笔势流畅，可称西晋论文中之鸿篇巨制。

⑤《晋书·陆机传》：赵王伦辅政，以陆机为相国参军。伦拟篡位而被诛，机亦收付廷尉，赖成都王颖、吴王晏救之，减死徙边，遇赦而止。后入成都王颖幕。太安二年(303)，成都王颖举兵讨长沙王乂，以陆机为都督。机兵败，仇家谮机于颖，言其有异志，遂被杀，时年四十三。二子及弟陆云等亦遇害。《世说新语·尤悔》载，陆机临刑叹曰："欲闻华亭鹤唳，可复得乎！"盖机于吴亡入洛以前，常与弟云游于华亭墅中，后遂以"华亭鹤唳"为遇害者临死前感慨生平之词。

顾　荣

地覆天翻社稷沉，江东著姓有王孙。
心思惠帝攻陈敏，力谏元皇祷郑嫔。
创业诚须凭北士，扎根定要赖南金。[①]
当年入洛称三俊，辅政全身但此人。[②]

【自注

①南金：喻指南方士人中之优异杰出者。

②《晋书·顾荣传》：顾荣字彦先，吴国吴人也，为南土著姓。祖顾雍，吴丞相。父顾穆，宜都太守。吴亡，顾荣与陆机、陆云同入洛阳，时人号为“三俊”。永兴二年(305)，广陵相陈敏反，南渡江，欲割据江东，假荣右将军、丹阳内史。顾荣心系惠帝，暗中联合甘卓、周玘、纪瞻，起兵攻破陈敏。司马睿(即后来之晋元帝)镇江东，以荣为军司，凡所谋划，皆以谘焉。时睿所幸郑嫔有疾，睿祈祷颇废万机，荣谏而止之。时司马睿颇重南来之北士，而南土之士未尽才用，荣乃荐举陆士光、甘季思、殷庆元、顾公让、杨彦明、谢行言、贺生、陶恭等，认为“凡此诸人，皆南金也”。书奏，皆纳之。晋怀帝永嘉六年(312)，顾荣卒于官。较之陆机、陆云兄弟，顾荣可谓有幸全身之人。

祖　逖

能文善武济刚柔，志在驱胡计虑周。
义士闻鸡兴午夜，忠臣叩桨誓中流。[①]
石龙不敢窥南土，祖稚即将复北州。[②]
大业垂成星陨落，青山绿水俱含愁。[③]

【自注

①《晋书·祖逖传》：祖逖字士稚，范阳遒人也。性豁荡，不修仪表，年十四五犹未知书，诸兄每忧之。然轻财好侠，慷慨有节，乡党宗族以是重之。后乃博览书传，赅涉古今，见者谓逖有赞世才具。与中山刘琨俱为司州主簿，情好绸缪，共被就寝。中夜闻荒鸡鸣，蹴琨觉曰：“此非恶声也。”因起舞。逖、琨并有英气，每语世事，或中宵起坐，相谓曰：“若四海鼎沸，豪杰并起，吾与足下当相避于中原耳。”

愍帝建兴元年(313)奉司马睿(即后来的晋元帝)之命自京口渡江北伐时,中流击楫而誓曰:“祖逖不能清中原而复济者,有如大江!”辞色壮烈,众皆慨叹。

②石龙:指石勒,字世龙。祖稚:指祖逖,字士稚。

③祖逖屡次大破石勒,八九年间,收复黄河以南大片土地。正当他秣马厉兵,积蓄力量,准备向河北推进时,大兴四年(321),晋元帝派戴若思为都督以监逖军,实为掣肘,而朝廷中王敦久怀逆乱,矛盾激化。祖逖忧虑国将内乱,大功难遂,于是感激发病,卒于雍丘,时年五十六。百姓若丧考妣,为之立祠祭祀。

王敦

神闲气静意从容,冷面刚肠有大功。
始奉惠皇居洛汭,终扶元帝徙江东。
兴兵借口诛奸佞,擅政随心戮股肱。
仗势夺权行逆计,开棺断首叹枭雄。[①]

【自注

①《晋书·王敦传》:王敦字处仲,琅琊临沂人也。王导之从兄,尚武帝司马炎女襄城公主。事惠帝司马衷与元帝司马睿,皆有大功。永昌元年(322),王敦以诛除刘隗、翦灭奸佞为借口,于武昌起兵,攻入建业,杀戴渊、周顗、刁协。刘隗投奔石勒。元帝被迫以敦为丞相、江州牧,进爵武昌郡公,邑万户,又加羽葆鼓吹,敦并伪让不受。还屯武昌,大树私党,残害忠良,暴慢愈甚。明帝司马绍即位,王敦移镇姑孰,更加骄横。太宁二年(324),明帝下诏讨伐王敦,时敦病笃,不能御众,乃以其兄王含为元帅,使钱凤、邓岳、周抚等率众三万攻建业。明帝亲率六军以御钱凤等,大破之。敦旋病卒,年五十九。明帝纳有司之议,开敦之棺,枭首示众。

刘琨

吟诗作赋喜交游,志气雄豪将略优。
率部忠心扶四帝,督师赤胆镇三州。[①]
城头啸月惊胡士,夜半吹笳退虏酋。[②]
欲扫鲸鲵遭厄运,秋风莫上晋阳楼。[③]

【自注】

①四帝：指晋惠帝司马衷、晋怀帝司马炽、晋愍帝司马邺、晋元帝司马睿。三州：指并州、冀州、幽州。

②《晋书·刘琨传》：刘琨字越石，中山魏昌人，汉中山靖王刘胜之后也。征虏将军石崇于河南金谷涧中有别墅，冠绝时辈，引致宾客，日以赋诗。琨与其间，文咏颇为当时所许，为贾谧“二十四友”之一。琨少负志气，有纵横之才，与范阳祖逖为友，闻逖被用，与亲故曰：“吾枕戈待旦，志枭逆虏，常恐祖生先吾著鞭。”其意气相期如此。琨在晋阳，尝为胡骑所围数重，城中窘迫无计，琨乃乘月登楼清啸，贼闻之，皆凄然长叹。中夜奏胡笳，贼又流涕歔欷，有怀土之切。向晓复吹之，贼并弃围而走。

③《晋书·刘琨传》：晋室南渡，琨为侍中、太尉，坚守并州。在与羯胡石勒、匈奴刘曜的对抗中，因孤军无援而兵败。后又与归顺晋室的鲜卑段匹磾联合，歃血为盟，传檄各地，会师襄国，共讨石勒。然段匹磾受人挑拨，刘琨终被其缢杀，时年四十八。子侄四人皆遇害。

郭璞

读经阅史探苍穹，异字奇文甚用功。
证往知来精卜筮，禳灾避祸断吉凶。
神仙鬼怪难凭信，算历阴阳可会通。
忤逆权臣虽殒命，诗坛享誉自无穷。[①]

【自注】

①《晋书·郭璞传》：郭璞字景纯，河东闻喜人也。好经术，博学有高才，而讷于言论。好古文奇字，妙于阴阳算历。有郭公者，客居河东，精于卜筮，璞从之受业。公以《青囊中书》九卷与之，由是遂洞五行、天文、卜筮之术，禳灾转祸，通致无方，虽京房、管辂不能过也。权臣王敦欲谋反，使璞筮，璞曰“无成”。敦以璞忤逆己意，杀之，时年四十九。郭璞能诗善赋，时称“中兴之冠”，而其最为人传诵之作是《游仙诗》。

王 导

身同旧主共浮沉，策划金陵奉至尊。
受惠南人和北士，承恩北士睦南人。
匡周奭望开基相，佐汉萧曹创业臣。①
晋室中兴谁掌舵，军权政柄在王门。②

【自注

①奭望：指周之召公姬奭、太公吕望。萧曹：指汉之萧何、曹参。

②《晋书·王导传》：王导字茂弘，琅琊临沂人也。与琅琊王司马睿（即后来之晋元帝）交好。怀帝永嘉元年（307），司马睿移镇建业，成为江南之最高军政长官。王导为其谋主，优礼顾、陆、朱、张、沈、周等江南士族以维系人心，又选用避乱南下之北方士族为属官，使南北士族和睦融洽，共同辅佐司马睿。建武元年（317），司马睿即晋王位，以王导为丞相军咨祭酒。次年，晋王司马睿称帝，进导骠骑大将军，仪同三司。在东晋政权之建立过程中，琅琊王氏拥戴之功最多，当时有“王与马，共天下”之说。而王导历事元帝、明帝、成帝三朝，皆为首相，其功尤著。

葛 洪

淡利安贫少话言，伐薪换纸录遗编。
潜心册府知三昧，注意丹房总二玄。①
既破石冰辞位号，难脱邓岳慕神仙。
修成大著兼儒道，抱朴终身竟永年。②

【自注

①二玄：指葛玄、鲍玄。

②《晋书·葛洪传》：葛洪，字稚川，丹阳句容人也。性寡欲，无他喜好，惟好学。家贫，躬自伐薪以换纸笔，夜辄写书诵习，遂以儒学知名。洪尤好神仙导养之法。从祖葛玄，吴时学道得仙，号曰“葛仙公”，以其炼丹秘术授弟子郑隐。洪就隐学，悉得其法。后复师鲍玄，玄亦擅内学，能逆占将来，见洪深重之，以女妻洪。惠帝太安中，石冰作乱，吴兴太守顾秘起兵讨之，以洪为将兵都尉，大破石冰，迁

伏波将军。洪辞功赏，径至洛阳，欲搜求异书以广其学。晋成帝司马衍时，洪欲往交阯炼丹，行至广州，刺史邓岳留不听去，洪乃止罗浮山炼丹。在山积年，优游闲养，著《抱朴子》而终，年八十一。《抱朴子》内篇二十卷，论神仙、炼丹、符箓等事，为道家言。而外篇五十卷，论时政得失、人事臧否，近儒家之说。

王羲之

王家子弟最知名，坦卧东床更有声。
致信谢安谈政理，呈书殷浩论军情。[①]
蚕头燕尾精真隶，凤翥龙蟠擅草行。
可叹昭陵封墨宝，千秋圣品念兰亭。[②]

【自注】

①《晋书·王羲之传》：王羲之字逸少，琅邪临沂人也，王导之从子。太尉郗鉴使门生求女婿于导，导令就东厢遍观子弟。门生归，谓鉴曰："王氏诸少并佳，然闻信至，咸自矜持。惟一人在东床坦腹食，独若不闻。"鉴曰："正此佳婿邪！"访之，乃羲之也，遂以女妻之。曾向尚书仆射谢安及扬州刺史殷浩致信呈书，谈论政理军情，深刻周至，剀切详明。

②王羲之是著名书法家，其书法博采众长而自成一家，精通诸体而犹善行草，世称其为"书圣"。代表作品是名传千古之《兰亭序》，亦称《兰亭帖》。唐太宗李世民酷爱王书，亲自为《晋书·王羲之传》写史论，盛赞王书曰："所以详察古今，研精篆素，尽善尽美，其惟王逸少乎！观其点曳之工，裁成之妙，烟霏露结，状若断而还连；凤翥龙蟠，势如斜而反直。玩之不觉为倦，览之莫识其端。心慕手追，此人而已。"李世民从王羲之七世孙僧智永的弟子辩才处得到《兰亭序》真迹，爱不释手，崩后随葬昭陵。

桓　温

年犹未冠气恢弘，手刃仇家众弟兄。
北率雄狮收洛汭，西督劲旅复关中。
成都已树凌云志，建业难酬盖世功。
辅政焉能窥晋祚，千秋毁誉辩无穷。[①]

【自注

①《晋书·桓温传》:桓温字元子,谯国龙亢人也。其父桓彝为韩晃所害,泾令江播参与其事。温时年十五,枕戈泣血,志在复仇。至年十八,会播已终,子彪兄弟三人居丧,置刃杖中,以防温。温诡称吊宾,得进,刃彪于庐中,并追二弟杀之,时人称焉。晋穆帝司马聃永和十年(354)二月,桓温北伐前秦,进至霸上,后因军粮不继而于六月被迫退兵。十二年(356)八月,桓温大败羌酋姚襄之军,北收洛阳,后亦因朝中内斗掣肘而被迫撤退。早在永和二年(346)冬,桓温即乘成汉政权腐败之机,由荆州溯流而上,攻取成都,立下凌云志向。但北伐中原,收复失地之宿愿,终未实现。桓温数次北伐,固然主要是为了收复失地,但亦怀有提高个人威望,寻机代晋称帝之目的。故史书对桓温之评价,可谓毁誉参半。

谢　安

东山隐士作贤臣,社稷安危系一身。
览胜寻幽交逸少,竭忠尽智阻桓温。[①]
从容晋帅施韬略,傲慢秦军化鬼魂。
将相功名垂后世,犹托雅志在衡门。[②]

【自注

①《晋书·谢安传》:谢安字安石,陈郡阳夏人也。少有重名,寓居会稽东山,与王羲之、许询、支遁相游处,屡次谢绝征召。年逾四十始出仕。晋废帝司马奕太和六年(371)十一月,桓温废司马奕为东海王(后降为海西公),立元帝少子会稽王司马昱为帝,是为简文帝,改元咸安。咸安二年(372)七月,简文帝崩。桓温因简文帝未禅位于己,又未授命由己摄政,遂率兵入朝拟发动政变,但慑于谢安威望,未果。简文帝第三子司马曜继位,是为孝武帝。时桓温威震内外,有不臣之心,而谢安尽忠匡翼,终能辑睦。温病笃,讽朝廷加九锡,使袁宏具草。谢安见,辄改之,由是历旬不就。会温卒,锡命遂寝。

②《晋书·谢安传》:孝武帝太元八年(383),前秦与东晋发生淝水之战。谢安为晋军统帅,大破前秦苻坚百万之众,进位太保、太傅,声望达至顶峰。谢安出将入相数十年,虽受朝廷重寄,然东山之志始终不渝。方欲归隐山林,棲迟衡门,不幸于太元十年(385)病卒,年六十六,谥曰文靖。

谢 玄

弱岁传名早慧人，芝兰玉树比王孙。
长驱晋士争淝水，暂退秦兵溃寿春。
正借余威攻洛汭，翻将剩勇守淮阴。
酬勋赐位封公号，耀祖光宗表谢门。①

【自注

①《晋书·谢玄传》：谢玄字幼度，陈郡阳夏人也。谢安之侄。少颖悟，为叔父谢安所器重。谢安尝戒约子侄曰："子弟亦何豫人事，而正欲使其佳。"诸人莫有言者。玄答曰："譬如芝兰玉树，欲使其生于庭阶耳。"安悦。淝水之战时，谢玄任晋军前锋都督，率八千精兵强渡淝水，以少胜多，使原本暂时后退，欲待晋军半渡而突袭之秦军，全线溃败于寿春。淝水战后，谢玄乘胜克彭城，收复徐、兖、青、豫诸州，进据黎阳。正当谢玄拟进攻收复洛阳时，当权的司马道子（简文帝司马昱之子，孝武帝司马曜之母弟）忌谢氏之功，以"征役既久，宜置戍而还"为由，使谢玄还镇淮阴。谢玄至淮阴，因病请辞，转授会稽内史，太元十三年（388）卒，年四十六，谥曰献武。谢玄生前封康乐县公，卒后，追赠车骑将军、开府仪同三司。

顾恺之

长康率性赋筝成，自比嵇琴享大声。
妙语连珠精戏谑，真容溢采善丹青。
描形绘貌轻量体，写意传神重点睛。
谢赞桓评皆趣事，黠痴各半保平衡。①

【自注

①《晋书·顾恺之传》：顾恺之字长康，晋陵无锡人也。恺之博学有才气，尝为《筝赋》成，谓人曰："吾赋之比嵇康琴，不赏者必以后出相遗，深识者亦当以高奇见贵。"好谐谑，人多爱狎之。尤善丹青，图写特妙，每画人成，或数年不点目睛。人问其故，答曰："四体妍蚩，本无关于妙处，传神写照，正在阿堵中。"谢安甚重恺之画，"以为

有苍生以来未之有也”。“义熙初，为散骑常侍，与谢瞻连省，夜于月下长咏，瞻每遥赞之，恺之弥自力忘倦。瞻将眠，令人代己，恺之不觉有异，遂达旦而止。”“恺之尝以一橱画糊题其前，寄桓玄，皆其深所珍惜者。玄乃发其橱后，窃取画，而缄闭如旧以还之，给云未开。恺之见封题如初，但失其画，直云妙画通灵，变化而去，亦犹人之登仙，了无怪色。”“尤信小术，以为求之必得。桓玄尝以一柳叶给之曰：“此蝉所翳叶也，取以自蔽，人不见己。”恺之喜，引叶自蔽，玄就溺焉，恺之信其不见己也，甚以珍之。初，恺之在桓温府，温常评曰：“恺之体中痴黠各半，合而论之，正得平耳。”故俗传恺之有三绝：“才绝，画绝，痴绝。”

陶潜

吟诗纵酒话陶潜，性爱黄花志虑坚。
意苦弯腰居县令，心甘解绶返家园。
披星戴月勤农事，淡利轻名远政权。
绿水青山真隐士，羲皇乐境拟桃源。[①]

自注

①《晋书·陶潜传》：陶潜字元亮，一名渊明，浔阳柴桑人也。陶侃之曾孙。博学善属文，喜吟诗，性嗜酒，少怀高尚坚贞之志。轻名淡利，不喜作官。曾为彭泽县令，郡遣督邮至县，吏白应束带见之，潜叹曰：“吾不能为五斗米折腰，拳拳事乡里小人邪！”遂解印绶归去。乡居期间，农事之外，尝言夏月虚闲，高卧北窗之下，清风飒至，自谓羲皇上人。著名散文《桃花源记》，即为陶潜所虚构之羲皇乐境。

桓玄

风神俊朗性聪明，自负雄才有怨声。
且立同盟伐异己，方诛异己灭同盟。
夺权篡位欺真主，建号称皇坐伪廷。
岂料王师来四面，穷途断首赴幽冥。[①]

【自注

①《晋书·桓玄传》:桓玄字敬道,一名灵宝,谯国龙亢人也。桓温之子。形貌瑰奇,风神疏朗,博综艺术,雅善属文。时议以桓温有不臣之迹,故朝廷疑而未加重用,玄怨其才不得施展,终日郁闷不乐。晋安帝司马德宗隆安元年(397),桓玄与南兖州刺史王恭及荆州刺史殷仲堪结盟,起兵讨伐主张削弱方镇之中书令王国宝,朝廷杀王国宝以宁息之。次年,桓玄又与殷仲堪及雍州刺史杨佺期结盟,起兵讨伐当国的司马道子、司马元显父子。不久,桓玄又占据荆州,杀死殷仲堪与杨佺期。安帝元兴元年(402),桓玄攻入建业,杀司马道子、司马元显父子,从此专擅朝政。元兴二年(403)十二月,桓玄逼安帝退位,自称皇帝,国号楚,改元永始。次年二月,北府旧将刘裕(即后来之宋武帝)与刘毅、何无忌等起兵讨玄。玄兵败,欲入蜀,五月在长江枚回洲被益州督护冯迁所杀。安帝复位,复为元兴三年(404)。

汉高祖刘渊

战册经书并擅长,匈奴贵胄气轩昂。
先人念母从刘姓,后嗣称王续汉邦。
作质当年居洛汭,为君此日镇平阳。
诸胡略地循前例,帝号皇名肇乱亡。①

【自注

①《晋书·刘元海载记》:刘渊字元海,新兴匈奴人,冒顿之后也。名犯唐高祖李渊讳,故唐人修《晋书》,只称其字。初,汉高祖刘邦以宗女为公主,以妻冒顿,约为兄弟,故冒顿后裔遂从汉公主姓而为刘氏。刘渊曾曰:“吾每观书传,常鄙随陆无武,绛灌无文。”故其既通战册经书,又习武事,猿臂善射,膂力过人,可谓文武双全。魏末晋初,为质于洛阳。西晋八王之乱时,成都王司马颖遣刘渊回并州调发匈奴五部之众以助攻战,刘渊乘机起兵反晋。晋惠帝司马衷永兴元年(304),刘渊于左国城(今山西离石北)即王位,国号汉,建元元熙。晋怀帝司马炽永嘉二年(308),刘渊称帝,改元永凤,迁都平阳(今山西临汾)。永嘉四年(310)七月,刘渊病卒,谥光文皇帝,庙号高祖。太子刘和继位,刘渊第四子刘聪杀和自立。刘聪病卒,太子刘粲继位。东晋元帝司马睿大兴元年(318),匈奴贵族靳準杀

刘粲，汉亡。刘渊所创立之汉政权凡历三主，共存在十五年（304～318）。

前赵皇帝刘曜

文韬武略两周全，佐父帮兄拓地盘。
二破京都俘暗主，三迁品位任尊官。
新邦未继汉年号，旧统犹承刘政权。
对阵鏖兵仍醉酒，枭雄饮恨赴黄泉。①

【自注

①《晋书·刘曜载记》：刘曜字永明，新兴匈奴人，冒顿之后也。汉帝刘渊之族子，刘聪之族弟。幼而聪慧，有奇度，善属文，工草隶。雄武过人，铁厚一寸，射而洞之，于时号为神射。西晋怀帝司马炽永嘉五年（311）六月，刘曜率汉军攻破晋都洛阳，俘晋怀帝至汉都平阳。西晋愍帝司马邺建兴四年（316）十一月，刘曜又率汉军攻破晋都长安，俘晋愍帝至汉都平阳。东晋元帝司马睿大兴元年（318）七月，汉帝刘聪病卒，其子刘粲继位，不久为匈奴贵族靳凖所杀。镇守长安之刘曜闻变，发兵攻靳凖，兵至赤壁（今山西安泽南），应汉群臣之请，继位称汉帝，改元光初。十二月，平阳汉臣乔泰、王腾等杀靳凖而奉汉传国六玺归刘曜。大兴二年（319）夏，刘曜徙都长安，以己曾王中山，而中山乃赵之分野，遂将国号由汉改赵，以冒顿配天，以汉高祖光文皇帝刘渊配上帝，史称前赵。晋成帝司马衍咸和三年（328），刘曜与后赵主石勒战于洛阳城西，会刘曜醉酒，兵败被俘，不久被杀。刘曜太子刘熙弃长安而奔上邽。咸和四年（329），石勒军攻破上邽，杀刘熙，前赵亡。刘曜所创立之前赵政权（实为刘渊汉政权之延续）凡历二主，共存在十一年（319～329）。

成汉太宗李雄

巴賨举义现英雄，稳据成都霸蜀中。
薄赋轻徭民喜乐，养蚕制锦业兴隆。
终将帝位传犹子，始向泉台慰长兄。
自负人心能逆料，萧墙祸起恨无穷。①

【自注

①《晋书·李雄载记》：李雄字仲儁，巴西宕渠人，賨族（古代巴族之一支，因其称所交纳之赋税为賨，故其族亦称賨族）。其父李特为賨人领袖，于西晋惠帝司马衷永康二年（301）在绵竹率众起义，两年后攻成都时战死。特弟流复领其兵作战，不久病死。李特之子李雄继统部众，同年攻克成都，据有益州。晋惠帝永兴元年（304）十月，李雄自称成都王，建元建兴，都成都。光熙元年（306），李雄自称皇帝，改元晏平，国号大成。李雄在位三十一年，期间战事稀少，刑政宽和，赋税较轻，百姓安乐。东晋成帝司马衍咸和九年（334）六月，李雄病卒，年六十一，谥武帝，庙号太宗。李雄生前，因其长兄李荡及李荡之子李琀、李稚均战死沙场，深为哀痛，故力排众议，立李荡之子李班（李雄侄，亦称"犹子"）为太子。李班继位之当年，即被李雄之子李期所杀。晋成帝咸康四年（338），李特弟李骧之子李寿杀李期而自立，改国号为汉，史称成汉。李寿卒，其子李势继位。东晋穆帝司马聃永和三年（347），晋将桓温伐蜀，攻破成都，李势兵败出降，成汉亡。李雄所创立之成汉政权凡历五主，共存在四十四年（304～347）。

前凉武公张轨

汉将张公入谱人，西州作牧便为君。
开基布信称凉主，上表宣忠号晋臣。
慎选官僚施惠政，重分郡县处流民。
贤愚又见八传后，万里江山统大秦。①

【自注

①《晋书·张轨传》：张轨字士彦，安定乌氏人，乃汉常山景王张耳十七代孙也。西晋惠帝司马衷时，张轨以世事多艰，阴图据河西，筮之大吉，乃喜曰："霸者兆也。"于是求为凉州。公卿亦举轨才堪御远。永宁元年（301）出为护羌校尉、凉州刺史，治姑臧（今甘肃武威）。张轨在凉州慎选良才，多施惠政，又增设武兴郡与晋兴郡，以处中原与关中前来之流民。张轨虽霸凉州，史称前凉，但仍用晋朝年号，向晋帝称臣。晋愍帝司马邺建兴二年（314）卒，年六十，谥曰武公。张轨之后，又传八主，至东晋孝武帝司马曜太元元年（376），张天锡被迫出降前秦主苻坚（淝水之战时又于阵归晋），前凉亡。张轨所创立之前凉政权凡历九主，共存在七十六年（301～376）。

后赵高祖石勒

上党羯雏幼著名，刘聪逝后自拥兵。
奇谋妙策争高下，快马神枪任纵横。
设序开庠教汉礼，谈婚论嫁易胡风。
临终顾命遗长恨，未料权臣篡庙廷。①

自注

①《晋书·石勒载记》：石勒字世龙，初名訇，上党武乡羯人也。年十四，石勒至洛阳，王衍见而异之，谓左右曰："向者胡雏，吾观其声视有奇志，恐将为天下之患。"后为汉帝刘渊部将。汉帝刘聪时，石勒曾与刘曜攻破晋都洛阳，俘晋怀帝至汉都平阳。此后，石勒长期镇守襄国，成为汉政权内部一大势力。东晋元帝司马睿大兴元年(318)七月，汉帝刘聪病卒，其子刘粲继位，不久为匈奴贵族靳準所杀。镇守长安之刘曜与镇守襄国之石勒，同时起兵平乱。刘曜是年先于赤壁称汉帝，后徙都长安，改称赵帝，史称前赵。石勒攻破汉都平阳(今山西临汾)，大兴二年(319)十一月自称赵王，定都襄国(今河北邢台)，史称后赵。晋成帝司马衍咸和五年(330)称帝，改元建平。石勒在位期间，为政较为清明。咸和八年(333)七月，石勒病笃，以石虎(石勒之侄)为顾命大臣，命辅太子石弘。石勒旋卒，时年六十，谥明皇帝，庙号高祖。咸和九年(334)十一月，石虎废石弘为海阳王，寻杀之，自称居摄赵天王，徙都于邺(今河北临漳)，后又称帝。此为石勒所未料及。石虎之后，又传二主。晋穆帝司马聃永和六年(350)，石虎养孙石闵(汉人，本姓冉)杀后赵主石鉴(石虎子)，自称皇帝，国号魏，次年(351)又灭称帝于襄国的石祇(石虎子)，后赵亡。石勒所创立之后赵政权凡历五主，共存在三十三年(319～351)。

后赵太祖石虎

石家恶虎放中原，各路诸侯惧不安。
陷阵冲锋人壮勇，屠城灭户事凶残。
心怀二意终承制，手握三军竟篡权。
尽侈穷奢方殒命，萧墙乱起祸绵延。①

【自注

①《晋书·石季龙载记》:石虎字季龙,上党武乡羯人也。名犯唐太祖李虎讳,故唐人修《晋书》,只称其字。石勒从子。因自幼被石勒之父当作儿子抚养,故或称其为石勒之弟。虎性残忍,好驰猎,游荡无度,尤善弹,数弹人,军中以为毒患。虎身手矫健,弓马娴熟,勇冠当时,将佐亲戚莫不敬惮。所为酷虐,军中有勇敢策略与己侔者,辄杀之。至于降城陷垒,不复辨别善恶,尽坑斩之,鲜有遗类。晋成帝司马衍咸和八年(333)七月,虎受石勒顾命,辅佐石弘,然于次年(334)即废杀石弘而自称居摄赵天王,徙都于邺(今河北临漳),后又称帝。石虎在位十六年,于晋穆帝司马聃永和五年(349)病卒。石虎卒后,诸子争立,祸起萧墙,互相残杀。永和六年(350),石虎养孙石闵(汉人,本姓冉)杀后赵主石鉴,自称皇帝,国号魏,次年(351)又灭后赵主石祗于襄国,后赵亡。

前燕太祖慕容皝

龙颜版齿貌非常,振武修文拓故疆。
上表江南尊晋帝,行权塞北号燕王。
崇经尚道开庠序,睦汉敦胡治庙堂。
万里山河终易主,苻坚破邺便沦亡。①

【自注

①《晋书·慕容皝载记》:慕容皝字元真,昌黎棘城鲜卑人也。慕容廆第三子。龙颜版齿,相貌非常,雄毅多权略,尚经学,善天文。西晋怀帝司马炽永嘉元年(307),慕容廆于大棘城(今辽宁义县西北)自称鲜卑大单于,但用晋年号,受晋官爵。慕容廆卒后,慕容皝继立。晋成帝司马衍咸康三年(337),慕容皝自称燕王,建燕国,史称前燕。后迁都龙城(今辽宁朝阳),仍用晋年号,向晋帝称臣。除对外用兵开拓疆土外,慕容皝还团结胡汉,非常重视教育,常亲临庠序考试学生,其通经优异者,擢充近侍。晋穆帝永和四年(348)卒,时年五十二。其子慕容儁继立,迁都于蓟(今北京西南),复迁都于邺(今河北临漳),于永和八年(352)弃晋年号,自称燕皇帝,建元元玺,追尊慕容皝为太祖文明皇帝。慕容儁卒,子慕容暐立。晋废帝太和五年(370),前秦苻坚命王猛攻燕,破邺城。慕容暐出降,前燕亡。慕容皝所创立之前燕政权凡历三主,共存在三十四年(337~370)。

后燕世祖慕容垂

文韬武略胜前贤，伟业丰功惹祸端。
保命全生离邺水，携妻带子入潼关。
骄王败阵伐东晋，宿将兴兵建后燕。
抱病何须侵魏地，亡身已迈古稀年。[①]

自注

①《晋书·慕容垂载记》：慕容垂字道明，前燕太祖文明皇帝慕容皝第五子也。垂在前燕屡立战功，威名大震，进封吴王，位高权重，但深为宗室成员忌恨。慕容评乃谋诛垂，垂惧祸及己，遂离邺城而入长安，投奔前秦主苻坚。淝水之战后，垂至邺城拜谒先人陵墓，镇守邺城之苻丕（苻坚庶长子）命垂与前秦宗室苻飞龙往河南平丁零族翟斌之乱。垂于途中杀苻飞龙，与前秦决裂。东晋孝武帝司马曜太元九年（384），慕容垂自称大将军、大都督、燕王，建元燕元，史称后燕。太元十一年（386），慕容垂称帝，改元建兴，定都中山（今河北定县）。太元二十年（395），垂命太子宝率军八万攻北魏，被魏击败。太元二十一年（396），垂抱病亲率大军往攻，病卒于军中，年七十一。谥成武皇帝，庙号世祖。晋安帝司马德宗义熙五年（409），后燕惠懿帝慕容云（慕容宝养子，高句丽人，本姓高）被其宠臣离班、桃仁等杀死，后燕亡。慕容垂所创立之后燕政权凡历五主，共存在二十六年（384～409）。

西秦烈祖乞伏国仁

鲜卑勇士振精神，纵马弯弓历苦辛。
渡碛翻山离北塞，临川傍水建西秦。
宏图预计千秋业，大位方传四代人。
慕末趋东投魏主，焉知半道作亡魂。[①]

自注

①《晋书·乞伏国仁载记》：乞伏国仁，陇西鲜卑人也。其先人于汉魏时自漠北南出大阴山，徙往陇西并定居于此。前秦主苻坚

时，乞伏国仁受命镇守勇士川。淝水之战后，苻坚为姚苌所杀。东晋孝武帝司马曜太元十年（385），乞伏国仁自称大都督、大将军、大单于、领秦河二州牧，建元建义，筑勇士城（又称“苑川”，在今甘肃榆中东北）为都城，史称西秦。次年（386），前秦主苻登（苻坚族孙）遣使署乞伏国仁苑川王。太元十三年（388），乞伏国仁卒，谥宣烈王，庙号烈祖。其弟乞伏乾归继位，称河南王，迁都金城（今甘肃兰州西北），并于晋安帝司马德宗义熙五年（409）改称秦王。乾归之后，又传二主。南朝宋文帝刘义隆元嘉八年（431）正月，西秦主乞伏慕末（一作“暮末”）因屡为北凉主沮渠蒙逊所侵逼，欲东趋上邽（今甘肃天水），归附北魏，途中为夏主赫连定所阻，退保南安（今甘肃陇西东南）。夏军围攻南安，乞伏慕末出降，不久被杀，西秦亡。乞伏国仁所创立之西秦政权凡历四主，共存在四十七年（385～431）。

后凉太祖吕光

久仕前秦任栋梁，苻坚遇害甚悲伤。
挥师越碛平西域，振旅夺城建后凉。
始见山川诚广阔，终知社稷渐沦亡。
难防祸起萧墙内，地下谁怜太上皇。①

【自注】

①《晋书·吕光载记》：吕光字世明，略阳氐人也。前秦主苻坚统一北方后，命吕光率兵七万，铁骑五千，以讨西域。光下焉耆，破龟兹，西域三十余国陆续归附。东晋孝武帝太元十年（385），苻坚被姚苌所杀，吕光愤怒哀号，三军缟素，率兵东归，入据姑臧（今甘肃武威），自称凉州刺史。太元十一年（386），光自称凉州牧、酒泉公，建元太安，都姑臧，史称后凉。太元十四年（389），光自称三河王，改元麟嘉。太元二十一年（396），光自称天王，改元龙飞。晋安帝隆安三年（399），吕光病笃，立其太子吕绍为天王，自号太上皇帝。不久，吕光病卒，年六十三，其庶长子吕纂杀吕绍自立。隆安五年（401），光弟吕宝之子吕隆又杀纂自立。吕隆以南凉、北凉不断侵逼，内外交困，遂于晋安帝元兴二年（403）降于后秦主姚兴，后凉亡。吕光在位十四年（386～399），卒后谥懿武皇帝，庙号太祖。其所创立之后凉政权凡历三主，共存在十八年（386～403）。

南凉烈祖秃发乌孤

鲜卑后裔气轩昂，马上游民徙四方。
塞北天高宜畜牧，河西地沃利农桑。
三邻擅命咨杨统，二将分头耗吕光。
醉酒伤胁传大弟，穷兵纵武毁南凉。[①]

自注

①《晋书·秃发乌孤载记》：秃发乌孤，河西鲜卑人也。“秃发”即拓跋之异译，其先与北魏同出，自塞北迁河西，称河西鲜卑。居河西约两世纪，部众渐盛，兼事畜牧农桑。至秃发乌孤时，势力大增，初附后凉主吕光。晋安帝隆安元年(397)与吕光决裂，自称大都督、大将军、大单于、西平王，建元太初，史称南凉。其国都则在姑臧(今甘肃武威)、西平(今青海西宁)、乐都(今属青海)三地多次迁徙。秃发乌孤曾向杨统咨询乾归擅命河南，段业阻兵张掖，吕光据地姑臧，欲平陇右，三者何先之事，杨统建议先取吕光，宜遣车骑将军与镇北将军分头袭扰吕光，使其疲于奔命，不出数载，便可坐定姑臧。隆安三年(399)，秃发乌孤因酒坠马伤胁而卒，谥武王，庙号烈祖。大弟秃发利鹿孤、二弟秃发傉檀相继嗣位，皆穷兵黩武，连年征战，致使国力渐衰，难以支撑。晋安帝义熙十年(414)，西秦袭取乐都，秃发傉檀降于西秦，南凉亡。秃发乌孤所创立之南凉政权凡历三主，共存在十八年(397～414)。

南燕世宗慕容德

文皇少子若神人，异兆奇征聚一身。
襄邑伏兵摧晋帅，寿春溃阵背秦君。
滑台建号称燕帝，广固兴邦抗魏军。
地统三齐传二世，南师破垒作亡魂。[①]

自注

①《晋书·慕容德载记》：慕容德字玄明，前燕太祖文明皇帝慕容皝之少子也。母公孙氏梦日入脐中，昼寝而生德。年未弱冠，身长八尺二寸，姿貌雄伟，额有日角偃月重文。博观群书，性清慎，多

才艺。前燕慕容暐时，慕容德曾在襄邑大破东晋桓温北伐之师。慕容暐出降苻坚，前燕灭亡，慕容德亦随徙长安，受到苻坚重用。苻坚在淝水之战中败于寿春，慕容德随其兄慕容垂共建后燕，与前秦主苻坚决裂。后燕慕容宝时，北魏攻破后燕都城中山，慕容宝北奔龙城。驻守邺城之慕容德以邺城难保，遂于东晋安帝司马德宗隆安二年(398)率户四万自邺城徙于滑台(今河南滑县东)，自称燕王，史称南燕。次年，北魏攻破滑台，慕容德东迁广固(今山东青州)，后又自称皇帝。安帝义熙元年(405)，慕容德病卒，时年七十，谥献武皇帝，庙号世宗。其兄子慕容超嗣位。安帝义熙六年(410)，东晋刘裕攻破广固，俘斩慕容超，南燕亡。慕容德所创立之南燕政权凡历二主，共存在十三年(398～410)。

西凉太祖李暠

西州大姓据敦煌，略北攻南日拓疆。
叛晋雄藩皆号帝，兴凉僻镇但称王。
安民济世无苛政，教子督孙有义方。
作赋吟诗明壮志，七传后嗣建新唐。①

【自注

①《晋书·凉武昭王李玄盛传》：李暠字玄盛，小字长生，陇西成纪人也。汉将李广十六世孙，世为西州大姓。少而好学，性沉敏宽和，美器度，通涉经史，尤善文义。及长，颇习武艺，通孙吴兵法。后凉主吕光时，凉州牧段业曾以李暠为效谷令，迁敦煌太守。东晋安帝司马德宗隆安四年(400)，李暠据敦煌自称大都督、大将军、凉公，建元庚子，史称西凉。晋安帝义熙元年(405)，迁都酒泉(今属甘肃)，改元建初，并向晋帝奉表称臣。晋安帝义熙十三年(417)二月，李暠卒，时年六十七，谥武昭王，庙号太祖。李暠之后，其子李歆、李恂相继即位。南朝宋武帝刘裕永初二年(421)三月，北凉主沮渠蒙逊围李恂于敦煌，李恂自杀，西凉亡。李暠所创立之西凉政权凡历三主，共存在二十二年(400～421)。据《旧唐书·高祖本纪》与《新唐书·高祖本纪》载，李暠生李歆，李歆生李重耳，李重耳生李熙，李熙生李天赐，李天赐生李虎，李虎生李昞，李昞生李渊。如此，则创建大唐之唐高祖李渊，乃西凉太祖武昭王李暠之七世孙。

北燕太祖冯跋

大度雄才谨话言，身居险境敢翻天。
始将云主代熙主，终让后燕成北燕。
设序开庠招俊士，忧民济世赐良田。
安知宋氏行阴计，少弟乘虚篡政权。[①]

自注

①《晋书·冯跋载记》：冯跋字文起，长乐信都人也。汉族。幼而谨重少言，宽仁有大度，饮酒一石不乱。仕后燕慕容宝为将军，而因事得罪慕容宝弟慕容熙。及熙继位，秘欲诛跋。东晋安帝司马德宗义熙三年(407)，冯跋杀慕容熙，立慕容宝养子慕容云(高句丽人，本姓高氏)为后燕主。义熙五年(409)，慕容云被其宠臣离班、桃仁等杀死，后燕亡。同年，冯跋又杀离班、桃仁等，自称天王，仍以燕为国号，建元太平，都龙城(今辽宁朝阳)，史称北燕。冯跋在位二十余年，设序开庠，忧民济世，政治较为清明。南朝宋文帝刘义隆元嘉七年(430)，冯跋病笃，命太子冯翼摄国事。冯跋之宋夫人欲立其子冯受居，恶翼听政，乃施阴计，使冯翼还东宫，而矫诏绝内外，冯翼及大臣并不得见冯跋。冯跋少弟冯弘乘机发动宫廷政变，冯跋惊惧而卒。冯弘乃杀太子冯翼与冯跋他子百余人而自立，谥冯跋文成皇帝，庙号太祖。元嘉十三年(436)，北魏攻占龙城，冯弘逃往高句丽，北燕亡。冯跋所创立之北燕政权凡历二主，共存在二十八年(409～436)。

北凉太祖沮渠蒙逊

种隶匈奴气势雄，河西百战走廊通。
光君有意杀渠父，业主无谋害沮兄。
屡见轻兵巡塞外，常闻信使赴关中。
迁延岁月逾三秩，北魏军兴路便穷。[①]

自注

①《晋书·沮渠蒙逊载记》：沮渠蒙逊，临松卢水胡人也。其先世为匈奴左沮渠，遂以官为氏焉。蒙逊博涉群史，颇晓天文，雄杰有

英略，滑稽善权变。晋安帝隆安元年(397)，后凉主吕光杀死沮渠蒙逊的两位伯父(沮渠罗仇、沮渠麹粥)，沮渠蒙逊以会葬为名，起兵反抗吕光，并与从兄沮渠男成推立后凉建康(今甘肃高台西北)太守段业为凉州牧、建康公。隆安五年(401)，段业杀沮渠男成，沮渠蒙逊以为从兄复仇为由起兵，攻破张掖，杀段业，自称大都督、大将军、凉州牧、张掖公，建元永安，史称北凉。后又迁都姑臧(今甘肃武威)，称河西王。沮渠蒙逊屡次出兵，先后击败南凉，消灭西凉，取得酒泉、敦煌，据有河西走廊。同时，又与南朝刘宋政权互通使节。宋文帝刘义隆元嘉十年(433)，沮渠蒙逊卒，年六十六，在位三十三年，谥武宣王，庙号太祖。其子沮渠茂虔(一作"牧犍")继立。元嘉十六年(439)，北魏大军攻姑臧，沮渠茂虔出降，北凉亡。沮渠蒙逊所创立之北凉政权凡历二主，共存在三十九年(401～439)。

宋武帝刘裕

谱系遥连汉楚王，家贫境苦志弥刚。
挥师翦暴除三害，率部伐胡灭二邦。①
再造山河安故帝，重开社稷作新皇。②
多灾晋室沦亡后，四代南朝易主忙。③

【自注

①《宋书·武帝本纪》：刘裕字德舆，小名寄奴，彭城县绥舆里人，汉高帝刘邦弟楚元王刘交之后也。家贫，有大志，不修廉隅。三害：指孙恩、卢循、桓玄。二邦：指鲜卑族慕容德所建立之南燕、羌族姚苌所建立之后秦。

②故帝：指晋安帝。新皇：指刘裕。

③《宋书·武帝本纪》：晋安帝司马德宗元兴二年(403)十二月，桓玄逼安帝退位，自称皇帝，国号楚，改元永始。次年(404)二月，刘裕与刘毅、何无忌等起兵讨杀桓玄，使安帝复位，复年号为元兴三年。元熙二年(420)六月，晋恭帝司马德文禅位于宋王刘裕。刘裕称帝，是为宋武帝，改元永初，国号为宋，都建康。从刘裕代晋称帝，至隋文帝灭陈的一百七十年间(420～589)，南朝经历了宋、齐、梁、陈四个朝代，易主近三十人。

谢灵运

乌衣子弟恃高门，傲物轻时种祸根。[①]
理讼听词无兴趣，寻幽览胜有精神。
当年圣祖为名相，此日贤孙作逆臣。[②]
寡味玄言消退后，模山范水肇端人。[③]

【自注

①乌衣子弟：指谢灵运。东晋时，王谢诸望族集中居于都城建康乌衣巷，其子弟被称为“乌衣子弟”。

②《宋书·谢灵运传》：谢灵运，陈郡阳夏人也。谢灵运之曾叔祖谢安及祖谢玄，在东晋均任要职。灵运恃其高贵门第，养成傲物轻时之习惯，入宋之后，一仍其旧，对为官理政不感兴趣，而特喜寻幽览胜。元嘉八年(431)，宋文帝命灵运为临川内史。不久，被人以谋逆罪弹劾，流徙广州。元嘉十年(433)，在广州被杀，年四十九。

③刘勰《文心雕龙·明诗》云：“宋初文咏，体有因革；庄老告退，而山水方滋。”自魏晋以来，崇尚清谈，反映在诗歌中，则是淡乎寡味之玄言诗大盛。谢灵运写了大量的山水诗，是由玄言诗向山水诗过渡之倡导者和实践者，对山水诗之贡献颇大。

范　晔

禀性聪明貌不扬，通音晓律爱奇装。
精修后史赓前史，细撰文章记典章。[①]
恶孔贪财还附孔，离康附势又拥康。[②]
阴谋废立遭刑戮，未竟鸿篇恨断肠。[③]

【自注

①后史：指范晔所修之《后汉书》。前史：指班固所修之《汉书》。

②孔：指孔熙先。康：指宋武帝刘裕之子彭城王刘义康。

③《宋书·范晔传》：范晔字蔚宗，顺阳人也。刘义康对孔熙先之父孔默之有恩。及义康被黜，熙先欲报恩，乃密结范晔为助。范晔本厌恶孔熙先，且因犯过曾被刘义康左迁其职，对刘义康亦怀怨情，但范晔贪孔熙先之财，又爱其文艺，遂与孔熙先结交，欲拥立刘

义康称帝。元嘉二十二年(445)阴谋泄露,宋文帝刘义隆杀范晔、孔熙先等,晔时年四十八。刘义康废为庶人,六年后赐死。范晔修《后汉书》,只写完十纪、八十列传即被杀,全书无志。现在《后汉书》中的三十志,是南朝梁刘昭把晋人司马彪《续汉书》中的八篇志取出,分为三十卷而补入《后汉书》的。

刘义庆

武帝侄男恰盛年,承恩奉旨嗣临川。
奇闻异事集新语,丽句清词赖故员。
列类分门评雅士,随机应变记玄言。
编成典叙谈何易,又传徐州古圣贤。[①]

【自注

①《宋书·刘义庆传》:刘义庆本为长沙景王刘道邻(武帝刘裕中弟)第二子。刘裕少弟临川烈武王刘道规早死无子,刘裕遂以刘义庆嗣刘道规为临川王。刘义庆撰《世说新语》一书,分门别类记述汉末至刘宋间名人雅士之遗闻轶事,主要为有关人物评论、清谈玄言及机智应对等故事。全书由刘义庆门下文人编写,刘义庆本人之作用主要在组织和主编方面。除《世说新语》外,刘义庆又仿照班固《典引》而著《典叙》,"以述皇代之美"。此外,还著《徐州先贤传》十卷。

齐高帝萧道成

萧何后裔贯兰陵,善武能文喜二经。
位重方开新社稷,权高始御旧公卿。
齐邦众庶承恩惠,宋室王侯受典刑。
两纪江山虽短祚,南朝历史亦留名。[①]

【自注

①《南齐书·高帝本纪》:萧道成字绍伯,小名斗将,本东海兰陵人,晋室南迁,侨置南兰陵,遂为南兰陵人,汉相国萧何二十四世孙也。少从名儒雷次宗受业,专治《礼》及《左氏春秋》二经。升明元年

(477)七月，萧道成杀宋后废帝刘昱，立刘准为帝，是为宋顺帝。萧道成从此总揽朝政。升明三年(479)四月，宋顺帝刘准先封萧道成为齐王，旋即禅位于齐王萧道成。萧道成称帝，是为齐高帝，改元建元，国号为齐，都建康。萧道成所创立之南朝齐政权，凡历七主，共二十四年(479～502)。

祖冲之

承传祖业赖奇人，刻苦攻坚有慧根。
准确求值通算术，精严创历善天文。
驱车省力凭铜键，转碓劳心恃水轮。
伴月陪星留宇宙，千秋雅号免沉沦。①

【自注

①《南齐书·祖冲之传》：祖冲之字文远，范阳蓟人也。祖祖昌、父祖朔之，皆谙熟天文历算。冲之少传家业，历仕宋、齐，在数学、天文历法、机械制造等方面都有重大成就和贡献。为了纪念和表彰祖冲之在科学上的重大成就和贡献，紫金山天文台已把该台发现的一颗小行星命名为“祖冲之”。在月球背面也已有了以祖冲之名字命名的环形山。

谢 朓

禀性聪明志奋强，年犹未冠辅亲王。
高才远埒谢灵运，挚友深交萧子良。
怕死焉能全道义，偷生但可缓时光。①
谈平论仄成新体，水秀山明韵味长。②

【自注

①《南齐书·谢朓传》：谢朓字玄晖，陈郡阳夏人也。齐高帝萧道成建元四年(482)，十九岁之谢朓即为豫章王萧嶷(高帝萧道成次子，武帝萧赜母弟)幕僚。后又为随郡王萧子隆(武帝萧赜第八子)幕僚。竟陵王萧子良(武帝萧赜次子)开西邸，招文学，谢朓与萧衍、沈约、王融、萧琛、范云、任昉、陆倕均为萧子良挚友，号“竟陵八友”。

齐明帝萧鸾(高帝萧道成次兄萧道生之次子)永泰元年(498),明帝为巩固自己非次窃取之权力,已将高帝、武帝二代诸王斩尽杀绝,又将诛杀旧臣王敬则(谢朓岳父)。敬则闻知,暗生反意,其子王幼隆遣徐岳以情告谢朓,使作准备。谢朓惧祸,执徐岳而告发王敬则谋反。王敬则仓促发兵,兵败被杀。谢朓因告发岳父有功,越级升迁,而朓妻(王敬则之女)常怀利刃欲杀朓,朓不敢相见。明帝卒,其子萧宝卷继位,改元永元。萧宝卷昏庸无道,永元元年(499),江祏、江祀兄弟欲废萧宝卷而立始安王萧遥光(明帝萧鸾之侄)为帝,暗中联络谢朓。谢朓又欲告发,江祏、江祀及萧遥光闻知,抢先诬告谢朓煽动内外、妄贬乘舆、窃论宫禁、间谤亲贤、轻议朝宰,于是收谢朓付廷尉,遂死狱中。谢朓两次告密,首次获福,二次招祸。《资治通鉴》胡三省注曰:"谢朓以告王敬则超擢,而死于遥光之手,行险以徼幸,一之谓甚,其可再乎!"

②《南齐书·谢朓传》:谢朓与谢灵运同宗,世称"二谢"。二人对诗歌之主要贡献均在山水诗方面。但谢灵运山水诗中仍有玄言尾巴,而谢朓山水诗则更为纯粹。另外,谢朓为"永明体"之代表诗人,其诗讲究平仄,自成新体。

梁武帝萧衍

雄韬伟略本齐臣,汉相萧何远代孙。
赐号封名多贵士,行权理政少寒人。
尊崇孔孟弘儒道,敬重僧尼奉释门。
可叹当初迎叛将,台城饮恨作亡魂。①

【自注

①《梁书·武帝本纪》:萧衍字叔达,小字练儿,南兰陵中都里人,汉相国萧何之后也。南朝齐宗室,官至雍州刺史,镇襄阳。永元二年(500),萧衍之兄萧懿被齐东昏侯萧宝卷杀害。永元三年(501),萧衍乘齐君臣互相残杀之际,自襄阳举兵东下,攻占建康。十二月丙寅夜,张稷、王珍国斩东昏侯,送首萧衍。次年(502)二月,新即位之齐和帝萧宝融(东昏侯之弟)封萧衍为梁王,旋即禅位于梁王萧衍。萧衍称帝,是为梁武帝,改元天监,国号为梁,都建康。萧衍在位期间,优容士族,少用寒人,尊崇儒道,笃信释教,曾三次舍身同泰寺。太清元年(547)二月,东魏大将侯景降梁,萧衍不顾群臣反对,接纳侯景并委以重任。太清二年(548)八月,侯景举兵反梁。太

清三年(549)三月丁卯,侯景攻陷台城,谒萧衍,名义上仍为梁臣,实际上将萧衍软禁于宫中。此后,萧衍所求多不遂志,饮膳亦为所裁节,遂忧愤成疾。五月丙辰,萧衍卧净居殿,口苦,索蜜不得,遂殂。萧衍在位四十八年(502～549),享寿八十六。谥武皇帝,庙号高祖。

沈　约

文坛领袖幼孤寒,遍览群书与郑笺。
仕历三朝居显位,身经九帝入高年。[①]
辉煌史鉴追班马,烂漫诗情等谢颜。[②]
四调谐和诚可贵,八谈病累甚纷繁。[③]

【自注

①《梁书·沈约传》:沈约字休文,吴兴武康人也。三朝:指南朝之宋、齐、梁。九帝:指宋、齐、梁三朝之十五位帝王。九者,并非实指,言其多而已。沈约生于宋文帝元嘉十八年(441),卒于梁武帝天监十二年(513),享寿七十三,在当时可谓高寿。沈约为当时文坛领袖,著作极丰。史学方面有《晋书》一百一十卷、《宋书》百卷、《齐纪》二十卷、《(梁)高祖纪》十四卷等,其中《宋书》流传至今,为"二十四史"之一。文学方面则有诗文百卷,其中诗歌成就尤高。

②班马:指班固、司马迁。谢颜:指谢灵运、颜延之。

③《梁书·沈约传》:沈约是"永明体"的创始人之一,他把同时人周颙发现的平上去入四种声调用于诗的格律,归纳出比较完整的声律论。另外,沈约还提出"八病"说,即:平头、上尾、蜂腰、鹤膝、大韵、小韵、旁纽、正纽。首倡写诗要避忌以上八中病累。

范　缜

幼历孤寒志不群,通经善礼恶妖氛。
形生体动神方在,体散形消魄岂存。
败化伤风批释教,安邦济世表儒林。
齐梁俊彦知多少,怒斥浮屠赖此人。[①]

【自注

①《梁书·范缜传》:范缜字子真,南乡舞阴人也,师事名儒刘瓛,

博通经术，尤精三礼（《周礼》《仪礼》《礼记》）。缜在齐代，曾事竟陵王萧子良。子良佞佛，而缜盛称无佛，子良不能屈。范缜退论其理，著《神灭论》，提出“神即形也，形即神也，是以形存则神存，形谢则神灭”的形神相即的中心论点，认为人的精神和形体彼此统一，不得分离。至梁代，梁武帝萧衍亦佞佛，曾发动对范缜《神灭论》的围剿批判。范缜不但未屈服，而且对自己的观点进行了更周密深刻之论述，成为现在的《神灭论》。范缜猛烈批判佛教曰：“浮屠害政，桑门蠹俗，风惊雾起，驰荡不休。”认为要安邦济世，只能依靠儒家之道。范缜对形神关系之论述及对佛教之猛烈批判，把古代无神论思想提高到一个新的水平。

陶弘景

精通算历善阴阳，字画棋琴并有光。
炼制金丹增道术，搜寻草药补医方。
心知禅让编图谶，体受尊崇庆庙堂。
位显名高人淡定，山中宰相寿绵长。[①]

【自注

①《梁书·陶弘景传》：陶弘景字通明，丹阳秣陵人也。南朝宋、齐、梁时道教思想家、医药学家。知识渊博，多才多艺。阴阳五行、天文历算、棋琴书画、机械制造、炼丹之术、医药本草，无所不通。齐末隐于茅山，专事著述。与萧衍早有交往，闻萧衍有受禅代齐之议，即编造图谶，数处皆成“梁”字，令弟子献上，并奉表劝进。萧衍即位，是为梁武帝，对陶弘景十分敬重，礼聘不绝，冠盖相望。而陶弘景淡泊名利，不愿出山为官。朝廷每有军国大事，梁武帝辄遣使入茅山咨询，故时人称陶弘景为“山中宰相”。终年八十一，谥贞白先生。

刘　勰

刘勰甫冠便飘零，入寺抄书伴老僧。
久住空门通释典，常观秘本治儒经。
中年已树雕龙志，晚岁方收绣虎名。
沈相推诚扬大著，文心境遇始光明。[①]

【自注

①《梁书·刘勰传》：刘勰字彦和，东莞莒人也。早孤，笃志好学。家贫不婚娶，依沙门僧祐，与之居处，积十余年。其间，既深研佛理，又饱览经史百家之书和历代文学作品。刘勰是南朝齐、梁时期著名的文学理论批评家，代表著作是《文心雕龙》。该书既成，未为时流所称，刘勰自重其文，欲取定于梁相沈约。沈约为文坛领袖，贵盛无比，刘勰无由自达，乃负其书，候约出，干之于车前。沈约取读，大重之，谓深得文理，常陈诸几案。此后，《文心雕龙》始广为人知，流传后世。

钟　嵘

入仕为官未显能，修成大著有佳声。
分阶序次凡三品，论艺谈人过百名。
子建居头诚允当，阿瞒列尾欠公平。
诗文自古难裁判，智水仁山罕定评。[①]

【自注

①《梁书·钟嵘传》：钟嵘字仲伟，颍川长社人也。南朝齐、梁时期著名的诗歌评论家，代表著作是《诗品》。全书除在序言中论述了许多重要的诗歌创作问题外，又在正文的上、中、下三卷中评论了汉魏至齐梁一百二十多位五言诗的作者及其作品。其中列于上卷的十二人定为“上品”，中卷的三十九人定为“中品”，下卷的七十二人定为“下品”。曹植（字子建）被列在上卷，定为上品；而曹操（小字阿瞒）被列在下卷，定为下品。智水仁山：指智者乐水，仁者乐山。智者见道，谓道有智；仁者见道，谓道有仁。见智见仁，看法各异。

萧子显

萧嶷众子俱称贤，笔墨八郎最可观。
屡恃才名轻晚辈，常凭睿智重先鞭。
南齐短制今犹在，后汉长编古未传。[①]
武帝虽曾夸俊士，骄矜谥号赐灵前。[②]

【自注

①《梁书·萧子显传》：萧子显字景阳，南兰陵人，南朝齐豫章文献王萧嶷第八子，齐高帝萧道成之孙也。仕梁，官至吏部尚书。子显性凝简，颇负其才气名声。及掌选，见九流宾客及晚辈后生，不与交言，但举扇一挥而已，衣冠窃恨之。又凭其睿智，凡事皆欲占先一着。然梁简文帝萧纲素重其为人，在东宫时，每与宴饮。子显著有《南齐书》（原称《齐书》或《齐史》，宋人曾巩始加南字，称《南齐书》，以别于唐人李百药所写的《北齐书》）六十卷，至今犹存（佚失一卷，可能为全书序录）。但所著《后汉书》一百卷，早已亡佚失传。

②《梁书·萧子显传》：梁武帝萧衍颇赏识萧子显之才，曾称赞其"神韵峻举，宗中佳器"，说其"可谓才子"。但当萧子显四十九岁去世后，家人请谥时，梁武帝手诏曰："恃才傲物，宜谥曰骄。"

萧　统

心慈面善性宽仁，贯史通经有慧根。
父母台前称孝子，君王殿上许忠臣。
崇儒尚道尊三宝，济世安邦礼万民。
大著方成星陨落，天涯地角悼斯人。[①]

【自注

①《梁书·昭明太子传》：萧统字德施，南朝梁武帝萧衍长子也。天监元年（502）十一月立为皇太子，时二岁。三岁受《孝经》《论语》，五岁遍读五经，悉能讽诵。又崇信三宝（佛教以佛、法、僧为三宝），遍览内典。天性仁孝，宽和容众，明于政务，礼敬万民。引纳才学之士，赏爱无倦。恒自讨论篇籍，或与学士商榷古今，继以文章著述，率以为常。其时东宫有书几三万卷，名才并集，文学之盛，晋宋以来未有也。中大通三年（531）病卒，年三十一，谥昭明。萧统仁德素著，及卒，朝野惋愕。京师男女奔走宫门，号泣满路。四方百姓及边疆之民，闻丧皆恸哭。萧统著述颇丰，有《文集》二十卷、《正序》十卷、《文章英华》二十卷。但影响最大者是其所编《文选》三十卷。《文选》是中国现存最早的诗文总集，共收录先秦至南朝梁代一百三十位作家的五百一十四题作品。

侯景

投朱灭葛露锋芒，久恃高欢霸一方。
邺下生嫌真反叛，石头送款假归降。[①]
围宫犯阙弑梁帝，建号登基称汉皇。
祸害江南凡四载，湘东振武始沦亡。[②]

自注

①邺下：东魏都城，即今河北临漳。石头：南朝梁都城建康，亦称“石头城”，即今江苏南京。

②《梁书·侯景传》：侯景字万景，朔方人，或云雁门人。原为北魏怀朔镇（六镇之一）戍卒。六镇起义时，投降尔朱荣，为镇压葛荣之先锋。后高欢诛灭尔朱氏，侯景又投靠高欢，官至司徒、河南道大行台，统兵十万，专制河南十四年之久。南朝梁武帝太清元年（547）正月，东魏权臣高欢卒，侯景与高欢子高澄有隙，乃于是年二月降梁。太清二年（548）八月，侯景举兵反梁。太清三年（549）三月攻陷台城，五月丙辰，梁武帝萧衍卒。五月辛巳，太子萧纲继位，是为梁简文帝。简文帝萧纲大宝二年（551）八月戊午，侯景废简文帝为晋安王，逼简文帝禅位于豫章王萧栋（梁武帝昭明太子萧统之孙，华容公萧欢之子），改元天正。十月壬寅夜，侯景弑简文帝。十一月己丑，豫章王萧栋禅位于侯景。侯景即皇帝位，国号为汉，改元太始。次年（552）十一月丙子，萧绎（武帝萧衍第七子，简文帝萧纲之弟）即皇帝位于江陵，是为梁元帝，改元承圣。承圣元年（552）二月，梁元帝派大将王僧辩率军东下，与起自岭南之陈霸先会合，三月收复都城建康。侯景东逃，四月，为其部下羊鹍所杀，持续四年的侯景之乱终告平息。湘东：指萧绎，称帝之前为湘东王。

陈武帝陈霸先

陈家社稷取萧梁，水到渠成理自彰。
义士知恩思报主，忠臣赴难念勤王。
方除恶虏屯京口，又立仁君驻建康。
易号登基传五帝，南朝岁月永消亡。[①]

【自注

①《陈书·高祖本纪》:陈霸先字兴国,小字法生,吴兴长城下若里人,汉太丘长陈寔之后也。初为广州刺史萧映中直兵参军,后累官至镇远将军、西江督护、高要太守、督七郡诸军事。侯景叛梁攻陷建康之后,陈霸先谓钟休悦曰:"今京都覆没,主上蒙尘,君辱臣死,谁敢爱命。"于是自广州起兵勤王,受湘东王萧绎节制,至湓城(今江西九江)与萧绎大将王僧辩会师,收复建康,讨灭侯景。灭侯景后,陈霸先被梁元帝萧绎命为扬州刺史,进位司空,镇守京口。承圣三年(554)十一月,西魏攻陷江陵,十二月杀梁元帝。梁敬帝绍泰元年(555)二月,王僧辩与陈霸先迎立晋安王萧方智(梁元帝第九子)至建康,即梁王位,以嗣元帝。五月,王僧辩不听陈霸先劝告,接纳北齐扶植的萧渊明(梁武帝兄长沙王萧懿子,武帝犹子)至建康为帝,废萧方智为皇太子。陈霸先窃叹,谓所亲曰:"武帝子孙甚多,唯孝元能复仇雪耻,其子何罪,而忽废之!吾与王公并处托孤之地,而王公一旦改图,外依戎狄,援立非次,其志欲何所为乎!"九月,陈霸先自京口起兵袭杀王僧辩,废萧渊明,重立萧方智为梁王。十月,萧方智称帝,是为梁敬帝,改元绍泰。梁敬帝太平二年(557)十月,封陈霸先为陈王,旋即禅位于陈王陈霸先。陈霸先称帝,是为陈武帝,改元永定,国号为陈,都建康。永定三年(559)六月丙午,陈霸先殂,年五十七,谥武皇帝,庙号高祖。南朝陈共传五帝,至陈后主陈叔宝祯明三年(589)隋文帝灭陈,延续一百七十年(420～589)之南朝四个朝代,终告结束。

北魏太祖拓跋珪

先人据代早封王,血战苻坚历祸殃。
已叛前秦回故土,方称北魏建新邦。
攻城略地开疆域,立制兴规树典章。
一统承传十四主,东西两帝志沦亡。[①]

【自注

①《魏书·太祖道武帝纪》:拓跋珪,鲜卑族。西晋愍帝司马邺建兴二年(314),鲜卑拓跋部首领拓跋猗卢被封为代王。东晋孝武帝司马曜太元元年(376),前秦主苻坚灭代,代王拓跋什翼犍死,部众离散。淝水之战后,苻秦势力瓦解,被统治之各族纷纷起兵独立。

东晋孝武帝太元十一年(386)正月戊申,拓跋什翼犍之孙拓跋珪重建代国,称代王,建元登国。同年四月,改国号为魏,史称北魏,亦称拓跋魏、元魏、后魏。东晋安帝司马德宗隆安二年(398)十二月己丑,拓跋珪称帝,改元天兴,定都平城(今山西大同东北)。东晋安帝义熙五年(409)十月戊辰,拓跋珪被其次子清河王拓跋绍所杀,时年三十九。其长子拓跋嗣继位后,谥拓跋珪道武皇帝,庙号太祖。拓跋珪之后,又传十三主。南朝梁武帝萧衍中大通六年(北魏永熙三年,即公元534年)八月,北魏孝武帝元修(北魏高祖孝文帝元宏改拓跋氏为元氏)为避权臣高欢,逃往长安,投奔另一权臣宇文泰。十月,高欢另立元善见为帝,都邺(今河北临漳),史称其为东魏孝静帝。逃往长安的元修,年末被宇文泰所杀。次年(535)正月戊申,宇文泰另立元宝炬为帝,都长安(今陕西西安),史称其为西魏文帝。所以,公元534年北魏分裂为东西两部分,标志着北魏实已灭亡。拓跋珪所创立之北魏政权凡历十四主,共一百四十九年(386～534)。

北魏高祖元宏

雄才大略著高名,纬地经天有政声。
易姓迁都更旧制,崇文尚礼倡新风。
衣冠整肃异胡帐,将相雍和同汉廷。
北魏承传十四主,元宏统治最英明。①

自注

①《魏书·高祖孝文帝纪》:元宏,鲜卑族,原名拓跋宏。南朝宋明帝刘彧泰始七年(北魏皇兴五年,即公元471年),即位七载、年甫十八的北魏献文帝拓跋弘厌倦帝位,禅位于长子拓跋宏,自己成为太上皇。年仅五岁的拓跋宏即位,改元延兴,国政由其祖母冯太后主持。太和九年(485),拓跋宏开始亲政。太和十四年(490)冯太后去世,拓跋宏始独揽朝政。太和二十三年(499)宏去世,时年三十三,谥孝文皇帝,庙号高祖。孝文帝在位二十九年,进行了诸多改革:将国都由平城(今山西大同东北)迁至洛阳(今属河南);禁着胡服,改穿汉人服装;朝廷上禁说鲜卑语,改说汉语;凡鲜卑姓氏,均改为汉族姓氏,其中拓跋氏改为元氏,拓跋宏改称元宏;鲜卑贵族在洛阳者,其籍贯均改为河南洛阳等。在北魏的十四位帝王中,高祖孝文帝元宏是最有作为且最为英明的一位君主。

郦道元

入仕为官未显名，深研地理有佳声。
查寻干道观河势，探访支流记水情。
去伪存真勘本志，拾遗补漏注原经。
亲王泄愤施阴计，酷吏泉台恨不平。[①]

【自注

①《魏书·郦道元传》：郦道元字善长，范阳人也。任辅国将军、东荆州刺史时，执法严苛，威猛为治，民诣阙诉其峻刻，称为酷吏，以是免官。未几，复除安南将军、御史中尉，因捕杀汝南王元悦之嬖人丘念而得罪元悦。是时，雍州刺史萧宝夤（南朝齐明帝萧鸾第六子，东昏侯萧宝卷母弟，齐亡后投北魏）反状稍露，元悦遂奏朝廷遣郦道元为关右大使。北魏孝明帝元诩孝昌三年（527）十月，郦道元奉旨行至阴盘驿（今陕西临潼境内），萧宝夤闻之，以为取己，甚惧，长安轻薄子弟复劝使举兵，萧宝夤遂遣其将郭子恢攻杀郦道元。郦道元天性好学，历览奇书，尤精地理之学。我国原有《水经》一书，记述河流水道一百三十七条。郦道元为《水经》作注，经实际考察和校勘旧志，增至一千二百五十条，注文二十倍于原书，成《水经注》四十卷，为我国古代地理学名著之一。

苏　绰

魏室奇才笔若神，摹经拟典胜三分。
宣扬散句非骈体，反对华词是古文。
遍布篇章垂范式，专修诏诰导臣民。
竭心尽力长眠后，首相临丧吊友人。[①]

【自注

①《周书·苏绰传》：苏绰字令绰，京兆武功人也。博览群书，善属文，因从兄苏让荐举，获权臣宇文泰重用。西魏文帝元宝炬大统十年（544），苏绰奉宇文泰之命，作《六条诏书》。同年，又奉宇文泰之命，作《大诰》。自晋代以来，文章竞为浮华，遂以成俗，宇文泰欲

革其弊，故命苏绰作以上二文。这两篇文章，模拟儒家经典，纯属散句古文，将对句骈文排除净尽，为宇文泰反对骈文、倡导古文之革新思想提供了文章范式，在当时以行政命令在全国广为传布。因此，中国古代文学史一般都称苏绰是唐代古文运动之先驱者之一。大统十二年(546)，苏绰病卒，年四十九。宇文泰亲临其丧，举声恸哭。至葬日，又遣使祭以太牢，并自为祭文。

东魏孝静帝元善见

故主西迁宰相忙，清河冢嗣续朝纲。
军权未免归臣子，政柄原非在帝王。
策马奔驰蒙重辱，挥拳打骂受轻伤。
江山半壁称东魏，禅让高齐遇鸩亡。①

自注

①《魏书·孝静帝纪》：元善见，北魏清河文宣王元亶之世子也。永熙三年(534)八月，北魏孝武帝元修为避权臣高欢，逃往长安，投奔另一权臣宇文泰。十月，高欢另立十一岁的元善见为帝，将国都由洛阳迁至邺城(今河北临漳)，史称其为东魏孝静帝。元善见虽为皇帝，但军政大权均在宰相高欢手中。武定五年(547)正月，高欢卒，其长子高澄掌大权，对元善见更是侮辱有加。元善见尝与高澄猎于邺东，驰逐如飞，监卫都督乌那罗受工伐从后呼元善见曰："天子莫走马，大将军怒。"高澄尝侍饮，大举觞曰："臣澄劝陛下酒。"元善见不悦，曰："自古无不亡之国，朕亦何用此活！"高澄怒曰："朕！朕！狗脚朕！"并命崔季舒殴元善见三拳，奋衣而出。武定七年(549)八月辛卯，高澄被其膳奴兰京所杀，其弟高洋继掌大权。武定八年(550)三月，元善见封高洋为齐王。五月丙辰，元善见禅位于齐王高洋，东魏亡。高洋即帝位，改元天保，史称北齐文宣帝，封元善见为中山王。北齐天保二年(551)十二月己酉，高洋使人鸩杀元善见，谥孝静皇帝。元善见卒时年二十八。

北齐高祖高欢

投朱并葛渐辉煌，掌控朝廷制四方。
废立随心更魏帝，征伐率性任齐王。
东西互战皆无义，胜负相参各有伤。
未使生前登大位，追崇庙谥赖高洋。①

【自注

①《北齐书·神武帝纪》：高欢字贺六浑，渤海蓨人也。虽为汉族，但先祖世居北边，生活习俗已鲜卑化。北魏末年，爆发了六镇（北魏在北部边境设立之六个军镇，自西向东依次为沃野镇、怀朔镇、武川镇、抚冥镇、柔玄镇、怀荒镇）起义。高欢先参加葛荣义军，后又脱离义军而投魏将尔朱荣，并助尔朱荣镇压葛荣，收编葛荣部众二十余万人，形成自己的军事势力。普泰元年（531），高欢起兵讨伐内部不合之尔朱氏。永熙元年（532）夺取邺城，进入洛阳，从此专断朝政，掌控四方。永熙三年（534）八月，高欢所立之北魏孝武帝元修为避高欢之威逼，逃往长安，投奔另一权臣宇文泰。十月，高欢另立十一岁之元善见为帝，将国都由洛阳迁至邺城，史称其为东魏孝静帝。逃往长安的元修，当年末即被宇文泰所杀。次年（535）正月戊申，宇文泰另立元宝炬为帝，都长安，史称其为西魏文帝。从此，北魏分裂为东魏和西魏，而掌控东西魏政权者分别是高欢和宇文泰。东魏和西魏进行了十余年的不义之战，各有胜负，互有伤亡。东魏孝静帝元善见武定五年（547）正月丙午，高欢因进攻西魏失利而病卒于晋阳，时年五十二。高欢生前封渤海王，卒后赠齐王。其子高洋取代东魏建立北齐而称帝后，追谥高欢神武皇帝，庙号高祖。

北齐显祖高洋

父逝兄亡已顺承，兴齐灭魏主苍生。
前期奋勉施仁政，后段荒淫纵暴行。
济世安民持正道，为非作恶倡邪风。
迁延六帝归周室，万里山河易姓名。①

【自注

①《北齐书·文宣帝纪》：高洋字子进，高欢次子，高澄母弟。东

魏孝静帝元善见武定五年(547)正月丙午高欢卒，其长子高澄继掌东魏大权。武定七年(549)八月辛卯，高澄被膳奴兰京所杀，其母弟高洋继掌东魏大权。武定八年(550)五月丙辰，元善见禅位于高洋，东魏亡。高阳登基称帝，国号为齐，建都于邺(今河北临漳)，改武定八年为天保元年，史称北齐。高洋在位十年，前期尚能励精图治，济世安民，后期则荒淫无道，作恶多端。天保十年(559)十月甲午，高洋病卒，时年三十一。谥文宣皇帝，庙号显祖。高洋之后，又传五帝，至幼主高恒承光元年(577)，北齐被北周所灭。高洋所创立之北齐政权凡历六主，共二十八年(550～577)。

魏　收

献媚为官列省台，文高品贱两相乖。
酬恩任意虚旌表，抱怨随心乱牴排。
魏史虽然称秽史，收才毕竟号奇才。
褒扬贬抑失公正，毁墓抛尸作制裁。①

【自注

①《北齐书·魏收传》：魏收字伯起，小字佛助，钜鹿下曲阳人也。北魏末至北齐末著名文人，与温子昇、邢子才齐名，世称“三才”。北魏中兴元年(531)曾以散骑侍郎典起居注，并修国史。东魏时期一直参与修国史。北齐取代东魏后，魏收任中书令，仍兼著作郎。天保二年(551)，受诏专修魏史。魏收文高品贱，人称其才而鄙其行。魏收借修史以酬恩抱怨，每言“何物小子，敢共魏收作色，举之则使上天，按之当使入地”。凡对其有恩者，多列史传，饰以美言。夙有怨者，多没其善，肆意牴排。故其所修之《魏书》，虽为“二十四史”之一，但在成书之时，即因随意褒贬而被斥为“秽史”。魏收去世五年后，北齐灭亡。“既缘史笔，多憾于人，齐亡之岁，收冢被发，弃其骨于外。”

北周孝闵帝宇文觉

闵帝心雄自运筹，堂兄顾命反添忧。
途穷日暮亡西魏，水到渠成建北周。

厌见强臣瞻马首，羞谈弱主愧龙头。
宏图未展机谋泄，致使天王作楚囚。[①]

【自注

①《周书·孝闵帝纪》：宇文觉字陁罗尼，代武川人，汉化颇深之鲜卑族，宇文泰第三子也。西魏恭帝拓跋廓（宇文泰掌权时又将鲜卑族元氏恢复为拓跋氏）三年（556）十月己亥，权臣宇文泰临终时，托其侄宇文护辅佐嗣子宇文觉。十二月庚子，拓跋廓禅位于周公宇文觉，西魏亡。次年（557）正月辛丑，宇文觉即天王位，国号周，都长安，史称北周。宇文觉性刚果，见堂兄宇文护专政，深忌之，乃与李植、孙恒、乙弗凤、贺拔提、张光洛五大臣密谋诛宇文护。但因张光洛向宇文护告密，宇文护遂逼宇文觉逊位，将其囚于旧邸，月余，又杀之。宇文觉被杀时年十六，及北周武帝宇文邕诛宇文护后，谥宇文觉孝闵皇帝。宇文觉之后，又传四帝，至静帝宇文衍大定元年（581）禅位于隋文帝杨坚，北周亡。宇文觉所创立之北周政权凡历五帝，共二十五年（557～581）。

庾　信

精通左传擅文名，侍卫东宫有政声。
奉命督师防建业，逃生弃阵奔江陵。
千山可见天中月，万水难闻日下风。
感念乡关悲乱世，铺成二赋最伤情。[①]

【自注

①《周书·庾信传》：庾信字子山，南阳新野人也。幼而俊迈，聪敏绝伦，博览群书，尤精《左传》。为南朝梁东宫学士，领建康令。侯景作乱，梁简文帝萧纲命庾信率宫中文武千余人防守朱雀航。及侯景至，庾信以众先退。台城陷后，信奔于江陵，投奔梁元帝萧绎。承圣三年（554），庾信奉梁元帝之命出使西魏，抵达西魏国都长安不久，西魏攻陷江陵，杀梁元帝。庾信从此被留在长安，历仕西魏、北周，官至骠骑大将军、开府仪同三司，故又称"庾三府"。庾信在北周虽位望通显，颇受尊重，但常有国破家亡之痛和故国乡关之思，乃作赋以致其意，其中最著名者是《哀江南赋》和《枯树赋》。

卷四　隋唐五代时期 87首

韩擒虎

武艺文才本擅长，东南战事更增光。
前锋到处兵逃窜，后队来时将顺降。
帝后闻名皆丧胆，军民望旆俱愁肠。
深宫井内俘陈主，一统山河庆庙堂。①

自注

①《隋书·韩擒虎传》：韩擒虎字子通，河南东垣人也，后家新安。少慷慨，以胆略见称，好读书，经史百家皆知大旨。开皇初年，隋文帝潜有吞并江南之志，以擒虎有文武才用，夙著声名，于是拜为庐州总管，委以平陈之任，甚为陈人所惮。及大举伐陈，以擒虎为先锋，率五百人夜渡采石矶，半日拔姑孰。江南父老素闻其威信，来谒军门，昼夜不绝。陈人大骇，其将樊巡、鲁世真、田瑞及领军蔡徵皆降，余众惊惧而溃散。擒虎入建康，陈后主陈叔宝乃与张贵妃、孔贵嫔匿于宫内井中，终为韩擒虎所俘。隋文帝开皇九年（589）灭陈之后，万里山河归于一统。按，唐人魏徵等撰《隋书》，因避唐太祖李虎讳，故为韩擒虎立传时，省“虎”字，径称“韩擒”。今人始补“虎”字而称“韩擒虎”。

薛道衡

六岁孤儿享盛名，童年著论许公卿。
吟诗表志传南縡，和韵抒怀颂北衡。
暗牖空梁称警句，文高武贺赞良朋。[①]
忠心赤胆歌先帝，惹怒隋炀动缢刑。[②]

【自注

①《隋书·薛道衡传》：薛道衡字玄卿，河东汾阴人也。六岁而孤，专精好学。年十三，讲《左氏传》，见子产相郑之功，作《国侨赞》，颇有词致，见者奇之。北齐后主高纬武平初年，南朝陈宣帝陈顼使傅縡聘北齐，北齐以道衡为主客郎接待之。縡赠诗五十韵，道衡和之，南北称美，著名文人魏收曰："傅縡所谓以蚓投鱼耳。"时江东雅好篇什，陈主尤爱雕虫，道衡每有所作，南人无不吟诵焉。道衡《昔昔盐》诗中之"暗牖悬蛛网，空梁落燕泥"，向称警句。文高武贺：指文臣中之高颎、武将中之贺若弼。二人均为道衡好友。

②《隋书·薛道衡传》：道衡在隋任吏部侍郎时，曾因擢人不当被发配岭表。晋王杨广时在扬州，阴令人讽道衡，从扬州南下，将奏留之。道衡不听，用汉王杨谅之计，出江陵道而去。寻有诏征还，直内史省。晋王杨广由是衔之，然爱其才，犹颇见礼。炀帝嗣位，道衡由襄州总管转番州刺史，岁余，上表求致仕。炀帝谓内史侍郎虞世基曰："道衡将至，当以秘书监待之。"道衡既至，未谢炀帝之恩，却上《高祖文皇帝颂》，大赞隋文帝。炀帝览之不悦。会议新令，久不能决，道衡谓朝士曰："向使高颎不死，令决当久行。"炀帝闻之，怒曰："汝忆高颎邪？"遂令自尽。道衡殊不意，未能引决。宪司重奏，缢而杀之，时年七十。

苏　威

封公拜相作名臣，未忘昭玄荐举恩。
旦奭辛劳安社稷，萧曹誉望满乾坤。[①]
惜人犯怒拦明主，隐盗承欢畏暴君。[②]
变起江都罹战乱，唐初老病渐沉沦。[③]

【自注

①《隋书·苏威传》：苏威字无畏，京兆武功人也。西魏名臣苏绰之子，北周大冢宰宇文护之婿。北周宣帝宇文赟嗣位，拜开府。杨坚称帝建隋，经高颎（字昭玄）举荐，累官至尚书右仆射。至炀帝时，又继杨素为尚书左仆射，居首相之位，进封房公。苏威颇有才能，历任要职，时人喻称其为姬旦、姬奭、萧何、曹参。

②《隋书·苏威传》：隋文帝尝怒一人，将杀之，苏威入阁进谏，不纳。文帝怒甚，将自出斩之，威挡帝前不去。文帝避之而出，威又遮之，文帝拂衣而入。良久，乃召威谢曰："公能若是，吾无忧矣。"隋炀帝大业末年，天下大乱。炀帝尝问侍臣盗贼事，宇文述诡曰："盗贼信少，不足为虞。"苏威不欲诡对，但又知炀帝讳言盗贼，遂以身隐于殿柱后。炀帝呼而问之，威对曰："臣非职司，不知多少，但患其渐近。"

③《隋书·苏威传》：宇文化及在江都杀隋炀帝，以苏威为光禄大夫、开府仪同三司。化及败，威归李密。李密败，威归东都，越王侗以为上柱国、邳公。王世充僭号，署威太师。威自以隋室旧臣，遭逢丧乱，所经之处，皆与时消息，以求容免。及大唐秦王李世民平王世充，威请谒见，称老病不能拜起。李世民拒绝相见。威寻归长安，又请见高祖李渊，亦遭拒绝。唐高祖武德六年（623）病卒，年八十二。

贺若弼

武略文韬耀将门，昭玄荐举志方伸。
十条妙策惊天地，一旅雄师慑鬼神。
仗剑持戈从贺帅，摧枯断朽破陈军。
多言尽忘锥舌训，继父临刑步后尘。[1]

【自注

①《隋书·贺若弼传》：贺若弼字辅伯，河南洛阳人也。少慷慨有大志，骁勇果敢，娴熟弓马，博涉书记，解属文，有重名于当世。隋文帝阴有并江南之志，访可任者，高颎（字昭玄）荐贺若弼，遂拜吴州总管，委以平陈之事。弼献取陈十策，文帝称善，赐以宝刀。及大举伐陈，以弼为行军总管，率甲士八千，偷渡瓜洲，攻拔京口，直抵钟山，击溃陈军主力，生擒陈大将萧摩诃，进入建康。弼自以功高，因未能拜相而不满。文帝贬其为民，后虽复官，却不再受重用。大业

三年(607),弼从隋炀帝北巡至榆林,因与高颎等议论炀帝宴飨突厥启民可汗太过奢侈,为人所奏,遂被杀,时年六十四。贺若弼之父贺若敦,以武烈知名,仕北周为金州总管,宇文护忌而害之。临刑,呼弼谓之曰:"吾必欲平江南,然此心不果,汝当成吾志。且吾以舌死,汝不可不思。"因引锥刺弼舌出血,诫以慎口。然弼竟继其父以舌惹祸而死。

高 颎

壮岁平齐奏凯还,竭忠尽智辅杨坚。
初居相府司军务,后入朝堂主政权。
创业兴邦安社稷,招才揽士举英贤。
伐陈易储乖炀帝,致使冤魂恨九泉。①

自注

①《隋书·高颎传》:高颎字昭玄,一名敏,自云渤海蓨人也。北周时,以平北齐功而拜开府。杨坚主政后,任颎为相府司录。平定举兵反杨坚的相州总管尉迟迥,军还,进位柱国,迁相府司马,成为杨坚最得力之助手。杨坚称帝建隋,以颎为尚书左仆射兼纳言,居首相之位。高颎竭尽全力辅佐隋文帝杨坚,政刑大小,无不筹划,又荐举苏威、杨素、贺若弼、韩擒虎等文武奇才。开皇九年(589)伐陈之役,晋王杨广为全军统帅,高颎为元帅长史,三军之事,皆决断于高颎。及陈平,杨广欲纳陈后主宠姬张丽华,颎曰:"武王灭殷,戮妲己。今平陈国,不宜取丽华。"乃命斩之,杨广甚不悦。隋文帝欲废太子杨勇而立次子杨广为太子,颎曰:"长幼有序,其可废乎!"文帝不悦,杨广更恨之。大业三年(607),高颎从隋炀帝杨广北巡至榆林,因与贺若弼等议论炀帝宴飨突厥启民可汗太过奢侈,为人所奏,遂以讪谤朝政而与贺若弼同日被杀。

刘文静

四海分崩战火连,隋唐大势储胸间。
深谈密事交裴寂,细论实情劝李渊。
敬请番兵临要塞,亲督晋士破雄关。①
勋臣受死因何故,较位争名吐怨言。②

【自注

①《新唐书·刘文静传》：刘文静字肇仁，自言系出彭城，世居京兆武功。隋炀帝大业末年，为晋阳令，与晋阳宫副监裴寂相善。唐公李渊镇太原，文静察李渊与其子李世民有大志，而裴寂颇受李渊信任，遂与裴寂密谋，共劝李渊举兵反隋。义兵起，文静奉命出使突厥，说动始毕可汗遣二千骑兵相助，遂攻破潼关，俘获隋大将屈突通。李渊称帝，拜文静纳言，授民部尚书。

②《新唐书·刘文静传》：文静自以才能过裴寂远甚，又首定举义之策，其功至伟，而职位反居裴寂之下，意甚不平，每论政多与裴寂违戾，由是与寂有隙。文静尝与其弟文起饮酣，出怨言，拔刀击柱曰："当斩寂！"又家数有怪，文起忧之，遂召巫者于夜间披发衔刀，为厌胜之法。文静妾失爱，告其兄上变，文静遂下狱。李世民及群臣救之未果，李渊竟听裴寂之言而杀文静。文静临刑，抚膺叹曰："高鸟尽，良弓藏，果不妄。"时年五十二。

裴 寂

行宫重地戟如林，敢送妃嫔侍故人。
裴寂奉渊尊密友，李渊酬寂报私恩。[①]
功微尚陷刘文静，罪大还求李世民。
幸破山羌平叛乱，方全性命保家门。[②]

【自注

①《新唐书·裴寂传》：裴寂字玄真，蒲州桑泉人也。隋炀帝大业年间，为晋阳宫副监。唐公李渊镇太原，与裴寂有旧，时加亲礼，而裴寂则冒险以晋阳宫人私侍李渊。在刘文静与李世民劝说下，裴寂亦向李渊陈以利害，建议其举兵反隋。李渊称帝，拜裴寂尚书右仆射，后又迁左仆射，赐以服玩，不可胜记，又诏尚食日给御膳，视朝必引与同坐，入阁则延之卧内，言无不从，呼为裴监而不名，当朝贵戚，莫与为比。

②《新唐书·裴寂传》：刘文静之死，与裴寂进谗构陷有关。李世民即位后，浮屠法雅以妖言被诛，辞连裴寂，坐免官，归故里。裴寂请留京师，李世民斥之曰："公勋不称位，徒以恩泽居第一。武德之政，间或弛紊，职公为之。今归扫坟墓，尚何辞？"寂遂归。未几，又与汾阴狂男子信行妖妄案相涉，李世民大怒，乃流放裴寂于静州。

会山羌反，或言劫寂为主。李世民曰：“国家于寂有恩，必不尔。”既而寂率家僮破贼。李世民念寂功，诏入朝，会卒，年六十。

刘武周

弯弓纵马射飞禽，应募征辽建大勋。
划策出谋杀太守，开仓放粟赈贫民。
身登祚位凭狼主，地拓舆图赖虎臣。[1]
待至秦王督战后，逃亡塞外便沉沦。[2]

【自注

①《新唐书·刘武周传》：刘武周，瀛州景城人也。父匡，徙马邑。武周为人骁勇善射，喜交豪杰。初为太仆杨义臣帐下，应募征辽东，以军功授建节校尉。还马邑，为鹰扬校尉。马邑太守王仁恭以其州里之雄，颇爱遇之。久之，因与仁恭侍儿私通，恐事泄，又见天下已乱，乃于隋大业十三年（617）二月与其徒张万岁等十余人设计杀王仁恭，开仓以赈穷乏，驰檄境内，下其属城，得兵万余人，遂自称太守，遣使附于突厥。突厥始毕可汗遗以狼头纛立武周为定杨可汗，武周因僭称皇帝，建元天兴。此后，武周遣其虎将宋金刚（武周妹夫）、张万岁、尉迟敬德等攻城拔寨，扩充地盘，连破唐李仲文、裴寂、齐王李元吉等主帅之大军，关中震动。

②《新唐书·刘武周传》：唐高祖李渊诏秦王李世民督师进讨刘武周。李世民破尉迟敬德于美良川，破宋金刚于雀鼠谷，破刘武周于洺州。尉迟敬德、张万岁等率众降李世民，刘武周、宋金刚北奔突厥。未几，宋金刚背突厥，欲还上谷，为其追骑斩之。武德五年（622），刘武周亦欲谋归马邑，事泄，七月丙申被突厥杀于白道。刘武周自起兵至被杀，凡历六载（617～622）。

窦建德

仗义疏财聚栋梁，揭竿起事勇担当。
仇隋何必悼隋帝，慕夏自能称夏王。[1]
略地攻城先顺利，杀贤拒谏后迷茫。
情形类若三分鼎，有始无终致败亡。[2]

【自注

①《新唐书·窦建德传》：窦建德，贝州漳南人也。世务农，稍有资产。才力绝人，少重然诺，疏财仗义，喜交豪侠，与孙安祖、张金称、高士达等义军首领暗中交结往来。隋炀帝大业七年(611)，建德应募征辽东，行至河间，闻郡县以通贼罪屠灭其家，即率麾下二百人亡归高士达。士达战死，建德为发丧，继统其众，自称将军，兵至十余万。大业十三年(617)正月，建德自称长乐王于河间乐寿，建元丁丑。大业十四年(即唐武德元年，公元618年)十一月，更号夏王，改元五凤。先是，隋将宇文化及杀炀帝于江都，率众西归关中。唐武德二年(619)闰二月，建德大破宇文化及于聊城，生擒宇文化及及其党宇文智及、杨士览等，召隋文武官共临斩之。入谒炀帝萧皇后，语称臣。追谥隋炀帝为闵帝，素服哭炀帝尽哀。隋义成公主(宗室杨谐女)嫁突厥处罗可汗，遣使迎萧皇后及南阳公主(炀帝女，宇文化及弟宇文士及之妻)，建德遣千余骑送之，又传宇文化及首级以献义成公主。

②《新唐书·窦建德传》：窦建德起兵之后，势力发展极快，不久即雄踞河北，与河南王世充、关中李渊形成三足鼎立之势。但后来听信谗言，杀其大将王伏宝，又杀诤臣宋正本，从此，群臣无复进言者，政教渐衰，用兵多不利。唐武德四年(621)三月，李世民进讨洛阳王世充，窦建德统兵十万驰援王世充，与李世民相持于虎牢一带。五月，李世民奇袭成功，夏军溃散，窦建德受重创被俘，七月斩于长安市，年四十九。窦建德自称王至被杀，凡历五载(617～621)。

王世充

奉旨屯兵据洛阳，围歼李密甚嚣张。
逼宫徙殿杀隋帝，篡位夺权僭郑皇。[1]
气傲心高联夏主，途穷日暮跪秦王。
西迁蜀地临行日，遇刺仇家毙道旁。[2]

【自注

①《新唐书·王世充传》：王世充字行满，本姓支，西域胡人也。祖支颓耨徙居新丰而早死。祖母改嫁霸城王氏，父收因冒姓王氏。世充颇涉经史，尤好兵法及龟策、推步，能言巧辩，善伺颜色，深受隋炀帝宠幸。大业十三年(617)，李密之瓦岗军逼近洛阳，炀帝命世充

统率诸军十余万赴洛据守。大业十四年(618)九月在偃师大破瓦岗军，李密走投无路入关降唐，瓦岗军灭亡。此前，隋炀帝于本年三月已被宇文化及杀于江都，留守东都洛阳之越王杨侗(隋炀帝孙，元德太子杨昭第三子)被王世充、元文都、段达、卢楚等拥立为帝，改元皇泰，史称皇泰主。唐武德二年(619)三月，世充矫诏自封郑王。四月，逼杨侗禅位，世充称帝，建元开明，国号郑，幽禁杨侗于含凉殿，五月，鸩杀之。

②《新唐书·王世充传》：唐武德四年(621)三月，秦王李世民率军围困洛阳，王世充向夏王窦建德求援。五月，李世民在虎牢俘获窦建德，示于洛阳城下，世充惶惧，遂出降跪拜李世民。王世充被解至长安，高祖李渊数其罪而赦为庶人，命徙于蜀地。临行，为仇家独孤修德所杀。王世充自篡位称帝至被杀，凡历三载(619～621)。

萧　铣

罗川县令幼孤贫，太子昭明五世孙。
克郡夺州收故地，开元践祚用新人。
朝堂俱赖岑文本，战阵全凭董景珍。①
李帅兵临城下日，牵羊谢罪拜军门。②

【自注

①《新唐书·萧铣传》：萧铣，南兰陵中都里人。高祖为南朝梁昭明太子萧统。曾祖为萧统第三子萧詧，即西魏所扶立之后梁宣帝。祖为萧詧第五子萧岩，开皇初年叛隋降陈，及隋文帝灭陈，诛之。父为萧岩子萧璿，早逝，与隋炀帝萧皇后为同祖堂兄妹或堂姐弟关系(萧皇后曾祖为萧统，祖为萧詧，父为萧詧第三子萧岿)。萧铣少孤贫，佣书自给，事母以孝闻。炀帝时，以外戚(铣为萧皇后堂侄)擢授罗川县令。大业十三年(617)，岳州校尉董景珍、雷世猛等起兵反隋，共推萧铣为主，五日之间，远近投附者数万人。铣遂筑坛告天，自称梁王，建元凤鸣。唐武德元年(618)四月，铣即帝位，国号为梁，由岳州徙都江陵，尽复其曾祖萧詧后梁故地。以岑文本为中书侍郎，掌机密；以董景珍为大司马，掌军事。

②《新唐书·萧铣传》：唐高祖李渊诏李孝恭与李靖讨萧铣。武德四年(621)十月，唐军围困江陵，在岑文本的劝告下，萧铣出城投降，被解于长安斩之，时年三十九。萧铣自称王至被杀，凡历五载(617～621)。

刘黑闼

唐杀夏主惹狂潮，旧部重兴帅帜飘。
义士同心收故地，贫民戮力辅新朝。[①]
秦王率部摧洺水，太子督师破馆陶。
两战强兵遭惨败，饶州遇难叹英豪。[②]

【自注

①《新唐书·刘黑闼传》：刘黑闼，贝州漳南人。少与窦建德友善，且同乡里，家贫无以自给，建德每资其费用。隋末，义军四起，黑闼先从郝孝德，后事李密。李密败，黑闼为王世充所俘，以其武健，使镇新乡。但黑闼对世充不满，乃亡归窦建德。建德称夏王，封黑闼汉东郡公，命其率兵东征西讨，所向克捷，军中号为神勇。唐武德四年（621）五月，窦建德被俘，夏政权灭亡，刘黑闼潜归乡里，杜门不出，以种菜自给。七月，夏王窦建德在长安被杀，其旧将范愿、董康买、曹湛、高雅贤等相与谋曰："夏王于唐固有德，往禽淮安王、同安公主，皆厚遣还之。今唐得夏王，即加害。我不以余生为王复仇，无以见天下义士。"于是共推刘黑闼为主而再举义旗。原建德将士争杀唐朝官吏，贫民亦纷起响应，半年之间，义军尽复窦建德旧境。武德五年（622）正月，刘黑闼自称汉东王，改元天造，定都洺州（今河北永年东南）。

②《新唐书·刘黑闼传》：武德五年（622）三月，秦王李世民与刘黑闼决战于洺水。战斗正激之时，世民决洺水堰，义军被淹而溃败，黑闼率残部奔突厥。六月，黑闼再起，旬日间，尽复故地，再都洺州。十二月，唐太子李建成、齐王李元吉与刘黑闼决战于馆陶，黑闼兵败逃走。武德六年（623）正月己卯，刘黑闼逃至饶州，其所署饶州刺史诸葛德威诱执黑闼，举城降唐。黑闼被送诣太子，斩于洺州。刘黑闼自称王至被杀，凡历二载（622～623）。

辅公祏

偷羊盗豕济贫穷，佐杜诚心任股肱。
主帅年轻为义弟，从官岁长是仁兄。
归朝太保情犹顺，守镇国公意不通。
逆拒潮流重起事，亡身负友恨苍穹。①

【自注

①《新唐书·辅公祏传》：辅公祏，齐州临济人也。隋大业七年(611)与挚友杜伏威一同聚众起义，为副帅，是伏威最得力之助手。伏威降唐，拜太保，封吴王，公祏封舒国公。公祏年长，伏威每兄事之，军中呼公祏为辅伯，尊礼敬畏与伏威略等。伏威稍忌之，乃署养子阚稜为左将军，王雄诞为右将军，推公祏为仆射，外示尊崇，实夺其兵权。公祏知其意，内心怏怏不平，乃与故人左游仙伪学辟谷以自晦。伏威将入朝，以公祏为留守，复令王雄诞握兵以副公祏，阴谓雄诞曰："吾至京不失职，无容公祏为变。"伏威入朝后，颇受唐廷尊重，毫无反意。而辅公祏在左游仙唆使下，于武德六年(623)八月诈称奉伏威之命起兵反唐，并杀王雄诞，寻称帝于丹阳，国号宋。武德七年(624)三月，唐军击破公祏主力，公祏逃亡被执，枭首丹阳。杜伏威在二月亦受辅公祏牵连而被冤杀于长安。

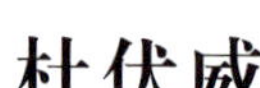

杜伏威

世乱家贫性好强，虽为盗首不贪赃。
合苗破宋观风向，斩赵摧陈忍箭伤。①
始附杨家封楚地，终投李姓号吴王。
公祏矫命重谋反，致使伏威饮恨亡。②

【自注

①《新唐书·杜伏威传》：杜伏威，齐州章丘人也。少豪荡落拓，家贫不治产业，与里人辅公祏为刎颈交。公祏数盗姑家羊以馈伏威，郡县捕之急，二人乃于隋大业七年(611)亡命江湖，聚众起义。伏威时年十六，多智计，善谋划，常营护众人，凡事出则居前，入则殿后，其党咸服，共推为主。大业九年(613)率众投长白山左君行，不

被礼遇，遂离去，转略淮南。不久，合并下邳义军苗海潮部，观测风向，用火攻大破隋将宋颢。又斩杀海陵义军首领赵破阵而并吞其众，忍箭伤而大破隋将陈稜。此后，江淮间反隋武装争相归附。伏威自称总管，以辅公祏为长史，徙治丹阳。

②《新唐书·杜伏威传》：大业十四年(618)三月，宇文化及杀炀帝于江都，任伏威为历阳太守，伏威不受，却主动上表洛阳，归附皇泰主杨侗，接受杨侗所封之东南道大总管、楚王等官爵。唐武德二年(619)，伏威降唐，次年被封为吴王。武德五年(622)七月，伏威自请入朝，以辅公祏为留守。唐拜伏威太子太保，仍兼行台尚书令，留长安。武德六年(624)八月，辅公祏诈称受伏威之命而反。武德七年(624)二月，杜伏威在长安被杀，时年二十九。贞观元年(627)，太宗李世民知伏威之冤，复其官爵，以公礼葬之。

李延寿

陇右豪门徙邺城，修成二史耀双星。
南称北虏非佳号，北谓南夷是丑名。
去冗删繁文简练，拾遗补漏事丰盈。
八朝纪传多新意，指谬纠偏获好评。[①]

自注

①《新唐书·李延寿传》：李延寿，本陇西著姓，世居相州(即邺城)，唐初史学家，撰成《南史》与《北史》两部著名史书。初，延寿父李大师多识前代旧事，常以南朝之宋、南齐、梁、陈与北朝之魏、北齐、周、隋，南北分隔，互相仇视，南书谓北为“索虏”，北书指南为“岛夷”，且其史书记本国事详，记他国事略，褒贬亦多失实，故欲改正。李大师有意仿《春秋》而以编年体记述南北朝史事，书未成而死。李延寿继承父志，仿《史记》而以纪传体完成《南史》与《北史》。《南史》起于宋武帝刘裕永初元年(420)，终于陈后主陈叔宝祯明三年(589)，记述南朝宋、南齐、梁、陈四个朝代共一百七十年之历史。《北史》起于魏道武帝拓跋珪登国元年(386)，终于隋恭帝杨侑义宁二年(亦即隋炀帝杨广大业十四年，唐高祖李渊武德元年，公元618年)，记述北朝魏、北齐(包括东魏)、周(包括西魏)、隋四个朝代二百三十三年之历史。与各朝原史书相较，《南史》与《北史》既有删节，又有增益，且褒扬贬抑、指谬纠偏亦较恰当，是两部颇有特色之史书。

李百药

久仕杨隋入李唐，身经战乱屡遭殃。
今朝奉旨修齐史，往岁乘机劝楚王。[①]
作赋东宫箴太子，吟诗内殿和文皇。
名传四海人崇敬，盛世忠臣鹤寿长。[②]

【自注

①《旧唐书·李百药传》：李百药字重规，定州安平人也。幼多病，祖母赵氏以“百药”名之。久仕于隋，隋末先后被沈法兴、李子通、杜伏威强署伪职。会唐高祖李渊遣使招杜伏威，百药乘机劝伏威（时被隋皇泰主杨侗封为楚王）降唐。伏威曾欲害百药，饮以石灰酒，百药因大泻痢，而宿病皆除。伏威归朝后又作书与辅公祏令杀百药，赖王雄诞保护得免。辅公祏复反被灭后，百药始正式仕唐。唐太宗李世民即位后，百药任中书舍人，受诏在其父李德林《齐书》基础上撰《北齐书》。

②《旧唐书·李百药传》：李百药为太子右庶子时，曾针对太子李承乾戏媟无度而作《赞道赋》以讽劝，颇为唐太宗所赏识。太宗（谥曰文皇帝）曾作五言诗《帝京篇》十首，命百药和作而叹其工。李百药于贞观二十二年（648）卒，年八十四，在当时可谓长寿。

令狐德棻

大髻高冠释理由，谈王论霸道春秋。[①]
惟求笔录千年史，不想爵封万户侯。
起例重修司马晋，担纲首撰宇文周。
唐初典制多参定，曼寿如松壮志酬。[②]

【自注

①《旧唐书·令狐德棻传》：令狐德棻，宜州华原人也。唐高祖李渊曾问德棻曰：“比者，丈夫冠、妇人髻竟为高大，何也？”德棻对曰：“在人之身，冠为上饰，所以古人方诸君上。昔东晋之末，君弱臣强，江左士女，皆衣小而裳大。及宋武正位之后，君德尊严，衣服之

制，俄亦变改。此即近事之征。"高祖然之。又唐高宗李治曾问德棻曰："何者为王道、霸道？又孰为先后？"德棻对曰："王道任德，霸道任刑。自三王已上，皆行王道；惟秦任霸术，汉则杂而行之；魏晋已下，王霸俱失。如欲用之，王道为最，而行之为难。"高宗甚悦。

②《旧唐书·令狐德棻传》：令狐德棻曾建议唐高祖修撰梁、陈、齐、周、隋五朝之史，高祖纳其议，但时过数年，竟不能就而罢。唐太宗贞观三年(629)，李世民复诏修五朝之史，并指定德棻与岑文本修周史。贞观十年(636)修成，即记述北朝宇文周一代历史之纪传体史书《周书》。贞观二十年(646)，太宗又诏重修司马晋之史，以房玄龄总监其事。参修者十八人，以令狐德棻为首，其体制类例多取决焉。德棻暮年犹勤于著述，国家凡有修撰，无不参与。唐高宗乾封元年(666)卒，年八十四，可谓松龄曼寿。

王 绩

纵酒为官互若仇，权衡利弊隐孤洲。
难堪礼乐囚姬旦，不忍诗书缚孔丘。
气类陶公同阮氏，心仪李耳并庄周。
今形古式悉浑厚，野望诚开五律头。[①]

自注

①《新唐书·王绩传》：王绩字无功，绛州龙门人也。生性简放，不喜拜揖，嗜酒如命，不喜为官。隋大业年间曾两次出仕，皆因与纵酒天性牴牾而弃官归隐。向慕陶潜、阮籍之为人，喜读《老子》《庄子》诸书。不喜儒家之礼乐诗书，曾在《赠程处士》诗中说："礼乐囚姬旦，诗书缚孔丘。"王绩之诗，无论今体(即近体诗，亦即格律诗)，还是古体，意境均甚浑厚。其中《野望》一诗，是最早出现之成熟的五言律诗之一，广为传诵。

张柬之

制举头名享誉长，谈丧大著更增光。[①]
逼宫禅位终周武，护主登基复李唐。[②]
正士收功方拜相，奸人陷罪又封王。
明升暗降犹勤政，再贬新州饮恨亡。[③]

【自注

①《旧唐书·张柬之传》:张柬之字孟将,襄州襄阳人也。中进士第。武则天永昌元年(689)以六十五岁高龄应制举贤良科,时对策者千余人,而柬之登头名。拜监察御史,迁凤阁舍人。时弘文馆直学士王元感著论云:"三年之丧,合三十六月。"柬之著论驳之曰:"三年之丧,二十五月,不刊之典也。"时人以柬之所驳,颇合于礼典。

②《新唐书·张柬之传》:经狄仁杰与姚崇先后推荐,武则天于长安四年(704)拜张柬之为相。时武则天已病,居长生殿,数十日不见宰相,唯宠臣张易之、张昌宗侍疾左右,弄权用事。神龙元年(705)正月癸卯,张柬之与崔玄暐、敬晖、桓彦范、袁恕己密谋,说动右羽林卫大将军李多祚等,在姚崇支持下,奉太子李显入宫诛杀二张,逼武则天禅位。正月乙巳,武则天传位于李显。丙午,李显重即帝位。二月甲寅,复国号为唐。

③《新唐书·张柬之传》:唐中宗复位,张柬之与崔玄暐、敬晖、桓彦范、袁恕己并以功拜相。但武三思等仍当权用事,与中宗韦皇后勾结,共同谮毁张柬之等五人。神龙元年(705)五月,五人同时罢相,又同时封王(史称"五王",柬之封汉阳王),明升暗降,离开朝廷。柬之出为襄州刺史,神龙二年(706)六月,贬为新州司马,寻忧愤而卒,年八十二。

骆宾王

善作歌行敢放言,长诗喜赋帝京篇。
从戎数载流西域,入幕多年戍北滇。
举事欣逢徐敬业,为文怒斥武则天。
全军溃败人何在,聚讼千秋亦枉然。①

【自注

①《新唐书·骆宾王传》:骆宾王,婺州义乌人也。少善赋诗属文,尤擅七言歌行,尝作长诗《帝京篇》,当时以为绝唱。唐高宗咸亨元年(670),因事被谪,从军西域。数年之后,又到川滇一带从军,为姚州道大总管李义掌书檄。嗣圣元年(684)二月,武则天废唐中宗李显为庐陵王,改立李旦为傀儡皇帝(即唐睿宗),政权全部落入武则天之手。骆宾王当时客居扬州,遇到了因贬官而聚于扬州之李敬业、李敬猷兄弟及唐之奇、杜求仁等人。李敬业是唐开国功臣李勣

(本姓徐,名世勣,字懋功,因避太宗讳,改单名为勣,后赐皇姓,遂称李勣)之孙,袭李勣英国公爵位。嗣圣元年(684)九月,李敬业以恢复唐中宗李显之帝位为号召,在扬州起兵反武则天。骆宾王参与其事,并写了《代李敬业传檄天下文》,数武则天之过恶。同年十一月,李敬业兵败,骆宾王下落不明,或云被杀,或云投江而死,或云落发为僧,千余年来,聚讼纷纭,莫衷一是。

狄仁杰

狄公孝悌久闻名,屡犯龙颜有正声。
且供虚词瞒酷吏,重勘逆案救苍生。①
忠周信守君臣义,复李详陈母子情。
力荐贤才为宰相,兴唐黜武定朝廷。②

【自注

①《新唐书·狄仁杰传》:狄仁杰字怀英,并州太原人也。武则天天授二年(691)为宰相,次年为酷吏来俊臣诬陷而下狱。为免酷刑加身而致死,仁杰暂且供认:"有周革命,我乃唐臣,反固实。"后设计送信于家人,其子狄光远持信上变,武则天知其冤,乃免死。当时同被诬陷之凤阁侍郎任知古等七族,经重新勘问后,亦得无罪释放。

②《新唐书·狄仁杰传》:圣历元年(698),武则天欲以其侄武三思为太子,以问宰相,众莫敢对,仁杰曰:"臣观天人未厌唐德。比匈奴犯边,陛下使梁王三思募勇士于市,逾月不及千人。庐陵王代之,不浃日,辄五万。今欲继统,非庐陵王莫可。"久之,又召仁杰问之,仁杰对曰:"文皇帝身蹈锋镝,勤劳而有天下,传之子孙。先帝寝疾,诏陛下监国。陛下掩神器而取之,十有余年,又欲以三思为后。且姑侄与母子孰亲?陛下立庐陵王,则千秋万岁后常享宗庙;三思立,庙不祔姑。"武则天感悟,遂迎庐陵王李显还京,复为太子。狄仁杰又向武则天推荐张柬之、敬晖、姚崇等中兴名臣。后在诸臣努力下,神龙元年(705)正月乙巳,武则天终于传位于太子李显。丙午,李显重即帝位。二月甲寅,复国号为唐。

王　勃

神童有幸诞名门，继祖承先有慧根。
杜府佳联称律体，滕阁妙句许骈文。①
杀奴犯法连亲父，傲物乖时毁自身。
岂料南游人不返，苍茫大海葬诗魂。②

自注

①《新唐书·王勃传》：王勃字子安，绛州龙门人也。祖王通乃隋代著名学者，叔祖王绩乃唐初著名诗人，父王福畤亦能撰述。勃六岁善属文，构思无滞，词情英迈，号为神童。王勃五律《送杜少府之任蜀州》诗中有“海内存知己，天涯若比邻”两句，向称佳联。其《滕王阁序》则是脍炙人口之骈文名篇。

②《新唐书·王勃传》：王勃任虢州参军时，恃才傲物，为同僚所嫉。有官奴曹达犯罪，勃匿之，又惧事泄，乃杀达以灭口。事发当诛，会赦除名。时勃父王福畤为雍州司功参军，坐勃左迁交趾令。唐高宗李治上元二年（675）或三年（676），勃往交趾省父，渡海堕水而卒，年二十七八。

姚　崇

战报军书腹内藏，谁能下笔立成章。
身居宰相扶三帝，力佐臣工戮二张。①
建议明君行恕政，排除怪论灭飞蝗。②
裁僧减寺兴薄葬，首创开元启盛唐。③

自注

①《新唐书·姚崇传》：姚崇字元之，陕州硖石人也。中“下笔成章”科制举，迁夏官郎中。时契丹陷河北数州，兵檄丛进，军务填委，崇奏决若流，皆有条贯。武则天甚奇之，累擢为宰相。睿宗、玄宗时，亦曾为相。二张：指武则天宠臣张易之、张昌宗。参见《张柬之》自注②。

②《新唐书·姚崇传》：开元四年（716），山东蝗虫大起，时百姓皆烧香礼拜，设祭祈恩，坐视蝗虫食苗而不敢捕。姚崇上奏批驳迷

信怪论，力主人工灭蝗，并派御史为捕蝗使，分道杀蝗，蝗害终息。明君：指唐玄宗李隆基。

③《新唐书·姚崇传》：崇曾向玄宗建言，应沙汰僧尼，命伪滥者归农。临终时又诫其子孙勿营佛事并嘱以薄葬。开元九年(721)卒，年七十二。唐之宰相，前称房(玄龄)、杜(如晦)，后称姚(崇)、宋(璟)。姚崇实为首创开元盛世之一代名相。

来俊臣

冒姓狂徒甚劣顽，诬良酷吏任秋官。
阴施诡计编凭证，巧具深文定罪愆。
血肉模糊人叫苦，尸骸枕藉鬼鸣冤。
则天洞晓真情日，戴锁披枷斩市廛。①

【自注

①《新唐书·来俊臣传》：来俊臣，京兆万年人也。其父来操，本为博徒，与里人蔡本相善。蔡本因博负操债数十万无以偿还，操因纳本妻。本妻先已妊，入操门而生俊臣，遂使冒姓来氏。俊臣天性残忍，凶顽恶劣，专司纠察刑狱之事，为恶名昭著之酷吏。俊臣与其属朱南山、万国俊等作《告密罗织经》一篇，专门介绍告密诬陷、罗织罪名之经验。又动用各种刑具，严刑逼供。前后破千余家，冤死者甚众。武则天万岁通天二年(697)六月，来俊臣欲罗织罪名诬告武氏诸王及太平公主谋反，又欲诬告皇嗣李旦及庐陵王李显与南北牙同反。诸武及太平公主恐惧，共发来俊臣之罪于武则天。六月丁卯，斩来俊臣于市。

宋之问

弱岁能诗早著名，龙门应制冠公卿。
谈平论仄遵声韵，对句粘联定体型。①
恃武拥周积孽债，兴唐复李处流刑。
钦州饮鸩难消罪，地下希夷有怨情。②

【自注

①《新唐书·宋之问传》：宋之问字延清，又名少连，汾州人也

（《旧唐书·宋之问传》称其为虢州弘农人）。弱岁知名，尤善五言诗，当时无出其右者。武则天游洛阳龙门，诏从臣赋诗。左史东方虬诗先成，则天以锦袍赐之。俄顷之问诗成，则天称其词愈高，遂夺虬锦袍以赐宋之问。宋之问与沈佺期齐名，时称“沈宋”，是律诗定型之代表人物。

②《新唐书·宋之问传》：宋之问文高品贱，天下皆丑其行。武则天时，倾心媚附张易之，易之所赋诸诗，多为之问代作，至为易之奉溺器。唐中宗时，复谄事武三思、太平公主、安乐公主等权贵。唐睿宗即位，以罪流放钦州，旋赐死。又据《唐才子传·刘希夷》载，刘希夷曾有一联诗曰：“年年岁岁花相似，岁岁年年人不同。”其舅宋之问酷爱此联，“知其未传于人，恳求之，许而竟不与。之问怒其诳己，使奴以土囊压杀于别舍”。故时人言宋之问之死，乃其甥刘希夷之报也。

陈子昂

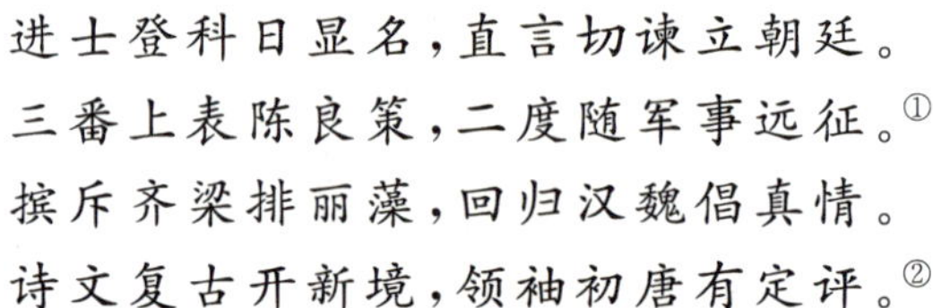

进士登科日显名，直言切谏立朝廷。
三番上表陈良策，二度随军事远征。[①]
摈斥齐梁排丽藻，回归汉魏倡真情。
诗文复古开新境，领袖初唐有定评。[②]

自注

①《新唐书·陈子昂传》：陈子昂字伯玉，梓州射洪人也。唐睿宗李旦文明元年（684）中进士。其人敢于直言切谏，曾多次向武则天上表，陈述内政外交之良策，又先后随左补阙乔知之与建安王武攸宜从军远征。

②《新唐书·陈子昂传》：“唐兴，文章承徐、庾余风，天下祖尚，子昂始变雅正。初，为《感遇诗》三十八章，王适曰：‘是必为海内文宗。’乃请交。子昂所论著，当世以为法。”

贺知章

诗书作品广流传，荐引还凭陆象先。
睿智诙谐君侧士，逍遥放旷酒中仙。[①]

春风剪柳裁新叶，暮岁还乡逝旧颜。[②]
满目红尘悉看破，千秋观里尽余年。[③]

【自注

①《新唐书·贺知章传》：贺知章字季真，越州永兴人也。诗歌书法俱佳，作品广为流传。性放旷，善谈笑。因族姑子陆象先荐引而入朝为官，历武则天、唐中宗、唐睿宗、唐玄宗诸帝。好饮酒，杜甫《饮中八仙歌》列知章为"饮中八仙"之首。

②贺知章《咏柳》诗中有"不知细叶谁裁出，二月春风似剪刀"两句。《回乡偶书》诗中有"少小离家老大回，乡音无改鬓毛衰"两句。此二诗是贺诗中流传最广者。

③《新唐书·贺知章传》：唐玄宗天宝初，知章请为道士还乡里，诏许之，以其故宅为千秋观而居。又求周观湖数顷为放生池，有诏赐镜湖剡川一曲。擢其子曾子为会稽郡司马，使侍养，幼子亦听为道士。天宝三年(744)卒，年八十六。

刘知几

痴迷左氏喜钻研，久在兰台任主官。
事纬人经方创纪，时经地纬始编年。
成文细考夸丘马，搦管直书赞董南。
俱备三长修大著，详评史传辨媸妍。[①]

【自注

①《旧唐书·刘子玄传》：刘知几字子玄，彭城人也。因避唐玄宗李隆基嫌名(知几之"几"与隆基之"基"，字音相近)，故唐时以字行。幼痴迷《左传》，入仕后长期任史官，精熟纪传、编年诸体史籍，曾云："鲁汉之丘明、子长，晋齐之董狐、南史，咸能立言不朽，藏诸名山。"又自撰我国古代首部系统之史学评论著作《史通》，详论诸家史书之优劣得失。特别提出史家须具备三长，即：史才、史学、史识。三者必须兼备，而史识最为重要。时人以为笃论。

宋璟

身陪四帝立朝堂，两任宗臣肃纪纲。
凛冽刚风摧佞武，威严正气慑奸张。①
为官必欲清刑政，选士惟求固栋梁。
继创开元臻盛世，姚崇宋璟并辉煌。②

【自注

①《新唐书·宋璟传》：宋璟，邢州南和人也。历事武则天、唐中宗、唐睿宗、唐玄宗四帝，而为睿宗、玄宗两朝人所宗仰之宰相大臣（宗臣）。佞武：指武三思。奸张：指张易之、张昌宗兄弟。二张为武则天宠臣，三思为唐中宗宠臣，皆恃宠为恶，无所畏惧，然面对凛冽威严之宋璟，皆为其刚风正气所慑服。

②《新唐书·宋璟传》：宋璟为相务清刑政，选士任贤意在栋梁。刚正过于姚崇，玄宗素所尊惮，常屈意听纳。故唐史臣称姚崇善应变以成天下之务，宋璟善守文以持天下之正。二人道不同，而同归于治，此天所以佐唐而使中兴也。开元二十五年（737）卒，年七十五。

张说

制举登科侍九重，失官敢救魏元忠。①
招贤纳士兴文治，破虏驱胡建武功。
拜相三番为政首，传名万代是词宗。
燕公手笔闻天下，墓志碑铭盖世雄。②

【自注

①《新唐书·张说传》：张说字道济，又字说之。原籍范阳，世居河东，后徙洛阳。武则天永昌元年（689），登制举贤良方正科头名，从此进入仕途。张易之、张昌宗兄弟构陷魏元忠谋反，引说令证其事，说廷对“元忠无不顺言”，元忠免诛，而说以忤则天旨流钦州。

②《新唐书·张说传》：张说于睿宗时一度拜相，玄宗时两度拜相，封燕国公，文治武功，彪炳史册。又掌文学之事凡三十年，为开元前期一代词宗，与许国公苏颋齐名，号称“燕许大手笔”，朝廷典

制，多出其手。尤擅碑文墓志，当时无出其右者。

张九龄

文才政见两齐全，弱冠登科任谏官。
海上天涯传警句，拾遗补漏献箴言。[①]
防奸不允李林甫，去患当诛安禄山。
护佑诗坛居首相，君臣并力创开元。[②]

【自注

①《新唐书·张九龄传》：张九龄字子寿，韶州曲江人也。幼聪敏，善属文，弱冠举进士。任左拾遗与左补阙时多有建树。其《望月怀远》诗中之"海上生明月，天涯共此时"，向称名句。

②《新唐书·张九龄传》：张说为相时，亲重张九龄，与通谱系，称誉其为"后出词人之冠"。经张说举荐，九龄累官至宰相。他曾屡拂李林甫之意，不允其所请，又多次举发安禄山，劝玄宗及早诛之。张九龄继张说之后，为开元名相与一代文宗，王维、孟浩然、王昌龄、钱起等均曾受其奖掖与关怀。

王之涣

弱岁穷经善属文，轻名淡利豁胸襟。
从禽纵马阳关外，痛饮高歌易水滨。[①]
县尉成诗非六首，旗亭画壁是三人。
黄河远上堪压卷，白日依山举世闻。[②]

【自注

①王之涣之生平事迹湮没不显，今据《唐故文安郡文安县尉太原王府君墓志铭》及《唐才子传·王之涣》等零星记载，大体可知：王之涣字季陵，太原人。幼而聪明，秀发颖悟，未及弱冠，已穷经善文。慷慨倜傥，轻名淡利，从禽纵酒，击剑悲歌。只短暂出任衡水县主簿及文安县尉二职。在家闲居时，曾游西北边塞及幽蓟等地。

②王之涣之诗，现仅六首绝句存于《全唐诗》中，揆情度理，当非全豹，亡佚者甚多。关于"旗亭画壁"，唐薛用弱《集异记》卷二记之甚详，略曰：开元中，诗人王昌龄、高适、王之涣齐名。一日，三人共

诣旗亭（酒楼）小饮，俄有妙妓四人至，皆当时名伶。三人私相约曰：我辈各擅诗名，每不自定甲乙。今观诸伶所讴，诗人歌词多者为优。俄而，一伶唱“寒雨连江夜入吴，平明送客楚山孤……”，昌龄引手画壁曰：“一绝句！”又一伶唱“开箧泪沾臆，见君前日书……”，适则引手画壁。又一伶唱“奉帚平明金殿开，且将团扇共徘徊……”，昌龄又引手画壁曰“二绝句”。之涣自以得名最久，因谓二人曰：“前三伶皆潦倒之辈，所唱皆下里巴人之词，非阳春白雪之曲。”因指诸伶之中最佳者曰：“待此子所唱，如非我诗，吾即终身不敢与子争衡矣！脱是吾诗，子等当须列拜床下，奉吾为师！”因欢笑而俟之。须臾，最佳之伶唱曰：“黄河远上白云间，一片孤城万仞山。羌笛何须怨杨柳，春风不度玉门关。”之涣即揶揄二子，曰：“田舍奴！我岂妄哉？”因大谐笑。王之涣此诗题为《凉州词》，而“白日依山尽，黄河入海流。欲穷千里目，更上一层楼”之诗题为《登鹳雀楼》。此二诗均为王之涣代表作。

孟浩然

红颜不肯拜权臣，皓首依然是素身。
道契方能交挚友，时乖未可怨明君。
揆情宁爽封疆吏，守义还亲避世人。
性好风骚留典册，州亭画像表诗魂。[①]

【自注

①《新唐书·孟浩然传》：孟浩然字浩然，襄州襄阳人也。不喜结交权贵，政治上困顿失意，以隐士终其身。李白《赠孟浩然》诗赞其：“红颜弃轩冕，白首卧松云。”年四十，游京师，尝于太学赋诗，一座叹服，无敢抗者，张九龄、王维雅称道之。王维尝私邀其入内署，俄而玄宗至，浩然匿床下，维以实对。玄宗诏浩然出而问其诗，浩然再拜而自诵其诗，至“不才明主弃”之句，玄宗曰：“卿不求仕，而朕未尝弃卿，奈何诬我？”因放还。襄州采访使韩朝宗尝约浩然偕至京师，欲荐诸朝。会故人至，剧饮甚欢，或曰：“君与韩公有期。”浩然叱曰：“业已饮，遑恤他！”卒不赴。朝宗怒，辞行，浩然不悔。张九龄为荆州长史，辟于幕府，旋返故里。开元二十八年（740），王昌龄游襄阳，访孟浩然，相见甚欢，纵情饮酒，浩然疹病发于背而卒，年五十二。后王维过郢州，画浩然像于刺史亭，因曰“浩然亭”。懿宗咸通时，刺史郑诚以为不可直呼贤者名，乃更名曰“孟亭”。

李 颀

进士登科已壮年，寻幽览胜隐东川。
常通问候交诗友，久厌周旋弃尉官。
任意歌行精散句，遵规律体善骈言。
黄昏饮马诚佳构，昨夜微霜万古传。①

【自注

①据《唐才子传》《唐诗纪事》《李颀集》等载，李颀祖籍赵郡，家于颍阳，开元二十三年(735)中进士，时已四十余岁。一度任新乡县尉，不久去官，长期隐于"东川别业"，与诗人王维、高适、王昌龄、綦毋潜等广为交往，常有诗篇互致问候。李颀诗以五七言歌行和七言律诗见长。《古从军行》首二句为"白日登山望烽火，黄昏饮马傍交河"，此诗乃李颀歌行体之代表作。《送魏万之京》首二句为"朝闻游子唱离歌，昨夜微霜初渡河"，此诗乃李颀七律诗之代表作。

王昌龄

旗亭画壁广流传，履历难明事简单。
进士登科司校阅，宏辞中式典安全。
诗坛屡赞真天子，政界常欺副县官。①
向使七绝评霸主，江宁并辔李青莲。②

【自注

①据《旧唐书·王昌龄传》《新唐书·王昌龄传》《唐才子传》《唐诗纪事》等载，王昌龄字少伯，京兆长安人。中进士，任秘书省校书郎。又登制举博学宏辞科，先后任汜水县尉、江宁县丞、龙标县尉，均为县令之副，主官治安，不修细行，屡遭贬斥。刘克庄《后村诗话·新集三》载："唐人《琉璃堂图》以昌龄为'诗天子'，其尊之如此。"关于"旗亭画壁"，详参《王之涣》自注②。

②王昌龄诗现存一百八十余首，其中七绝所占比例极大，而成就亦最高。王世贞《艺苑卮言》曰："七言绝句，王江宁与太白争胜毫厘，俱是神品。"宋荦《漫堂说诗》亦曰："三唐七绝，并堪不朽，太白、龙标，绝伦逸群。"

高　适

雄浑意境蕴豪情，最喜歌行爱古风。
雁塔题诗称五俊，旗亭画壁颂三英。[①]
贫寒两度临边塞，富贵十年济友朋。
盛世骚人多寂寞，高公有幸奋鹏程。[②]

【自注

①据《旧唐书·高适传》《新唐书·高适传》《唐才子传》《高常侍集》等载，高适字达夫，渤海蓨人也。其诗雄浑豪放，以歌行见长，而七言古风最佳。玄宗天宝十一年(752)秋，高适与杜甫、岑参、储光羲、薛据同登长安大慈恩寺塔(即大雁塔)，五人皆有诗作，高适诗题为《同诸公登慈恩寺浮图》。关于“旗亭画壁”，详参《王之涣》自注②。

②又据上述诸书所载，高适在开元十九年(731)曾由宋中奔赴幽蓟，欲从军边塞，为国效力，但未能如愿。天宝十二年(753)入河西节度使哥舒翰幕府，为掌书记。自安史之乱爆发至高适去世的十年之间(755～765)，其职务屡有晋升，曾任节度使、刑部侍郎等要职，并封渤海县侯。他是唐代“以诗人为戎帅”之幸运者，当其富贵之后，对友人杜甫等多有资助、接济。

王　维

能吟善画好丝弦，大漠长河景壮观。
范水模山宗谢客，耕田种圃慕陶潜。[①]
钻研释典求真谛，禁锢安营受伪官。
赖有新诗方免罪，绳床药臼度残年。[②]

【自注

①据《旧唐书·王维传》《新唐书·王维传》《唐才子传》《王右丞集》等载，王维字摩诘，祖籍太原祁，其父徙居于蒲，遂为蒲人。诗歌、绘画、音乐，皆其所长。《使至塞上》诗中之“大漠孤烟直，长河落日圆”，写景甚为壮观，向称名句。王维之诗以描写山水田园者最具代表性，其受前代诗人谢灵运及陶渊明之影响颇为明显。

②又据上述诸书所载，安禄山陷长安，玄宗幸蜀，王维扈从不及，为贼所获，乃服药下痢，又佯称瘖疾。禄山素爱其才，迎置洛阳，拘于普施寺，迫其受给事中伪职。禄山大宴凝碧池，悉召梨园诸工合乐，维闻之悲恻，潜为《凝碧池》诗曰："万户伤心生野烟，百官何日再朝天？秋槐叶落空宫里，凝碧池头奏管弦。"贼平，陷贼受伪职者皆下狱定罪，王维以《凝碧池》诗而获特赦。王维早年即信奉佛教，钻研释典。陷贼获赦之后，更趋消沉，不问世事，或居京师，或居辋川别业，斋中唯茶铛、药臼、经案、绳床而已，整日焚香独坐，以禅颂为事，年复一年，直至去世。

李　白

辞亲仗剑下夔门，大邑通都散万金。
受箓求仙迷道观，安邦济世慕儒林。
才高气傲轻权贵，笔落诗成泣鬼神。
病殁当涂千载后，犹传盛誉比星辰。①

【自注

①据《旧唐书·李白传》《新唐书·李白传》《唐才子传》《李太白全集》等载，李白字太白，号青莲居士，绵州昌隆人。玄宗开元十三年(725)，李白"仗剑去国，辞亲远游"，乘舟出峡，沿江东下，历诸通都大邑，不逾一年，散金三十余万。李白曾从北海高天师受道箓于临淄郡紫极宫，他既有消极隐遁、炼丹求仙之道家思想，又有积极进取、安邦济世之儒家思想。其人才高气傲，曾曰："安能摧眉折腰事权贵，使我不得开心颜"。杜甫在《寄李十二白二十韵》中称赞其"笔落惊风雨，诗成泣鬼神"。代宗宝应元年(762)，李白于从叔当涂县令李阳冰寓所病逝，时年六十二。郭沫若曾将李白与杜甫比作中国诗坛的双子星座。

安禄山

善战能征好逞强，承恩奉旨御番邦。
边州悍帅兼三镇，内苑明皇宠二杨。①
目睹君臣荒日下，身躯虎豹反渔阳。
称孤道寡才周岁，大乱八年毁盛唐。②

【自注

①二杨：指杨国忠、杨玉环。

②据《旧唐书·安禄山传》《新唐书·安禄山传》载，安禄山，营州柳城杂种胡人，本姓康氏，名轧荦山。母突厥人。禄山少孤，因母改嫁安延偃，遂冒姓安，改名禄山。幽州节度使张守珪以其骁勇善战，用为捉生将，并收为养子。后禄山百计谄媚朝廷派往河北之使臣张利贞等，利贞等入朝誉于玄宗，禄山遂日受宠幸。玄宗以禄山为平卢、范阳、河东三镇节度使，倚为安边长城，使其防御奚族与契丹族入侵。但安禄山却于天宝十四年(755)十一月以讨杨国忠为名，起兵渔阳，发动叛乱。天宝十五年亦即肃宗至德元年(756)正月，安禄山在洛阳称帝，国号燕，建元圣武。至德二年(757)正月，安禄山被其子安庆绪所杀，其称孤道寡，恰为一年。但安禄山和史思明所发动之叛乱，直到代宗宝应二年(763)正月史朝义穷迫自杀，始告平息。长达八年(755～763)的安史之乱彻底摧毁了盛唐文明。

张巡　许远

睢阳四面起烟尘，困守孤城御叛军。
备草筹粮凭许远，分兵遣将赖张巡。
连皮带骨食生马，忍泪伤心啖死人。
数万儿郎同赴义，双忠庙里祭英魂。[①]

【自注

①据《旧唐书·忠义传》《新唐书·忠义传》载，张巡字巡，邓州南阳人也。博通群书，通晓战阵之法。安史乱起时，巡为真源令。谯郡太守杨万石降贼，逼巡至谯为长史，使西迎贼军。至德元年(756)二月，巡至真源，率吏民哭于玄元皇帝庙，起兵讨贼，先后坚守雍丘、宁陵近一年。至德二年(757)正月，安庆绪遣其将尹子琦率兵十余万趋战略要地睢阳，睢阳太守许远告急于张巡，巡遂自宁陵引兵入睢阳。许远，杭州盐官人也，唐高宗宰相许敬宗之曾孙，为人宽厚，明于吏治，与张巡同年生而长于巡，故巡呼其为兄。许远自知才能不及张巡，乃甘居其下，请张巡主持军事，自己主持后勤。时睢阳城外贼兵凡十余万，而城内守兵仅六千八百人。贼众悉逼城，巡督励将士，昼夜苦战，或一日至数十合，所杀贼兵甚众。贼围城既久，城中粮尽。先食战马，马尽，即罗雀捕鼠而食。雀鼠又尽，复食死

人。死人食尽，乃食生人。张巡杀其爱妾，许远亦杀其奴，俱以啖众。继又杀妇人及老弱男子而食。人知必死，莫有叛者。至德二年(757)十月癸丑，睢阳城陷，坚守城池整十月(正月至十月)的张巡、许远及大将南霁云、雷万春俱被执。众人骂贼不屈，张巡等被杀于睢阳，许远被押送洛阳，不久亦被杀。安史乱平，朝廷以张巡、许远坚守睢阳，屏蔽江淮，遏阻贼势，牵制贼兵，社稷重兴，其功大焉，遂为二人立双忠庙于睢阳，岁时致祭。

刘长卿

随州刺史忆当年，傲物轻时屡罢官。
喜获高名闻大历，欣逢盛世睹开元。
人夸妙境知三昧，自许长城赞五言。
日暮天寒称巧对，闲花细雨号工联。①

【自注】

①据《唐才子传》《刘随州集》等载，刘长卿字文房，宣城人，一作河间人。清才冠世，颇凌浮俗，性刚气傲，多忤权门，故屡遭罢黜。终随州刺史，世称刘随州。欣逢玄宗开元盛世，至代宗大历年间，名已甚著。其诗以五七言近体为主，尤工五言，自许为“五言长城”。“日暮苍山远，天寒白屋贫”为五绝《逢雪宿芙蓉山主人》中之巧对。“细雨湿衣看不见，闲花落地听无声”为七律《别严士元》中之名联。

岑　参

当年立志在边庭，进士登科渐有声。
未向书中求富贵，将从马上取功名。
崇山漫漫千秋雪，瀚海悠悠万古风。
意境雄奇诗峭丽，嘉州自幼善歌行。①

【自注】

①据《唐才子传》《岑嘉州诗集》等载，岑参，南阳人，唐太宗宰相岑文本之曾孙。玄宗天宝三年(744)中进士。天宝八年(749)入安西四镇节度使高仙芝幕府，为掌书记。天宝十三年(754)入安西四

镇兼北庭节度使封常清幕府，为判官。他曾说："丈夫三十未富贵，安能终日守笔砚。"又说："功名只向马上取，真是英雄一丈夫。"两度出塞临边，使岑参写了大量描写雪山瀚海及军旅生涯之边塞诗，体裁多为歌行，风格以雄奇峭丽为主。岑参晚年曾任嘉州刺史，故世称岑嘉州。

元　结

壮岁登科六艺成，鲜卑后裔是儒生。
平息叛乱陈方略，守卫城池励士兵。
刺道修文除弊政，经容弃武用真情。
摩崖刻就中兴颂，并耀双辰共显名。[①]

自注

①据《新唐书·元结传》《唐才子传》《元次山集》等载，元结字次山，号漫郎、聱叟，河南鲁山人也。鲜卑后裔，玄宗天宝十三年(754)中进士，时年三十六。安史乱起，元结任山南东道节度参谋，除向主帅陈述平叛方略外，又亲自守险泌阳，遏阻史思明叛军，保全了十五座城池。代宗时，元结先后任道州刺史、容州刺史兼容管经略使。面对岭南少数民族，元结弃武修文，废除弊政，感以真情，收效颇佳。元结曾作《大唐中兴颂》，刻意求古，采用三句一韵之手法，颇类秦石刻之体制。大历六年(771)，时任抚州刺史的颜真卿将《大唐中兴颂》书丹刻于浯溪石壁，遂成高一丈五尺、宽九尺之大字摩崖碑。元文颜书，双辰并耀，共显其名。

李　益

秦关汉塞是家园，万里风烟现笔端。
景物鲜明施绘画，声情美妙被丝弦。[①]
猜嫌异性防妻妾，挤轧同僚慢圣贤。
纵有传奇伤誉望，依然掌部享高年。[②]

自注

①据《旧唐书·李益传》《新唐书·李益传》《唐才子传》《李君虞

集》等载，李益字君虞，陇西姑臧人也。中唐边塞诗之代表诗人，近体诗俱佳，擅长绝句，尤工七绝，其佳者可与太白、龙标竞爽。每作七绝一篇，教坊乐人皆以赂求取，被之丝弦，唱为供奉歌词。其“回乐峰前沙似雪，受降城外月如霜。不知何处吹芦管，一夜征人尽望乡”之七绝，至为天下所传唱。而《征人》《早行》诸篇，天下皆施之图绘，画为屏障。

②又据以上诸书所载，李益少而病妒，性多猜忌，防嫌妻妾，过于苛酷，又自负其才，挤轧同僚，故为众人所不容。与李益同时且为同僚之蒋防，曾作《霍小玉传》，云李益始与霍小玉相爱，后又遗弃，致使霍小玉悲痛而亡。蒋防在文末又曰：“大凡生所见妇人，辄加猜忌，至于三娶，率皆如初焉。”但《霍小玉传》毕竟为传奇作品，既不可不信，亦不可全信。李益之声誉虽因《霍小玉传》而有所损伤，但他在文宗大和元年(827)仍升任礼部尚书，大和三年(829)去世，享寿八十二岁。

孟 郊

运蹇时乖命可怜，谋生应考历辛酸。
年逾不惑方登第，岁届知非始作官。
斗胜争强联百韵，雕奇刻险过千言。
独将寸草哀游子，乐府名篇万代传。[①]

【自注

①据《旧唐书·孟郊传》《新唐书·孟郊传》《唐才子传》《孟东野诗集》等载，孟郊字东野，湖州武康人也。早年屡试不第，四十六岁始中进士，五十岁始任溧阳尉。孟郊专攻诗歌，罕见其文。最擅长乐府古诗，其中《游子吟》一首，将慈母疼爱游子之情与游子报答慈母之心，融入短短的六句三十字之中，千百年来，广为传诵。孟郊之诗，最为韩愈所赏识。孟郊与韩愈俱好争强斗胜，雕奇刻险，二人曾合作五言联句诗十余首，每首动辄长达数十韵，其中《城南联句》一首，长达一百五十三韵，一千五百三十字。两人功力悉敌，旗鼓相当，各逞其能，遂成奇观，古今联句之诗未有出其右者。

裴 度

武韬文略盖世雄，元和辅政赖裴公。
君王已立平淮志，宰相方成破蔡功。[①]
再稳山河如李帅，重安社稷似郭翁。[②]
千秋伟业彰名姓，万里长空耀彩虹。[③]

【自注

①君王：指唐宪宗。宰相：指裴度。

②李帅：指李光弼。郭翁：指郭子仪。

③据《旧唐书·裴度传》《新唐书·裴度传》载，裴度字中立，河东闻喜人也。淮西（治蔡州）节度使吴少阳死，其子吴元济自立，发兵侵扰邻境，威胁朝廷。宪宗下诏征讨。成德节度使王承宗、淄青节度使李师道与吴元济勾结，派刺客入长安刺死主张讨伐之宰相武元衡，砍伤刑部侍郎裴度。宪宗平淮态度坚决，即命裴度代武元衡为宰相，全面主持伐蔡军事。元和十二年（817）十月，官军破蔡州，擒吴元济，割据蔡州三十余年之淮西叛镇，终被铲除。淮西既平，河北诸镇震慑，相继归顺朝廷。元和十四年（819），又讨平淄青李师道。当此之时，朝廷威令几于复振，史称“元和中兴”。元和中兴，除宪宗之英明果断、知人善任外，宰相裴度之作用至关重要，方诸平定安史之乱之李光弼与郭子仪，亦不为过。

张 籍

稀奇面貌异常人，水部郎中性率真。
药铺三年医目病，泥沟四季叹家贫。
哀生哀死孟郊苦，亦友亦师韩愈亲。[①]
善作诗文精众体，歌行乐府冠群伦。[②]

【自注

①据《旧唐书·张籍传》《新唐书·张籍传》《张籍诗集》等载，张籍字文昌，和州乌江人也。曾任水部郎中，世称张水部。韩愈《病中赠张十八》诗中说张籍“哆口疏眉厖”。哆者，唇下垂而口若张貌。眉厖，即厖眉，眉毛花白也。疏者，稀也。张籍家贫，任太常寺太祝时，居处僻陋，韩愈称其地为泥沟。籍又尝患眼疾甚重，几于失明，

每日与药铺打交道，三年之后，幸而治愈。孟郊年长于张籍，韩愈年轻于张籍，二人皆为张籍挚友。孟郊卒后，经张籍建议而被私谥为“贞曜先生”。韩愈之于张籍，则亦师亦友，不仅揄扬奖掖使之显名，而且举其登第，荐其入仕，二人关系非同一般。韩愈卒时，张籍守于病榻前，受韩愈之托而处理后事。

②张籍善属文，晚年与韩愈齐名，世称韩张，惜作品大多亡佚，所存不多。其文学成就主要是诗，而乐府歌行成就最高，对元白“新乐府运动”贡献颇大。

韩　愈

性好儒经爱典坟，身承道统历艰辛。
怀忠始上排佛表，去害方宣祭鳄文。
鉴在前朝呵首恶，碑存后世颂元勋。①
收骈放散开山祖，复古更新领路人。②

自注

①据《旧唐书·韩愈传》《新唐书·韩愈传》《昌黎先生集》等载，韩愈字退之，河南河阳人，祖籍昌黎，世称韩昌黎，晚年任吏部侍郎，又称韩吏部。元和十四年(819)正月，宪宗自法门寺迎佛骨入禁中，韩愈上《论佛骨表》，极力排佛，谏阻宪宗。宪宗怒，贬愈为潮州刺史。韩愈至潮州，问民疾苦，民皆曰：“恶溪有鳄鱼，食民畜产且尽，民以是穷。”数日，愈自往视之，令其属秦济以一羊一豚投溪中，自作《鳄鱼文》以祭之，此后潮州遂无鳄鱼之患。穆宗长庆元年(821)，镇州兵乱，杀节度使田弘正，擅立王廷凑，朝廷派深州刺史牛元翼讨伐，反被王廷凑包围。长庆二年(822)二月，穆宗派韩愈往镇州宣慰王廷凑军。愈至，呵王廷凑之罪，述前车之鉴，宣之以忠义，晓之以利害，终使王廷凑归服中央，听命朝廷。元和十二年(817)，韩愈以行军司马随宰相裴度平淮西吴元济，回朝后，奉诏撰《平淮西碑》。韩碑归功于主帅裴度，而首入蔡州生擒吴元济之大将李愬不服，诉韩碑不实。宪宗惧失武臣心，诏磨韩文，而命段文昌重撰。然流传后世者仍是韩碑之文。

②韩愈终生好儒，以儒家道统继承人自居。除诗歌外，其在文学上之最突出贡献，就是收骈放散，提倡古文，领导了中唐时期之古文运动。他是中国古代继司马迁之后影响最大之古文(亦即散文)作家，名列散文唐宋八大家之首。

刘禹锡

进士宏辞俱有缘，精神振奋势孤单。
权归一李违藩镇，政统双王逆宦官。①
再黜荒州心未怯，重游废观志弥坚。②
文章地位追韩柳，众体诗歌聚美谈。③

【自注

①一李：指唐顺宗李诵。双王：指永贞革新集团领导人王叔文、王伾。

②据《旧唐书·刘禹锡传》《新唐书·刘禹锡传》《刘禹锡集》等载，刘禹锡字梦得，河南人也，祖籍中山。中进士，登制举博学宏辞科。王叔文永贞革新集团主要成员之一。永贞革新触犯了藩镇与宦官之利益，遭到他们的激烈反对。宪宗即位后，永贞革新人士遭贬，刘禹锡被贬为朗州司马，十年后又改为连州刺史。朗州与连州，当时皆为蛮荒之地，是安置罪人之所在。但刘禹锡并不认为自己有罪，并一直与政敌进行斗争。在宪宗元和十年(815)与敬宗宝历三年(827)，刘禹锡曾两次游览长安玄都观，作七绝二首。前首后两句为"玄都观里桃千树，尽是刘郎去后栽"，后首后两句为"种桃道士归何处？前度刘郎今又来"。诗中充满正气及不屈不挠之斗争精神。

③刘禹锡之文，以长篇议论见长。李翱曾曰："翱昔与韩吏部退之为文章盟主，同时伦辈，惟柳仪曹宗元、刘宾客梦得耳。"刘禹锡善诗，各体兼长，他与韩愈、柳宗元、白居易、元稹并称中唐五大诗人。

白居易

元和宿将享高龄，宦海浮沉作品丰。
刺世哀民新乐府，伤怀感物美歌行。
游船旅舍题诗赋，舞妓学童道姓名。
更喜佳篇传域外，鸡林宰相最痴情。①

【自注

①据《旧唐书·白居易传》《新唐书·白居易传》《白居易集》等

载，白居易字乐天，号香山居士，祖籍太原，曾祖迁下邽，遂为下邽人。白居易享寿七十五岁，自宪宗元和年间已著高名，一生作诗约三千首，是唐代作品最丰之长寿诗人。白氏将其诗作分为讽谕诗、闲适诗、感伤诗、杂律诗四类。其中讽谕诗以刺世哀民为主，如“新乐府”五十首等；感伤诗以感物伤怀为主，如《长恨歌》《琵琶行》等。白氏自己最重视讽谕、闲适两类，而世俗所重者却是感伤、杂律两类。尤其是感伤诗中之《长恨歌》《琵琶行》等流传最广。鸡林国（今朝鲜半岛古新罗国）宰相雅好白诗，其国商人售白诗予宰相，每以一篇换一金，而其伪者，宰相辄能辨之。

李绅

断狱淮南谳箧存，谁知铁案又翻身。
谪荒黜远因奸相，辅政还都赖正臣。[①]
故友朝堂三俊士，新题乐府五名人。
锄禾日午诚辛苦，饿死农夫痛万民。[②]

【自注

①据《旧唐书·李绅传》《新唐书·李绅传》及《全唐诗》《全唐文》所存李绅诗文等载，李绅字公垂，润州无锡人也。武宗会昌四年（844），李绅因病，足缓不任朝谒，请求罢相，遂以宰相身份出任淮南节度使。时江都尉吴湘因贪赃及违法娶百姓颜悦女为妻，二罪并罚，被李绅判处死刑，报宰相李德裕核准后处死。宣宗大中二年（848）二月，重新掌权之牛党为了报复李德裕，便诬陷李德裕与李绅合谋制造了吴湘冤案，李德裕被一贬再贬，最后死于崖州贬所。李绅两年前虽已去世，但仍被追削三任官告，子孙不得仕。李绅生前，因与奸相李逢吉、李宗闵不和而屡遭贬谪，正士韦处厚与李德裕对其屡次施以援手。

②又据以上诸书所载，穆宗时，李绅为翰林学士，与李德裕、元稹同在禁署，情意相善，时称“三俊”。李绅是中唐时期最早创作新题乐府之诗人，与白居易、元稹、张籍、王建并称中唐新乐府运动中的五大名家。李绅有《古风》（一作《悯农》）二首。其一曰：“春种一粒粟，秋收万颗子。四海无闲田，农夫犹饿死。”其二曰：“锄禾日当午，汗滴禾下土。谁知盘中餐，粒粒皆辛苦。”

柳宗元

颠连世道几浮沉，两见蟾宫桂影深。
礼敬佛陀尊释教，称扬孔圣仰儒林。
行权辅政收功士，落难投荒戴罪人。
海内文坛谁掌舵，崇韩尚柳耀双辰。①

【自注

①据《旧唐书·柳宗元传》《新唐书·柳宗元传》《柳河东集》等载，柳宗元字子厚，河东人也，世称柳河东。官终柳州刺史，亦称柳柳州。中进士，登制举博学宏辞科。其思想则崇儒好佛，儒佛兼修。王叔文永贞革新集团主要成员之一，改革弊政颇有功效。宪宗即位后，永贞革新人士遭贬，柳宗元被贬为永州司马，成为戴罪之人。十年后又改为柳州刺史。永州与柳州，当时皆为蛮荒之地。柳宗元之文学成就，除诗歌外，主要在于古文（亦即散文）。他与韩愈共同领导了中唐时期之古文运动，二人如同双峰并峙，双辰共耀，在中国古代散文史上享有崇高之地位，均名列散文唐宋八大家之中。

元　稹

亲尝困苦度童年，励志登科始作官。
艳体抒情逾百句，长排次韵至千言。
歌行乐府为强项，媟语淫词是弊端。①
改易节操升相位，污名损誉愧前贤。②

【自注

①据《旧唐书·元稹传》《新唐书·元稹传》《元氏长庆集》等载，元稹字微之，深度汉化之鲜卑拓跋氏后裔，其先祖随北魏高祖孝文帝拓跋宏改姓元氏，家于洛阳，遂为河南洛阳人。元稹幼孤，母郑氏亲授书传，十五岁中明经，后又书判拔萃入等，并登制举才识兼茂明于体用科，授左拾遗。元稹好写长篇艳情诗及长篇次韵排律，前者如《会真诗三十韵》《梦游春七十韵》等，后者如《酬翰林白学士〈代书一百韵〉》《酬乐天〈东南行诗一百韵〉》等。元稹诗中乐府歌行成就最高，他和白居易齐名，共同领导了中唐时期之新乐府运动。但其

艳情诗中亦有轻薄庸俗之成分，即后来杜牧引李戡语所批评之“淫言媟语”。

②又据上述诸书所载，元稹早年敢与权幸斗争，为人颇正直。但自宪宗元和六年(811)起，开始依附江陵尹严绶及监军宦官崔潭峻。穆宗长庆二年(822)二月，又靠崔潭峻及另一宦官魏弘简推荐，登上相位，其间又多次谗沮裴度，更为时论所薄，同年六月即罢相。

贾岛

吟诗备考慕功名，自去空门入帝京。
远吊东翁怀往事，深交退老诉衷情。①
寒虫冻雨心悲苦，旧院孤僧意冷清。
幸有推敲传后世，秋风落叶任飘零。②

自注

①东翁：指孟郊，郊字东野。退老：指韩愈，愈字退之。

②据《新唐书·贾岛传》《唐才子传》《全唐诗》所存贾岛诗等载，贾岛字浪仙，范阳人也。早年出家为僧，号无本。后还俗至长安，屡试进士不第。与孟郊、韩愈交情甚笃，深受二人赏识。擅长五律，苦吟成癖，常写荒寒冷落之景，恒抒寂苦忧愁之情。据传在长安骑驴吟“鸟宿池边树，僧敲月下门”两句，炼“推”“敲”二字不决，误冲京兆尹韩愈车骑，韩愈为定“敲”字。贾岛《忆江上吴处士》中“秋风生渭水，落叶满长安”一联，向称名联，广为传诵。

牛僧孺

对策文辞惹罪尤，方同李氏起鸿沟。
言行未附皆排斥，利害相关尽比周。①
放任强藩通北镇，归还大帅阻南州。②
谈忠论义难凭信，树党营私抱怨仇。③

自注

①据《旧唐书·牛僧孺传》《新唐书·牛僧孺传》载，牛僧孺字思黯，安定鹑觚人也，隋相牛弘之后裔。宪宗元和三年(808)四月，牛

僧孺与李宗闵、皇甫湜应贤良方正能直言极谏科试，同登高第。宰相李吉甫（李德裕之父）以三人对策诋毁执政且录取有私而泣诉于宪宗，结果，主考官杨於陵、韦贯之及复审官裴垍、王涯（皇甫湜舅父）四人皆被贬官，牛僧孺等三人亦不被重用。此事实为牛李党争之起因。后牛僧孺为牛党领袖，惟以党同伐异、报复李党为能事。

②又据以上二书所载，武宗会昌四年（844），唐军大将石雄攻破泽潞叛镇，杀叛将刘稹，获得牛僧孺与李宗闵暗中勾结泽潞镇之信函。又河南少尹吕述曰："僧孺闻稹诛，恨叹之。"文宗大和五年（831）九月，吐蕃大帅悉怛谋举维州降于西川节度使李德裕，德裕受降后报奏朝廷。群臣皆支持德裕受降，惟宰相牛僧孺认为，中国御戎，守信为上，不应接纳悉怛谋而失信得罪吐蕃。文宗信僧孺之说，诏德裕以维州及悉怛谋等悉归吐蕃。吐蕃尽诛悉怛谋等于境上，极其残酷。强藩、北镇：指地处北方（山西）之泽潞镇叛将刘从谏、刘稹叔侄。大帅、南州：指地处南方（川西）之维州及吐蕃降帅悉怛谋。

③《新唐书·牛僧孺传》曰："夫口道先王语，行如市人，其名曰'盗儒'。僧孺、宗闵以方正敢言进，既当国，反奋私昵党，排击所憎，是时权震天下，人指曰'牛李'，非盗谓何？"

李德裕

文韬武略本家传，法宋承姚共比肩。
重用石雄平逆虏，遥听杜牧破骄藩。
裁员减寺驱僧侣，立制兴规抑宦官。[①]
莫叹名臣遭厄运，千秋相业耀人寰。[②]

【自注

①据《旧唐书·李德裕传》《新唐书·李德裕传》载，李德裕字文饶，赵郡人也，宪宗宰相李吉甫之子。唐后期著名政治家，唐武宗时名宰相。君臣际遇，千载一时，佐武宗中兴，其功可与玄宗宰相姚崇、宋璟比肩。武宗会昌三年（843）四月，泽潞节度使刘从谏死，其侄刘稹擅为留后，以邀节度旌钺。德裕力排众议，坚主讨伐，并选石雄为主将。而黄州刺史杜牧向德裕呈《上李司徒相公论用兵书》，提出讨伐泽潞之具体用兵方略，被德裕采纳。会昌四年（844）八月泽潞平，用兵过程略如杜牧之策。会昌五年（845），德裕又佐武宗废佛，凡毁寺四千六百余所，还俗僧尼二十六万五百人，拆招提、兰若四万余所，收膏腴上田数千万顷，收奴婢为两税户十五万人。所留

少数僧寺，皆严格登记管理，不许滥度僧尼。此前又严格限制宦官干政，迫使拥立武宗之宦官首领仇士良致仕，使宦官权力大为削弱。

②又据以上二书所载，会昌六年(846)三月，武宗去世，宣宗即位，次年改元大中。宣宗用牛党要员白敏中、马植、周墀、令狐绹等为相，君臣务反会昌之政，对李党大加报复。又诬陷李德裕与李绅合谋制造了吴湘冤案，对德裕一贬再贬，使其于大中四年(850)死于崖州贬所。德裕虽死，然其相业却彪炳史册，光耀人间。

许浑

深研近体有专长，创作尤为擅律章。
感事伤怀明治乱，登高吊古叹兴亡。
平夷不肯循中道，变化惟图显内行。
法度森严人睿智，因难见巧更辉煌。[①]

自注

①据《唐诗纪事》《唐才子传》《许浑集》等载，许浑字用晦，一作仲晦，润州丹阳人也。专写近体诗，其诗现存五百余首，无一首古体诗，而在所写近体诗中，五七言律诗最多。诗之内容，以感事伤怀、登高吊古为主。田雯《古欢堂集·杂著》："声律之熟，无如浑者。"许浑对律诗之声调平仄格律，烂熟于胸，他不肯遵循常规中道，而在格律允许之范围内，经常出以变化，因难见巧，以显示其驾驭格律之高超才能。故意造成"孤平"，然后予以拗救，此乃许浑律诗在声调平仄方面之一大特色。

李贺

幼见韩公受表扬，嫌名亦讳士哀伤。
零星怪句成驴背，散碎奇词掷锦囊。
鬼魅袭人留幻影，神仙化物泛虚光。[①]
天宫特使征才俊，殁后犹能慰老娘。[②]

自注

①据《新唐书·李贺传》《唐才子传》《李长吉文集》等载，李贺字

长吉，福昌人也，祖籍陇西。唐宗室郑王李亮（高祖李渊从父）之后裔。七岁能辞章，韩愈与皇甫湜始闻未信，过其家，使赋诗，贺援笔立就，自题曰《高轩过》，二人大惊，为延誉，自是有名。韩愈鼓励李贺应进士举，但嫉妒李贺才华的人却认为李贺父名晋肃，而"晋"与"进"同音，李贺应讳嫌名（与人名字音相近或相同的字），不应参加进士考试。韩愈为此专写《讳辩》一文，驳斥谬论，为李贺辩护，但在当时舆论压力下，李贺终于放弃了进士考试。李贺作诗之习惯是每旦骑驴出，一小奴背锦囊相随，所得零星散碎之词句，即投掷囊中，暮归而足成完篇。而描写神仙鬼魅，则是其诗的主要内容之一。

②又据李商隐《李贺小传》及《太平广记》卷四九《李贺》载，李贺二十七岁去世时，忽昼见一绯衣人，驾赤虬，笑谓贺曰："帝成白玉楼，立召君为记。"贺卒后，其母甚为思念，一夕，梦贺来，谓母曰："上帝神仙之居也，近者迁都于月圃，构新宫名曰白瑶。以某荣于辞，故召某与文士数辈共为《新宫记》；帝又作凝虚殿，使某辈纂乐章。今为神仙中人甚乐，愿夫人无以为念。"

温庭筠

江南塞北任浮沉，旷代诗才历苦辛。
易姓更名恒替考，遵声守韵立成文。
言行放荡伤清誉，仕宦艰难愧素身。
喜见词坛星耀彩，花间自有领头人。[①]

【自注】

①据《旧唐书·温庭筠传》《新唐书·温庭筠传》《唐才子传》《温飞卿诗集》《花间集》等载，温庭筠本名岐，字飞卿，太原祁人也。唐初宰相温彦博之后裔。晚唐时期著名诗人，与李商隐齐名，世称"温李"。他又是晚唐首位大量写词之人，为"花间派"词之先导，深受五代词人推崇。赵崇祚编《花间集》，即列温词于首位。温氏虽然聪明颖悟，下笔成文，但行为失检，放荡不羁，常于科场为人替考，代人答题，故为主考官所轻，自己反而屡试不第，南北浮沉，以小吏而终其一生。

李商隐

少喜单行长爱骈，诗名比日耀中天。
登科永记令狐楚，娶妇深铭王茂元。
幕客何曾分党派，权臣固已划集团。[1]
西昆艳体开山祖，锦瑟无题待郑笺。[2]

【自注

①据《旧唐书·李商隐传》《新唐书·李商隐传》《李义山文集》《樊南文集》等载，李商隐字义山，号玉溪生，又号樊南生，怀州河内人也。少时以散体单行古文知名，后转而喜爱骈文，终成唐代骈文大家。其诗与杜牧齐名，世称“小李杜”。早年入牛党成员令狐楚幕，令狐楚指导商隐写骈文，其子令狐绹向主考官高锴推荐商隐，使他考中进士。令狐楚卒后，李商隐又入李党成员王茂元幕，并娶茂元女为妻。令狐绹认为李商隐离牛党而转依李党，是背恩行为，从此对商隐极力排摈。而李商隐实无党派观念，但却被挤入党争之夹缝中，在政治上成为牛李党争之牺牲品。

②北宋初期，杨亿、刘筠、钱惟演共创音律谐和、对仗工整、用典贴切、辞藻华美之西昆体，一味模拟李商隐诗，奉李商隐为祖师。李商隐之诗，七律成就最高。其诗深情绵邈，蕴藉含蓄。但有些作品很难理解，尤其是一篇《锦瑟》诗及大量《无题》诗，旨意究竟为何，千百年来，众说纷纭，迄无定论。

黄　巢

私盐巨贩晓舆情，舍业抛家起义兵。
率部初开新日月，登基未灭旧朝廷。
鞭抽富吏称淘物，剑斩贫民号洗城。
事败垂成人自尽，冲天大将恨难平。[1]

【自注

①据《旧唐书·黄巢传》《新唐书·黄巢传》等载，黄巢，曹州冤句人，以贩私盐为业，家富于财，稍通书记，屡试不第，善击剑骑射，喜交豪杰。僖宗乾符二年(875)五月，起兵应王仙芝义军。乾符五年(878)

二月，王仙芝战死，众推黄巢为王，号冲天大将军，建元王霸。广明元年(880)十二月甲申陷长安，壬辰登基称帝，国号大齐，改元金统。大齐政权严惩富吏，没收其财产，称为"淘物"。后又因长安百姓曾迎唐军入京，乃下令洗城，丈夫丁壮，杀戮殆尽。中和三年(883)四月，在大将朱温早已降唐及李克用等勤王大军逼近长安之情况下，黄巢撤离长安东去。此后，在李克用追击下，节节败退。中和四年(884)六月甲辰，黄巢兵众殆尽，逃至泰山狼虎谷，丙午日自杀(或云为其甥林言所杀)。历时九年有余之黄巢起义最后以失败告终。

罗 隐

屡试春闱屡不平，吟诗入幕度终生。
均衡整饬多今体，纵恣雄豪少古风。
日暮天寒更旧表，思奇虑妙贺新名。①
杂文小品含孤愤，汇作谗书见性情。②

自注

①据《吴越备史·罗隐传》《旧五代史·罗隐传》《唐才子传》《谗书》等载，罗隐字昭谏，杭州新城人也。十试进士不第，吟诗漫游各地，僖宗光启三年(887)入杭州刺史钱镠幕，大受重用，直至去世。其诗多今体(即近体)而少古风，七律成就最高。昭宗景福二年(893)九月以钱镠为镇海军节度、浙江西道观察处置等使，钱镠命沈崧草谢表，崧盛言浙西繁富，以示罗隐，罗隐曰："今浙西兵火之余，日不暇给，朝廷执政方切于贿赂，此表入奏，执政岂无意于要求耶?"钱镠请隐更作，隐在谢表中写了"天寒而麋鹿常游，日暮而牛羊不下"的名句。又昭宗龙纪元年(889)十一月己丑，昭宗改御名曰"晔"。钱镠请罗隐草表贺昭宗新名，隐在贺表中说："左则虞舜之全文，右则姬昌之半字。"舜名重华，此言"晔"字的一半是个完整的"华"字；昌之半字为"日"，此言"晔"字的另一半是个"日"字。此两句表文将昭宗新名与虞舜、姬昌(周文王)二位圣人之名联系起来加以解释，颂圣最为得体，故京师称隐表为贺表第一。

②罗隐之创作以杂文小品成就最高，其内容全是抗争和激愤之谈。他将自己的杂文小品汇编成集，题名曰《谗书》，并在序言中自述写作用心是"有可以谗者则谗之"，"所以警当世而诫将来也"。

皮日休

隐遁襄阳大有年，投文造势入长安。
忧民刺世真情愫，斗韵夸声涩语言。
李姓开科能中第，黄家揽士敢冲天。①
斯人下落知何处，聚讼千秋定论难。②

【自注

①据《唐诗纪事》《唐才子传》《皮子文薮》等载，皮日休字袭美，一字逸少，襄阳人也。青少年时代隐于家乡苦读，后投文造势，入长安应试，懿宗咸通八年(867)中进士。僖宗乾符五年(878)在毗陵副使任上为黄巢起义军所获，黄巢陷长安而建齐称帝，以皮日休为翰林学士。皮日休现存诗文，均为参加黄巢起义之前所作。其散文多忧民刺世篇什，感情真挚。但其诗则分两途：一为继承元白新乐府传统者，语言平易近人，以《正乐府》十首、《三羞诗》三首为代表。一为模拟效仿韩孟争奇斗险技法者，语言艰涩难读，以《松陵集》中所收皮日休与好友陆龟蒙相互唱和之诗为代表。

②关于皮日休之下落，说法颇多。或云为黄巢所杀，或云黄巢失败后为唐王朝所杀，或云至江浙依钱镠而终，或云流寓宿州而终等等，聚讼千秋，难以定论。

韦 庄

当年相府久荒凉，尚有宗潢在故乡。
四海漂泊人渐老，三川仕宦愿终偿。
忽闻汴邑称梁帝，立劝成都践蜀皇。①
一首长歌传九域，诗词贡献两辉煌。②

【自注

①据《唐才子传》《蜀梼杌》《十国春秋》《韦庄集》等载，韦庄字端己，京兆万年人也。武则天宰相韦待价之后裔，诗人韦应物四世孙。六十五岁以前为事唐时期，遭遇黄巢陷长安及军阀犯阙，到处漂泊数十载。六十五岁入蜀事王建整十年，甚受重用，直至七十五岁去世。天祐四年(907)四月甲子，朱全忠逼唐哀帝李柷退位，自称皇

帝，国号梁，都汴州，改元开平。消息传至蜀地，韦庄立即劝王建于同年九月己亥自称皇帝，国号蜀，都成都，次年改元武成。

②韦庄之诗，以近体成就最高，但影响最大、传播最广者却是长篇叙事古诗《秦妇吟》。此诗长达一千六百余字，是现存唐诗中最长之一首。韦庄又是著名词人，与温庭筠齐名，世称“韦温”，二人同为“花间派”重要作家，对词均有重要贡献。

司空图

司空表圣卧泉林，隐士犹怀社稷心。
励志安邦逢乱世，登科入仕遇贤人。
辞官不肯从奸党，谢病焉能附逆臣。[①]
细品诗风分意境，玄词妙语著鸿文。[②]

自注

①据《旧唐书·司空图传》《新唐书·司空图传》《司空表圣诗集》《司空表圣文集》等载，司空图字表圣，河中人也。懿宗咸通十年(869)中进士，主司王凝宴集全榜新进士时曾曰：“凝叨忝文柄，今年榜帖，专为司空先辈一人而已。”由是名益振。罢职宰相卢携曾为题诗曰：“姓氏司空贵，官班御史雄。老夫如且在，未可叹途穷。”后卢携复相，果对图多有援引。司空图在中条山王官谷有先人所留别墅，泉石林亭，颇富幽棲之趣。大体说来，他在懿宗末年及僖宗时期，时而为官，时而归隐。至昭宗时期，以朝廷微弱，纪纲大坏，自思出不如处，遂彻底隐居。朱全忠迁昭宗于洛阳，欲篡唐位，奸臣柳璨希全忠旨意，矫诏图入朝谒见之日，图佯为堕笏失仪，旨趣极野。柳璨知不可屈，乃听还山。

②司空图既是诗人，更是著名诗论家。其论诗专著《二十四诗品》(简称《诗品》)，将诗歌之艺术风格和意境分为“雄浑、冲淡、纤秾、沉著……超诣、飘逸、旷达、流动”凡二十四个品类。每品皆用十二句四言诗加以描述，玄词妙语，耐人寻味。

聂夷中

贫寒子弟重操行，励志读书乐菜羹。
有幸身逢公座主，无私手录正门生。①
衣单自晓桑麻贵，腹馁原期稼穑成。
屡为田家申苦难，忧民五古尽真情。②

自注

①据《唐诗纪事》《唐才子传》《聂夷中诗》等载，聂夷中字坦之，河东人也。一说河南人。家境贫寒，备尝辛苦，励志苦读，不改操守。懿宗咸通十二年（871）应进士试，知贡举为礼部侍郎高湜。时应试者多因权要干请，湜不能裁，既而抵帽于地曰："吾决以至公取之，得谴固吾分！"乃取公乘亿、许棠、聂夷中等，皆有名当世。

②聂夷中现存诗歌三十余首。体裁多为短篇五言古风和乐府，内容多反映稼穑之艰难、民生之疾苦，情真意切，感人肺腑。其中《田家》《咏田家》二首传播最广，而《咏田家》中之"医得眼前疮，剜却心头肉"，已成家喻户晓之格言。

杜荀鹤

屡战春闱竟凯旋，诗名大起九华山。
忧时济世如工部，恤困怜贫似乐天。
宦系朱温非浪语，亲关杜牧是风言。
虽云晚境登高位，故主陵前却汗颜。①

自注

①据《北梦琐言》《旧五代史·杜荀鹤传》《唐诗纪事》《唐才子传》《杜荀鹤文集》等载，杜荀鹤字彦之，自号九华山人，池州石埭人也。自幼读书于九华山，十七岁已露头角，然数十年间，屡试不第。后上颂德诗取悦权臣朱全忠（即朱温），全忠送其名于礼部，遂中昭宗大顺二年（891）第八名进士。此后又因朱全忠表荐，授翰林学士，主客员外郎，颇恃全忠之势而侮慢缙绅，众皆怨恨之。或云杜牧任池州刺史时，妾程氏有孕，为杜妻所逐，出嫁长林乡正杜筠而生荀鹤，则荀鹤实杜牧微子。此说只是风传，并不可靠。荀鹤卒年，一云

在唐昭宗天祐元年(904),一云在朱全忠篡唐建梁之开平元年(907)。无论卒于何年,其投靠朱全忠而背叛唐室,则成定论。杜荀鹤是唐末著名诗人,其诗以近体著称,五七言律诗成就尤高。从内容方面看,不少忧时济世、恤困怜贫之作,直接继承了杜甫(工部)和白居易(乐天)的优秀传统。

后梁太祖朱晃

甫到同州始驻防,连遭挫败便惊慌。
低头认罪终降李,反目收功竟灭黄。
虺蜴专权杀故帝,豺狼篡位僭新皇。
从今莫问残唐事,五代干戈起后梁。①

【自注

①据《旧五代史·梁太祖本纪》《新五代史·梁太祖本纪》载,朱晃初名温,宋州砀山人。黄巢起义军将领,随军入长安。僖宗中和二年(882)二月,黄巢以朱温为同州防御使,使自攻取,屡为河中节度使王重荣所败,同年九月遂降唐,僖宗赐名全忠。此后,率部与李克用等穷追黄巢,直至其败亡。昭宗天复元年(901)封梁王,从此控制朝政。天祐元年(904)迁昭宗于洛阳,八月壬寅杀之,立其子辉王李柷为傀儡皇帝,是为哀帝。天祐四年(907)四月壬戌更名晃。甲子,废哀帝李柷而即位称帝,改元开平,都汴州(后曾一度迁都洛阳),国号梁,史称后梁。从此,唐朝灭亡,历史进入五代十国之战乱时期。

后唐太祖李克用

仰射双凫好挽强,宣忠仗义屡勤王。
开筵汴帅伏刀剑,醉酒沙酋躲祸殃。
赐姓褒功封李晋,兴师问罪讨朱梁。①
临终预授三支箭,令嗣承祧建后唐。②

【自注

①据《旧五代史·唐武皇本纪》《新五代史·唐庄宗本纪》载,李

克用本沙陀人，源出西突厥，姓朱邪氏。其父朱邪赤心因助唐镇压庞勋起义有功，懿宗赐姓名为李国昌，以之属籍，从此据有云州。克用少骁勇，军中号曰“李鸦儿”“飞虎子”，眇一目，及其贵也，又号“独眼龙”。尤善骑射，能仰中双凫。中和元年(881)奉僖宗诏命发兵勤王，率沙陀、鞑靼兵进攻黄巢义军。中和三年(883)拜河东节度使，始据太原。中和四年(884)五月，克用追黄巢向泰山逃窜后，率兵西返，途径汴州时，朱全忠以宴请克用为名而欲谋杀之。克用逃脱，从此与朱全忠结下深仇。昭宗乾宁二年(895)封晋王。自汴州结仇后，晋王李克用与梁王朱全忠互相攻伐二十余年。天祐四年(907)，朱全忠篡唐称帝，国号梁，改元开平，而李克用仍用唐天祐年号，以复兴唐室为号召，与梁抗争。天祐五年(908)正月辛卯，克用卒，年五十三。

②据以上两书及《新五代史·伶官传》载，李克用卒后，其长子李存勖嗣晋王。克用临终时，以三矢赐存勖而告之曰：“梁，吾仇也；燕王，吾所立，契丹与吾约为兄弟，而皆背晋以归梁。此三者，吾遗恨也。与尔三矢，尔其无忘乃父之志！”李存勖铭记父言，先后灭燕而杀刘仁恭、刘守光父子，驱逐南下之契丹兵出境。天祐二十年(923)四月己巳，存勖在魏州即帝位，改元同光，国号唐，史称后唐。同年十月己卯灭梁，迁都洛阳。李克用、李存勖父子皆为晋王，但存勖称帝，国号称唐而不称晋，表示乃李唐王朝之复兴。其所立七庙，以唐高祖李渊、唐太宗李世民、唐懿宗李漼、唐昭宗李晔居前四位。

后唐庄宗李存勖

艰难取胜赖奇人，败灭忽焉教训深。
力战长河时念载，心铭太庙箭三根。
重更晋号兴汾畔，再续唐廷定洛滨。[①]
岂料朝堂生叛逆，伶官弑帝业沉沦。[②]

自注

①据《旧五代史·唐庄宗本纪》《新五代史·唐庄宗本纪》载，李存勖，李克用之长子也。善骑射，胆勇过人，稍习《春秋》，通大义，尤喜音乐歌舞俳优之戏。天祐五年(908)正月嗣晋王位于太原。存勖自十一岁起，即随父征战。其父临终赐矢三支，告以无忘父志，存勖受矢而藏于太庙，其后用兵，则遣从事以少牢告庙，请其矢，盛以锦囊，负而前驱，及凯旋而纳之。经过与朱梁政权在黄河两岸长达二

十余年之反复争夺较量，终于在天祐二十年（923）四月即帝位，改元同光，国号唐，史称后唐。同年十一月灭梁，迁都洛阳。

②同光四年（926）二月，赵在礼反，陷邺都。存勖遣大将李嗣源（本夷狄，无姓氏，名邈佶烈，以骑射事李克用，克用养以为子，赐名嗣源）往邺都平乱。嗣源至邺都，士兵哗变，逼其称帝，与赵在礼合兵谋反，嗣源遂进据汴州，谋反自立。四月丁亥，伶官郭门高（名从谦，门高乃其伶名）反于京城洛阳，攻入宫城，存勖亲与格斗，为乱兵射死，时年四十二。存勖取胜艰难，败灭忽焉，教训至为深刻。参阅《后唐太祖李克用》自注。

后晋高祖石敬瑭

久事明宗镇太原，身为驸马敢承担。
详陈大势伐存勖，首带精兵佐嗣源。[①]
始拜胡酋称父母，终成晋主献幽寰。
国人俱骂儿皇帝，纵入重泉亦汗颜。[②]

【自注

①据《旧五代史·晋高祖本纪》《新五代史·晋高祖本纪》载，石敬瑭本沙陀人，其父臬捩鸡善骑射，随朱邪赤心归唐，后又从晋王李克用征伐有功，官至洺州刺史。臬捩鸡生敬瑭，其姓石氏，不知其得姓之始也。敬瑭娶后唐明宗李嗣源之女永宁公主为妻，常隶明宗帐下。当年赵在礼之乱，庄宗诏嗣源讨之，士兵哗然，逼嗣源称帝。嗣源初欲自归于庄宗以明己不反，敬瑭献计曰："岂有军变于外，上将独无事者乎？且犹豫者兵家大忌，不如速行。愿得骑兵三百先攻汴州，夷门天下之要害也，得之可以成事。"嗣源然之，终登帝位，以敬瑭为河东节度使，长期镇守太原。

②后唐末帝李从珂（李嗣源养子）即位后，猜忌敬瑭，命其由太原移镇天平，敬瑭遂抗命而反。末帝遣张敬达等讨之，敬瑭遂以割地、称儿臣为条件，求契丹主耶律德光出兵相助。末帝清泰三年（936）十一月丁酉，耶律德光在太原立石敬瑭为帝，改元天福，国号晋，史称后晋。闰十一月，契丹、后晋兵攻克洛阳。辛巳日，末帝李从珂自焚而死，后唐亡。天福二年（937），敬瑭迁都汴州。石敬瑭割让给契丹之地凡十六州，其中包括幽、寰二州。

刘昫

涿州俊士美容颜，历仕三朝作大官。[①]
旧债蠲除民甚乐，私心暴露吏难安。
同扶晋室居高位，共撰唐书任总监。
礼遇僧人缘底事，当初避祸匿伽蓝。[②]

【自注

①据《旧五代史·刘昫传》《新五代史·刘昫传》载，刘昫字耀远，涿州归义人也。其人风仪俊美，神采秀拔，文学优赡，幼有乡曲之誉。五代时期，先后仕后唐、后晋，皆为宰相，并监修国史。后晋出帝开运三年(946)十二月，契丹主耶律德光入汴州，出帝石重贵被虏北迁，后晋亡。四年(947)正月，耶律德光在汴州称帝，国号为辽，授刘昫太保。三月，耶律德光北去，留刘昫于汴州。其年夏，以病卒，年六十。

②后唐末帝李从珂时，刘昫曾以宰相兼判三司。三司账簿所记州县残租旧债甚多，往时三司吏有意保留这些残租旧债，以此为由，向州县索贿。刘昫将残租旧债一律蠲免，百姓高兴而三司吏皆难堪沮怨。刘昫在后晋为宰相时，曾担任《唐书》(即现在之《旧唐书》)总监修，出帝开运二年(945)《唐书》修成，即由他奏上而成为后来之二十四史之一。当初，刘昫避难河朔时，曾匿于北山一佛寺，受到僧人贾少瑜之关照。及刘昫官达之后，则助贾少瑜成进士，并拜监察御史，闻者义之。

后汉高祖刘暠

禀性庄严貌不群，遭逢乱世久从军。
更鞍换马援石帅，划策出谋立晋君。[①]
目睹番王迁故主，身成汉帝御新臣。
刀光剑影争皇位，四载江山历二人。[②]

【自注

①据《旧五代史·汉高祖本纪》《新五代史·汉高祖本纪》载，刘暠初名知远，沙陀人，幼不好弄，严重寡言，及长，面紫色，目多白睛，

凛然不可犯。与晋高祖石敬瑭俱事唐明宗李嗣源。嗣源与梁人战德胜，敬瑭马甲断，梁兵将及，知远以所乘马授敬瑭，复取敬瑭断甲马乘而殿后，敬瑭德而壮之。后又为石敬瑭出谋划策，使其终成晋君，而知远亦被任为河东节度使，长期镇守太原。

②石敬瑭卒后，其侄石重贵继位，是为晋出帝。石重贵得罪契丹，契丹主耶律德光遂率众南侵，开运三年（946）十二月癸酉入汴州，虏石重贵北迁，后晋亡。四年（947）正月，耶律德光在汴州称帝，国号为辽。二月辛未，刘知远亦在太原即帝位。三月，辽兵北撤，刘知远于五月进入汴州，六月改国号汉，史称后汉，改开运四年为天福十二年（用晋石敬瑭年号）。次年（948）正月建元乾祐，改名暠，不久即去世。其次子刘承祐继位，乾祐三年（950）十一月乙酉为郭威所杀，后汉亡。刘知远所创立之后汉政权凡历二主，共四年（947～950）。

后周太祖郭威

喜阅兵书善属文，年犹未冠早从军。
心同四将拥高祖，力破三藩辅少君。[①]
问罪兴师逼汉帝，开元建号御周臣。
革除弊政苏民困，济世郭威有令闻。[②]

【自注

①据《旧五代史·周太祖本纪》《新五代史·周太祖本纪》载，郭威字文仲，邢州尧山人也。少孤，依潞州人常氏。或云本姓常，母改嫁郭氏，威遂冒姓郭。好读《阃外春秋》，略知兵法，通书算。十八岁应募从军，先后事潞州节度使李继韬、后唐庄宗李存勖、后晋高祖石敬瑭、后汉高祖刘知远。后晋开运四年（947）二月辛未，郭威与苏逢吉、杨邠、史弘肇共四人，同心协力，在太原拥立刘知远为帝，是为后汉高祖。后汉乾祐元年（948）三月，河中、永兴、凤翔三藩镇相继反叛，时刘知远新亡，其子刘承祐初继位，是为后汉隐帝。隐帝以郭威为统帅平定三藩，使政权暂时得以稳定。

②乾祐三年（950）四月，郭威奉诏以枢密使出为邺都留守。不久，隐帝刘承祐猜忌大臣，杀死在朝之重臣杨邠、史弘肇、王章等，又命人至邺杀郭威。郭威入汴，遣太师冯道至徐州迎刘知远之侄武宁军节度使刘赟，欲立为帝。刘赟尚未至汴，河北报称辽兵入侵，郭威领兵北征。至澶州，军士哗变，逼郭威称帝，并裂黄旗披其身。郭威

率军返汴，遣人杀刘赟于宋州。次年(951)正月丁卯，郭威即帝位，都开封(汴)，改元广顺，国号周，史称后周。郭威采取诸多措施革除弊政，苏民之困，是当时较有作为之君主。

后周世宗柴荣

躬承养父继周皇，礼士尊贤慕禹汤。
一讨刘旻摧北汉，三征李璟慑南唐。
辽邦郡县争归附，蜀地兵民竞顺降。
五代明君诚罕见，柴荣事业最辉煌。①

自注

①据《旧五代史·周世宗本纪》《新五代史·周世宗本纪》载，柴荣，邢州龙冈人也。本为后周太祖郭威内侄(圣穆皇后柴氏兄守礼之子)，幼从姑长郭威家，以谨厚见爱，郭威遂养以为子。显德元年(954)正月壬辰，郭威去世。丙申，柴荣继位，是为后周世宗。当年三月即讨伐北汉主刘旻，于高平大破北汉军，乘胜进围太原，数月方退兵。此后，又三次征讨南唐主李璟，得南唐江北、淮南之地共十四州。同时，收复辽邦侵占之瀛、莫、易三州及瓦桥、益津、淤口三关，又取得后蜀秦、凤、成、阶四州之地。在五代十国时，后周世宗柴荣是最有作为的一位君主，其在政治、军事、经济上之辉煌成就，为后来北宋统一全国奠定了基础。

冯　道

残唐旧齿步青云，乱世偏承雨露恩。
子痛双亲诚孝子，臣安五姓岂忠臣。
虽居相府夸长乐，却念田家悯赤贫。
力阻柴荣行切谏，高平奏凯愧庸人。①

自注

①据《旧五代史·冯道传》《新五代史·冯道传》载，冯道字可道，瀛洲景城人也。年二十六，唐亡。五代时历仕后唐、后晋、契丹(辽)、后汉、后周五国君主，皆居宰相或三公高位。为人至孝，闻父

丧，即徒步连夜以归。后唐明宗李亶曾问冯道曰：“天下虽丰，百姓济否？”道曰：“谷贵饿农，谷贱伤农。”因诵文士聂夷中之《田家》诗，明宗命左右录其诗，常以自诵。冯道晚年自号“长乐老”，并作《长乐老自叙》以夸耀其勋阶官爵，引以为荣。冯道一生，容身保位，未尝谏诤，但后周显德元年(954)二月世宗柴荣决定亲征北汉刘旻时，他却极力谏阻。当年三月，柴荣在高平之战中大破刘旻，捷报传回汴京，时任太祖(郭威)山陵使之冯道本已抱疾，闻听捷报后，羞愧难当，遂于四月乙丑病逝，年七十三。谥曰文懿，追封瀛王。

吴太祖杨行密

合肥盗首运奇谋，占领江淮据大州。
政柄军权玩掌上，民情世务挂心头。①
持刀不肯疑陈绍，毁墓犹能恕蔡俦。
万里皇图传四帝，山河易主水长流。②

【自注

①据《旧五代史·僭伪列传》《新五代史·吴世家》载，杨行密字化源，庐州合肥人也。唐僖宗乾符年间，为盗被获，刺史郑棨奇其状貌，释缚纵之，遂应募为州兵。后归淮南节度使高骈，为庐州刺史。高骈被毕师铎杀死后，行密逐毕师铎而入据扬州。又经反复征战，遂据有润、昇、常、苏等大州。景福元年(892)，昭宗以行密为淮南节度使。天复二年(902)封吴王，都广陵。自此，行密成为江淮地区最大的割据者，军政大权在握，他采用安抚政策，招集流亡，奖励农桑，使经济有所恢复。

②史称行密盗亦有道，宽仁大度，能得士心。尝使从者张洪负剑而侍，洪拔剑击行密不中，洪死，复用洪友陈绍负剑而侍，不疑。行密旧将蔡俦叛于庐州，悉毁行密祖宗坟墓，及俦败，诸将皆请行密毁蔡俦祖宗坟墓以报之，行密叹曰：“俦以此为恶，吾岂复为邪！”天祐二年(905)，行密卒，时年五十四，庙号太祖。其长子杨渥、次子杨隆演、第四子杨溥先后继位。而杨溥于顺义七年(927)十一月庚戌称吴皇帝，改元乾贞。天祚三年(937)十月，权臣徐知诰(即李昇，南唐开国之君)废杨溥而自立为帝，吴亡。杨行密所创立之吴政权，为五代时十国之一，凡历四主，共存在三十六年(902～937)。

南唐烈祖李昪

落拓孤儿奋智能，徐温义子改新正。
杨家逊位存颜面，李氏登基复姓名。[①]
互利通商开贸易，相和罢战弭刀兵。
南唐社稷传三代，后主牵羊拜宋营。[②]

自注

①据《旧五代史·僭伪列传》《新五代史·南唐世家》载，李昪字正伦，徐州人（一作海州人）也。少孤，战乱中被杨行密收为养子，而行密诸子不能容，行密以送大将徐温，遂为徐温养子，名知诰。吴王杨隆演天祐十五年(918)，徐知诰以润州刺史入吴都广陵辅政，由此执掌吴国军政大权。吴帝杨溥大和五年(933)，徐知诰封齐王。天祚三年(937)十月，已成傀儡之吴帝杨溥在被逼无奈之情况下，传位于徐知诰，吴亡。徐知诰称帝，都金陵，国号齐，改元昪元。昪元二年(938)，徐知诰自言系唐宪宗子建王李恪四世孙，因复姓李氏，改名昪，改国号为唐，史称南唐。

②李昪自执吴政及建唐称帝以来，与四邻和平相处，互通商贸，使经济有较大发展。昪元七年(943)，李昪卒，年五十六，庙号烈祖。其长子李璟、孙李煜先后继位。北宋开宝八年(975)为太祖赵匡胤所灭。李昪所创立之南唐政权，为五代时十国之一，凡历三主，共存在三十九年(937～975)。

南唐后主李煜

善画工书喜韵文，词坛巨匠位尤尊。
花天酒地南唐主，俯首低眉北宋臣。
夜宴笙歌极侈丽，春愁意绪甚消沉。
生辰赐药缘何故，赵炅难容恋旧人。[①]

自注

①据《旧五代史·僭伪列传》《新五代史·南唐世家》《宋史·南唐李氏世家》、王铚《默记》等载，李煜字重光，初名从嘉，南唐元宗李璟第六子，继位后改名煜。少颖悟，喜读书属文，工书画，知音律，尤

善填词。宋太祖赵匡胤开宝八年(975)十二月,北宋大军攻破南唐都城金陵,李煜出降后被解至宋都开封,太祖封其为违命侯。宋太宗赵炅继位后,虽表面仍优容之,但实难容忍其在词作中对旧日宫廷生活之留恋怀念,遂于太平兴国三年(978)七月七日李煜生日当晚,赐其服毒而死,时年四十二。

吴越武肃王钱镠

幼令群童长贩盐,周旋乱世据临安。
搜罗俊彦兴文治,贡奉珍奇保政权。
舞榭歌台呈妙境,湖光海色映良田。①
国人请立生祠后,四季蒸尝万代传。②

【自注

①据《旧五代史·世袭列传》《新五代史·吴越世家》载,钱镠字具美,杭州临安人也。临安里中有大树,镠幼时与群童戏树下,镠坐大石指挥群童为队伍,号令有法,群童皆惮之。及长,以贩盐为业。唐僖宗乾符二年(875)应募为董昌部将。光启三年(887),唐以董昌为越州观察使,钱镠为杭州刺史,自此,二人分据浙东与浙西。昭宗乾宁三年(896),钱镠杀董昌,遂兼有浙东与浙西之地,以杭州为基地。天复二年(902),昭宗封钱镠为越王;天祐元年(904),又封为吴王。后梁开平元年(907),朱晃封钱镠为吴越王。后唐建立后,钱镠仍遣使朝贡。钱镠治吴越时,礼敬文士,文化有所发展。又筑塘设闸,兴修水利,以利农业生产。同时,又大兴土木,悉起台榭,使都城杭州有“地上天宫”之称。

②后唐明宗李亶(即李嗣源)长兴三年(932),钱镠卒,年八十一,谥曰武肃。钱镠生前,威望颇高,浙人称为“海龙王”,并请立生祠,四季蒸尝,万代相传。钱镠卒后,又传四主。北宋太平兴国三年(978)三月,吴越忠懿王钱俶入开封朝太宗,尽献其所有土地,举家迁汴,吴越亡。钱镠所创立之吴越政权,为五代时十国之一,凡历五主,共存在七十二年(907～978)。

楚武穆王马殷

贯属鄢陵作梓人，从戎立楚竟为君。[1]
同庚事异杨行密，异代官同李世民。
北上销茶能获利，南归购马可强军。
高龄老境难行政，致使愚儿戮荩臣。[2]

自注

①据《旧五代史·世袭列传》《新五代史·楚世家》载，马殷字霸图，许州鄢陵人也。少为木工，及秦宗权作乱，始应募从戎。先从孙儒攻杨行密。孙儒败死，又从刘建峰转战江西、湖南，攻陷潭州。唐昭宗乾宁三年(896)，刘建峰为军卒陈赡所杀，诸将乃杀陈赡而立马殷为帅，不久，昭宗即以马殷为湖南节度使。此后，马殷即以潭州为基地，四出攻占诸州，至唐亡时，已据有二十余州。后梁开平元年(907)，朱晃封马殷为楚王。后唐天成二年(927)，李亶封马殷为楚国王。后唐长兴元年(930)，马殷卒，年七十九，谥曰武穆。

②楚武穆王马殷与吴太祖杨行密同庚(均出生于公元852年)而其事大异，终生为敌。与唐秦王李世民同官而时代大异。后梁时，马殷已封楚王，复请依唐秦王李世民故事，开天册府，置官属，朱晃皆允准。马殷遂设左右丞相，并以廖光图等十八人为学士，一切仿效李世民。马殷采纳谋臣高郁之策，奉中原朝廷正朔，纳贡称臣。又与中原进行贸易，以茶叶换取战马。南平高季昌闻马殷重用谋臣高郁而致富强，尝使反间计欲除高郁，马殷不听。后马殷年老，其子马希声用事，高季昌复用反间计，马希声遂矫父命而杀高郁。南唐保大九年(951)，李璟派大军攻入潭州，尽俘马氏族人入南唐，楚亡。马殷所创立之楚政权，为五代时十国之一，凡历五主，共存在四十五年(907～951)。

闽太祖王审知

白袍素马勇三郎，继位承兄治闽江。
目睹强藩多号帝，心知弱镇仅称王。
轻徭减赋开商埠，敬圣尊贤设礼堂。
此后山河如落日，迁延念载入南唐。[1]

【自注

①据《旧五代史·僭伪列传》《新五代史·闽世家》载，王审知字信通，光州固始人也。唐僖宗时，与其长兄王潮、仲兄王审邽加入王绪所领导之反唐武装。光启元年(885)八月，王潮兄弟在南安囚王绪而立王潮。后相继攻克泉、福、汀、建、漳五州，遂据全闽。唐廷即以王潮为福建观察使，王潮以审知为副使。审知为人状貌雄伟，常乘白马，军中号“白马三郎”。昭宗乾宁四年(897)，王潮卒，王审知继立，以福州为基地。天祐元年(904)，唐廷封王审知为琅琊王。后梁开平三年(909)，朱晃封王审知为闽王。王审知深知闽国地僻境狭，故只称王而不敢称帝。他采取保境安民之政策，对外纳贡于中原朝廷而与邻国交好，对内则轻徭薄赋、敬圣尊贤，发展闽国之经济文化。后唐同光三年(925)，王审知卒，年六十四，谥曰忠懿，庙号太祖。此后王氏子弟为争位而互相残杀，二十年间，五易其主，至王延政天德四年(南唐保大四年，公元946年)，为南唐李璟所灭。王审知所创立之闽政权，为五代时十国之一，凡历六主，共存在三十八年(909～946)。

南汉烈宗刘隐

强兵勇将俱同仇，战舰浮江过百艘。
此日开衙承彦若，当年率部救知柔。
尊王敬李招贤士，定广平邕据大州。[①]
岭外河山传五帝，终投赵宋尚封侯。[②]

【自注

①据《旧五代史·僭伪列传》《新五代史·南汉世家》载，刘隐，上蔡人也，其祖刘安仁徙闽中，复商贾南海，因家焉。其父刘谦为广州牙将，唐乾符五年(878)，僖宗以刘谦为封州刺史，使御黄巢。岁余，刘谦募兵万余人，战舰百余艘。刘谦卒，刘隐代父为封州刺史。乾宁年间，唐昭宗以嗣薛王李知柔为清海军节度使，前节度使旧将卢琚、覃玘抗诏拒知柔，刘隐率部攻杀卢琚、覃玘，迎李知柔到任，李知柔以刘隐为行军司马。其后昭宗又以宰相徐彦若代知柔，彦若表刘隐为节度副使，委以军政。彦若卒，军中推刘隐为留后。天祐二

年(905)为清海军节度使。后梁开平元年(907),朱晃封刘隐为大彭郡王,开平三年(909)进封南平王,开平四年(910)又进封南海王。刘隐以广州、邕州等大州为基地,占据两广,控制岭南六十余州,遂成一大割据者。当时岭南士人云集,有中原前往避乱者,有谪死南方之名臣后裔,亦有仕宦任满而因战乱不得北返者。刘隐对他们均加以重用,如王定保、李衡(李德裕之孙)等。

②后梁乾化元年(911),刘隐卒,年三十八,庙号烈宗。其弟刘岩(先后改名陟、龚、䶮)继立。后梁贞明三年(917),刘岩称帝于番禺,改元乾亨,国号大越。乾亨二年(918)改国号汉,史称南汉。北宋开宝四年(971)二月,宋将潘美攻占广州,南汉后主刘鋹出降,南汉亡。刘鋹投宋后,被封为恩赦侯。刘隐所创立之南汉政权,为五代时十国之一,凡历五主,共存在六十五年(907～971)。

前蜀高祖王建

陪銮扈跸久周旋,略地攻城据两川。
已作唐臣经五帝,方为蜀主盼千年。
初期睿智交文士,老境平庸任宦官。[①]
立储违心伏隐患,安知幼子误黎元。[②]

自注

①据《旧五代史·僭伪列传》《新五代史·前蜀世家》载,王建字光图,许州舞阳人也(一作陈州项城人)。历宣宗、懿宗、僖宗、昭宗、哀帝五位唐帝。曾两度随僖宗奔成都和兴元,此后即以成都为基地,攻城略地,据有东西两川及汉中。昭宗天复三年(903)八月封蜀王。天复四年(904),唐迁都洛阳,改元天祐,王建与唐隔绝而不知,故仍称天复。天复七年(907),王建知后梁已灭唐,乃于九月己亥在成都称帝,国号蜀,史称前蜀。次年(908)改元武成。王建治蜀之前期,尚能结交重用文士,如韦庄、张格等,但后期则老迈昏庸,信任宦官唐文扆、宋光嗣等。

②王建共十一子,先立次子元膺(初名宗懿)为太子,但元膺在永平三年(913)之宫廷斗争中被杀。元膺死后,王建以第四子宗辂状貌类己,而第七子宗杰最有才能,欲于两人中择立之。但幼子宗

衍之母为徐贤妃，贤妃徐氏与妹淑妃皆以色专宠，二人与宦者唐文扆教相者上言宗衍相貌最贵，宗衍由是立为太子，去宗名衍。光天元年(918)六月，王建卒，年七十二，庙号高祖。王衍继位，奢侈荒淫，于咸康元年(后唐同光三年，公元925年)为后唐庄宗李存勖所灭。王建所创立之前蜀政权，为五代时十国之一，凡历二主，共存在二十三年(903～925)。

后蜀高祖孟知祥

李氏姻亲去晋阳，身担重任戍岷江。
拥兵擅政模王建，略郡攻州灭董璋。
自始八年皆号帅，临终一载甫称皇。
元良嗣位三旬后，大宋扬威蜀祚亡。[①]

【自注

①据《旧五代史·僭伪列传》《新五代史·后蜀世家》载，孟知祥字保胤(一作保裔)，邢州龙冈人也。自幼事晋王李克用，及长，晋王以其弟克让女妻知祥。后唐庄宗李存勖时，知祥为太原尹。同光三年(925)，后唐灭前蜀，以知祥为西川节度使。长兴三年(932)，知祥杀东川节度使董璋，遂据东西两川。长兴四年(933)，封蜀王。后唐闵帝应顺元年(934)闰正月，孟知祥在成都称帝，国号蜀，史称后蜀。四月，改元明德。六月病卒，时年六十一，庙号高祖。知祥入川共九年，前八年皆为大帅，最后一年始称帝，半年后即去世。其第三子孟昶继位，在位三十余年，广政二十八年(北宋乾德三年，公元965年)为宋太祖赵匡胤所灭。孟知祥所创立之后蜀政权，为五代时十国之一，凡历二主，共存在三十三年(933～965)。

南平武信王高季兴

朱温大将幼清贫，豹变家僮亦作君。
近奉诸王皆纳贡，遥尊各帝俱称臣。
惟图取利截财货，不管亏名误子孙。[①]

地仅三州传五主，终投宋室任浮沉。[2]

自注

①据《旧五代史·世袭列传》《新五代史·南平世家》载，高季兴字贻孙，陕州硖石人也。幼为汴州富人李让家僮，后让成为朱温养子，改姓名为朱友让，朱温命友让养季兴为子，因冒姓朱氏。屡随朱温征战有功，复姓高氏。后梁开平元年(907)，朱温称帝，以季兴为荆南节度使，治江陵。乾化四年(914)，后梁末帝朱瑱封高季兴为渤海王。后唐同光三年(925)，庄宗李存勖封高季兴为南平王。南平又称荆南，亦称北楚，是五代时十国中面积最小、力量最弱之国。高季兴及其子孙对当时称王称帝诸割据者均纳贡称臣。南平生产不能自给，其经济来源除通商获取财物外，还靠各国赏赐。又常截留各国使者，掠取其物，各国以书责问，或发兵加讨，即复还之而无愧，故各国皆目高氏为“高赖子”，犹言高无赖也。

②后唐天成三年(928)，高季兴卒，年七十一，谥曰武信。其后又传四主，至北宋建隆四年(963)，太祖赵匡胤命慕容延钊出兵湖南，假道江陵，高继冲纳地归降，举宗族五百余人入汴，南平亡。高季兴所创立之南平政权，为五代时十国之一，凡历五主，共存在三十九年(925～963)。

北汉世祖刘旻

买马招兵守晋阳，京都秘事日昭彰。
欣闻谎话听郭雀，怒斥忠言灭李骧。
继位承侄赓汉帝，衔仇念子抗周皇。
军锋挫败高平后，病困期年饮恨亡。[1]

自注

①据《旧五代史·僭伪列传》《新五代史·东汉世家》载，刘旻初名崇，后汉高祖刘暠(知远)母弟也。后汉隐帝刘承祐时，刘崇为河东节度使、太原尹。郭威举兵向汴而杀隐帝，反状已明，欲自称帝而惧汉大臣不服，乃佯为欲立刘崇之子刘赟为帝，且自指其颈谓刘崇使者曰：“自古岂有雕青天子？幸公无以我为疑。”郭威少时微贱，黥

其颈上为飞雀，世谓之“郭雀儿”，故云。刘崇闻郭威之谎言，信以为真。太原少尹李骧曰：“郭公举兵犯顺，其势不能为汉臣，必不为刘氏立后。”因劝刘崇以兵下太行，控孟津以俟变。刘崇大骂李骧曰：“骧腐儒，欲离间我父子！”命斩骧及其妻于市。不久，郭威果然杀刘赟而自称周帝，刘崇始悔。周广顺元年(951)正月戊寅，刘崇即帝位于太原，改名旻，仍用其侄汉隐帝乾祐年号，表示后汉未亡，由己继承，史称北汉(欧阳修《新五代史》称东汉)。乾祐七年(后周显德元年，公元954年)三月，刘旻在高平之战中被后周世宗柴荣击败，以忧得疾，乾祐八年(955)十一月卒，时年六十，庙号世祖。刘旻所创立之北汉(东汉)政权，为五代时十国之一，凡历四主，至北宋太平兴国四年(979)为宋太宗赵炅所灭，共存在二十九年(951～979)。

卷五　两宋时期 77首

宋太祖赵匡胤

本事明君任重臣，黄袍借口敢加身。
周皇让位诚非假，宋帝逼宫亦是真。
破碎山河归一统，辉煌气象耀三辰。[①]
难违母命生愁绪，猝死疑云待探寻。[②]

自注

①据《旧五代史·周恭帝本纪》《宋史·太祖本纪》等载，赵匡胤，涿郡人也。后周世宗柴荣时任殿前都点检，统率禁军。显德六年(959)六月癸巳，柴荣卒。甲午，其子柴宗训继位，年始七岁，是为后周恭帝。显德七年(960)正月辛丑朔，据报契丹与北汉合兵南侵，恭帝诏赵匡胤率军北上御敌。癸卯日，夜宿陈桥驿，兵变，以黄袍加于赵匡胤，拥其为天子。甲辰，赵匡胤率军回师都城开封，恭帝让位，后周亡。乙巳，赵匡胤正式称帝，改元建隆，国号宋。其实，所谓陈桥兵变，乃是赵匡胤及其亲信精心策划的一场夺取后周政权之军事政变。

②据《宋史·太祖本纪》《宋史·太祖母昭宪杜太后传》等载，赵匡胤迫于母命，将帝位传于其弟匡义（后改光义，又改炅，即宋太宗）。又据《续湘山野录》《灵谷杂记》等所载烛影斧声之说，太宗似有杀兄夺位之嫌，然元黄溍、明宋濂等皆称其诬。此事迄无定论，有待进一步探寻。

宋太宗赵炅

亡周建宋掌实权，帝祚揪心甚不安。
立储虽曾承母命，登基却未奉兄言。[①]
常怀壮志攻西夏，屡调精兵讨契丹。
御弟皇侄皆殒灭，诬亲惑众布疑团。[②]

【自注

①据《宋史·太宗本纪》《宋史·太祖母昭宪杜太后传》《宋史·赵廷美传》《宋史·赵普传》《续资治通鉴》及《考异》等载，杜太后共生五子，除长子光济、第五子光赞早亡外，其余三子为：太祖匡胤、太宗炅（初名匡义，又改光义）、秦王廷美（本名光美），三人是同父同母亲兄弟。杜太后临终时，命太祖将来传位于太宗，太宗传位于廷美，廷美复传位于太祖嫡子德昭，并命宰相赵普笔录遗命，署名作证，藏之金柜，由谨密宫人掌之。当时承杜太后遗命者，只有太祖与宰相赵普二人，他人一概不知。开宝九年（976）十月癸丑夜四鼓，太祖猝死，未及安排后事。赵光义在宦官王继恩的帮助下，连夜抢先入宫即位，是为宋太宗。

②赵普在太祖开宝末年因过被罢相，出为河阳三城节度使。太宗即位后，赵普回京向太宗谈及杜太后遗命之事，太宗发金柜得太后遗命，果如普言。从此，二人即互相利用。太宗复拜赵普为相，赵普则为太宗修改杜太后遗命并扫除政敌。太后遗命中原有太宗传位于廷美，廷美传位于德昭两条内容，赵普将此删除，只保留太祖传位于太宗一条内容。当太宗以传位之事问赵普时，普曰："太祖已误，陛下岂容再误邪！"时太宗政敌为弟廷美与侄德昭，而德昭已在太平兴国四年（979）因事被太宗严厉斥责而自杀。太平兴国七年（982），有人诬告秦王赵廷美谋反，太宗命宰相赵普主审此案。定案后，赵廷美被贬至房州，雍熙元年（984）卒于贬所。赵廷美卒后，太宗又向大臣散布谎言，说廷美并非杜太后所生，而是其父宣祖赵弘殷与太宗乳母耿氏私通所生。

宋仁宗赵祯

大孝仁宗美誉闻，中宫侧殿两萱亲。
生身永记李妃苦，教子常思刘后恩。[①]

纵法宽刑无酷吏，督师辅政有贤臣。
承祧守器非英主，祚运齐天是此人。②

自注

①据《宋史·仁宗本纪》《宋史·真宗章献明肃刘皇后传》《宋史·真宗李宸妃传》载，赵祯，初名受益，真宗第六子，生母为李宸妃。李宸妃本为刘皇后侍儿，真宗幸之而生仁宗，刘皇后无子，取为己子养之。仁宗即位后，李宸妃处先朝众多妃嫔中，未尝自异，而人畏刘太后，亦无敢言者，故终刘太后之世，仁宗不知己为李宸妃所生也。明道年间，李妃与刘后相继去世，仁宗始知生母为李妃。仁宗以仁孝著称，对生母及养母均能尽人子之道。

②仁宗时期，人才济济，尤其是庆历年间范仲淹、韩琦、富弼等人执政时，曾对吏治作过一些整顿，史称“庆历新政”。但从总体上看，仁宗为一平庸君主，无多大作为。然在位四十二年，为宋代享祚最为长久之君主。

宋神宗赵顼

建号熙宁奋庙堂，元丰改制待平章。
循规往岁积贫弱，变法今朝致富强。
屡调精兵攻夏室，常思大将御辽邦。
缘何再免王丞相，半济长河又返航。①

自注

①《宋史·神宗本纪》：赵顼，英宗长子。在位期间，有熙宁、元丰两个年号。熙宁年间，神宗重用王安石，两度拜王安石为相，进行变法，成效颇著，但迫于朝中亲贵之各种压力，又两度罢免王安石宰相职务。元丰年间，神宗在蔡确、王珪等人协助下，对职官制度进行了重大改革，史称“元丰改制”。元丰改制虽裁撤了一些冗员和冗散机构，节省了开支，但行政效率并未提高，个别部门之行政效率反比过去有所下降。神宗所领导之变法运动虽然取得了重大成就，但最后竟以失败告终。究其原因，除保守势力反对外，神宗对王安石两次罢相，未能重用到底，亦是重要之因素。

宋徽宗赵佶

继位承兄主庙廷，轻佻赋性误终生。
穷兵尽物听童贯，祸政殃民任蔡京。
宋寨方营皆起事，书坛画苑自传名。
遭逢类似石重贵，塞北为囚殁虏城。[①]

【自注

①《宋史·徽宗本纪》：赵佶，神宗第十一子，哲宗之弟。能书善画，荒废政事。在位期间，重用蔡京、童贯、高俅、杨戬等奸臣，横征暴敛，骄奢淫逸，曾激起宋江、方腊等多处农民起义，是北宋最荒淫腐朽之皇帝。宣和七年(1125)十二月传位于太子桓(即钦宗)，自称太上皇。靖康二年(1127)二月与钦宗同为金军所虏，后押解北上。南宋高宗绍兴五年(1135)四月甲子，死于金邦五国城，年五十四。石重贵：五代时后晋高祖石敬瑭之侄，继石敬瑭为帝，是为后晋出帝(亦称少帝)。开运三年(946)十二月癸酉，契丹军攻陷汴京，虏石重贵北迁，先囚黄龙府，后囚建州，宋太祖乾德二年(964)死于建州。

宋高宗赵构

继位南京复宋廷，舟车海陆躲金兵。[①]
终生信任投降派，至死怀疑抗战营。
大帅岳飞遭陷害，元凶秦桧受欢迎。
虽然自许中兴主，未辨忠奸落骂名。[②]

【自注

①《宋史·高宗本纪》：赵构字德基，徽宗第九子，钦宗之弟。靖康二年(1127)二月，金军虏徽钦二帝，后又北迁，北宋亡。同年五月庚寅朔，赵构在南京应天府(今河南商丘)即帝位，改元建炎，重新恢复宋朝，史称南宋。在金兵追击下，赵构先后逃到扬州、镇江、临安、越州、明州、定海、温州等地，并曾漂泊海上，最后止于临安，并定临安为南宋都城。

②赵构在位三十六年，退位后又为太上皇二十五年，享寿八十一岁。他是南宋初年投降派之总首领，绍兴十一年(1141)十一月与金

邦订立丧权辱国、纳贡称臣之“绍兴和议”。执政期间，他对汪伯彦、黄潜善、秦桧等投降派一直信任有加，而对李纲、岳飞、韩世忠等抗战派始终怀疑防范。最后，他又与秦桧制造岳飞父子谋反冤案，以“莫须有”之罪名将其杀害。

宋孝宗赵昚

心怜太祖复传承，位继高宗有孝声。
理政兴农安宋室，强军备战抗金廷。
岳飞此日平冤案，秦桧他年落丑名。
半壁河山凡九帝，当推赵昚较贤明。①

【自注

①《宋史·孝宗本纪》：赵昚字元永，宋太祖赵匡胤七世孙也。高宗自元懿太子赵旉于建炎三年（1129）七月三岁夭亡后，别无子嗣。在隆祐太后（亦称元祐太后，实即哲宗昭慈圣献皇后孟氏，为高宗伯母。金灭北宋，后妃及宫人皆随徽钦二帝北迁，孟氏因偶然因素而获免）与右仆射范宗尹建议下，高宗专择太祖后人为嗣，遂于绍兴二年（1132）五月选赵昚入宫养育，时年六岁。赵昚三十七岁继位后，一方面对太上皇（即高宗）尽孝，一方面理政兴农，强军备战，并为岳飞平反冤案，揭露已死秦桧之奸谋。隆兴二年（1164）十二月，南宋与金邦订立“隆兴和议”，与高宗时之“绍兴和议”相比，两国间之不平等关系有较大改变，南宋之地位有较大提高。在南宋九位帝王中，当推赵昚为较贤明之君主。

薛居正

落笔成文任纵横，雄才大志美官声。
当年既撰五朝史，异日方垂千载名。①
再探实情惩恶吏，重勘要案救群僧。
生前守道为良相，殁后犹能配庙廷。②

【自注

①《宋史·薛居正传》：薛居正字子平，开封浚仪人也。宋太祖

开宝六年(973)以宰相监修五代史,七年(974)史成,名《五代史》。后欧阳修《五代史记》出,后人为示区别,遂称欧史为《新五代史》,而称薛史为《旧五代史》。

②后汉乾祐初年,权臣史弘肇部下恶吏告民犯盐禁,法当死。狱将决,居正时为开封府判官,疑其罪不实,召民诘之,乃恶吏与民有私恨,故诬陷之。逮恶吏鞫之,俱伏其诬陷之罪,遂抵法。史弘肇虽怒甚,亦无以屈。宋建隆年间居正知朗州时,有亡卒数千人聚山泽为盗,监军使疑城中僧千余人皆其党,议欲尽捕诛之。居正以计缓其事,因率众翦灭群盗,擒盗首汪端而诘之,僧皆不与,众僧遂得救。宋太宗太平兴国六年(981)六月卒,年七十,谥文惠。宋真宗咸平二年(999),诏以薛居正配飨太宗庙廷。

赵普

生逢乱世志凌云,半部儒经便立身。[①]
定策开邦为首相,扶兄佐弟是元臣。[②]
当年立誓遵原命,此日违盟叛故君。[③]
陷害秦王更笔录,终成赵炅大恩人。[④]

自注

①《宋史·赵普传》:赵普字则平,幽州蓟人也。儒经:指《论语》。

②定策开邦:赵普为陈桥兵变主要策划人之一。兄:指太祖。弟:指太宗。

③原命:指杜太后遗命。故君:指太祖。

④秦王:指赵廷美。笔录:指赵普所署名记录之杜太后遗命。详参《宋太宗赵炅》自注。

石守信

柴周大将坐金銮,赵宋功臣任显官。[①]
圣主忧心失政柄,元戎会意解兵权。
良田广厦陪闲士,妙舞轻歌伴暮年。
敛货贪财缘底事,韬光养晦保安全。[②]

【自注

①柴周大将：指赵匡胤。赵宋功臣：指石守信。

②《宋史·石守信传》：石守信，开封浚仪人也。赵匡胤灭后周建宋称帝后，石守信累官至侍卫亲军马步军都指挥使，成为典领中央禁军之主要将领。为避免陈桥兵变、黄袍加身事件之重演，赵匡胤采纳赵普之建议，在酒宴上解除了石守信、王审琦、高怀德等高级将领之兵权，并谓诸将曰："人生驹过隙尔，不如多积金、市田宅以遗子孙，歌儿舞女以终天年。君臣之间无所猜嫌，不亦善乎！"石守信等皆以散官就第，赏赉甚厚。石守信解除兵权后，专务聚敛，积财钜万，或谓其此举乃韬晦之计，目的在于自保安全。

曹彬

抓周已见志非凡，每赴戎机总占先。
兵至蜀唐申号令，使还吴越散金钱。
分析战事平东汉，等待军粮挫北番。
美誉丰功诚可敬，皇家太庙配忠贤。[①]

【自注

①《宋史·曹彬传》：曹彬字国华，真定灵寿人也。周岁时，父母以百玩之具罗于席，观其所取。彬左手持干戈，右手取俎豆，斯须取一印，他无所视，人皆异之。宋太祖时，参加乾德三年(965)灭后蜀之役及开宝八年(975)灭南唐之役，均以号令严明著称。后周显德五年(958)出使吴越，拒受私礼，后不得已而受之，回朝后悉数上缴朝廷。周世宗强赐还，彬悉分于亲旧，不留一钱。宋太宗时，曾献平东汉(亦称北汉)之策，又在军粮不济之情况下，北上重创辽(契丹)军。宋真宗咸平二年(999)六月卒，年六十九，谥武惠。八月，诏曹彬与赵普配飨太祖庙廷。

柳开

夜斗强人正少年，更名改字意相关。
谈兵论政安边塞，仗义疏财济困难。[①]

载道轻今崇孔孟，为文重古慕扬韩。
收骈放散开新路，晦涩言辞欠自然。[2]

自注

①据《宋史·柳开传》《河东先生集》等载，柳开字仲途，大名人也。原名肩愈，字绍先（一作绍元），意谓肩韩愈而绍祖先柳宗元。后改名开而改字仲途者，意谓将开古圣贤之道于时也。后周显德末年，开侍父任南乐，夜与家人立庭中，有盗入室，众恐不敢动，开年十三，亟取剑逐之，盗逾垣出，开挥剑断其二趾。宋太宗与宋真宗时，柳开曾使河北，知代州，多次上书论防御契丹及西夏之事，务在安定边塞。柳开在家乡大名时，曾于酒肆见一来自京师之士人，以贫不克葬其亲，欲向大名义士王祐借贷。开即罄其所有，得白金百余两而赠之。

②柳开是宋代古文运动的先驱之一，提倡文道合一，主张收骈放散。他自称“师孔子而友孟轲，齐扬雄而肩韩愈”。又说：“吾之道，孔子、孟轲、扬雄、韩愈之道；吾之文，孔子、孟轲、扬雄、韩愈之文也。”但柳开在创作实践上成就不大，言辞晦涩是其作品之通病。

吴　淑

下笔成章举世传，由唐入宋立朝班。
参编巨著书三部，自撰鸿文赋百篇。
类列江河行大地，门分日月挂长天。
协辞比事精骈体，四六名家聚美谈。[1]

自注

①《宋史·吴淑传》：吴淑字正仪，润州丹阳人也。属文敏速，为世所称。南唐灭亡，入宋为官。书三部：吴淑在宋太宗时曾参加编修《太平御览》《太平广记》《文苑英华》三部大书。赋百篇：吴淑在宋太宗时曾自撰由百篇赋作组成之《事类赋》一书。该书共分天、岁时、地、宝货等十四部，每部又分若干目，如天部有日、月等十二目，地部有江、河等十目，总计凡百目。每目以一字为题，作赋一篇，专写一类事物，故书名原为《一字题赋》。书成后进献太宗，太宗诏令注释。吴淑遂加注重新进献，始改书名为《事类赋》。全书百篇赋作皆用骈体写成，协辞比事，骈四俪六，可见作者洵为骈赋名家。

王禹偁

正士为人胆气豪，直躬说论不弯腰。
坚持用计防西夏，苦劝合兵御北辽。
言事庙堂凡五件，贬官州郡共三遭。①
文章载道承韩柳，尚杜崇白领大潮。②

【自注

①据《宋史·王禹偁传》《小畜集》等载，王禹偁字元之，济州巨野人也。宋太宗端拱二年(989)上《御戎十策》谈防御西夏及北辽事。至道三年(997)五月又向刚继位之宋真宗上疏言五事：一曰谨边防，通盟好。二曰减冗兵，并冗吏。三曰艰难选举，使入官不滥。四曰沙汰僧尼，使疲民无耗。五曰亲大臣，远小人。因秉性刚直，敢于切谏，一生中曾三次遭贬，为此而作《三黜赋》，以明守道不屈之志。

②王禹偁是著名文学家。在散文方面，他说“古文阅韩柳”，直接继承了韩愈、柳宗元之传统。在诗歌方面，他说：“本与乐天为后进，敢期子美是前身。”直接继承了杜甫、白居易之传统。

林 逋

遍历江淮返故园，蓬门草舍隐青山。
梅妻鹤子轻名利，桂友鸥朋远市廛。
雅士高人随造访，清风皓月任流连。
吟诗状物多奇句，疏影暗香称妙联。①

【自注

①据《宋史·林逋传》《林和靖先生诗集》等载，林逋字君复，杭州钱塘人也。性恬淡好古，不趋荣利，家贫而晏如也。初放游江淮，久之归杭州，结庐西湖之孤山，数十年足不及城市。终身布衣，一生未娶，栽种花木，驯养鹿鹤，自称“以梅为妻，以鹤为子”。名声远扬，雅士高人常造访其庐，宋真宗赐粟帛，诏长吏岁时劳问。天圣六年(1028)卒，年六十二，仁宗赐谥和靖先生。其诗以描写西湖美景及表现隐逸生活为主。七律《山园小梅》颔联之“疏影横斜水清浅，暗香浮动月黄昏”，向称妙联。

柳　永

河东著姓忆荣华，闽上英才岂自夸。
问柳寻花娱妓院，填词作曲乐娼家。
俗谣俚谚生奇卉，慢调长歌放异葩。
创制新声传海外，七郎盛誉遍天涯。[①]

【自注

①据唐圭璋《柳永事迹新证》《全宋词·柳永词》等载，柳永原名三变，字耆卿，一字景庄。排行第七，亦称柳七。官至屯田员外郎，世亦称柳屯田。祖籍河东，后迁闽上，遂为福建崇安（一作乐安）人。柳永风流倜傥，生性放荡，喜游秦楼楚馆、娼家妓院。善填词制曲，其内容多与妇女有关，而在艺术形式上有两大特点：一是多用民间俗语入词，二是多写长调慢词。其作品虽难入统治者法眼，但在下层人民群众中却广为流传。叶梦得《避暑录话》引西夏一官员语曰："凡有井水饮处，即能歌柳词。"而《高丽史·乐志》中亦载有柳词。于此可见其影响之大，流传之广远。

范仲淹

登科复姓改今名，广校群书擅易经。
宋帅临边升玉帐，戎王去塞畏金城。
十条要事开新政，六部闲人变旧风。[①]
落日长烟闻壮句，先忧后乐见真情。[②]

【自注

①据《宋史·范仲淹传》《范文正公文集》等载，范仲淹字希文，唐宰相范履冰之后，祖籍邠州，后徙家江南，遂为苏州吴县人。二岁而孤，母改适常山朱氏，仲淹从朱姓，名说。宋真宗大中祥符八年（1015）中进士后，复姓范氏，改名仲淹。曾任祕阁校理，通六经而尤长于《易》。仁宗庆历元年（1041），以龙图阁直学士为陕西经略安抚副使，兼知延州，以防御西夏李元昊之进犯。仲淹修青涧城以拒敌，又修承平、永平等十二寨，西夏望而畏之，与仲淹约和。庆历三年（1043）回朝任参知政事，上书提出十项改革内容，仁宗采纳，六部闲

散作风为之大变，此即所谓庆历新政。但因贵族官僚等既得利益者坚决反对，新政终被废止。

②范仲淹《渔家傲》词中有“千嶂里，长烟落日孤城闭”之境界壮阔、风格苍凉之名句，而《岳阳楼记》中则有“先天下之忧而忧，后天下之乐而乐”之真情表白。

张先

习文侍父守清寒，壮岁登科始作官。
晏相持衡为座主，欧公擅场是同年。[①]
微篇小令诚堪贺，慢调长词亦可观。
乐府诗歌耽影字，七言四句广流传。[②]

自注

①据夏承焘《唐宋词人年谱·张子野年谱》《全宋词·张先词》等载，张先字子野，乌程人也。其父张维善诗，家贫以农耕为业。张先年轻时居家侍父，亦受业于父。宋仁宗天圣八年(1030)中进士，时已四十一岁，比座主晏殊还长一岁，比夺取会元之同年欧阳修长十七岁。累官至尚书都官郎中，世亦称张郎中。

②张先能诗善词，尤以词著称。其词以小令为主，且成就最高，而长调亦颇有名，可与柳永比肩。张先诗词，善用“影”字，后人择其带“影”字的三句诗词，称为“张三影”。其实张先带“影”字的诗词远不止三句，五言姑且不论，即如七言中之以下四句，皆为脍炙人口之佳句：“浮萍断处见山影”“云破月来花弄影”“隔墙送过秋千影”“无数杨花过无影”。乐府：自宋代始，词亦称乐府。

晏殊

应试迁官入翰林，神童有幸沐皇恩。
梨花院落升平相，柳絮池塘散淡人。
富贵诗词添乐趣，安闲赋颂佐良辰。[①]
当年引荐诸贤士，日后都成社稷臣。[②]

自注

①据《宋史·晏殊传》《全宋词·晏殊词》等载，晏殊字同叔，抚

州临川人也。七岁能属文。宋真宗景德元年(1004),张知白安抚江南,以神童荐之。真宗诏殊与进士千余人并试廷中。殊神气不慑,援笔立成。真宗嘉赏,赐同进士出身。殊时年十四,从此进入仕途,一帆风顺地升为翰林学士,最后官至宰相。晏殊一生身居高位,生活惬意,心情愉悦,其《无题》(一作《寓意》)诗中之"梨花院落溶溶月,柳絮池塘淡淡风",正是他富贵安闲生活之真实写照。其词亦多为娱宾遣兴之作,《浣溪沙》中之"无可奈何花落去,似曾相识燕归来",即颇有代表性。

②晏殊知人善任,乐于荐举贤士。范仲淹、韩琦、孔道辅、富弼、杨察、欧阳修等皆因其荐举而得以进用,日后成为栋梁之才。

宋祁

本占鳌头冠士林,将兄易弟谢皇恩。
分析财力论施政,比对虏情谈驻军。
奉旨十年修正史,成书百卷著鸿文。[1]
词坛众口歌红杏,诫子遗言甚感人。[2]

自注

①《宋史·宋祁传》:宋祁字子京,安州安陆人也,后徙开封雍丘。宋仁宗天圣二年(1024)与兄宋庠同应进士试,礼部奏祁第一,庠第三。章献太后(仁宗养母)不欲以弟先兄,乃擢庠第一,而置祁第十。任三司度支判官时,陕西方用兵,调费日蹙,祁上疏分析财力,比对虏情,建议朝廷去三冗、节三费,专备西北之屯。曾奉旨与欧阳修等共修《唐书》(指《新唐书》),用十余年时间独自完成列传一百五十卷,成为著名之史学家。

②宋祁又是著名文学家,《新唐书》中之列传是其散文之代表。此外,其诗词亦佳,尤其是《玉楼春》词中"红杏枝头春意闹"一句,更广为传诵。宋祁临终时,自为墓志铭及《治戒》以授其子,其诫子遗言甚为感人。

包拯

知州宰县俱廉明,摄尹开封更有声。
铁面阎罗惩巨蠹,石肠待制断私情。

直言切谏留龟鉴，孝子清官树典型。
教育儿孙垂训诫，贪赃不许入先茔。[①]

【自注

①《宋史·包拯传》：包拯字希仁，庐州合肥人也。为官一身正气，两袖清风。审案公正，执法严峻，不畏权贵，不徇私情。权知开封府时，贵戚宦官闻而惮之，皆为之敛手，童稚妇女亦知其名，呼为“包待制”。京师为之语曰：“关节不到，有阎罗包老。”包拯直言敢谏，廉洁孝亲，垂龟鉴于后世，树典型于人间。尝为家训曰：“后世子孙仕宦，有犯赃者，不得放归本家，死不得葬大茔中。不从吾志，非吾子若孙也。”

梅尧臣

位下才高誉望隆，宏图大志半成空。
京都应试增烦闷，县邑为官立事功。
幕客虽难陪范帅，诗人却可伴欧公。[①]
铅华落尽西昆体，始见骚坛耀彩虹。[②]

【自注

①据《宋史·梅尧臣传》《宛陵先生文集》等载，梅尧臣字圣俞，宣州宣城人也，宣城古名宛陵，故世称宛陵先生。才高望隆，心雄志大，然屡试不第，愿望落空，长期在县邑任职，年五十时，宋仁宗方赐其同进士出身。范仲淹与欧阳修都是梅尧臣之友人。庆历元年(1041)，范仲淹为陕西经略副使，兼知延州，以防西夏之进犯，尧臣欲为范仲淹幕僚而未能如愿，从此对范仲淹有了意见，只能作欧阳修之莫逆诗友了。

②自仁宗天圣九年(1031)起，梅尧臣作了三年河南县主簿。其时，西昆诗派首领钱惟演以同平章事之名义判河南府，兼西京洛阳留守，是尧臣之上司长官，而刚中进士一年之欧阳修为西京留守推官，是尧臣之同僚友人。梅欧二人即在此时受到西昆体首领钱惟演之极大影响。但后来梅欧摆脱了西昆体之影响，展现出自己之特色。从此，宋代诗坛始发生了大的变化。

富　弼

乘龙始拜晏公门，制举登科便立身。
正告辽邦非献币，坚持夏室必称臣。①
重勘旧案平冤狱，再放陈粮济难民。
反对青苗违诏令，犹将介甫作仇人。②

自注

①《宋史·富弼传》：富弼字彦国，洛阳人也，晏殊之婿。宋仁宗天圣八年(1030)应制举，中茂材科，从此步入仕途。辽邦(契丹)以兵压境，求割关南地。宋遣富弼使辽，据理力争，将割地改为增岁币。辽邦又提出：宋致辽邦之辞当曰“献”，否则曰“纳”。富弼亦严词拒绝，但宋廷最终仍以“纳”字与之。西夏主李元昊遣使以书来，称男不称臣。弼曰：“契丹臣元昊而我不臣，则契丹为无敌于天下，不可许。”乃却其使。西夏最终称臣。

②当初，西夏犯延鄜，内侍黄德和引兵逃走，大将刘平战死。黄德和为推卸罪责，反诬刘平降虏，并以金带赂平奴，使附己说以证。富弼请重勘此案，仁宗命文彦博重审，黄德和与平奴皆被腰斩，刘平冤案得以昭雪。河朔大水，民流就食，富弼时任京东路安抚使，开仓放粮，以济难民。宋神宗用王安石(字介甫)变法，富弼与王安石不合，辞相出判亳州，拒不执行青苗法，至死与王安石为敌。

文彦博

重勘旧案破迷茫，怒斩真凶肃纪纲。
靖乱回朝升宰相，居安上殿议元良。①
批评介甫颁新法，赞助君实复旧章。
宦海风云经四帝，年逾九秩寿绵长。②

自注

①《宋史·文彦博传》：文彦博字宽夫，汾州介休人也。重勘旧案事，详参《富弼》自注②。庆历八年(1048)，贝州王则反，彦博奉旨讨伐，乱平之后升为宰相。仁宗诸子皆亡，无嗣，群臣不安，及仁宗不豫，文彦博与富弼首向仁宗建议，请择立近支子侄为太子，仁宗许

之，适后宫将有就馆生育者，其事遂缓。

②神宗熙宁年间，王安石（字介甫）颁布新法，文彦博坚决反对。哲宗元祐年间，司马光（字君实）为宰相，尽废王安石新法，恢复旧制，文彦博极力协助。文彦博入仕后历经仁宗、英宗、神宗、哲宗四帝，于哲宗绍圣四年（1097）去世，年九十二。

欧阳修

遵从母训度童年，礼部春闱中省元。
典政司兵兼二府，开科主试取三贤。[①]
文坛领袖如韩愈，史界星辰类马迁。
美赋佳诗长短句，千秋万代永流传。[②]

【自注

①据《宋史·欧阳修传》《欧阳文忠公文集》等载，欧阳修字永叔，号醉翁，又号六一居士，庐陵人也。四岁而孤，母郑氏亲诲之学，家贫，至以荻画地学书。幼敏悟过人，读书辄成诵。宋仁宗天圣八年（1030）中进士，为省元（礼部试进士第一名称省元，因礼部属尚书省，故称。礼部试亦称会试，故省元亦称会元）。曾任枢密副使（兵府）、参知政事（政府），身兼二府副长官之职。嘉祐二年（1057）以翰林学士知贡举，录取苏轼、苏辙、曾巩等为进士。

②欧阳修不但是著名政治家，也是著名文学家、史学家。文学方面，各体皆精，尤以散文成就最高，名列唐宋八大家之中，又为文坛领袖，被誉为宋代之韩愈，王安石、曾巩及三苏都受到他的奖掖和影响，天下翕然师尊之。史学方面，除奉旨与宋祁等修撰《新唐书》外，又自著《新五代史》。苏轼称赞欧阳修“论大道似韩愈，论事似陆贽，记事似司马迁，诗赋似李白”，洵为知言。

苏舜钦

开封子弟尽从游，放散收骈礼穆修。
比兴豪情如李杜，文章盛气似韩欧。[①]
方期雅士推新政，未料奸人定密谋。
隐处吴中凡四载，雄心鼓荡志难酬。[②]

【自注

①据《宋史·苏舜钦传》《苏舜钦集》等载，苏舜钦字子美，祖籍梓州铜山，自曾祖苏协徙开封，遂为开封人。不喜骈俪对偶之文，好为古文，礼敬古文家穆修，开封子弟多从之游。又是著名诗人，诗风以豪放为主。

②仁宗庆历四年(1044)，范仲淹与杜衍、富弼、韩琦、欧阳修等推行庆历新政。苏舜钦是杜衍的女婿，经范仲淹荐举，为集贤校理，监进奏院。十一月，进奏院祀神，苏舜钦循例以卖废纸公钱办酒宴，邀同僚宾客会饮。御史中丞王拱辰对新政不满，乃使其属鱼周询、刘元瑜等诬告苏舜钦监守自盗，欲因此扳倒范仲淹、杜衍等人。苏舜钦被捕下狱，经韩琦等多方营救，最后从轻处罚，削职为民。参加会饮之十余人亦悉遭贬谪。进奏院事件之后，庆历新政失败，苏舜钦携妻子至苏州隐居，直至庆历八年(1048)十二月去世，年四十一。隐居吴中之四年间，苏舜钦仍有雄心壮志，但根本无法实现。

韩琦

钟灵毓秀诞安阳，弱冠登科上谏章。
经略陕西防夏室，运筹河北御辽邦。
心通范富三贤俊，力佐仁英二帝王。①
定策元勋全社稷，欧公赞士记名堂。②

【自注

①《宋史·韩琦传》：韩琦字稚圭，相州安阳人也。弱冠中进士，名第二。与范仲淹同为陕西经略安抚副使(正使为夏竦)，以防西夏，范兼知延州，韩兼知秦州。后为武康军节度使兼知并州时，又运筹河北御辽之事。与范仲淹、富弼志同道合，主要政治活动在仁宗、英宗时期，神宗时期因反对王安石变法而出判相州。

②仁宗三子皆早亡，无嗣。宰相韩琦怀《汉书·孔光传》以进，曰："成帝无嗣，立弟之子。彼中材之主，犹能如是，况陛下乎。愿以太祖之心为心，则无不可者。"仁宗乃以从兄濮安懿王允让第十三子宗实告知韩琦。宗实，即英宗旧名也，韩琦遂力赞之，议乃定。韩琦为宋代名相，论者比为汉之周勃、唐之姚崇，年甫三十，天下已称为韩公。仁宗、英宗交接时期，再决大策，以安社稷。神宗熙宁八年(1075)卒，年六十八，谥忠献，神宗篆其碑曰："两朝顾命定策元勋。"

欧阳修曾写有散文名篇《相州昼锦堂记》，歌颂韩琦之功德。

苏　洵

高名顷刻显都门，有赖欧公荐举恩。
论政谈兵言大计，驰辞放语著雄文。①
评人首要分功过，记事还须辨伪真。
二子登科成进士，三苏典册耀星辰。②

【自注

①据《宋史·苏洵传》《嘉祐集》等载，苏洵字明允，号老泉，眉州眉山人也。年二十七始发愤为学，通六经百家之说，下笔顷刻数千言。仁宗嘉祐元年(1056)携其子苏轼、苏辙至京都谒翰林学士欧阳修，并呈所著文二十余篇，经修延誉，一时高名骤起。文学成就主要是散文，名列唐宋八大家之中，内容以论政谈兵为主，其辞则纵横驰骤，博辩宏伟。

②苏洵在《史论下》一文中总结司马迁与班固之修史方法有四条，其中前两条分别是“隐而章”“直而宽”。所谓“隐而章”，是对“功十而过一”之人，要在本传载其功，他传发其过，以达到“扬善”之目的。否则，读者会认为“十功不能赎一过”，很难给人以鼓舞。所谓“直而宽”，是对“过十而功一”之人，要在本传中既载其过，亦载其功，以达到既能“惩恶”，又能鼓励恶人走“自新之路”之目的。苏洵在修撰《太常因革礼》时，曾上《议修礼书状》，强调记事应辨别真伪，去伪存真。

曾　巩

曾门孝子奉萱堂，教养同胞守义方。
论友评人知介甫，尊师重道礼欧阳。
安民郡县施仁政，撰史京都颂圣王。①
更喜鸿文传后世，八家并列誉绵长。②

【自注

①据《宋史·曾巩传》《曾巩集》等载，曾巩字子固，建昌南丰人

也。性孝友，父亡，奉继母益至，抚四弟、九妹于委废单弱之中，宦学婚嫁，一出其力。少与王安石为友，神宗尝问："安石何如人？"对曰："安石文章行义，不减扬雄，以吝故不及。"神宗问："安石轻富贵，何吝也？"对曰："臣所谓吝者，谓其勇于有为，吝于改过耳。"神宗然之。仁宗嘉祐二年(1057)被欧阳修录为进士，而在此之前，早已拜欧阳修为师，并引荐王安石与欧阳修相识。曾长期出任地方官，颇著政绩。元丰四年(1081)召为史馆修撰，奉旨典修五朝(太祖、太宗、真宗、仁宗、英宗)国史。

②曾巩为文，上下驰骋，本原六经，愈出愈工，于古人则斟酌于司马迁、韩愈，于当时闻人则立言于欧阳修、王安石之间，卓然自成一家，名列散文唐宋八大家之中。

司马光

弱冠登科享盛名，编成巨著更垂声。
千年治乱留龟鉴，百代兴亡树典型。[①]
尽废荆公新法制，重颁宋室旧章程。
调羹未竟身先去，贬过褒功有异评。[②]

【自注

①《宋史·司马光传》：司马光字君实，号迂叟，世称涑水先生，陕州夏县人也。宋仁宗宝元元年(1038)中进士，年甫弱冠。从英宗治平元年(1064)至神宗元丰七年(1084)，司马光用二十年时间编撰成《资治通鉴》一书。此书初名《通志》，后改名《历代君臣事迹》，而神宗认为此书"鉴于往事，有资于治道"，遂定书名为《资治通鉴》，并预为作序一篇。

②元丰八年(1085)三月戊戌，神宗病卒，年仅十岁的太子赵煦继位，是为哲宗，由其祖母太皇太后高氏(神宗生母)听政。高氏本反对王安石变法，掌权之后，即召司马光回京为宰相。司马光本亦反对王安石变法，任相一年，即尽废新法，恢复旧制。哲宗元祐元年(1086)九月，司马光卒，年六十八，谥文正，赐碑曰"忠清粹德"，评价极高。元祐八年(1093)九月，高氏卒，十八岁之哲宗开始亲政，次年改元绍圣，重新恢复新法，起用变法派章惇等为相，追贬司马光为崖州司户参军，夺谥号，仆所立碑。元符三年(1100)正月己卯，哲宗病卒，无子，皇太后向氏(神宗皇后，哲宗嫡母)临时摄政，并定神宗第十一子赵佶继位，是为徽宗(哲宗异母弟)。向氏早就反对王安石变

法，摄政一年间，变法派章惇等被贬斥出朝，守旧派韩忠彦（韩琦子）等被任为宰相，司马光之名誉亦得到恢复。徽宗建中靖国元年（1101）正月，向氏卒，徽宗亲政，次年改元崇宁，表示崇法其父神宗之熙宁变法，又逐守旧派韩忠彦等，起用变法派蔡京等为相。蔡京将司马光等守旧大臣列入“元祐党籍”，并令郡国刻石，称“元祐党籍碑”，亦称“奸党碑”。钦宗靖康元年（1126）复司马光谥号。南宋高宗建炎年间，又以司马光配飨哲宗庙廷。总之，变法派当权，认为司马光有过，极力贬之；守旧派当权，认为司马光有功，极力褒之。

王安石

难容守旧反因循，万字长书上至尊。
志趣相投居显位，风云际会辅明君。
图强致富颁新法，动骨伤筋损贵人。①
莫道传名由改制，荆公自幼擅诗文。②

【自注

①《宋史·王安石传》：王安石字介甫，号半山，抚州临川人也，世称临川先生。因曾封荆国公，卒后谥文，故亦称王荆公、王文公。年轻时即不满因循守旧，慨然有矫世变俗之志。嘉祐三年（1058）曾向宋仁宗上万言长书，要求对宋初以来之法度进行全面改革，扭转积贫积弱之局势。神宗即位后，两度拜王安石为相，君臣志趣相投，风云际会，共同掀起轰轰烈烈之熙宁变法运动。变法虽见成效，但因严重触犯了贵族之利益，故而遭到其坚决反对，变法与反变法之斗争一直持续到北宋灭亡。

②王安石不但被列宁誉为中国11世纪之改革家，同时也是中国文学史上著名之诗人及散文家。其诗独具特色，被严羽称为“王荆公体”。散文方面，则名列唐宋八大家之中。

王　令

幼种书田任往来，研经治史叹兴衰。
心胸豁朗人堪敬，岁月艰难事可哀。
授业谋生遵正道，吟诗作赋显奇才。①
时乖运蹇身先去，致使荆公恨满怀。②

【自注】

①据沈文倬校点《王令集》及所附录之王安石《王逢原墓志铭》等资料所载，王令字逢原，魏郡元城人也。五岁而孤，随叔祖王乙居广陵，故又称广陵人。自幼苦读，夜以继日，达旦不眠，率以为常，十余岁已通经史百家之说。无心科举，不求仕宦，惟以聚徒授业为生。亲属惟有寡姊孤甥，事寡姊如事母，教孤甥如教子。王安石过淮南，王令赋《南山之田》诗往见，王安石读诗大喜，期其才可与共功业于天下，因以其夫人之从妹妻焉。

②王令婚后，仍以聚徒授业为生。嘉祐四年(1059)六月，结婚刚一年之王令即因脚气病而亡，年二十八，其妻吴氏，是时方娠。王安石曾作《逢原挽辞》《思逢原》《别孙莘老思王逢原诗》《与崔伯易思王逢原书》等诗文，对王令表示沉痛悼念。

章　惇

当年立志侍龙颜，再中高科任显官。
受命熙宁初秉政，承恩绍圣又行权。
批驳马相违君父，建议哲宗述祖先。[①]
向氏如能从子厚，何来宋帝徙金源。[②]

【自注】

①《宋史·章惇传》：章惇字子厚，建州浦城人也。少豪俊有大志，博学善文。进士中第，耻名次居其侄章衡之下，再试复中甲科。王安石变法派中主要成员之一。神宗熙宁初，任编修三司条例官，后擢知制诰、直学士院、判军器监。元丰年间，官至参知政事、门下侍郎。神宗卒后，哲宗继位，太皇太后高氏听政，以司马光为相，尽废新法，举朝无敢言者，独章惇上疏批驳司马光，认为其罢废新法，实乃违背君父之举，惇因此被贬出朝廷。高氏卒后，哲宗亲政，改元绍圣，任章惇为相。章惇以绍述熙宁、元丰新政为目标，尽复被高氏与司马光所废之新法，建议哲宗继承并遵循父志，为哲宗首相达七年之久。

②元符三年(1100)正月，哲宗病卒，无子，皇太后向氏(神宗皇后，哲宗嫡母)临时摄政，并定神宗第十一子赵佶继位，是为徽宗(哲宗异母弟)。当时章惇因立嗣曾与向氏发生激烈争论，认为赵佶为人轻佻，不可君临天下。赵佶继位后，章惇被贬死睦州。后来的事实证

明，章惇对亡国之君徽宗赵佶的看法是正确的。金源：本为水名，金邦建国之号盖取诸此，故史书亦称金为金源。参阅《金史·地理志上》。

苏　轼

高才大志历艰难，屡变朝局数徙官。
反对新规多贬黜，支持旧制偶升迁。[①]
诗坛主帅如陶李，笔界元戎似马韩。
位继欧公成领袖，书神画韵迈前贤。[②]

自注

①据《宋史·苏轼传》《苏东坡全集》等载，苏轼字子瞻，号东坡居士，眉州眉山人也，苏洵之子，苏辙之兄。自宋神宗与王安石熙宁变法开始，苏轼之命运始终随朝局之变化而变化。他基本上属于守旧派，对新法基本上持反对态度。变法派掌权时，他便遭贬黜；守旧派掌权时，他便受重用而升迁。但从总体看，贬黜多而长，升迁少而短，一生命途多舛，历尽艰难。

②苏轼是继欧阳修之后的北宋文坛领袖。诗词可比陶渊明与李白，散文（刘勰《文心雕龙·总术》："无韵者笔也，有韵者文也。"笔即散文）可比司马迁与韩愈，名列唐宋八大家之中。同时，苏轼又是著名书法家和画家。

苏　辙

春闱制举凯歌闻，每伴仁兄历苦辛。
屡变朝局同进退，常更相位共浮沉。[①]
官阶等次高些许，艺术才能下寸分。
大宋文章推六俊，苏门有幸占三人。[②]

自注

①据《宋史·苏辙传》《栾城集》等载，苏辙字子由，晚号颍滨遗老，眉州眉山人也，苏洵之子，苏轼之弟。宋仁宗嘉祐二年（1057）与苏轼同中进士，嘉祐六年（1061）又与苏轼同中制举才识兼茂科。他与苏轼基本上都属于守旧派，对新法基本上都持反对态度，故其命

运也与苏轼大体相同，都始终随朝局之变化及宰相之更替而同进同退，同浮同沉。本传说："辙与兄进退出处，无不相同，患难之中，友爱弥笃，无少怨尤，近古罕见。"

②苏辙与苏轼也有不同处。在官职方面，当宋哲宗元祐年间守旧派后台太皇太后高氏（神宗生母，哲宗祖母）听政时，苏轼官至翰林学士，而苏辙官至门下侍郎（副宰相），职务高于苏轼。在艺术才能及成就方面，苏辙却稍逊于苏轼。在散文唐宋八大家中，宋代有六人，而苏氏父子三人皆名列其中。

黄庭坚

谈儒论道又参禅，翰苑诗坛伴子瞻。
政有分歧偏保守，身无罪过贬荒蛮。[①]
夺胎换骨生新意，点铁成金化旧言。
创立江西标杜甫，三宗一祖祀千年。[②]

【自注

①据《宋史·黄庭坚传》《豫章先生文集》等载，黄庭坚字鲁直，号山谷，又号涪翁，洪州分宁人也。思想以儒家为主，兼有释道二家。书法、诗歌俱佳，与苏轼（字子瞻）齐名，世称"苏黄"。政治态度亦与苏轼相似，偏于保守，在新党（逐渐蜕化变质的变法派）掌权之哲宗绍圣、元符年间与徽宗崇宁年间两次遭贬，最后卒于宜州贬所。

②黄庭坚诗歌理论中有"夺胎换骨""点铁成金"之说，在当时影响很大，效法者众多，逐渐形成一个以黄庭坚为中心之诗歌流派。两宋之交的吕本中作《江西诗社宗派图》，尊黄庭坚为诗派之祖，下列与黄庭坚一脉相承之陈师道等二十五人。吕氏以黄庭坚及诗派中不少人皆为江西人，遂取名为"江西诗派"。宋末元初的方回，因江西诗派均标榜学习杜甫，遂创江西诗派"一祖三宗"之说，即以杜甫为一祖，以黄庭坚、陈师道、陈与义为三宗。

蔡　京

托名变法已偏航，测向观风易主张。
既佐君实兴旧制，还帮子厚立新章。[①]
繁徭重赋欺黎庶，异画奇书媚帝王。

四度专权为首相，山河覆灭罪难偿。[2]

自注

①《宋史·蔡京传》：蔡京字元长，兴化仙游人也，是由王安石变法集团后期成员中分裂出之蜕化变质分子。他虽打着变法旗号，但已无新法、旧法之是非观念，而是因风转向，随时改变主张。元丰八年（1085）至元祐元年（1086）司马光（字君实）在太皇太后高氏支持下为相时，恢复差役法（旧法），限期五日，同列皆病太迫，而知开封府之蔡京独如期完成。光喜曰："使人人奉法如君，何不可行之有！"绍圣元年（1094）章惇（字子厚）在已经亲政的哲宗支持下为相时，又拟改变役法，置司讲议。蔡京谓章惇曰："取熙宁成法施行之尔，何以讲为？"惇然之，遂废差役法而恢复雇役法（新法，亦称"免役法"）。史称："差、雇两法，光、惇不同。十年间京再莅其事，成于反掌，两人相倚以济，识者有以见其奸。"

②蔡京善于阿谀逢迎，在宋徽宗时，四度为相，以繁徭重赋欺民，以异画奇书媚帝，是北宋最昏庸腐败的宰相之一，被太学生陈东称为六贼（蔡京、童贯、朱勔、李彦、王黼、梁师成）之首。北宋之覆亡，与徽宗任用蔡京等人有极大关系。

秦　观

身牵旧党斥荒凉，各体文章并有光。
已见诗歌同鲍谢，还知乐府异苏黄。
凄风苦雨少欢快，恨绪愁肠多感伤。
婉态柔情如怨女，秦词本色又当行。[1]

自注

①据《宋史·秦观传》《淮海集》等载，秦观字少游，一字太虚，号邗沟居士，学者称淮海先生，扬州高邮人也。政治态度与苏轼相似，偏于保守，被称为旧党。在新党掌权之哲宗绍圣、元符年间，先后被贬杭州、处州、郴州、横州、雷州，时间长达七年。元符三年（1100），哲宗病卒，徽宗立，皇太后向氏临时摄政，又重用旧党，授秦观为宣德郎，命北归，行至藤州而卒。秦观于文，各体皆能，而诗词最佳，尤以词成就最高。王安石赞秦诗"清新似鲍谢"。秦词（乐府）主要写男女恋情及自身遭遇，欢快之情少，感伤之情多，属本色当行之婉约风格，与苏黄词之豪放风格大异其趣。

贺铸

知章后裔负文名，孝惠族孙面色青。
尚义崇侠尊剑客，填词制曲敬书生。
桃花柳絮江南雨，铁马金戈塞北风。
婉趣豪情皆可爱，东山乐府有佳评。[①]

【自注

①据《宋史·贺铸传》《东山乐府》等载，贺铸字方回，自号庆湖遗老，祖籍绍兴，生于卫州。宋太祖孝惠贺皇后之族孙，又自称是唐诗人贺知章之后裔。面色铁青，眉目耸拔。其为人也，既有尚义崇侠之剑客性格，又有填词制曲之书生性格。诗、词俱佳，而词之成就高于诗。因晚年曾隐于太湖东山，故自编词集名《东山乐府》。与其性格相适应，其词既有铁马金戈之雄豪风格，又有桃花柳絮之婉约风格。无论何种风格，均获好评。

陈师道

乐道痴书忍困穷，章邀傅馈俱难通。
轻新不肯由科举，重旧焉能立事功。[①]
已进心香师子固，还呈意蕊拜涪翁。
蒙头觅句陈无己，位列三宗誉望崇。[②]

【自注

①据《宋史·陈师道传》《后山居士文集》等载，陈师道字履常，一字无己，号后山居士，彭城人也。安贫乐道，痴书好学，成年后主要生活在宋神宗与宋哲宗时期，其间除哲宗元祐年间为旧党掌权外，其余均为新党掌权。师道为旧党，轻视新党，心非王安石经义之学，遂绝意科举，经常赋闲居家，生活十分贫困，或至经日不炊。章惇欲邀其见面而荐举，傅尧俞怀金欲为馈，均被其拒绝。即使在旧党掌权时，他因不是科举出身，亦无大的作为。

②陈师道的散文与诗歌均有很高成就。散文以曾巩(字子固)为师，诗歌以黄庭坚(号涪翁)为师。黄庭坚曾说“闭门觅句陈无己”，

其实陈师道之苦吟精神不仅表现在“闭门”上，还表现在“蒙头”上。当时盛传师道家中有“吟榻”，每逢作诗，必躺于榻上，以被蒙头，苦思冥想。陈师道被宋元之际的方回列为江西诗派的三宗（黄庭坚、陈师道、陈与义）之一。

晁补之

身牵旧党任行藏，放野回朝贬四方。
海右安民除盗匪，河中补路建桥梁。①
词风变幻诚豪纵，赋体铺排不冗长。
论政雄文尤壮美，波澜气势若汪洋。②

自注

①据《宋史·晁补之传》《鸡肋集》等载，晁补之字无咎，号归来子，济州巨野人也。苏门学士，身为旧党，其用舍行藏，出处浮沉，皆随新旧两党交替执政而变化。出知齐州（海右）及河中时，除暴安良，修桥补路，民画其像而祀之。

②晁补之诗词文赋俱佳。诗多古体，近体以七律为主，皆骨力遒劲，风格俊逸。词风豪纵，近似东坡。赋体虽重铺排，但不显冗长。散文长于议论，其《上皇帝论北事书》《上皇帝安南罪言》，皆为论政谈兵之万言长文，波澜气势有若汪洋。

张　耒

投闲解闷忆当年，纵马读书好两端。
一举成名因赋体，千秋享誉在诗坛。
山川有趣风光美，旱涝无情稼穑难。①
老病犹能教众士，为文寓理见知言。②

自注

①据《宋史·张耒传》《张右史文集》等载，张耒字文潜，号柯山，祖籍亳州谯县，生长于楚州淮阴。年轻时除读书外，特好驾驭劣性之马。十七岁作《函关赋》，一举成名。后成为著名诗人。其诗题材广泛，内容丰富，而描写自然风光及稼穑艰难者较多。

②张耒晚年，士人就学者颇多。其教人作文，以理为主，认为文乃寓理之具，学文之端在于明理，“如知文而不务理，求文之工，世未尝有也”。他还比喻说：寓理之文，如江河淮海之水，不求奇而奇至矣；无理之文，如沟渎之水，欲以言语句读为奇，此乃文之陋者也。学者以为知言。

周邦彦

顾曲堂中弄管弦，身居宋室正音官。
京都大赋七千字，典范新词二百篇。
变羽协宫抛老调，抒情绘景弃陈言。
遵声守律悬圭臬，乐府宗师法度严。①

【自注

①据《宋史·周邦彦传》《清真集》等载，周邦彦字美成，号清真居士，钱塘人也。妙解声律，堂名顾曲，宋徽宗政和年间，曾提举大晟府，司正音之职。元丰初年游京师，献《汴都赋》，长达七千字，受到神宗赏识，声名一日震耀海内。邦彦于文无所不工，然以词作最著声誉。所作诸词善于铺叙，长于勾勒，抒情绘景，穷极工巧。而其变羽协宫，遵声守律，最称精严，洵为宋代词家之冠，为后世树准则而悬圭臬，被奉为一代宗师。

宗　泽

收编义勇建民团，奉旨趋磁任总官。
谏阻亲王忧宋室，承担副帅抗金源。
孤军効命方南进，二帝成俘又北迁。①
属纩犹申驱虏志，三呼壮语始长眠。②

【自注

①《宋史·宗泽传》：宗泽字汝霖，婺州义乌人也。钦宗靖康元年(1126)，奉旨知磁州，并兼河北义兵都总管，屡破金兵。时康王赵构(即后来之南宋高宗)奉旨使金营求和，行至磁州，被宗泽谏阻，使其免遭金兵俘虏。此年冬，金兵再围开封，钦宗以宗泽为河北兵马

副元帅，命其协同河北兵马元帅赵构驰援京师。赵构按兵不动，宗泽孤军南进，靖康二年(1127)春与金交锋，十三战皆捷，但为时已晚，未至开封而徽钦二帝已被俘北迁。

②北宋灭亡，南宋建立，建炎元年(1127)六月，李纲推荐宗泽为东京留守兼开封府尹。高宗赵构的投降政策使宗泽忧愤成疾，疽发于背。建炎二年(1128)病危时，诸将入问疾，泽曰："吾以二帝蒙尘，积愤至此。汝等能歼敌，则我死无恨。"诸将出，泽叹曰："出师未捷身先死，长使英雄泪满襟。"翌日，无一语及家事，但连呼"过河"者三声而卒，年七十，谥忠简。

叶梦得

治史研经享盛名，为官理政有佳声。
难供上米违杨戬，不满中人抗蔡京。
部署江防修宋垒，清除海盗御金兵。[①]
诗文乐府皆通晓，百卷石林获好评。[②]

【自注

①据《宋史·叶梦得传》《建康集》《石林词》等载，叶梦得字少蕴，苏州吴县人也。宋徽宗正和五年(1115)知颍昌府时，宦官杨戬用事，委其属持御笔来，强令提供上等大米入宫，米样如苏州。梦得上疏极论颍昌与苏州不同，米亦不同，故只能提供颍昌所产之米。大观二年(1108)为翰林学士时，宰相蔡京欲以宦官童贯宣抚陕西，梦得曾当面质问蔡京，表示反对。南宋高宗绍兴八年(1138)为江东安抚制置大使兼知建康府时，奏陈江防措施八条。后移知福州，兼福建安抚使时，又平海盗五十余群。诸种作为，目的均在准备抵御金兵。

②叶梦得诗词散文俱佳，而以诗词成就为高。他晚年隐居于湖州卞山石林谷，自号石林居上。有作品《石林总集》一百卷，颇获好评。

张邦昌

和谈副使枉奔忙，北去金人立伪邦。
被迫登基羞号帝，权宜僭位愧称皇。
旋迎太后垂帘幕，继请康王主庙堂。[①]
认罪知非原可恕，私交李氏致沦亡。[②]

【自注

①《宋史·张邦昌传》：张邦昌字子能，永静军东光人也。靖康元年(1126)正月，奉钦宗诏命为和谈副使，陪正使康王赵构同至金营商谈割让河北三镇(太原、中山、河间)事宜。靖康二年(1127)春，金人在俘获徽钦二帝准备北迁时，于三月丁酉立张邦昌为帝，国号大楚。邦昌始欲引决自裁，但因金人阻拦而未果，其僭号称帝，既为无奈之举，亦是权宜之计。金兵北撤后，张邦昌立即尊元祐太后(哲宗废后孟氏，钦宗复尊为元祐太后，诏未下而京城陷，时六宫有位号者皆北迁，后以废独未迁)为宋太后，迎入禁中，垂帘听政。接着，又请康王赵构即位主政，并伏地恸哭请罪。

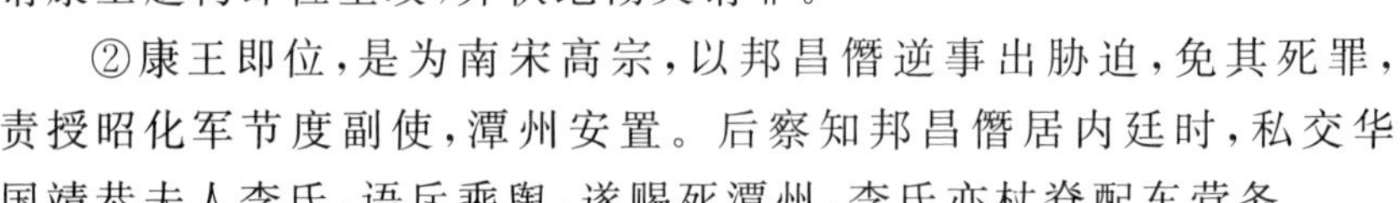

②康王即位，是为南宋高宗，以邦昌僭逆事出胁迫，免其死罪，责授昭化军节度副使，潭州安置。后察知邦昌僭居内廷时，私交华国靖恭夫人李氏，语斥乘舆，遂赐死潭州，李氏亦杖脊配车营务。

刘　豫

元符进士玷儒林，仕宦操行俱愧心。
为记前嫌即叛宋，因贪重利便投金。
惟求假力当皇帝，不管污名害子孙。
僭位八年遭废黜，临潢受地作儿臣。[①]

【自注

①《宋史·刘豫传》：刘豫字彦游，景州阜城人也。宋哲宗元符年间中进士。南宋高宗建炎二年(1128)除知济南府，时盗起山东，豫请易东南一郡，执政不许，豫怀恨在心。是年冬，金人攻济南，啗豫以利，豫惩前愤，遂杀勇将关胜而降金。建炎四年(1130)七月丁卯，金人立刘豫为帝，国号大齐，都大名府。刘豫配合金人侵宋，屡

遭失败，绍兴七年(1137)十一月丙午，金人取消伪齐政权，废刘豫为蜀王，后又徙于临潢，改封曹王，赐地以居之，直至病死。

苗傅 刘正彦

苗刘举事亦堪怜，怒斩权臣戮宦官。
犯阙惟图更父子，逼宫不想篡江山。
登基幼帝兴明受，退位高宗废建炎。
旧部勤王朝故主，生俘二将弭波澜。[①]

自注

①据《宋史·高宗本纪》及苗傅、刘正彦、王渊、康履诸人本传所载，建炎三年(1129)三月，高宗刚逃到杭州不久，发生了由苗傅、刘正彦二统制官发动的一场政变。政变原因有三：一是宦官头目康履擅作威福，凌辱诸将。二是御营都统制王渊巴结康履，职务升迁过快，且有贪腐嫌疑。三是高宗忠奸不辨，赏罚不公。三月癸未，苗、刘以伏兵于半道杀死退朝而归之王渊，又率兵冲入康履府中，杀死众多宦官。康履逃脱，入宫告变。高宗登楼与苗、刘对话，并被迫交出康履。苗、刘当场腰斩康履，并逼高宗传位于三岁之皇子赵旉，由隆祐太后垂帘听政。高宗无奈应允，于甲申日退位，废建炎年号。皇子赵旉继位，改元明受。驻守外地之高宗旧部，闻变纷起勤王。在勤王大军将至之情况下，苗、刘又同意高宗复辟，并逼高宗赐其免死铁券。高宗于四月戊申朔复位，并复建炎年号。苗、刘见大势已去，率兵二千夜遁。旧部朝拜高宗，韩世忠自请率兵追击苗、刘，五月间，先后生擒刘正彦与苗傅。七月辛巳，韩世忠还军献俘，磔苗傅、刘正彦于市。政变风波，终告平息。

朱敦儒

樵歌数卷广传闻，避世逃名隐素身。
对弈弹琴诚雅士，陪麋伴鹤若幽人。
流亡道路哀南宋，议论朝堂斥北金。[①]
晚附权奸虽短暂，光洁美玉现微痕。[②]

〖自注

①据《宋史·朱敦儒传》《樵歌》等载，朱敦儒字希真，洛阳人也。宋代著名词人，亦善诗文，惜作品多亡佚，仅有词集《樵歌》三卷传世。敦儒志行高洁，自称"麋鹿之性，自乐闲旷，爵禄非所愿也"，在北宋时隐居不仕，虽为布衣而有朝野之望。靖康之乱后，流亡南方，亲历南宋政权之危局。高宗绍兴初年，曾应诏入仕，官至两浙东路提点刑狱，后因专立异论，与主战派大臣李光交好而被罢官。

②秦桧当国时，喜奖用骚人墨客以粉饰太平，桧子熺亦好诗，于是先用敦儒子为删定官，复除敦儒鸿胪少卿。不久桧死，敦儒亦废。论者谓敦儒老怀舐犊之情，而畏避窜逐，故其晚节不终。

李　纲

长驱战马若雷鸣，数万胡兵向汴京。
建议徽宗传帝号，支持太子受皇名。
亲督义勇摧金垒，自率军民守宋城。①
怎奈昏君排正士，空将智略献朝廷。②

〖自注

①《宋史·李纲传》：李纲字伯纪，邵武人也。宋徽宗宣和七年(1125)冬，金兵两路攻宋，其中完颜宗望(斡离不)所率东路军直逼都城开封。时任太常少卿的李纲刺臂血上疏，建议徽宗传位于太子赵桓，借以号召军民，激励抗金士气。徽宗采纳其议，遂行内禅。赵桓即位，是为钦宗，以李纲为亲征行营使，负责开封防务。李纲督率开封军民，联络各地义勇，多次击退金兵。完颜宗望无法攻破开封，在宋廷答应割让河北三镇(太原、中山、河间)之后，便于靖康元年(1126)二月撤兵，开封保卫战在李纲领导下获得胜利。

②金兵撤退后，李纲被钦宗和投降派挤出朝廷。靖康二年(1127)春，金人虏徽钦二帝北迁，北宋灭亡。南宋高宗赵构初即位，为利用李纲之声望，任其为宰相。李纲因反对和议，坚主抗战，荐举宗泽，支持岳飞等，又与高宗及汪伯彦、黄潜善等投降派产生矛盾，再次被挤出朝廷，直至绍兴十年(1140)去世。

吕本中

著姓名门诲幼童，吟诗论理两精通。
惩罚未可黥苗亘，赏赐焉能惯李琮。
反对投降亲赵相，支持抗战远秦公。①
江西社里黄为祖，法嗣才情各不同。②

【自注

①据《宋史·吕本中传》《东莱先生诗集》等载，吕本中字居仁，号紫微，理学家称其为东莱先生，祖籍洛阳，后迁寿州，又迁开封。吕氏为北宋名门著姓，本中五世从祖吕蒙正、高祖吕夷简、曾祖吕公著，相继为宰相。在此家庭环境中，吕本中成长为两宋之交的著名诗人和理学家。南宋高宗绍兴六年(1136)，阶州草场监苗亘被告以赃罪，有诏从黥，本中奏曰："近岁官吏犯赃，多至黥籍，然四方之远，或有枉滥，何由尽知？异时察其非辜，虽欲拔拭，其可得乎？"高宗从之而处以常罚。又内侍李琮，乃高宗潜邸旧人，高宗欲滥赏之，本中坚决反对，高宗亦从之而作罢。吕本中反对投降，支持抗战，亲抗战派宰相赵鼎，疏远投降派代表人物秦桧。

②吕本中作《江西诗社宗派图》，尊黄庭坚为江西诗派之祖，下列陈师道、潘大临等二十五人为法嗣。

李清照

作赋吟诗任纵横，词坛道韫降泉城。
携书带画夫妻义，济世忧民社稷情。①
铁马金戈豪放体，荷花柳絮婉约风。
孤魂未返今何在，万里江南一转蓬。②

【自注

①据王仲闻(学初)《李清照集校注》、黄墨谷《重辑李清照集》等载，李清照自号易安居士，济南章丘人也。一代才女，作赋吟诗，无所不能，而词作尤享盛誉，若东晋女诗人谢道韫重生于宋代泉城济南。宋徽宗建中靖国元年(1101)与赵明诚结婚，时年十八。夫妻二人有共同爱好，喜收集金石书画。靖康二年(1127)春，金兵虏徽钦

二帝北迁，北宋灭亡。同年五月，赵构建南宋，改元建炎，北方士人纷纷随赵构南逃避难。赵明诚先于三月间奔母丧南下，八月被任为江宁知府。李清照亦在秋天携带大量金石书画南下与赵明诚会合。建炎三年(1129)八月，赵明诚病故，四十六岁的李清照继续携带金石书画追随宋高宗赵构流离漂泊，其间写了不少济世忧民的作品。

②李清照在辗转逃难中，又受到“玉壶颁金”的诬陷，为避嫌疑，她将金石器物全部献给朝廷，而书画等物亦多遗失或被盗，晚年仅剩孤身一人。现有资料证明，绍兴二十五年(1155)，李清照还在世，时年七十二，此后其事迹就不得而知了。李清照之词以婉约风格为主，但有些作品亦写得比较豪放。

张俊

昔年巨盗历烟尘，共讨苗刘救至尊。
破虏收功推四将，承恩擅宠越三人。[1]
追随政客襄和议，放弃军权表热忱。
陷正谀邪千载后，群奸尚跪岳王坟。[2]

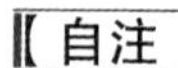

自注

①《宋史·张俊传》：张俊字伯英，成纪人也。好骑射，负才气，起于群盗。曾在张浚统率下，与韩世忠、吕颐浩、刘光世等共讨苗傅、刘正彦，救高宗于危难之中，使其复位。南宋初期，张俊屡立战功，与韩世忠、刘锜、岳飞并称张浚麾下四大抗金名将，而在四人之中，张俊最受高宗恩宠。

②绍兴十一年(1141)，张俊迎合高宗与秦桧对金和议之旨意，首请交还自己所掌兵权以取媚。此后张俊力赞和议，与秦桧情投意合，言无不从，并制造伪证，陷害岳飞，促成冤狱。如今西湖岳飞墓前，有陷害岳飞之四大奸臣铁铸跪像，张俊为其中之一，另三人是秦桧夫妇及万俟卨。

陈与义

上舍高才辅庙堂，兴言立志振朝纲。
心牵社稷安危策，口诵诗词锦绣章。[1]

驻北模黄斟字句，迁南法杜系家邦。
同尊一祖无疑问，并列三宗欠考量。[2]

【自注

①据《宋史·陈与义传》《陈与义集》等载，陈与义字去非，号简斋，洛阳人也。宋徽宗正和三年(1113)以太学上舍甲科释褐入仕，南宋高宗时累官至参知政事(副相)，平生以社稷安危为念，务尊主威而振朝纲。

②陈与义既是著名诗人，又是著名词人，而以诗歌之成就及影响最大。靖康之变前的北宋时期，陈主要模仿黄庭坚，在诗歌字句之锤炼斟酌方面下工夫。靖康之变后的南宋时期，陈主要效法杜甫，在诗歌内容之广泛深入方面下工夫。宋元之交的方回首创江西诗派"一祖三宗"之说，其中杜甫为"一祖"，并无疑问，而黄庭坚、陈师道、陈与义三人并称"三宗"，则后人颇多异议。

秦　桧

方随二帝徙黄龙，又返临安任特工。
假意台前扶宋室，真心幕后助金宫。
一言能害岳鹏举，三字怎安韩世忠。
斗转星移千载后，奸臣大罪尚难容。[1]

【自注

①《宋史·秦桧传》：秦桧字会之，江宁人也。宋钦宗靖康二年(亦即南宋高宗建炎元年，公元 1127 年)春，秦桧与徽钦二帝被金人俘虏北迁。桧至金廷，旋即投降，大倡和议，金人遂于建炎四年(1130)放秦桧与其妻王氏返回南宋，专任间谍。宋高宗赵构不辨忠奸，重用秦桧，使其两据相位，凡十九年，包藏祸心，倡和误国，一时忠臣良将诛锄殆尽。绍兴十一年(1141)十二月兴冤狱而杀害岳飞，狱之将上，韩世忠不平，诣桧诘其实，桧曰："其事体莫须有。"世忠曰："莫须有三字，何以服天下？"

张元干

诗文气势若汪洋，乐府波澜似大江。

整顿乾坤消暮霭，澄清宇宙现晨光。
投降首恶批秦桧，抗战元勋赞李纲。
倘问芦川压卷作，双词共调贺新郎。[①]

【自注】

①据白敦仁《张元干评传》《芦川归来集》等载，张元干字仲宗，自号芦川居士，又号真隐山人，福建永福人也。少怀壮志，曾说："整顿乾坤，廓清宇宙，男儿此志会须伸。"反对投降，批判秦桧，坚持抗战，赞颂李纲。诗文俱佳，而以词（乐府）最负盛名，气势磅礴，风格豪放，多含慷慨悲愤之情。代表词作是《贺新郎·寄李伯纪丞相》与《贺新郎·送胡邦衡待制赴新州》。

吴 玠

能文善武起泾源，屡建边功镇散关。
妙策奇谋摧没立，强弓劲弩破完颜。
惟因宋帅守秦岭，不使金兵窥汉川。
弟号兄名留正史，西人俎豆祭忠贤。[①]

【自注】

①《宋史·吴玠传》：吴玠字晋卿，德顺军陇干人也。少沉毅有志节，知兵善骑射，读书能通大义，从军泾源，以战功屡有升迁。南宋高宗建炎二年（1128），金兵入陕西，吴玠力战屡胜。建炎四年（1130）富平之战后，与弟吴璘扼守陈仓西南之秦岭散关，绍兴元年（1131）在此连破金将没立、完颜宗弼（兀术）。绍兴四年（1134）在仙人关杀金坪又大破完颜宗弼、完颜杲，金人从此不敢窥伺汉中及四川。吴玠、吴璘兄弟戮力协心，据险抗敌，卒保全蜀，功名隆盛，不但正史留名，西人亦思其恩惠，俎豆千秋。

张 浚

怒斥张刘恨叛臣，刚风正气阔胸襟。[①]
怀忠不肯朝新主，靖乱终能拜故君。[②]
将相双肩担重任，东西两线挫强邻。
督师理政和文武，社稷安危系此人。[③]

【自注

①《宋史·张浚传》：张浚字德远，汉州绵竹人也。唐宰相张九龄弟九皋之后。四岁而孤，行直视端，刚正豁达，曾中进士。张刘：指叛臣张邦昌、刘豫。

②南宋高宗建炎三年(1129)，苗傅、刘正彦发动政变，废高宗赵构而立皇子赵旉为帝，改元明受。驻守吴门的张浚约高宗旧部共破苗刘，使高宗复位。新主：指赵旉。故君：指高宗。

③张浚文职至宰相，武职至枢密使，奉旨处置江淮及川陕军政大事，屡破金兵。终身反对和议，多引荐文武才俊，如虞允文、汪应辰、王十朋、刘珙皆为名臣，吴玠、吴璘、韩世忠、刘锜皆为名将，一时称为知人。金人伺其用舍为进退，天下占其出处为安危，时论谓其忠心大类汉相诸葛亮。

胡铨

扬州对策万余言，上第登科始作官。
难忍宋君迁塞北，不堪金使谕江南。
朝堂抗表诛奸佞，海岛穷经慕圣贤。[①]
道义文章悬日月，千秋汗简赞胡铨。[②]

【自注

①据《宋史·胡铨传》《胡澹庵先生文集》等载，胡铨字邦衡，号澹庵，庐陵人也。南宋建炎二年(1128)，高宗在扬州开科取士，胡铨以万余言之对策被主考官礼部侍郎张浚擢为第一，而执政有忌其直者，降置第五。绍兴八年(1138)，宰臣秦桧主和，遣王伦与金人交涉，金人以送还两宫及割还河南旧地为诱饵，遣使偕王伦南来，以“诏谕江南”(不承认南宋国号)为名，令高宗跪拜受诏。胡铨抗疏上言，劝高宗勿步刘豫后尘，不能屈膝下拜，并说：“臣备员枢属，义不与桧等共戴天，区区之心，愿断三人(秦桧、孙近、王伦)头，竿之藁街，然后羁留虏使，责以无礼，徐兴问罪之师，则三军之士不战而气自倍。不然，臣有赴东海而死尔，宁能处小朝廷求活邪！”疏上，秦桧以“狂妄凶悖”之罪名将胡铨外贬至海南。胡铨在海岛八年，深研《易》《春秋》《戴记》等儒家经典，颇得圣贤之道。

②胡铨是南宋初期抗战派的一面旗帜，其文学成就以论政谈兵之长篇奏疏最为著称。朱熹说“澹庵奏疏为中兴第一”，朱可亭说胡铨“其志与日月争光矣”！

岳　飞

文韬武略并传名，弱冠从军历死生。
屡建奇勋为宋帅，常施妙计破金兵。
收疆复土宣忠义，沥胆披肝効悃诚。①
欲捣黄龙遭陷害，千秋俎豆祀英灵。②

【自注

①《宋史·岳飞传》：岳飞字鹏举，相州汤阴人也。少负气节，家贫力学，尤好《左传》及孙吴兵法，生有神力，学射于周同，尽其术，能挽强弓而左右射。宋徽宗宣和四年（1122），以“敢战士”应募从军，年方弱冠。此后二十年间，坚主抗战，反对和议，屡破金兵，屡建奇勋，成为南宋最杰出的抗金将帅。

②绍兴十一年（1141）十二月，奸臣秦桧、万俟卨、张俊等以“莫须有”之罪名大兴冤狱，杀岳飞于大理寺狱中。飞死年三十九，其子岳云及部将张宪亦惨遭杀害。宋孝宗赵昚继位后为岳飞平反昭雪，复其官职，以礼改葬，求其后悉官之，建忠烈庙于鄂。淳熙六年（1179）谥武穆。宋宁宗嘉定四年（1211）追封鄂王。宋理宗宝庆元年（1225）改谥忠武。

陆　游

悲歌一曲唱名园，仗剑从军赴陕川。
铁马秋风临汉水，金戈夜雪战秦关。①
全无诏诰收三北，但有诗文汇二南。
属纩伤心缘底事，王师尚未定中原。②

【自注

①据《宋史·陆游传》《陆放翁全集》等载，陆游字务观，号放翁，越州山阴人也。二十岁与表妹唐婉结婚，夫妻感情甚笃，后在母亲逼迫下离异。十年后，二人均已再婚，偶然于沈园相遇，陆游在园壁题写悲歌《钗头凤》以怀念唐婉，唐婉亦和作《钗头凤》以怀念陆游，并因此抑郁而亡。南宋孝宗乾道八年（1172），主战将领四川宣抚使

王炎聘陆游为干办公事，将军事指挥部设于陕南汉中（南郑）。陆游不但为王炎详陈进取之策，而且亲临前线，在汉水和秦岭一带参加抗金战斗。

②南宋统治者本无收复失地之计划。三北：泛指东、中、西三个方向之北部边境。二南：指陆游的《剑南诗稿》与《渭南文集》。陆游临终时曾作《示儿》诗云："死去原知万事空，但悲不见九州同。王师北定中原日，家祭无忘告乃翁。"

范成大

亲亡事冗境贫寒，嫁妹登科始作官。
奉使金营全帝命，值班宋殿犯龙颜。①
兴规僻郡厘盐务，筑堰荒州借水源。
主战批和迁副相，诗词最善写田园。②

【自注

①据《宋史·范成大传》《范石湖集》、周必大《范公神道碑》等载，范成大字致能，号石湖居士，吴郡人也。十余岁时，父母双亡，居家多年，料理两妹出嫁事宜后，于南宋高宗绍兴二十四年(1154)中进士，时年二十九，从此始入仕途。乾道六年(1170)，孝宗命成大赴金商谈归还河南"陵寝"及改变宋受金书礼仪事宜，成大相机折冲，维护了宋廷尊严，全节而返。乾道七年(1171)，孝宗欲用佞臣张说为签书枢密院事，成大以中书舍人当值，拒不起草制词，并上疏极谏，说命竟寝。

②成大知静江府时，整饬盐务，抑监司及郡县之苛敛，使百姓普受其惠。知处州时，访通济堰故址，加以修复，置堤闸四十九所，使山田得以灌溉，民受其利。成大一生，主战批和，累官至参知政事。素有文名，尤工于诗，亦善填词，其诗词以描写田园风光者最为著名。

杨万里

翰苑儒林任往来，文坛政界话诚斋。
传神写貌求活法，作赋吟诗变体裁。

敢刺君王谈地震，能帮宰相荐人才。①
忽闻语涉韩侂胄，笔落身亡愤满怀。②

【自注

①据《宋史·杨万里传》《诚斋集》等载，杨万里字廷秀，号诚斋，吉州吉水人也。既是文学家，亦是理学家，传入儒林而名彰翰苑，其诗歌理论及创作有“活法”之说。淳熙十二年(1185)因地震应诏上书，批评孝宗，劝其“姑置不急之务，精专备敌之策”。十三年(1186)向宰相王淮荐举朱熹、袁枢等众多人才，王淮次第擢用之。

②万里为人刚而褊，韩侂胄专僭日甚，万里忧愤成疾。家人知其忧国，凡邸吏之报时政者皆不以告。忽有族子自外至，遽言韩侂胄用兵事，万里恸哭失声，亟呼纸笔书曰：“韩侂胄奸臣，专权无上，动兵残民，谋危社稷。吾头颅如许，报国无路，惟有孤愤！”又书十四言别妻子，笔落而逝，年八十，谥文节。

朱熹

派系源头在二程，亲身拜过李先生。
纷繁议论悬圭臬，紊乱纲常树准绳。
仰圣希贤承道统，精诗善笔负文名。①
濂关洛闽多才俊，但有朱熹总大成。②

【自注

①据《宋史·朱熹传》《朱文公文集》等载，朱熹字元晦，一字仲晦，号晦庵，又号晦翁、遁翁，祖籍徽州婺源，生于闽南剑州尤溪，又曾寓居闽建州崇安及建阳。熹少时，慨然有求道之志，其学既博求之经传，复遍交当世有识之士。绍兴二十三年(1153)拜李侗为师，遂成程颢、程颐之四传弟子。朱熹不但攻求义理之学，建立起完整而系统的理学体系，而且精通诗歌，善写散文，是一位有成就的文学家。

②宋代理学大兴，有濂溪周敦颐、洛阳二程、关中张载、闽中朱熹四大派别，即所谓“濂洛关闽”。而崛起于南宋之朱熹，不仅集北宋以来理学之大成，亦可谓集孔子以来儒家学术思想之大成。

张孝祥

才能片刻就千言，仰慕名贤爱子瞻。
唱第方招秦桧妒，呈疏又论岳飞冤。
雄词壮语多言战，僻郡荒州数贬官。
翰墨文章诚可贵，斯人恨未尽天年。[①]

【自注

①据《宋史·张孝祥传》《于湖居士文集》等载，张孝祥字安国，号于湖居士，历阳乌江人也。读书过目不忘，下笔顷刻数千言。南宋绍兴二十四年(1154)廷试，考官汤思退(秦桧主和派要员)等已定秦桧孙秦埙为第一，孝祥次之，曹冠又次之，高宗读策后亲擢孝祥第一，降秦埙第三，因此招来秦桧的忌妒。孝祥方第，即上疏为岳飞鸣冤，更使秦桧大为不满。孝祥中状元之次年，秦桧死，汤思退与张浚相继为相。孝祥登第，虽出汤思退之门，但却反对汤思退主和，支持张浚抗战。孝祥文章过人，翰墨尤佳，然使其传名后世者主要在于诗词，其中词尤为著称。孝祥于词，雅爱苏轼，风格以豪放为主，下开辛弃疾爱国词派之先河。惜其年寿短促，三十八岁即病故。

辛弃疾

英雄举事战泉城，马背词人是将星。
夜入金营擒叛逆，晨归宋寨报朝廷。
庸君不采平戎策，义士难兴破虏兵。[①]
祖述东坡长短句，苏辛二曜共垂名。[②]

【自注

①据《宋史·辛弃疾传》《稼轩长短句》等载，辛弃疾字幼安，别号稼轩居士，齐州历城人也。南宋高宗绍兴三十一年(1161)，金主完颜亮大举南侵，前锋抵达长江。金军后方宋民纷起反抗，二十二岁之辛弃疾亦在济南聚众两千，加入耿京义军，为掌书记。次年(1162)正月，弃疾奉耿京之命至建康见高宗，联系南归事宜，闰二月北返途中获悉叛徒张安国杀耿京而降金，被任为济州知州。弃疾乃约统制王世隆及忠义之人马全福率骑兵五十夜袭济州，缚张安国押

回建康斩首。南归之后，辛弃疾于孝宗乾道元年(1165)上《美芹十论》(亦称《御戎十论》)，乾道六年(1170)又上《九议》，提出御戎之策，但均未被采纳。

②辛弃疾于诗文之外，最擅词体创作。其词祖述苏轼，以豪放为主。苏辛二曜，共垂名于词史。

陈　亮

论政谈兵敢放言，头名进士赞龙川。
天人互辩轻元晦，志趣相投重稼轩。
不忍金邦逾北塞，何堪宋室弃中原。
诗文乐府皆传世，状语豪情若巨澜。[①]

自注

①据《宋史·陈亮传》《陈亮集》等载，陈亮字同甫，原名汝能，人称龙川先生，婺州永康人也。南宋光宗绍熙四年(1193)中头名进士，时年五十一，次年即病逝。陈亮是著名思想家，也是著名文学家，其现存作品皆为中进士前所作。在哲学方面，陈亮与朱熹意见相左，曾进行过长时间的激烈辩论。在政治及文学方面，陈亮与辛弃疾意见相合，都主张抗金，收复失地，都善写论政谈兵之散文及慷慨激烈、气势磅礴之爱国词作。刘熙载《艺概·词曲概》曰："陈同甫与稼轩为友，其人才相若，词亦相似。"

姜　夔

南迁艺苑号全能，历代皆闻赞许声。
翰墨文章如仕宦，诗词乐曲若功名。
纯情远胜柳三变，细律高攀周美成。
子困家贫身殁后，吴潜买地葬西塍。[①]

自注

①据《白石诗词集》、夏承焘《姜白石词编年笺校》等载，姜夔字尧章，号白石，饶州鄱阳人也。南宋著名文学艺术家，诗词、文章、音乐、书法等皆精，尤以词著称。布衣终身，未曾仕宦，无有功名，一生

过着湖海飘零、寄人篱下之生活。六十七岁病卒后，贫不能葬，友人吴潜买地葬姜夔于杭州西湖钱塘门外西马塍。前人对姜夔在词史上之地位评价甚高，誉为“如盛唐之有李杜”，“文中之有昌黎”，称他为“词中之圣”。善作抒情长调，如同柳永（三变），而纯情远胜柳氏。词律之精细，可与周邦彦（美成）媲美，同为一代宗师。

严　羽

对举诗禅细考量，别材异趣立提纲。
拈花教主宗炎汉，挂角羚羊法盛唐。
气象浑成褒李杜，云霞补缀贬苏黄。
骚坛利弊难评判，后世纷然话短长。①

自注

①据《严沧浪先生吟卷》、郭绍虞《沧浪诗话校释》等载，严羽字仪卿，一字丹丘，自号沧浪逋客，邵武人也。南宋著名诗论家，代表著作为《沧浪诗话》。严羽诗禅对举，以禅喻诗，首倡“诗有别材，非关书也；诗有别趣，非关理也”之说，认为禅道惟在妙悟，诗道亦在妙悟，惟悟乃为当行，乃为本色。他举例说，孟襄阳学力下韩退之远甚，而其诗独出退之之上者，一味妙悟而已。以此为标准，严羽认为汉魏之诗与盛唐之诗均达到了如同禅家之大乘境界，成就最高，最值得宗法。教主拈花、羚羊挂角，均为禅家用语。对于盛唐诗，严羽特褒李杜，认为“论诗以李杜为准，挟天子以令诸侯也”。对于以苏黄为代表之“近代诸公”诗作，则提出尖锐的批评，认为其缺少“一唱三叹”之妙。后世对严羽之观点，有赞同者，亦有反对者。

吴文英

制曲填词享盛名，平交众庶与公卿。
修辞绚丽如商隐，守律森严似美成。
赏月天中心豁朗，观花雾下境迷蒙。
清通晦涩分泾渭，智水仁山有异评。①

自注

①据《梦窗词集》、夏承焘《唐宋词人年谱·吴梦窗系年》等载，

吴文英字君特，号梦窗，晚又号觉翁，四明人也。本姓翁，与翁逢龙、翁元龙为亲兄弟，因过继吴氏而改姓吴。少好文词，不乐科举，毕生不仕，以词人和名士身份平交众庶与权贵公卿。其词修辞绚丽，有如李商隐；守律森严，有如周美成。词风有豁朗清通者，如天中赏月；有迷蒙晦涩者，似雾下观花。优点缺点，泾渭分明，后人评价亦见仁见智，大不相同。

贾似道

自幼残民若虎狼，嘉兴补吏任司仓。
身登显位凭裙带，手握实权赖帝王。
北塞军情方紧迫，西湖夜景正辉煌。①
铜陵溃阵难饶恕，县尉除奸野寺旁。②

【自注

①《宋史·贾似道传》：贾似道字师宪，台州人也。少落魄，为游博，不事操行，以父荫补嘉兴司仓。会其姊入宫为贵妃，有宠于理宗，似道遂屡蒙超擢，累官至宰相，掌握宋廷实权。时蒙古军大举攻宋，开庆元年(1259)似道以军帅擅自遣使诣忽必烈军中请和，许称臣，输岁币，蒙军北撤之后，似道又隐瞒真相，以大捷奏闻。似道于西湖葛岭大起楼阁亭榭，取宫人娼尼有美色者为妾，日淫乐其中，至夜则宴游湖上不返。理宗尝夜凭高，望西湖中灯火辉煌，语左右曰："此必似道也。"明日询之果然。

②宋恭帝赵㬎德祐元年(1275)二月，贾似道迫于舆论，率大军于安徽铜陵东北江中与蒙古军接战，宋军大败，似道乘单舸逃入扬州。群臣请诛贾似道，乃贬为高州团练使，循州安置。八月，行至漳州木棉庵，为监押使会稽县尉郑虎臣所杀。

陆秀夫

偶遇天祥作友朋，同科进士复同庚。
人从幼帝降元室，自立亲王续宋廷。①
困厄汪洋谋政事，流离道路授儒经。
崖山水寨沦亡日，赴海成全万古名。②

【自注

①《宋史·陆秀夫传》:陆秀夫字君实,楚州盐城人也。南宋理宗宝祐四年(1256)与文天祥同科中进士,且二人同庚,当时均为二十一岁。宋恭帝赵㬎德祐二年(1276)正月,太皇太后谢氏(理宗皇后,度宗嫡母,恭帝嫡祖母)与皇太后全氏(度宗皇后,恭帝生母)不顾陆秀夫与文天祥、张世杰等人的反对,以六岁恭帝之名义向元军上降表及传国玉玺。降元后,恭帝降封为瀛国公;谢氏降封为寿春郡夫人,越七年而终,年七十四;全氏为尼正智寺而终。恭帝降元后,陆秀夫等共立益王赵昰(度宗庶子,恭帝赵㬎庶兄)为帝于福州,改元景炎。景炎三年(1278)四月,赵昰病死,年十一。陆秀夫等又立年始八岁的卫王赵昺(度宗庶子,恭帝赵㬎庶弟)为帝,改元祥兴,退至南海崖山据守。

②陆秀夫以宰相据守崖山,与张世杰共秉政。时秀夫外筹军旅,内调工役,朝廷述作尽出其手,虽匆遽流离中,犹日书《大学章句》以劝讲。祥兴二年(1279)二月,崖山被元兵攻破,陆秀夫度不可脱,乃仗剑驱妻子入海,谓赵昺曰:"国事至此,陛下当为国死。德祐皇帝(指恭帝赵㬎)辱已甚,陛下不可再辱!"即负九岁的赵昺赴海而死,时年四十四。至此,南宋彻底灭亡。

文天祥

进士夺魁誉满门,临危拜相理乾坤。
身督弱旅勤王事,力挫强番报主恩。[①]
取义何辞燕市血,成仁岂忘宋廷魂。
人生自古谁无死,正气长歌泣鬼神。[②]

【自注

①《宋史·文天祥传》:文天祥字宋瑞,又字履善,号文山,吉州庐陵人也。南宋理宗宝祐四年(1256)中状元。宋恭帝赵㬎德祐元年(1275)二月,贾似道兵败铜陵后,诏天下勤王,文天祥在赣州立即招兵两万,开赴临安。德祐二年(1276)正月,太皇太后谢氏(理宗皇后,度宗嫡母,恭帝嫡祖母)以六岁恭帝赵㬎的名义向元(蒙古)军上降表及传国玉玺,文天祥反对无果,且被任为右丞相兼枢密使,入元营谈判。天祥在元营与元相伯颜抗论不屈,又怒斥降将,遂被扣留,押解北上,至镇江逃脱,返回福州,继续辅佐新继位的宋帝赵昰(度

宗庶子，恭帝赵㬎庶兄）。景炎三年（1278）四月戊辰，赵昰病死，庚午，群臣又立赵昺（度宗庶子，恭帝赵㬎庶弟）为帝，改元祥兴，文天祥继续辅佐。此年十二月，文天祥被元军所俘。

②文天祥被押至大都关押整四年，拒不投降，惟求一死。在北解途中，天祥作《过零丁洋》诗，其中有“人生自古谁无死，留取丹心照汗青”之千古名句。在大都狱中，天祥又作千古名篇《正气歌》。元世祖忽必烈至元十九年十二月八日（1283 年 1 月 8 日），文天祥慷慨就义，年四十七。其妻欧阳氏收尸时，发现天祥衣袋中有赞曰：“孔曰成仁，孟曰取义，惟其义尽，所以仁至。读圣贤书，所学何事，而今而后，庶几无愧。”

辽太祖耶律亿

名门望姓掌军权，略地攻城建契丹。
创字兴文教礼义，开章立制去荒蛮。
惟求仿汉称皇帝，不肯从胡弃可汗。[①]
二百年间凡九主，江山万里入金源。[②]

自注

①《辽史·太祖本纪》：耶律亿字阿保机，小字啜里只，契丹人。出身于迭剌部之显贵家族，自高祖耶律耨里思起，世为高官，执掌军权。五代后梁末帝朱瑱贞明二年（916），耶律亿大会群臣，称大圣大明天皇帝，建元神册，国号契丹，史称辽（947 年改契丹为辽，983 年又改辽为契丹，1066 年以后复改契丹为辽，契丹与辽，名异而实同）。耶律亿精通汉语，称帝后任用有才学之汉人为谋士，进行了一系列汉化较深之改革，从此，契丹社会在奴隶制成分仍占重要比重之情况下，封建制成分得到长足发展。

②天显元年（926）七月辛巳，耶律亿病卒，年五十五，谥昇天皇帝，庙号太祖。后又传八帝，至天祚帝耶律延禧保大五年（北宋徽宗宣和七年，公元 1125 年）为金所灭。耶律亿所创立之辽政权，凡历九主，共存在二百一十年（916～1125）。

西夏景宗李元昊

党项英雄昼夜忙，戡平各部统西疆。

登基改号称皇帝，仿汉参胡立纪纲。
量力终须臣宗室，通婚未肯跪辽邦。[①]
迁延岁月凡十主，不抵蒙军始败亡。[②]

自注

①据《宋史·外国传》“夏国上”及“夏国下”载，李元昊小字嵬理，后更名曩霄，党项人，本姓拓跋，其远祖拓跋赤辞于唐贞观时内附，太宗赐姓李氏，拓跋守寂曾参与平定安史之乱，拓跋思恭曾参与镇压黄巢起义，再次赐姓李氏，进爵夏国公。从此，夏州拓跋氏改称李氏。元昊祖李继迁于宋太宗、宋真宗时据夏州与宋对抗，父李德明于宋真宗时与宋讲和，被宋封为西平王。德明卒，元昊嗣位。宋仁宗宝元元年（1038）十月甲戌，元昊正式称帝，改大庆二年为天授礼法延祚元年，定都兴州（亦称兴庆府，即今宁夏银川），国名大夏，史称西夏。元昊仿汉参胡，以立纪纲，在具体战役上，虽曾三次战胜宋军，但因综合国力较弱，最终仍向宋称臣；虽娶辽兴平公主为妻，但又重创辽师。自元昊始，形成北宋、辽、西夏三足鼎立之势。

②天授礼法延祚十一年（宋仁宗庆历八年，公元 1048 年）正月辛未，李元昊因夺娶其太子宁令格（一作宁凌噶）之未婚妻玛伊克氏为新皇后，被宁令格刺伤并劓鼻而死，年四十六，谥武烈皇帝，庙号景宗。后又传九帝，至末帝李睍宝义二年（南宋理宗宝庆三年，公元 1227 年）为蒙古军所灭。李元昊所创立之西夏政权，凡历十主，共存在一百九十年（1038～1227）。

金太祖完颜旻

完颜部落总头人，振武联盟护女真。
伟业丰功居领袖，雄才大略治臣民。
胞兄此日击辽主，母弟他年虏宋君。[①]
百二春秋传九帝，蒙师入境立沉沦。[②]

自注

①《金史·太祖本纪》：完颜旻本名阿骨打，女真完颜部人。祖乌古廼、父劾里钵世为完颜部首领，被辽授以节度使称号。叔父颇刺淑、盈歌、长兄乌雅束相继击败女真诸部，组成部落联盟，任联盟长。完颜旻参加了对女真各部之战争，屡有战功，辽天祚帝耶律延

禧天庆三年(宋徽宗政和三年,公元 1113 年),继其兄乌雅束为联盟长,被辽授以节度使称号。天庆四年(1114)起兵反辽,于出河店大破辽军,连取数州。天庆五年(1115)正月壬申朔,完颜旻称皇帝,国号金,建元收国,都会宁府。同年十二月,于护步荅冈大破辽天祚帝亲征大军。收国二年(1116)至天辅七年(1123),又与宋相约,夹攻辽国,辽天祚帝屡败,已至穷途末路。天辅七年(1123)八月戊申,完颜旻病卒,年五十六,谥武元皇帝,庙号太祖。母弟完颜晟嗣位,是为金太宗,改元天会。天会三年(辽天祚帝保大五年,宋徽宗宣和七年,公元 1125 年)灭辽,天会五年(宋钦宗靖康二年,公元 1127 年)灭北宋,虏徽钦二帝。

②金哀宗完颜守绪天兴三年(南宋理宗端平元年,公元 1234 年),蒙古军灭金。完颜旻所创立之金政权,凡历九主,共存在一百二十年(1115～1234)。

元好问

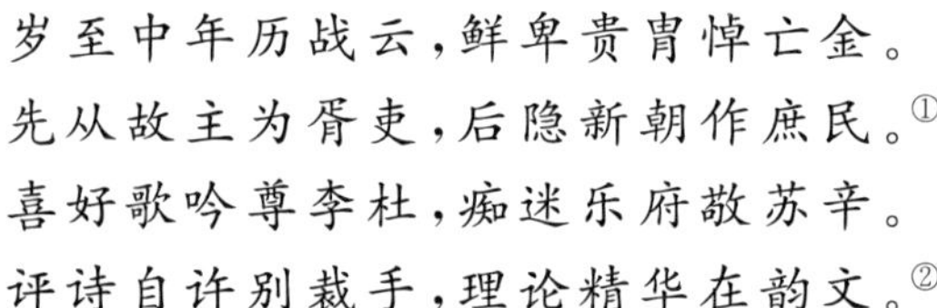

岁至中年历战云,鲜卑贵胄悼亡金。
先从故主为胥吏,后隐新朝作庶民。①
喜好歌吟尊李杜,痴迷乐府敬苏辛。
评诗自许别裁手,理论精华在韵文。②

自注

①据《元遗山全集》、缪钺《元遗山年谱汇纂》等载,元好问字裕之,号遗山,忻州秀容人也。系出鲜卑拓跋氏,北魏孝文帝元宏(拓跋宏)时改姓元氏,唐代诗人元结之后裔。元好问为金元之际人,其生平经历以公元 1234 年蒙古(元)灭金为界分为两段。金亡之前,好问于金宣宗完颜珣兴定五年(1221)中进士,于金哀宗完颜守绪正大元年(1224)中博学宏词科,继任吏职多年。金亡之时,好问四十五岁,从此隐于新朝,成为一介平民。为了悼念亡金,他编成金诗总集《中州集》,又编成金史著作《壬辰杂编》(亦称《金源君臣言行录》)百万言。

②元好问是著名诗人、词人,其诗宗李杜,其词法苏辛;又是著名文学批评家,著作颇多,而影响最大者是《论诗绝句三十首》。

卷六　元明清时期及其他93首

元太祖铁木真

蒙元太祖若天神，大漠英雄铁木真。
拓境长驱中亚地，分兵远慑北欧人。
单凭己力先亡夏，复绕邻邦后灭金。
伟业丰功悬日月，高名永赞马头琴。①

自注

①《元史·太祖本纪》：铁木真，姓奇渥温氏，蒙古人，生于孛尔只斤氏族。雄才大略，用兵如神，先后统一蒙古诸部。公元1206年（南宋宁宗开禧二年，金章宗泰和六年），蒙古贵族在斡难河源召开大会，共推铁木真即蒙古国大汗位，上尊号为成吉思汗，正式建立蒙古国。铁木真即位后，率军西征，长驱中亚之地，远慑北欧之人。1227年（南宋理宗宝庆三年，西夏末帝宝义二年）六月灭西夏，七月壬午不豫，己丑病危，临终向左右授灭金大计曰："金精兵在潼关，南据连山，北限大河，难以遽破。若假道于宋，宋、金世仇，必能许我，则下兵唐、邓，直捣大梁。金急，必征兵潼关，然以数万之众，千里赴援，人马疲弊，虽至弗能战，破之必矣。"言讫而终，年六十六，谥圣武皇帝，庙号太祖。金朝原都中都（今北京），金宣宗完颜珣贞祐二年（1214）五月，为避蒙古军锋芒，下诏迁都于开封，故铁木真灭金大计中有"潼关""大梁"诸地名。铁木真卒后七年，蒙古军即于金哀宗完颜守绪天兴三年（1234）按照铁木真之计一举灭金。

元世祖忽必烈

纵马弯弓定漠南，拖雷四子治中原。
承兄挫弟登汗位，引传从经固帝权。[①]
用汉更胡新制度，尊夷贱夏故山川。
残唐弱宋支离后，破碎金瓯庆复圆。[②]

【自注

①《元史·世祖本纪》：忽必烈，元太祖铁木真之孙，拖雷第四子，元宪宗蒙哥母弟。公元1206年，铁木真建立蒙古国，即汗位，是为元太祖。铁木真卒，其第三子窝阔台嗣位，是为元太宗。窝阔台卒，其长子贵由嗣位，是为元定宗。贵由卒，铁木真第四子拖雷（窝阔台母弟）之长子蒙哥嗣位，是为元宪宗。蒙哥在位时，忽必烈以皇弟之亲，受命总理漠南汉地军政事务，总督攻伐南宋战事。1259年七月，蒙哥病卒。1260年三月，忽必烈在漠南诸王拥戴下即汗位于开平（在今内蒙古境内），建元中统。同年四月，忽必烈异母弟阿里不哥在漠北诸王拥戴下即汗位于和林（在今蒙古国境内）。经过四年战争，阿里不哥兵败降于忽必烈。中统五年（1264）八月，忽必烈改元为至元元年。至元八年（1271）十一月，取《易·乾卦》"彖传"之"大哉乾元"之义，改蒙古国号为大元，定都燕京（今北京，先称中都，后称大都）。至元十六年（1279）灭南宋，统一全国。至元三十一年（1294）病卒，年八十，谥文武皇帝，庙号世祖。

②忽必烈吸收汉文化，对元朝制度进行了一系列改革，但其政策仍以尊蒙贱汉为主。忽必烈结束了国内多个民族政权长期并存之分裂战乱局面，实现了多民族国家之统一。

耶律楚材

前辽贵胄仕蒙元，不肯仇金再报冤。
见雪闻雷知利害，观星测月晓悲欢。[①]
从军辅政乾坤定，考汉参胡制度全。
敢逆龙鳞行切谏，虚怀二帝赞长髯。[②]

【自注

①《元史·耶律楚材传》：耶律楚材字晋卿，契丹人，辽太祖耶律

亿九世孙。金灭辽后，其父耶律履以学行事金世宗，特见亲任，终尚书右丞。贞祐二年(1214)，金宣宗迁汴，楚材随完颜福兴留守燕京。元太祖铁木真定燕，召见之，谓楚材曰："辽、金世仇，朕为汝雪之。"楚材对曰："臣父祖尝委质事之，既为之臣，敢仇君耶！"己卯(1219)夏六月，元太祖西征回回国，祃旗之日，雨雪三尺，帝疑之，楚材曰："玄冥之气，见于盛夏，克敌之征也。"庚辰(1220)冬，大雷，帝复问之，楚材对曰："回回国主当死于野。"后皆验。西域历人奏五月望夜月当食，楚材曰："否。"卒不食。楚材言明年十月月当食，西域人曰不食，至期果食。壬午(1222)八月，长星见西方，楚材曰："女真将易主矣。"明年，金宣宗果卒。

②元太祖铁木真卒后，在拖雷监国期间及元太宗窝阔台在位期间，耶律楚材更受重用。辛卯(1231)秋，太宗拜楚材为中书令(宰相)，事无巨细，皆先白之。而楚材亦在政治、军事、经济、文化等方面提出一系列政策与措施。楚材身长八尺，美髯宏声，太祖不呼其名而呼曰"吾图撒合里"，盖汉语所谓长髯人也。太祖曾指楚材谓太宗曰："此人，天赐我家。尔后军国庶政，当悉委之。"丙申(1236)春，诸王大集，太宗亲执觞赐楚材曰："朕之所以推诚任卿者，先帝之命也。非卿，则中原无今日。朕所以得安枕者，卿之力也。"

张 炎

尽日酣歌伴管弦，温柔富贵似神仙。
乾坤易姓君何在，社稷更名梦已残。
怨曲哀词怀赵宋，青山绿水遁蒙元。
清空自可称佳境，错贬辛刘叹玉田。[①]

【自注

①据《玉田词》《词源》等载，张炎字叔夏，号玉田，又号乐笑翁，祖籍成纪，六世祖张俊徙临安，遂为临安人。张炎为宋元之际著名词人，其生平经历以公元1279年元灭宋为界分为两段。宋亡之前，过着贵族公子的悠闲生活，其词多写醉酒酣歌、温柔富贵；宋亡之后，作为遗民，隐遁于江南的青山绿水之间，其词多写亡国之痛。张炎除填词外，又有词论专著《词源》，主要论述词之音乐格律与表现形式。他在《词源》中首倡"清空"意境，固属可贵，但贬斥辛弃疾及刘过之豪放词，则为大错。

赵孟頫

读经顷刻诵千言，下笔成文转瞬间。
愧道元军亡赵宋，羞谈宋胄仕蒙元。
居朝尚念渔樵苦，在野尤知稼穑难。
画苑书坛为领袖，诗词类比李青莲。[①]

【自注

①据《元史·赵孟頫传》《松雪斋文集》等载，赵孟頫字子昂，号松雪道人，宋太祖子秦王德芳之后裔，其四世祖崇宪靖王伯圭，乃南宋孝宗伯琮（后改名昚）同母兄，赐第于湖州，故孟頫遂为湖州人。作为宋室宗亲，孟頫在南宋末年曾任真州司户参军。至元十六年（1279），元灭南宋，孟頫时年二十六，从此闲居家中。至元二十三年（1286），孟頫以江南遗贤被召至大都，历事五帝（世祖、成宗、武宗、仁宗、英宗），官至一品，作为四等人（蒙古人、色目人、汉人、南人）中地位最低的南人，其所受宠遇极为罕见。孟頫自幼聪敏，读书过目成诵，为文操笔立就，诗词书画无不精通，然其以宋宗室成员而改节事元，大受时论指责，内心颇为痛楚。不过其有些作品尚能反映渔樵之苦与稼穑之难。元仁宗尝与侍臣论文学之士，以孟頫比唐之李白、宋之苏轼。

关汉卿

高才雅号冠梨园，粉墨班头艺更专。
喜好伶人同乐伎，徜徉瓦舍并勾栏。
填词制曲编杂剧，亮相登台任演员。
若问传奇压卷作，悲情莫过窦娥冤。[①]

【自注

①据《录鬼簿》《青楼集》《关汉卿戏曲集》等载，关汉卿号已斋叟，大都人，曾为元初太医院医生或小吏，不久即辞去。通晓音律，长于歌舞，经常出入勾栏瓦舍，与女伶朱帘秀及戏曲作家杨显之、王和卿等交往密切，不但编写剧本，而且粉墨登场，亲自演出。关汉卿是元杂剧之奠基人，也是中国古代戏曲作家之代表人物，居元曲四

大家之首，一生编剧六十余种，今尚全存及残存者共十八种，其余四十余种已佚，仅存剧目而已。在现存杂剧中，以《感天动地窦娥冤》影响最大，堪称压卷之作。

白　朴

遭逢战乱历浮沉，戏苑天才本素身。
马上成诗裴少俊，墙头次韵李千金。
惊魂破梦梧桐雨，益恨添愁菡萏人。
更有雄词逾百阕，豪情最数沁园春。[1]

自注

①据《录鬼簿》《元曲四大家名剧选》《天籁集》等载，白朴字太素，号兰谷，初名恒，字仁甫，山西隩州人也。父白华仕金为枢密院判官，与元好问为友，白朴亦师事元好问，好问曾有诗夸赞白朴曰："元白通家旧，诸郎独汝贤。"金亡之后，入元不仕，移居金陵，素身而终。白朴为元代著名戏曲作家，与关汉卿、马致远、郑光祖齐名，是元曲四大家之一。其杂剧代表作有二：一是《裴少俊墙头马上》，写唐代工部尚书裴行俭之子裴少俊与洛阳总管李世杰之女李千金的爱情故事；二是《唐明皇秋夜梧桐雨》，写唐玄宗与杨贵妃的爱情故事。白朴又是元代著名词人，其词集《天籁集》收词二百余首，其中《沁园春·保宁佛殿即凤凰台》一首为代表作。

王实甫

文坛巨匠惠梨园，董氏传奇细改编。
户对门当批旧制，情和意顺赞良缘。
男生女旦佳形象，北雁西风妙语言。
更喜红娘牵赤线，冰人领袖最娇妍。[1]

自注

①据《录鬼簿》《元曲选》、王季思《西厢记校注》等载，王实甫名德信，大都人也。元代著名戏曲作家，与关汉卿、白朴、马致远、郑光祖齐名，虽未列入元曲四大家之中，但明人贾仲明在为实甫所作《凌

波仙》吊词中却说："作词章，风韵美。士林中等辈伏低。新杂剧，旧传奇，《西厢记》天下夺魁。"王实甫最负盛名之杂剧代表作为《西厢记》，是在金人董解元《西厢记诸宫调》之基础上改编而成的。全剧批判门当户对之旧婚姻制度，赞颂情和意顺之男女爱情。男主人公张君瑞与女主人公崔莺莺之形象塑造均极为成功，而全剧语言极富诗意，如第四本第三折《正宫·端正好》："碧云天，黄花地，西风紧，北雁南飞。晓来谁染霜林醉？总是离人泪。"情景交融，历来被人称道。至于侍女红娘，其艺术形象更超出作品本身而成为冰人媒妁之代称，深为民众所喜爱。

马致远

退隐林泉避市廛，编词写剧号神仙。
番王迫汉还亲汉，汉女和番又拒番。
吕祖陈抟宣道教，刘晨阮肇入桃源。①
东篱乐府辑残卷，四海同称曲状元。②

【自注

①据《录鬼簿》《元曲选》《东篱乐府》等载，马致远字千里，号东篱，大都人也。年轻时曾追慕功名，热衷仕进，遭遇挫折之后，晚年隐退林泉，以诗文自娱。他是元代著名戏曲作家，与关汉卿、白朴、郑光祖齐名，并称元曲四大家。马致远的杂剧，以神仙道化剧为主，如《吕洞宾三醉岳阳楼》《西华山陈抟高卧》《刘阮误入桃源洞》等，故明人贾仲明称其为"马神仙"。而其杂剧影响最大者当数《破幽梦孤雁汉宫秋》。此剧写王昭君颇受汉元帝宠幸，而其出宫和番，乃是匈奴呼韩邪单于逼迫所致，昭君誓不入番，行至汉匈交界处投江而死，而呼韩邪单于见昭君已死，便重新与汉和好，永为甥舅之亲。

②马致远在散曲上之成就，为元代之冠，明人贾仲明称他为"曲状元"。其散曲作品散见于元杨朝英《乐府新编阳春白雪》《朝野新声太平乐府》及明无名氏《乐府群珠》、明郭勋《雍熙乐府》等书中。今人任讷将马致远散曲辑为《东篱乐府》。

郑光祖

锦绣传奇获好评，梨园敬重老先生。
周公摄政歌良相，倩女离魂赞爱情。
郑马白关称四俊，清新典丽胜三英。
杭州火葬禅林日，沓至诗文颂美名。[①]

【自注

①据《录鬼簿》《元曲选》《元曲四大家名剧选》等载，郑光祖字德辉，平阳襄陵人也。曾任杭州路吏，为人方直，不妄交结，因杂剧作品而名香天下，誉满闺阁，梨园伶伦辈皆敬称其为“郑老先生”。其杂剧以《辅成王周公摄政》《迷青琐倩女离魂》影响最大。郑光祖为元代著名戏曲作家，与关汉卿、白朴、马致远齐名，并称元曲四大家，其杂剧成就或有逊于三家者，而其曲文之清新典丽，亦有胜于三家者。郑光祖病卒杭州后，火葬于西湖灵芝寺，纷至沓来的悼念诗文，对其进行了热情的歌颂。

萨都剌

父祖从军镇雁门，行商既第始翻身。
虽云信主崇回教，却见为官爱汉民。
刺弊针时诚入骨，模山范水更传神。
金陵往事秦淮月，吊古雄词旷代人。[①]

【自注

①据柯劭忞《新元史·萨都剌传》《雁门集》等载，萨都剌字天锡，号直斋，回族人，一说蒙古人。出身将门，父祖以军功镇守云、代，定居雁门，萨都剌遂为雁门人，其诗集亦名《雁门集》。青少年时期，家境已式微，萨都剌不得已而外出经商。元泰定帝泰定四年(1327)中进士后，萨都剌始入仕途，一直担任品级卑微之地方官吏，直至去世。萨都剌虽为元代四等人中地位较高之色目人，又信奉回教，但为官期间能关心汉人与南人之疾苦。萨都剌是元代著名诗人，其诗无论是针刺时弊，还是模山范水，均能入骨传神，皆成佳构。《雁门集》又附收词作十四首，皆为风格雄健豪迈的吊古伤怀之作，

尤其是《百字令·登石头城》《念奴娇·金陵怀古》两首最具代表性，后人曾据此推尊萨都剌为元代词人之冠。

脱脱

日采嘉言记善行，终身受益惠苍生。
集贤共撰三朝史，慕圣全通五部经。
义黜强臣更旧制，忠扶弱主树新风。
疏河靖乱遭诬陷，命丧奸人恨未平。[①]

【自注】

①《元史·脱脱传》：脱脱字大用，蒙古蔑里乞氏。生而岐嶷，异于常儿，及就学，请于其师浦江吴直方曰："使脱脱终日危坐读书，不若日记古人嘉言善行服之终身耳。"幼养于伯父伯颜家，而伯颜后为中书右丞相，专权恣横，为元顺帝所忌。脱脱恐受连累，乃于至元六年(1340)主动与顺帝近臣请旨逐伯颜出京，次年代伯颜任中书右丞相，改旧制而树新风，时称"更化"。至正三年(1343)主修《辽史》《金史》《宋史》，任都总裁官。后在疏河治水及镇压徐州芝麻李红巾军、高邮张士诚起义军等战役中又立大功，引起奸人中书右丞哈麻的忌恨。至正十四年(1354)，顺帝听信哈麻之诬陷，以"劳师费财"之罪名，于军中削脱脱官爵，安置亦集乃路。至正十五年(1355)三月流徙云南大理，十二月己未，哈麻矫诏遣使鸩之，死年四十二。至正二十二年(1362)，昭雪复官爵。

韩林儿

旁门左道惑愚民，假冒徽宗九世孙。
建号登基称宋帝，传檄布罪讨元君。
穿衣啖饭虽由己，典政司兵却在人。
眼见招牌无用后，长江浪里作亡魂。[①]

【自注】

①《明史·韩林儿传》：韩林儿，栾城人也。元末，其父韩山童以白莲教鼓惑愚民，自称宋徽宗八世孙，当主中国，与刘福通等组织红

巾军起义反元，事觉，韩山童被捕杀，韩林儿随母逃至武安山中。顺帝至正十五年(1355)被刘福通迎至亳州，登基称帝，号小明王，建国大宋，建元龙凤。国都曾一度由亳州迁至汴京，最后迁至安丰。韩林儿虽名为宋帝，但实为傀儡，军政大权均归刘福通掌管。至正二十三年(1363)，张士诚部将吕珍攻入安丰，杀死刘福通，韩林儿被名义上尚属大宋政权的朱元璋救至滁州。至正二十六年(1366)，朱元璋见作为招牌的韩林儿已无多大用处，便授意廖永忠迎韩林儿归应天，途经瓜步，沉于江中，大宋政权灭亡。

刘福通

奉教烧香拜鬼神，云集信众号红巾。
韩家父子惊元帝，宋室君臣振汉民。
略地攻城先顺利，折兵损将后低沉。
安丰被困求援日，大帅方临噩耗闻。①

自注

①《明史·韩林儿传》：刘福通，颍州人也。元末，与栾城人韩山童以白莲教惑众，准备起义反元，妄称韩山童为宋徽宗八世孙，当主中国，自称南宋名将刘光世之后，当辅韩山童，打出"虎贲三千，直抵幽燕之地；龙飞九五，重开大宋之天"的旗号，表示推翻元朝，恢复大宋之决心。部众以头裹红巾为标志，故称"红巾军"，又多为烧香拜佛之白莲教徒，故又称"香军"。韩山童被杀后，刘福通于顺帝至正十五年(1355)迎立韩山童之子韩林儿为帝，号小明王，建国大宋，建元龙凤，都亳州，后又先后徙都汴京、安丰。红巾军前期攻城略地，较为顺利，后期则渐转低沉。至正二十三年(1363)，张士诚部将吕珍围安丰，韩林儿告急于当时名义上尚为大宋政权将领的朱元璋。朱元璋亲率大军往救，方至安丰，刘福通已被吕珍所杀，只救得韩林儿移居滁州。

郭子兴

郭公次子善奇谋，誓灭蒙元复九州。
仗义疏财交壮士，兴兵起事滚洪流。

高皇甚重十夫长，快婿颇轻万户侯。
待至他年辞世后，封王祀庙更何求。[①]

【自注

①《明史·郭子兴传》：郭子兴，祖籍曹州，徙居定远，日者郭公次子，少有奇谋，长而任侠，疏财仗义。会元政乱，子兴尽散家资，椎牛酾酒，交结壮士，誓灭蒙元。元顺帝至正十二年(1352)春，集众数千，袭据濠州，后又攻下滁州，夺取和州，因信奉白莲教而隶属于韩林儿、刘福通之红巾军，并在名义上拥戴大宋政权。郭子兴初起，朱元璋即往从之，子兴奇其状貌，留为亲兵，授以十夫长之职，朱元璋甚为重视，数从战有功。子兴喜，乃妻以所抚马公女，即后来之“太祖孝慈高皇后马氏”。郭子兴卒后，葬滁州，明洪武三年(1370)朱元璋追封郭子兴为滁阳王，诏有司立庙，岁时祭祀。

陈友谅

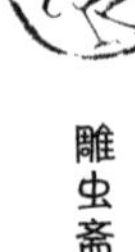

陈三本是打鱼人，既辅天完便领军。
杀相夺权亲号相，弑君篡位自称君。
攻城略地伐元主，布阵排兵讨宋臣。
岂料鄱阳遭惨败，身亡众散业沉沦。[①]

【自注

①《明史·陈友谅传》：陈友谅，沔阳渔家子也，其父陈普才共五子，友谅行三。元顺帝至正十一年(1351)十月，罗田布贩徐寿辉以蕲水为都，建立反元政权，自称皇帝，国号天完，建元治平，后又徙都汉阳，为其丞相倪文俊所制。友谅往投徐寿辉，为倪文俊部将。至正十七年(1357)九月，倪文俊谋杀徐寿辉未成，陈友谅趁机杀倪文俊而自为丞相。至正二十年(1360)五月，陈友谅又杀徐寿辉于采石矶，自称皇帝，国号大汉，改元大义。大汉政权建立后，陈友谅一方面与元军作战，一方面与名义上仍为宋臣(韩林儿大宋之臣)的朱元璋作战。至正二十三年(1363)八月，陈友谅在与朱元璋进行的鄱阳湖大战中接连败北，友谅本人亦中流矢而死。大汉太尉张定边夜护友谅次子陈理载友谅尸遁还武昌，立陈理为帝，改元德寿。至正二十四年(1364)二月，朱元璋兵临武昌城下，陈理出降，大汉政权灭亡。

明玉珍

天完主帅入夔门，建号西川久立身。
帷幄运筹凭万胜，庙堂经纬赖刘桢。
虽闻此日同冰炭，却见当年类齿唇。
大夏江山传二世，牵羊谢罪作明臣。①

自注

①《明史·明玉珍传》：明玉珍，随州人也，家世务农，元末率众起义后投奔徐寿辉，以天完政权元帅镇守沔阳。顺帝至正十七年(1357)率军入夔门，攻克重庆，被徐寿辉授以陇蜀行省右丞，继而攻陷成都、嘉定等地，遂据有川蜀全境。至正二十年(1360)，陈友谅杀徐寿辉自立，明玉珍恨之，以兵塞峡，不与交通，立寿辉庙于重庆东南隅，岁时致祭，自称陇蜀王。至正二十二年(1362)春即帝位于重庆，国号大夏，建元天统，以万胜掌戎事，以刘桢执政柄。明玉珍称帝后，主动遣使与朱元璋通好，元璋亦遣使报聘，并遗玉珍书曰："足下处西蜀，予处江左，盖与汉季孙、刘相类……予与足下实唇齿邦，愿以孙、刘相吞噬为鉴。"至正二十六年(1366)，玉珍病卒，年三十六，其子明昇嗣位，改元开熙。大明洪武二年(1369)，朱元璋遣使劝明昇归降，明昇不从。洪武四年(1371)，朱元璋命汤和率军征讨，兵临重庆，明昇无奈出降，夏政权灭亡。

张士诚

赚利操舟贩海盐，揭竿只为报仇冤。
相邻睦宋还侵宋，互惠降元复背元。
纸醉金迷人堕落，亲离众叛事艰难。
平江败阵成俘后，再次投缳赴九泉。①

自注

①《明史·张士诚传》：张士诚小字九四，泰州白驹场人也。有弟三人，并以操舟贩盐为业，平日颇受富家凌辱。元顺帝至正十三年(1353)，士诚与其弟士义、士德、士信及壮士李伯昇等十八人，杀仇人丘义，并灭诸富家，招集盐丁，起兵反元。至正十四年(1354)正

月据高邮，自称诚王，国号大周，建元天祐。至正十六年(1356)迁都平江。至正十七年(1357)降元，元授士诚为太尉，士诚每年为元供粮十余万石。至正二十三年(1363)复背元，自称吴王。无论反元与降元，士诚所控地盘均与朱元璋所隶属的宋政权地盘相邻，两家时而和睦相处，时而争斗。朱元璋消灭陈友谅后，便以主要力量对张士诚展开全面进攻。张士诚生活奢侈，怠于政事，部下亦各怀心思，无有斗志。至正二十七年(1367)九月，朱元璋大军攻破平江，士诚拒户自缢未成，被部将赵世雄解救。士诚被俘后押至金陵，最终仍自缢而死，年四十七。

方国珍

身强力壮体修长，贩卖私盐霸海疆。
雪恨杀仇即造反，升官进位便投降。
缺诚少信名虽坏，获利收功愿却偿。
幸遇真龙思悔过，金陵叩首拜明皇。[①]

自注

①《明史·方国珍传》：方国珍，黄岩人也，身长面黑，力逐奔马，世以贩盐浮海为业。元顺帝至正八年(1348)，蔡乱头行剽海上，有司发兵捕之，仇家诬告国珍通蔡乱头，国珍杀仇家，与兄国璋及弟国瑛、国珉亡入海，聚众数千人，起兵反元。元廷命江浙行省发兵征讨，方国珍降元，授定海尉，寻复叛元，叛而复降，如此反复三四次，每降一次，元廷均对其加官晋爵，最后官至江浙行省左丞相，封衢国公。至正十八年(1358)，朱元璋攻取婺州后，曾招降方国珍，并授以福建行省平章之职。但此后方国珍仍阴持两端，一方面讨好朱元璋，一方面接受元朝所授之官职，实际上成为割据东南一隅之势力集团。至正二十七年(1367)九月，朱元璋遣朱亮祖率师讨方国珍，十一月丁未，方国珍降。授广西行省左丞，食禄而不之官，大明洪武七年(1374)卒于京师。

明太祖朱元璋

贫僧起事慕贤能，暗入濠州拜子兴。
荡虏驱元称赵宋，亡吴灭汉建朱明。
屯田设卫严兵制，纳草剥皮肃政风。
岂料新君承祚后，燕王靖难篡朝廷。①

自注

①《明史·太祖本纪》：朱元璋字国瑞，先世家沛，后徙濠州钟离。年十七时父母诸兄皆殁，贫无所依，乃入皇觉寺为僧。元顺帝至正十二年(1352)闰三月甲戌朔入濠州投奔红巾军将领郭子兴，子兴奇其状貌，留为亲兵，并妻以所抚马公女。子兴卒，元璋代领其众，遥尊小明王韩林儿为首领，以荡虏驱元恢复赵宋王朝为号召，逐渐发展成为一个独立的势力集团。经过多年苦战，先后翦灭群雄，尤其是消灭了陈友谅的汉政权与张士诚的吴政权，终于在洪武元年(1368)建立了大明王朝，推翻了元朝的统治，此后又进行了诸多军政改革。洪武三十一年(1398)闰五月乙酉，朱元璋去世，年七十一，遗诏皇太孙朱允炆嗣位(朱允炆为皇太子朱标次子，洪武二十五年四月朱标病卒，同年九月，朱元璋立朱允炆为皇太孙)，是为明惠帝。朱允炆继位后，因削藩激怒燕王朱棣(朱元璋第四子)，朱棣以“靖难”为名起兵攻陷南京，登上帝位，是为明成祖，朱允炆不知所终。

明成祖朱棣

手握雄兵镇塞垣，忽闻少主抑强藩。
兴师借口纾国难，犯阙成心篡帝权。
物阜民殷康乐境，河清海晏太平年。
欺君逆父亏忠孝，武略文韬举世传。①

自注

①《明史·成祖本纪》：朱棣，朱元璋第四子，皇太子朱标同母弟，惠帝朱允炆叔父，洪武三年(1370)封燕王，洪武十三年(1380)之藩镇北平。朱元璋晚年，朱棣的三位同母兄——皇太子朱标、秦王朱樉、晋王朱棡俱已去世，朱棣不仅在军事实力上，而且在家族尊序上

均成诸王之首。洪武三十一年(1398)闰五月,朱元璋去世,皇太孙朱允炆嗣位,是为明惠帝,次年改元建文元年(1399)。朱允炆继位后,即与齐泰、黄子澄等行削藩之策。建文元年七月,朱棣以诛“奸臣”齐泰、黄子澄而为国“靖难”之名义,起兵造反,发动争夺皇位之战争。建文四年(1402)六月攻入南京,即位称帝,是为明成祖,改建文四年为洪武三十五年,表示不承认建文年号,次年改元永乐元年(1403)。惠帝朱允炆不知所终,主张削藩的齐泰、黄子澄均被杀,并夷其族。朱棣虽欺君逆父,篡位夺权,于忠孝大节有亏,但其文韬武略却颇为后世称赞传扬,其在位二十二年间,物阜民殷,河清海晏,堪称太平盛世。

明思宗朱由检

继位承兄主万民,生逢乱世叹崇祯。
因惩腐败诛奸佞,为致升平历苦辛。
顾北失南防众寇,猜文忌武怨群臣。
天崩大厦惊残梦,自缢煤山泣鬼神。①

自注

①《明史·庄烈帝纪》:朱由检,明光宗朱常洛第五子,明熹宗朱由校异母弟也,天启二年(1622)封信王。天启七年(1627)七月,熹宗病卒,无子,遗诏以信王朱由检嗣帝位。由检继位,当年即处死为非作歹、恶贯满盈的宦官魏忠贤及帮凶客氏(熹宗乳媪),次年改元崇祯。朱由检在位期间,虽极力整顿吏治,欲致升平,但北有后金(清)政权之侵犯,南有李自成与张献忠农民起义军之进攻,明王朝面临着两面作战、顾此失彼的严峻形势,加之由检本人猜忌多疑,刚愎自用,举措失当,制置乖方,遂使朝局呈不可收拾之势。崇祯十七年(1644)三月丁未,李自成攻入北京内城,朱由检自缢于煤山,明朝灭亡。朱由检逝后,南明弘光朝廷上谥号为思宗,后改谥毅宗。清朝谥为怀宗,后改谥庄烈愍皇帝。

施耐庵

生平履历欠周详，大著编成姓字彰。
下界天罡投水寨，超凡地煞会山冈。
当年造反尊晁盖，此日招安怨宋江。
聚义宣忠分路线，评功论过破迷茫。[①]

【自注

①施耐庵生平事迹不详，众说纷纭，其中比较一致的看法是：名子安，字耐庵，原籍钱塘（一说苏州，后迁居江苏兴化；一说淮安），元末明初人，曾中元朝进士，并任官于钱塘两年，后辞官不仕，矢志著述，其代表作品为《水浒传》。《水浒传》共写梁山头领一百零八人，其中宋江至燕青为三十六天罡星，朱武至段景住为七十二地煞星。晁盖是真正的造反英雄，为梁山前期领袖；宋江是被逼无奈才勉强造反的，为梁山后期领袖，最终接受朝廷招安。鲁迅在《三闲集·流氓的变迁》中说："一部《水浒》，说得很分明：因为不反对天子，所以大军一到，便受招安，替国家打别的强盗——不'替天行道'的强盗去了。终于是奴才。"毛泽东说："《水浒》只反贪官，不反皇帝。屏晁盖于一百零八人之外。宋江投降，搞修正主义，把晁的聚义厅改为忠义堂，让人招安了。宋江同高俅的斗争，是地主阶级内部这一派反对那一派的斗争。宋江投降了，就去打方腊。"

宋　濂

更朝换代入朱明，应诏辞亲仕帝京。
教诲东宫申孝悌，陪从北阙献忠诚。
填词作赋修元史，喜道崇儒好释经。
每见诗文传海外，邻邦贡使俱知名。[①]

【自注

①《明史·宋濂传》：宋濂字景濂，其先金华潜溪人也，至濂乃迁浦江。元至正中，荐授翰林编修，以亲老不就，入龙门山著书十余年。朱元璋取天下，宋濂应诏入京授太子经，为五经师，以文学顾问侍太祖左右。洪武二年(1369)诏修元史，命濂为总裁官。宋濂于学

无所不通，于文无所不能，郊社宗庙山川百神之典，朝会宴享律历衣冠之制，四裔贡赋赏劳之仪，旁及元勋巨卿碑记石刻之辞，咸以委濂，屡被推尊为开国文臣之首。士大夫造门乞文者，后先相踵，四方学者悉称其为“太史公”。外国贡使亦知其名，数问起居，高丽、安南、日本至出重金购其文集。

罗贯中

图王志向讫真龙，兴趣重回撰述中。
颂汉拥刘歌正统，批曹反魏斥奸雄。
鏖兵已现三分鼎，弭乱还须百战功。
智慧谁如诸葛亮，关公义气化长虹。①

【自注

①罗贯中生平事迹不详，众说纷纭，其中比较一致的看法是：名本（一说名贯），字贯中，祖籍太原，徙居钱塘，元末明初人，与施耐庵同时而年辈稍晚，为施耐庵门人。曾参加反元起义，有图王志向，及见真龙天子朱元璋灭元统一全国，才重新矢志撰述，其代表作品为《三国演义》。罗贯中在《三国演义》中所表现出的基本思想倾向是颂汉拥刘，歌颂刘备为正统，批曹反魏，斥责曹操为奸雄。而在刘备集团中，罗贯中又着力塑造了足智多谋的诸葛亮形象和义薄云天的关羽形象。

李善长

兵书战册越群伦，法律条文亦在心。
处事为人协六部，输粮运饷济三军。
兴周吕尚魁多士，佐汉萧何冠众臣。
罪涉惟庸谋逆案，真情假相若疑云。①

【自注

①《明史·李善长传》：李善长字百室，定远人也。少读兵书，足智多谋，法律条文，了然于心，元顺帝至正十四年（1354）投朱元璋幕下，颇受重用。善长善于协调人事，精于转运兵饷，明习故事，裁决

如流，辅佐朱元璋夺取天下，其功至伟。洪武三年(1370)授开国辅运推诚守正文臣、特进光禄大夫、左柱国、太师、中书左丞相；封韩国公，岁禄四千石，子孙世袭，并赐铁券，免二死，子免一死。当时封公者有徐达等六人，而善长位居第一，至于左丞相之职，更为百官之首，朱元璋在制词中将李善长比作周之吕尚与汉之萧何，人臣之分极矣。洪武十三年(1380)，胡惟庸谋反伏诛。洪武二十三年(1390)，已七十七岁的李善长被牵入胡党，同全家七十余口一并被诛。但李善长是否参与胡惟庸谋反，后人多持怀疑态度。

刘 基

元明易代任行藏，奉旨朝君入帝乡。
划策出谋平乱世，安民理政辅新邦。
庙堂经纬似诸葛，帷幄运筹如子房。[①]
赞宋歌刘称泰斗，双星耀彩并辉煌。[②]

【自注

①《明史·刘基传》：刘基字伯温，青田人也。元至顺间举进士，曾入仕，后辞归。博通经史，尤精象纬之学，时人论江左人物，首称刘基，比之诸葛亮。朱元璋闻其名而聘之，任为腹心，比作张良。而刘基亦为之运筹帷幄，出谋划策，经纬庙堂，理政安民。朱元璋之灭陈友谅，俘张士诚，北伐中原，成就帝业，大抵皆如基谋。

②宋濂、刘基皆起东南而并负重名。濂长基一岁，以儒者自命，以文学受知，而基雄迈有奇气，常以奇谋佐军中。宋濂、刘基，学术醇深，文章古茂，同为一代宗师泰斗，于开国之初敷陈王道，忠诚恪慎，俱为佐命重臣。

徐 达

居家自幼务桑农，幸遇高皇任股肱。
定北平南皆主帅，亡吴灭汉俱元戎。
鸿飞雁举凌云志，地覆天翻盖世功。
拜相封公陪太庙，凌烟首座绘真容。[①]

【自注

①《明史·徐达传》:徐达字天德,濠州人也。世业农桑,少有大志,身姿伟岸,刚毅勇武,元顺帝至正十三年(1353)加入朱元璋部,在南征北战争天下及亡吴(张士诚)灭汉(陈友谅)诸战役中,均为主帅,又率部北伐,克复元大都,平定晋秦诸地,为开国功臣第一人。洪武三年(1370)授开国辅运推诚宣力武臣、特进光禄大夫、左国柱、太傅、中书右丞相参军国事;改封魏国公(原封信国公),岁禄五千石,并赐铁券。洪武十八年(1385)病卒,年五十四。追封中山王,谥武宁,赠三世皆王爵,配享太庙,肖像功臣庙,位皆第一。凌烟:即凌烟阁,是封建王朝为表彰功臣而建之高阁,唐太宗及唐代宗都有绘功臣肖像于凌烟阁之事,此处借指明太祖朱元璋时之功臣庙。

方孝孺

忠君孝父肃纲常,受业曾从宋浦江。
贱霸尊王承孔孟,栽枝固本赞齐黄。
临朝弱主人何在,篡位强藩愿已偿。
取义成仁垂典范,天高地迥誉绵长。①

【自注

①《明史·方孝孺传》:方孝孺字希直,又字希古,宁海人也。幼警敏,长从宋濂(浦江人,世称宋浦江)学,为宋门弟子之冠。父坐事诛,孝孺扶丧归葬,哀恸行路。明太祖朱元璋时,曾为蜀王世子师,王尊以殊礼,名其读书之庐曰"正学",世遂称"正学先生"。惠帝朱允炆继位,召为翰林侍讲,次年迁侍讲学士,国家大事辄咨之,支持齐泰、黄子澄的削藩之策。"靖难"之役起,朝廷诏檄多出其手。建文四年(1402)六月,燕王朱棣攻陷南京,惠帝不知所终,方孝孺被执下狱。朱棣召孝孺使草即位诏,孝孺投笔于地,且哭且骂曰:"死即死耳,诏不可草。"朱棣怒,命磔诸市。孝孺作绝命词后,慨然赴死,时年四十六,亲友及门生遭诛戮谪戍者甚众,时人有诛十族之传说。孝孺报谋国之忠,激斥贼之义,视刀锯鼎镬而甘之若饴,百世而下,凛凛犹有生气。

郑　和

乘风破浪涉重洋，奉使寻踪聘远方。
永乐初年即起碇，宣德末岁始停航。
珍禽异兽输中土，细缎精瓷转外邦。
业竟功成人逝后，诸番照旧拜明皇。①

自注

①《明史·郑和传》：郑和，云南昆阳人也，回族，本姓马，初名三宝，明洪武时被阉入宫，人称三宝太监。后侍燕王朱棣，因在靖难之役中立功，赐姓郑氏，始称郑和。自成祖永乐三年（1405）至宣宗宣德八年（1433）之二十九年间，郑和奉使，七下西洋，其目的有三：一是成祖疑惠帝朱允炆逃亡海外，欲寻其踪迹；二是欲耀兵异域，示中国之富强；三是恢复和发展中国与海外诸国之友好关系，开展大规模之外交与外贸活动。船队历经三十余国，最远到达非洲东岸。郑和去世后，其所出使交往诸国多依旧保持与中国之友好关系，年年进贡，岁岁来朝。

于　谦

刚风正气肃精神，义胆忠肝岂顾身。
辅政三杨称大吏，怀恩百姓颂贤臣。
临危自可拥新主，取胜方能逆故君。①
变起深宫蒙难日，阴霾万里吊冤魂。②

自注

①《明史·于谦传》：于谦字廷益，钱塘人也。刚正肃穆，奋不顾身，在明宣宗朱瞻基与明英宗朱祁镇两朝，无论为京官或地方官均获佳评，深受内阁学士杨荣、杨溥、杨士奇（世称“三杨”）之称赞，而山西及河南吏民千余人诣阙上书，请其再次巡抚晋、豫两地。英宗正统十四年（1449），瓦剌太师也先举兵侵边，英宗在太监王振的挟持下亲征，不料在土木堡兵败被俘，京师震动。土木堡之变后，大臣多主南迁，时任兵部尚书的于谦力主抗战，与吏部尚书王文等拥立监国的郕王朱祁钰（英宗异母弟）为帝，是为明代宗，改元景泰。瓦

刺军至北京城下，于谦督率军民顽强抵抗，迫使也先撤退，并于景泰元年(1450)放回英宗。逆故君：迎接故君朱祁镇回京。

②景泰八年(1457)正月壬午，武清侯石亨、太监曹吉祥与左副都御史徐有贞等，发动夺门之变，迎英宗朱祁镇复位，改元天顺，废代宗朱祁钰仍为郕王，以谋逆罪将于谦下狱，丁亥杀之。谦死之日，阴霾四合，天下冤之。孝宗弘治二年(1489)，平反昭雪，谥肃愍，神宗万历中改谥忠肃。

吴承恩

为文享誉始髫龄，喜撰神猴保圣僧。
训斥冥王惊地府，讥嘲玉帝反天庭。
跋山涉水求真谛，灭怪除妖取正经。
异事奇闻存鉴戒，西游寓旨任争鸣。[①]

【自注

①据赵景琛《吴承恩年谱》《西游记》等载，吴承恩字汝忠，号射阳山人，淮安山阳人也。童年即享文名于世，代表作品是《西游记》。此部长篇神话小说写神猴孙悟空保圣僧玄奘西天取经之故事，其中主人公孙悟空闯地府而斥冥王，反天庭而嘲玉帝，后来皈依佛门，保唐僧西天取经，一路上跋山涉水，灭怪除妖，历经八十一难，终于取得真经，自己亦终成正果。《西游记》虽为神话小说，但吴承恩说其中“亦微有鉴戒寓焉”。至于《西游记》之寓旨为何，则学术界异说纷纭，争论不休。

张居正

矫诏驱高握重权，国贫帝幼事千端。
严防盗寇择边帅，谨护孩童选内官。
稳定朝堂十载相，充盈府库一条鞭。[①]
缘何殁后遭仇恨，震主矜功是祸源。[②]

【自注

①据《明史·张居正传》《明史·冯保传》及《明史·高拱传》等

载，张居正字叔大，号太岳，江陵人也。明世宗朱厚熜嘉靖二十六年(1547)进士，穆宗朱载垕时，累官至吏部尚书、建极殿大学士等职。隆庆六年(1572)五月庚戌，穆宗去世，遗诏以首辅高拱和次辅张居正并受顾命，辅佐年方十岁的太子朱翊钧继位，是为明神宗，以明年为万历元年。当时掌实权者除高拱和张居正外，还有太监冯保，而冯保与张居正友善，二人俱与高拱有隙。隆庆六年(1572)六月庚午，冯保与张居正经过密谋，矫两宫皇太后(穆宗皇后陈氏，无子，神宗尊其为仁圣皇太后；穆宗贵妃李氏，神宗生母，神宗尊其为慈圣皇太后)及神宗诏命，驱逐首相高拱，而以张居正为首相。居正用李成梁镇辽东，用戚继光镇蓟门，边境晏然，用宦官冯保总管宫廷事务，谨慎护持幼帝，宫中亦井然有序。为相十年之间，不断推行一条鞭法，使府库得以充盈，朝堂得以稳定。

②万历十年(1582)六月丙午，张居正病卒，年五十八，谥文忠。但不久即被言官弹劾，罪名是与宦官冯保结党私营，恣肆骄横，且谓其家宝藏甚多，有逾天府。诏削居正官职，夺其谥号。熹宗朱由校及思宗朱由检时，虽部分恢复其官职，但始终未恢复谥号。居正虽能通识时变，勇于任事，观其神宗初年之政，可谓确有才干，然其矫诏逐高，重用巨阉，矜功震主，不思退让，恣情任性，拒谏饰非等，却属人格缺陷，况贪赃之事亦非诬构，卒致祸发身后，岂不痛哉？

戚继光

继父从军喜战船，排兵布阵乐其间。
舟师破浪击东寇，步伍登城御北番。
护卫京都安社稷，巡航闽越固山川。
倭人不敢窥沿海，每望旌旗亦胆寒。①

自注

①《明史·戚继光传》：戚继光字元敬，号南塘，又号孟诸，登州人也。家贫好学，通经史大义，明世宗嘉靖二十三年(1544)袭父职为登州卫指挥佥事，排兵布阵，操演海战，备倭山东。嘉靖三十四年(1555)以后的十余年间，历任浙江、福建、广东海防要职，专防东倭，其所创建的“戚家军”，纪律严明，战法灵活多变，每战必捷，倭寇闻之丧胆。穆宗隆庆二年(1568)以蓟门多警，乃命戚继光北上专训步卒以御北番，因屡立战功，于神宗万历二年(1574)进左都督，后又加太子太保。无论率舟师以击东寇，还是率步伍以御北番，戚继光均

"足称振古之名将，无愧万里之长城"。

汤显祖

四大传奇负盛名，梨园竞演牡丹亭。
人间纵制圣贤礼，世上难消风月情。
寂寞冯俞因礼死，缠绵杜柳为情生。[①]
临川意境吴江律，两派分途树典型。[②]

【自注

①据徐朔方《汤显祖年谱》及《汤显祖戏曲集》等载，汤显祖字义仍，号海若，又号若士，别署清远道人，晚年又号茧翁，江西临川人也。明代著名戏曲作家，写有《紫钗记》（系由案头之作《紫箫记》改写而成）、《牡丹亭还魂记》（简称《牡丹亭》或《还魂记》）、《南柯梦记》（简称《南柯梦》或《南柯记》）、《邯郸梦记》（简称《邯郸梦》或《邯郸记》）四大剧作，其中《牡丹亭》为其代表作。全剧写书生柳梦梅与小姐杜丽娘反对封建礼教，追求真挚爱情的感人故事。此剧在当时影响甚大，至今亦盛演不衰。汤显祖曾从友人处得知，女读者冯小青与俞二娘皆因读《牡丹亭》而联想自己婚姻之不幸，感伤而死。汤显祖又认为杜丽娘与柳梦梅俱是为情而生之人。

②与汤显祖同时而年晚三岁的吴江人沈璟，也是当时著名的戏曲作家，写有传奇十七种，现存《红蕖记》《双鱼记》等七种。汤显祖之戏曲重意境，沈璟之戏曲重声律，二人侧重点不同，分别为两派之代表人物。

袁崇焕

自许边才负盛名，辽东备战抗金兵。
只身越塞观形势，众力完郭树障屏。
大破先汗宁远镇，严惩后主锦州城。
天聪诡计终如愿，致使英雄死酷刑。[①]

【自注

①《明史·袁崇焕传》：袁崇焕字元素，广西藤县人也。明万历

进士，初授知县，以边才自许，关注辽东战事。熹宗天启年间任辽东巡抚，备战以抗后金，曾单骑巡阅山海关内外，率军民合力修筑关外重镇宁远城，于天启六年（1626）大破后金十万围攻大军，炮伤努尔哈赤，取得宁远大捷。天启七年（1627）又破后金主力，大败皇太极，取得宁锦大捷，后因不附魏忠贤，被劾去职。思宗崇祯元年（1628）重新起用，以兵部尚书兼右副都御史，督师蓟辽。崇祯二年（1629）冬，皇太极率军十万，绕过袁崇焕防区，自长城喜峰口入关，直趋京师。袁崇焕闻讯后千里驰援，与后金兵鏖战于北京城外，取得京师之捷。皇太极受挫后，乃行反间之计，明思宗信之，以通敌罪将袁崇焕下狱，于崇祯三年（1630）八月凌迟处死。天聪：本是皇太极年号，此用以指代皇太极。

史可法

梅花岭上葬英魂，宋瑞投胎又现身。
社稷存亡激四镇，华夷顺逆励三军。
纾危解难抛生死，取义成仁泣鬼神。
自古疾风知劲草，从来板荡显忠臣。[①]

【自注

①《明史·史可法传》：史可法字宪之，号道邻，顺天大兴籍，河南祥符人也。其母尹氏有身，梦文天祥（字宋瑞）入其舍，遂生可法。以孝闻，举崇祯元年（1628）进士，入仕后因镇压农民起义有功，于崇祯十六年（1643）升南京兵部尚书。崇祯十七年（1644）三月丁未，李自成陷北京，朱由检自缢于煤山，明亡。五月壬寅日，马士英等拥立朱由崧（神宗朱翊钧之孙，福王朱常洵之子，光宗朱常洛之侄，思宗朱由检从弟）即帝位于南京，年号弘光，建立南明弘光政权，以史可法为礼部尚书兼东阁大学士，督师扬州。史可法以社稷存亡、华夷顺逆之理激励江北四镇（刘泽清、刘良佐、高杰、黄得功）和南明三军将士，欲使奋起抗清。但因大势已去，将士纷纷降清，弘光二年（亦即清顺治二年，公元 1645 年）四月丁丑，清军攻陷扬州，史可法自刎未死，被俘后拒不投降而被杀。可法死后，家人觅遗骸无获，乃于次年（1646）奉其衣冠葬于扬州城外之梅花岭。

清太祖努尔哈赤

武略文韬靖女真，深仇大恨反明君。
先人虏帝曾侵宋，后裔称皇又复金。
五将同心安社稷，八旗异色理军民。①
临终慨叹袁崇焕，巨炮坚城镇鬼神。②

【自注

①五将：指努尔哈赤所设的理政听讼五大臣。八旗：指努尔哈赤所创立的八旗制度。

②《清史稿·太祖本纪》：努尔哈赤，姓爱新觉罗氏，满洲族（简称满族），实即女真族人也。幼投明辽东总兵李成梁部下，祖觉昌安、父塔克世俱为明建州左卫军官。明神宗万历十一年（1583），明军在尼堪外兰的唆使下，误杀觉昌安与塔克世，为表歉意，明廷遂命努尔哈赤回建州袭父职，任建州左卫指挥。从此，努尔哈赤以“遗甲十三副”起兵，打着为祖、父复仇的旗号，开始了统一女真各部与反抗明朝政权的事业。经过三十三年的战争，至万历四十四年（1616），努尔哈赤终于统一女真各部，自称皇帝，建元天命，国号曰金，史称后金（北宋徽宗政和五年女真人曾建国号曰金，并于钦宗靖康二年灭北宋，虏徽、钦二帝北迁）。此后，又进行了十年反明战争，至天命十一年（明熹宗天启六年，公元1626年）正月进攻宁远时，被守将袁崇焕击败，努尔哈赤本人亦受炮伤，八月庚戌病故，年六十八。努尔哈赤临终曾慨叹曰：“朕用兵以来，未有抗颜行者。袁崇焕何人，乃能尔耶！”初谥武皇帝，改谥高皇帝，庙号太祖。

清太宗皇太极

太祖宾天业未成，文皇继统续佳声。
先将种号更为满，再使邦名改作清。
助牧扶农施惠政，开疆扩土用奇兵。
安知晏驾期年后，嗣子忽然取大明。①

【自注

①《清史稿·太宗本纪》：皇太极，太祖努尔哈赤第八子也。后

金天命十一年(1626)八月庚戌,努尔哈赤病故。九月庚午朔,皇太极继位于沈阳,次年(1627)改元天聪。努尔哈赤本是女真人,但他建立后金政权后,人们对其种族称呼并不统一,明朝与朝鲜多称其为建州或女真、女直等,另有称肃慎者,而后金则自称女真或女直、诸申等。皇太极继位后,于天聪九年(1635)宣布改女真族为满洲族(简称"满族"),统一了种族之称号。后又于天聪十年(1636)四月乙酉改元崇德,改国号金为大清。皇太极统治期间,实行了许多有利于农牧发展的政策,又继续对外用兵,开疆扩土。崇德八年(明思宗崇祯十六年,公元 1643 年)八月庚午,皇太极病故,年五十二,谥文皇帝,庙号太宗。其六岁之子福临在沈阳继位,由多尔衮(努尔哈赤第十四子,皇太极异母弟)辅政。顺治元年(明思宗崇祯十七年,公元 1644 年)五月,多尔衮在吴三桂带领下,率兵入关,进占北京。九月,又迎福临至北京,诏告天下,取代明朝,君临全国。

睿忠亲王多尔衮

选定孩童主庙廷,临朝摄政统雄兵。
联合叛将吴三桂,扫灭流军李自成。
禹甸尧封归北满,金戈铁马荡南明。[①]
功勋旷代遭诬陷,致使乾隆抱不平。[②]

【自注

①《清史稿·多尔衮传》:多尔衮,清太祖努尔哈赤第十四子,太宗皇太极异母弟也,崇德元年(1636)封睿亲王。崇德八年(1643)八月庚午,皇太极病故,多尔衮以镶白、正白两旗势力拥立年仅六岁的皇太极第九子福临为帝,是为清世祖。次年(1644)改元顺治,由多尔衮与济尔哈朗(努尔哈赤之侄,时封郑亲王)共同辅政。不久,大权集于多尔衮一身。顺治元年(1644)五月,在明降将吴三桂带领下进入北京,九月又迎福临至北京,十月乙卯朔即位,取代明朝君临天下。多尔衮因功高位崇,权势日增,于此年被尊为"叔父摄政王",顺治五年(1648)又尊为"皇父摄政王",以皇叔、皇父之尊代行皇帝职权,成为清朝入关之初的实际统治者。在多尔衮的部署下,清军与吴三桂联合,消灭了李自成、张献忠两大农民起义军及多个南明抗清政权,攻占了全国大部分地区,为以后统一全国打下了基础。

②顺治七年(1650)十二月,多尔衮病故,年三十九,诏追尊为义皇帝,庙号成宗,祔太庙。顺治八年(1651)二月癸巳,苏克萨哈、詹

岱等诬告多尔衮谋逆，诏削其尊号，撤庙享，暴其罪于中外。乾隆三十八年（1773）及四十三年（1778），高宗弘历两次下诏为多尔衮平反昭雪，诏命“宜复还睿亲王封号，追谥曰忠，配享太庙。依亲王园寝制，修其茔墓，令太常寺春秋致祭。其爵世袭罔替”。

清圣祖玄烨

躬承世祖禀遗言，大任悉担幼主肩。
岁在冲龄封九牧，年方弱冠撤三藩。
坚船利炮收台岛，勇将强兵定塞垣。
武纬文经开盛世，绵长祚运更无前。①

【自注

①《清史稿·圣祖本纪》：玄烨，世祖福临第三子也。顺治十八年（1661）正月丙辰继其父世祖福临即帝位，年始八岁，承父遗命由索尼、苏克萨哈、遏必隆、鳌拜四大臣辅政，次年（1662）改元康熙。康熙六年（1667）七月己酉，十四岁的玄烨正式亲政。康熙八年（1669）五月戊申逮捕跋扈辅臣鳌拜，从此开始全面掌握全国军政大权。康熙十二年（1673），二十岁的玄烨下令撤藩，并用八年时间平定由平西王吴三桂、平南王尚之信、靖南王耿精忠所发动的三藩之乱。此后又陆续收复台湾，讨平噶尔丹等，开创了康熙盛世。康熙六十一年（1722）十一月甲午病故，年六十九，谥仁皇帝，庙号圣祖。在位六十一年，时间之长，史无前例。

清高宗弘历

承祧守器号乾隆，拓地开疆似祖宗。
政布边陲趋稳定，商通内外渐繁荣。
书成四库夸文治，战胜十场耀武功。
久祚遐龄赓盛世，缘何晚岁宠奸雄。①

【自注

①《清史稿·高宗本纪》：弘历，世宗胤禛第四子也。雍正十三年（1735）八月己丑继其父世宗胤禛即帝位，次年（1736）改元乾隆。

在位期间，开拓疆土，稳定边陲，发展贸易，繁荣经济，赓续康熙盛世而成康乾盛世，使清代社会经济之发展达到极盛阶段。文治方面，纂修书籍甚多，而以《四库全书》最具代表性。武功方面，亦颇显赫，有所谓“十全武功”之说。唯晚年宠信和珅，颇损声誉。即位六十年后，于嘉庆元年(1796)正月戊申朔传位于皇太子颙琰(即仁宗)，自为太上皇帝，仍掌军国大政。嘉庆四年(1799)正月壬戌去世，年八十九，谥纯皇帝，庙号高宗。

慈禧太后

子幼夫亡处境难，祺祥政变始垂帘。①
欺凌弱帝专朝政，惧怕强番卖主权。②
反对维新杀烈士，坚持守旧任庸官。③
安知谢世三年后，历史重开汉纪元。④

自注

①《清史稿·后妃传》：慈禧太后，姓叶赫那拉氏，满洲镶蓝旗人，安徽徽宁池广太道道员惠徵之女。文宗奕詝咸丰元年(1851)被选入宫，先后封贵人、懿嫔、懿妃、懿贵妃，生皇太子载淳。咸丰十一年(1861)七月癸卯，文宗病逝于热河避暑山庄，年仅六岁之载淳继位，是为穆宗，定明年改元祺祥，尊皇后钮钴禄氏为慈安皇太后，尊生母懿贵妃为慈禧皇太后，而怡亲王载垣、郑亲王端华、协办大学士户部尚书肃顺等八人奉文宗遗诏为“赞襄政务王大臣”，两太后患之。十月，两太后(以慈禧太后为主)联合恭亲王奕䜣(文宗奕詝异母弟)在北京发动政变，命辅政八大臣之载垣、端华自尽，斩肃顺于市，其余五人革职或遣戍，废祺祥年号，定明年改元同治，两宫皇太后共同垂帘听政。

②弱帝：指穆宗载淳(即同治皇帝)和德宗载湉(即光绪皇帝)。强番：指八国联军等外国侵略者。

③烈士：指戊戌变法中被杀的谭嗣同等六人。

④光绪三十四年(1908)十月甲戌，慈禧太后病逝，年七十四。三年之后，辛亥革命爆发，清朝近三百年之统治被推翻，孙中山“驱除鞑虏，恢复中华”之愿望得以实现。

清德宗载湉

醇王爱子入宫门，太后甥侄作嗣君。
社稷安宁难遂愿，山河破碎岂甘心。
韬光已树兴邦志，亮剑翻成戴罪人。
软禁瀛台十载后，衔冤抱恨弃臣民。[①]

【自注

①《清史稿·德宗本纪》：载湉，文宗奕詝（咸丰帝）之侄，穆宗载淳（同治帝）从弟，生父醇亲王奕譞乃文宗异母弟，生母叶赫那拉氏乃慈禧太后胞妹，故载湉于慈禧太后，既为甥，亦为侄。同治十三年（1874）十二月癸酉，穆宗病逝，无子，慈禧太后立四岁的载湉为帝以嗣文宗，次年（1875）改元光绪，自己垂帘听政。光绪十五年（1889）二月己卯开始亲政，时年十九，方抱大有为之志，欲张挞伐，以湔国耻，然诸多政策措施皆因慈禧太后阻挠而未能实施。光绪二十四年（1898）力排众议，下"明定国事"诏书，宣布变法，史称"戊戌变法"，亦称"百日维新"。但在慈禧太后反对下，不但变法遭遇失败，载湉本人亦被囚于瀛台（其中有一年时间因八国联军入京而被慈禧太后挟往西安），慈禧太后重新临朝训政。光绪三十四年（1908）十月癸酉病逝，年三十八，谥景皇帝，庙号德宗。

宣统皇帝溥仪

二代醇王正室男，平生历尽两重天。
冲龄未料登皇位，壮岁方图掌帝权。
自视功臣游日本，谁知罪犯解苏联。
脱胎换骨逢恩赦，喜作公民度晚年。[①]

【自注

①据《清史稿·宣统皇帝本纪》及溥仪自著《我的前半生》等载，溥仪，德宗载湉（光绪帝）之侄，首代醇亲王奕譞之孙，二代醇亲王载沣（光绪帝胞弟）之子。光绪三十四年（1908）十月癸酉德宗病逝，无子，慈禧太后立三岁的溥仪为帝以嗣穆宗（同治帝），兼承德宗之祧，定次年（1909）改元宣统，授载沣为摄政王，代理政务。公元1911年

（岁次辛亥）十月十日，辛亥革命爆发。1912 年元旦，中华民国建立。二月十二日（宣统三年十二月戊午），由隆裕太后（光绪帝皇后，慈禧太后侄女）代行颁布《退位诏书》，溥仪正式退位。但根据清室退位优待条件规定，不废帝号，仍居宫禁。1917 年七月一日，在张勋策划下，溥仪宣布复辟，但十二天之后，复辟失败，再次退位。1924 年，溥仪被冯玉祥驱逐出宫，入住天津日租界。1932 年三月在侵华日军支持下当上伪满洲国执政，次年三月改称伪满洲国皇帝，年号康德。此后曾两次访问日本。抗日战争胜利后，溥仪于 1945 年八月十七日被苏军俘获，解至苏联关押五年。1950 年八月，溥仪被苏联移交中国，又在东北关押近十年。1959 年十二月四日获特赦，后以公民身份任全国政协文史资料委员会专员及政协第四届全国委员会委员。1967 年十月十七日病逝于北京，年六十二。

吴三桂

辽东虎将守关城，但为红颜便起兵。
尽扫神州亡李顺，穷追异域灭朱明。
曾投满帝充鹰犬，又僭周皇聚鼠蝇。
覆雨翻云难遂愿，开门纳盗岂逃名。①

【自注

①《清史稿·吴三桂传》：吴三桂字长伯，江苏高邮人也，籍辽东。以武举承父荫，初授都指挥，后擢总兵，守宁远。明思宗崇祯十七年（亦即清世祖顺治元年，公元 1644 年）三月，李自成攻陷北京后，胁迫留居京城的三桂父吴襄作书招降吴三桂，并遣部将唐通以银四万两犒赏三桂军。三桂本已应允降李，并率兵入京，但行至滦州，闻其爱妾陈圆圆被李自成大将刘宗敏掠去，一怒之下，又返回山海关，遣使上书降清，请多尔衮率兵入关讨伐李自成。从此，吴三桂作为清朝鹰犬，先帮清军消灭了李自成的大顺政权，后又于顺治十八年（1661）十二月追至缅甸，俘获南明永历政权朱由榔（神宗朱翊钧之孙，桂王朱常瀛之子，光宗朱常洛之侄，思宗朱由检从弟），并于次年（1662）四月杀朱由榔于云南。清朝早已封吴三桂为平西王，使其镇守云南，但康熙十二年（1673）十一月，年已六十二岁的吴三桂又起兵反清，并于康熙十七年（1678）三月朔僭称大周皇帝。半年后的八月乙酉，六十七岁的吴三桂病死，留下了千载骂名。

郑成功

才堪重任志凌云，誓保南明叹郑森。
反对降清违父命，坚持抗满报君恩。
忠肝义胆方鏖战，赤县神州已陆沉。
克复台湾为驻地，犹传两代始称臣。[①]

【自注

①《清史稿·郑成功传》：郑成功初名森，字大木，福建南安人也。父为郑芝龙，母为日本人。顺治二年（1645）闰六月，郑芝龙与张肯堂、黄道周等拥立明太祖朱元璋九世孙唐王朱聿键即帝位于福州，年号隆武，建立南明隆武政权。朱聿键颇赏郑森之才及志向，赐姓朱，更名成功，封忠孝伯，人称“国姓爷”。顺治三年（1646）八月，郑芝龙降清，朱聿键被清军擒杀，隆武政权灭亡，郑成功拒不投降，据守厦门，坚守抗清，并与南明永历政权联系，后被朱由榔封为延平王，授招讨大将军。顺治十八年（1661）三月，郑成功见清在大陆之统治日趋稳定，永历帝又逃入缅甸，遂率部由厦门进攻台湾，十二月十三日盘踞台湾四十年的荷兰殖民者献城投降，台湾遂为郑成功所据，以之作为抗清基地。康熙元年（1662）五月，郑成功病卒，年三十九。郑成功卒后，其子郑锦（一名经）与其孙郑克塽相继为延平王而据台抗清。康熙二十二年（1683）七月，清水师提督施琅攻入台湾，郑克塽降清称臣。

王士禛

显位高名据上游，骚坛领袖富春秋。
如山立论标神韵，似水行文见婉柔。
蕴藉清新宗表圣，空灵妙悟法丹丘。
诗情画意多缥缈，宛若天宫五凤楼。[①]

【自注

①据《清史稿·王士禛传》及《带经堂集》《带经堂诗话》等载，王士禛字贻上，号阮亭，别号渔洋山人，山东新城人也。清世祖福临顺治十二年（1655）会试中式，未殿试而归，十五年（1658）殿试为二甲

进士，入仕后累官至刑部尚书。士禛地位显赫，诗名早著，圣祖玄烨康熙三年（1664）钱谦益去世，时年三十一的王士禛已毫无争议地成为继钱氏之后的诗坛领袖。士禛论诗，标举“神韵”。他宗法司空图（字表圣）蕴藉清新之说与严羽（字丹丘）空灵妙悟之说，以成其“神韵”旨趣，而其诗歌创作实践亦与其诗歌创作理论高度统一，诗情画意，缥缈婉柔。

蒲松龄

童科弁冕振精神，岂料乡闱困此身。
辅政无缘朝北阙，谋生有路任西宾。[①]
描狐画鬼容千面，挞恶鞭邪力万钧。
志怪奇书惊海内，犹传戏曲共诗文。[②]

自注

①据有关蒲松龄研究资料及《聊斋志异》等载，蒲松龄字留仙，又字剑臣，别号柳泉居士，山东淄川人也。清世祖福临顺治十五年（1658），十九岁的蒲松龄初应童子试，便以县、府、道三个第一名补博士弟子员，文名籍籍诸生间。但此后“三年复三年”的乡试，蒲松龄却屡试不第，终生也未考取举人。无缘作官，又要谋生，大约从圣祖玄烨康熙十二年（1673）起，蒲松龄先后到数户缙绅人家去当塾师，时间长达四十年之久（其中在毕家坐馆三十年），直到年逾古稀，才结束西宾生涯。

②蒲松龄是著名文学家，代表作是文言短篇小说集《聊斋志异》。该作品通过众多鬼狐精魅的故事反映现实社会中的人生百态，属思想性和艺术性极高的志怪传奇类小说。此外，蒲松龄还有其他的戏曲诗文传世。

孔尚任

圣裔居家在鲁城，填词制曲释儒经。
奇才未必光民舍，异数方能耀帝京。[①]
剧内明陈兴废事，心中暗寓黍离情。
桃花带血长生恨，北孔南洪并世名。[②]

【自注

①据有关孔尚任研究资料及《桃花扇》等载，孔尚任字聘之，又字季重，号东塘，又号岸堂，自称云亭山人，曲阜人也，孔子六十四代孙。虽为世代书香之家，但孔尚任未中乡试，困于场屋，仅靠捐纳得一国子监生头衔，家境已如同平民。康熙二十三年(1684)十一月，圣祖玄烨首次南巡北返时，驾临曲阜祭孔，孔尚任被衍圣公孔毓圻推为御前讲经人，因讲经、导览均能称旨，受到特殊礼遇，从优额外授为国子监博士，于二十四年(1685)春节后，离开民舍，进入帝京。

②孔尚任是清代著名戏曲作家，代表作是《桃花扇》。该剧形象地再现了南明弘光王朝之兴亡始末，虽明写兴废之事，却暗寓黍离之情。当时钱塘人洪昇，也是清代著名戏曲作家，代表作是描写李(隆基)杨(玉环)爱情的《长生殿》。孔尚任与洪昇，一北一南，双星并耀，而《桃花扇》与《长生殿》则同为当时传奇剧的压卷之作。

纳兰性德

明珠爱子甚机灵，练武习文有孝声。
进士登科居二甲，词人序位占头名。[①]
虽为贵胄陪君相，却作平民济友朋。
早逝英才诚可叹，韩徐洒泪撰碑铭。[②]

【自注

①据《清史稿·纳兰性德传》及《通志堂集》等载，纳兰性德字容若，明珠之子，满洲正黄旗人。初名成德，因避皇太子允礽嫌名(嫌名，谓名中读音相近之字，“成”之读音与“礽”之读音相近，故犯嫌名，须改)，始改性德。性德数岁即习骑射，发无不中，读书过目不忘，童年时作诗填词，出句惊人，书法亦工，宗唐人褚遂良。事亲至孝，侍疾衣不解带。圣祖玄烨康熙十五年(1676)中二甲第七名进士，时年二十二，从此入宫为康熙皇帝侍卫整九年。纳兰性德是有口皆碑的大词人，在当时与比他年长二十余岁的朱彝尊、陈维崧鼎足而立，称词坛三大家。赵函在序《纳兰词》时又说性德“卓然冠乎诸公之上”。况周颐《蕙风词话》亦云：“纳兰容若为国初第一词人。”王国维《人间词话》更称纳兰性德是“北宋以来，一人而已”。

②纳兰性德平易近人，好急人之难，其友顾贞观之友人吴兆骞坐科场案遣戍宁古塔苦寒之地二十年，性德主动为谋，使得释还，士尤

称之。康熙二十四年(1685),纳兰性德病逝,年三十一,其汉文老师徐乾学为撰《墓志铭》,韩菼为撰《神道碑》。

张廷玉

康熙进士诞名门,拜相封伯事至尊。
录取贤才诚谨慎,经纶大政愈忠勤。
朝堂久伴清三帝,祖庙方陪汉一臣。
奉旨监修明正史,高文典册许斯人。①

自注

①《清史稿·张廷玉传》:张廷玉字衡臣,安徽桐城人也,大学士张英次子,康熙三十九年(1700)进士。历仕圣祖(康熙)、世宗(雍正)、高宗(乾隆)三朝,官至总理大臣,又以大学士掌机要,封三等勤宣伯爵。屡主顺天乡试及京师会试,录取贤才,以公正谨慎著称。文思敏捷,才能出众,领衔修成《明史》,颇获好评。乾隆二十年(1755)三月卒,年八十四,谥文和,配享太庙。终清之世,汉大臣配享太庙者,唯廷玉一人而已。

吴敬梓

祖上功名盛往年,双亲殁后已难安。
频遭变故添诗料,尽卖田庐付酒钱。①
士类千姿分善恶,儒林百态辨愚贤。
行文假借前朝事,旷代奇书聚美谈。②

自注

①据有关吴敬梓研究资料及《儒林外史》等载,吴敬梓字敏轩,号粒民,晚年又号文木老人、秦淮寓客,安徽全椒人也。在曾祖和祖父两代人中共考中六名进士,其中有榜眼、探花各一名,诚如吴敬梓所言:“五十年中,家门鼎盛。陆氏则机、云同居,苏家则轼、辙并进。”父亲吴霖起为拔贡,任赣榆县学教谕,吴敬梓为其独生子。清世宗胤禛雍正元年(1723),吴霖起病故(其妻十年前病故),恰在此年,吴敬梓考取秀才,时已二十三岁。吴敬梓的祖父、父亲及敬梓本

人，三代均为嫡长子，掌管家事。父亲去世后，族中兄弟要求分家析产，作为宗子的吴敬梓成为风波中心。在“兄弟参商，宗族诟谇”的争产大战结束后，吴妻陶氏饮恨而亡，敬梓亦心灰意冷，视金钱为身外物，十年之间，尽卖田庐，将家产荡尽，于雍正十一年（1733）携续弦夫人叶氏移家南京。

②吴敬梓是著名文学家，代表作是长篇小说《儒林外史》。该作品假借明代以行文，实际所反映的却是吴敬梓所生活的清代社会中知识分子阶层的思想和生活。

曹雪芹

芹溪祖上伴君王，久仕江宁贵一方。
烈火烹油增富丽，鲜花附锦益辉煌。①
承恩户主遭刑狱，受惠家人历祸殃。
冷案青灯十载后，红楼巨著始名扬。②

【自注

①据有关曹雪芹研究资料及《红楼梦》等载，曹雪芹名霑，字芹圃，又字梦阮，号芹溪，雪芹亦为号，祖籍辽阳。远祖曹锡远为汉人，明末任沈阳地方官，被清太祖努尔哈赤俘获后，沦为奴仆，其子曹振彦编入多尔衮统率的满洲正白旗，从龙入关，屡立战功，虽为包衣身份，却是经过长期考验的忠实奴仆。曹雪芹的曾祖母孙氏曾为圣祖玄烨幼时保姆，被玄烨称为“吾家老人”。祖父曹寅曾给玄烨当过伴读，曾祖父曹玺及祖父曹寅自康熙二年（1663）至康熙五十一年（1712）连任江宁织造五十年。玄烨六次南巡，有四次驻跸江宁织造府中，由曹寅亲自接驾，其富丽辉煌之盛况，真可谓烈火烹油，鲜花着锦。

②曹寅逝后，其子曹颙（曹雪芹生父）继为江宁织造，但仅三年即去世，在玄烨过问下，将曹寅之侄曹頫（曹宣之子）过继给曹寅为次子，继任江宁织造，为曹雪芹一门之户主。曹府因四次接驾而造成经济上巨大亏空，加上不自觉被卷入朝廷夺嫡斗争中，遂为继玄烨而即位的世宗胤禛留下口实。雍正五年（1727）十二月曹府被查抄，曹頫下狱，家人悉由江宁（南京）迁至北京。曹雪芹是曹颙的遗腹子，此时只有十三岁，此后之生活，可谓一落千丈。成年之后，曹雪芹在十分艰苦的情况下，披阅十载，增删五次，写成文学巨著《红楼梦》，使其成为我国古典长篇小说之冠。

林则徐

林家宝树是奇男，宦海沉浮志更坚。
治水督盐功显赫，留京任省政清廉。
排船列炮防南海，破虏摧夷禁外烟。①
眼望寰球思改制，西文译汉广宣传。②

【自注

①《清史稿·林则徐传》：林则徐字少穆，福建侯官人也。仁宗颙琰嘉庆十六年（1811）进士，入仕后曾任杭嘉湖道、浙江盐运使等职，兴修水利，督办盐务，颇著政绩。后或任京官，或为封疆大吏，为政均颇清廉。宣宗旻宁道光十八年（1838）以湖广总督身份上疏，请用重典，严禁鸦片，认为“此祸不除，十年之后，不惟无可筹之饷，且无可用之兵”。宣宗命入觐，召对十九次，授钦差大臣，赴广东禁烟。道光十九年（1839）正月，林则徐抵广州，与两广总督邓廷桢、广东水师提督关天培等一方面加强南海防务，一方面令英商缴出趸船上的全部鸦片两万余箱，于四五月间当众焚烧于虎门海滩，数十日始尽。

②林则徐是中国近代史上“开眼看世界的第一人”，为了解世界形势，取人之长，补己之短，他组织翻译了《四洲志》《华事夷言》《滑达尔各国律例》《澳门新闻纸》等西文书报，以供参考宣传。

曾国藩

儒生守制又夺情，组建湘军水陆兵。
仰圣虽非求富贵，摧洪却是立功名。
乾坤再定唐裴度，社稷重安汉孔明。①
阃帅疆臣多故吏，文章领袖殿桐城。②

【自注

①《清史稿·曾国藩传》：曾国藩字涤生，湖南湘乡人也。宣宗旻宁道光十八年（1838）进士。文宗奕詝咸丰二年（1852），曾国藩丁母忧守制在籍，奉旨夺情起复，赴长沙办理团练，以抵御太平天国大军之进攻。曾国藩招募农民为兵士，任用儒生为将领，仿明戚继光

练兵之法，朝夕训练，很快练成“湘勇”(通称湘军)水陆兵一万七千余人，会集湘潭，发布《讨粤匪檄》，对太平军发动进攻。咸丰十年(1860)，加兵部尚书衔，授两江总督，以钦差大臣督办江南军务。十一年(1861)又加太子少保衔，奉命统辖江苏、安徽、江西、浙江四省军务。穆宗载淳同治三年(1864)六月戊戌，终于攻陷天京(南京)，消灭太平天国政权。对清政府而言，曾国藩之功勋，“至谓汉之诸葛亮，唐之裴度，明之王守仁，殆无以过，何其盛欤”！

②曾国藩功成名立，汲汲以荐举人才为己任，当时之疆臣阃帅如胡林翼、左宗棠、李鸿章等人，多受其引荐，为其故吏。在文学方面，曾国藩是最后一位桐城派古文大家，为当时之文章领袖人物。

左宗棠

名高气傲士称狂，首赞湘军克武昌。
率部收功平内地，挥师讨罪定西疆。[①]
霸才救世情豪迈，王道安民性善良。
大吏生前成伟业，忠臣殁后祭祠堂。[②]

【自注

①《清史稿·左宗棠传》：左宗棠字季高，湖南湘阴人也。宣宗旻宁道光十二年(1832)中举，后三试礼部不第，遂绝意科举，究心舆地、兵法。喜为壮语惊众，名在公卿间，尝以诸葛亮自比，人皆目其狂，独胡林翼亟称之，谓横览九州，更无才出其右者。文宗奕詝咸丰六年(1856)，曾国藩克武昌，奏陈左宗棠济师济饷之功，诏以兵部郎中用，俄加四品卿衔。后在曾国藩荐举下，先后任浙江巡抚、闽浙总督兼巡抚，终于协助曾国藩在穆宗载淳同治三年(1864)六月消灭了太平天国政权。后改任陕甘总督，镇压了西捻军及陕甘回民起义。德宗载湉光绪元年(1875)奉命为钦差大臣，督办新疆军务，征讨盘踞新疆的叛乱诸回，先后攻克乌鲁木齐、和阗等地，收复除伊犁地区以外的新疆全境(伊犁时为俄占，后经谈判收回)。

②论者谓宗棠有霸才，而治民则以王道行之，信哉。其在新疆曾三令五申曰：“大军所至，勿淫掠，勿残杀。王者之师如时雨，此其时也。”光绪十年(1884)七月卒，年七十三，谥文襄，祀京师昭忠祠、贤良祠，并建专祠于湖南及立功诸省。

洪秀全

兴兵起义会金田，自谓耶稣降世间。
土地均平无重税，人民富乐有公钱。[①]
强藩震主操军柄，弱主削藩揽政权。
大动干戈生内讧，垂成伟业叹凋残。[②]

自注

①《清史稿·洪秀全传》：洪秀全，广东花县人也。有朱九畴者，倡上帝会，秀全与同邑友人冯云山师事之。九畴死，众以秀全为教主。旋偕冯云山传教至广西桂平，时秀全妹婿萧朝贵及杨秀清、韦昌辉皆家桂平，相与结纳，贵县石达开亦来入教，遂形成六人领导核心。秀全自称是天父耶和华次子、天兄耶稣胞弟，命信众齐聚桂平金田村议事，半年之间，会集万人，编组成军，遂于文宗奕詝咸丰元年(1851)发动金田起义，国号"太平天国"。洪秀全自称天王，封杨秀清为东王，萧朝贵为西王，冯云山为南王，韦昌辉为北王，石达开为翼王。咸丰三年(1853)攻克南京，定为国都，号天京。太平天国颁行《天朝田亩制度》，试图建立一个"有田同耕，有饭同食，有衣同穿，有钱同使，无处不均匀，无人不饱暖"的绝对公平的公有制理想社会。

②在六人领导核心中，冯云山与萧朝贵先后战死，攻克南京后，只剩洪秀全、杨秀清、韦昌辉、石达开四人。洪秀全虽为天王，但东王杨秀清掌握军政大权，对洪秀全构成威胁。咸丰六年(1856)，洪秀全命韦昌辉杀杨秀清，韦昌辉扩大事态，滥杀杨秀清及其部属甚众。洪秀全在石达开起兵威胁下，又杀韦昌辉，以石达开辅政，但对石达开又心存疑忌，多方牵制，致使石达开带兵出走，与洪秀全分裂。此次内讧，是太平天国由盛至衰的转折点。其后，太平天国便日渐衰落。穆宗载淳同治三年(1864)四月，洪秀全病逝。六月戊戌，清军攻陷南京，太平天国中央政权灭亡。

李鸿章

封侯拜相掌实权，易旧维新两负担。
已灭强洪同盛捻，难摧利炮与坚船。

争先尽力开洋务，恐后悉心放海关。
每共番邦谈判日，缘何丧地辱尊严。[①]

【自注

①《清史稿·李鸿章传》：李鸿章字少荃，安徽合肥人也。宣宗旻宁道光二十七年（1847）进士，曾受业曾国藩门下并入其幕府，后经曾国藩荐举为江苏巡抚，组建淮军，与曾国藩之湘军联合，共同镇压了洪秀全太平天国政权。穆宗载淳同治五年（1866）继曾国藩为钦差大臣，后相继剿灭东西捻军。同治九年（1870）继曾国藩任直隶总督兼北洋通商事务大臣，从此控制北洋事务达二十五年之久，并参与掌管清政府外交、军事、经济大权，成为清末权势最为显赫之封疆大吏。德宗载湉光绪二十年（1894）中日甲午海战，北洋海军覆没殆尽，李鸿章声誉大损。光绪二十七年（1901）去世，年七十九，晋封一等侯，谥文忠。李鸿章从外敌之坚船利炮中吸取经验教训，主张变旧维新，开办洋务，对此诚应肯定，但其作为全权大使，与外夷签订了许多丧权辱国的不平等条约，对此，国人则多有诟病。

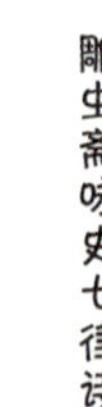

康有为

公车上表动朝廷，百日维新似阵风。[①]
革命实难存帝号，改良尚可保皇名。
蛇年复辟消愁绪，鼠岁移宫起怨声。
孔父诚堪为教主，刘歆岂造古文经。[②]

【自注

①《清史稿·康有为传》：康有为字广夏，号更生，原名祖诒，广东南海人也。德宗载湉光绪二十一年（1895）进士。此年康有为正在北京参加会试，闻听丧权辱国之《马关条约》签订，遂于五月二日联合会试举人一千三百余人发动“公车上书”（汉代曾以公车送赴京应举之人，后遂称赴京应举之人为公车），极陈时局之危，提出改革措施。光绪二十四年（1898）又积极推动戊戌变法（亦称百日维新）。

②康有为不主张彻底革命，只主张变法改良。戊戌变法失败后，光绪帝被囚，康有为又创设保皇会，号召各地勤王，成为名副其实的保皇派。1917年（岁次丁巳，俗称蛇年），康有为和张勋策划溥仪复辟，旋归失败。1924年（岁次甲子，俗称鼠年），溥仪被冯玉祥驱逐出宫，康有为甚是不满。康有为编纂《孔子改制考》，尊孔学为孔教，尊孔子为教主，并组建孔教会，自任会长。康有为是今文经学家，曾

著《新学伪经考》，认为汉代所谓古文经，全是刘歆为佐王莽篡汉而伪造的，所谓古文经学，实际就是为王莽新朝服务的“新学”。

袁世凯

天生本性厌诗文，布阵排兵有慧根。
背叛德宗亲旧党，依凭太后练新军。[①]
重回故里非闲士，再掌实权是要人。
逆反潮流行帝制，空留笑柄永传闻。[②]

自注

①据《清史稿》有关纪、传及袁静雪《我的父亲袁世凯》等载，袁世凯字慰庭，河南项城人也。自幼不喜读书，好习兵事，两试乡试不中，遂决意弃文从武。德宗载湉光绪七年(1881)往山东登州投吴长庆，次年(1882)八月，朝鲜发生“壬午兵变”，随吴长庆前往镇压，后因功升任清政府“驻扎朝鲜总理交涉通商事宜”全权代表，加三品衔，驻朝时间长达十二年。光绪二十年(1894)中日甲午海战时回国。戊戌变法时，袁世凯正在天津小站操练“新军”，光绪帝曾召见袁世凯，袁世凯表示赞同变法，但当谭嗣同要他率新军进京“除旧党，助行新政”时，他表面应允，却随即回天津向慈禧太后的宠臣荣禄告密，致使光绪帝被囚，六君子被杀，变法失败，慈禧太后重新训政。

②溥仪宣统元年(1909)，袁世凯被摄政王载沣罢免一切职务，回故里“养疴”，但他实际仍与身居要职的众多部属私相联系，准备东山再起。辛亥革命起，清军节节败退，载沣被迫请袁世凯复职。袁世凯依靠自己的军事实力并借助革命党人的声势，逼宣统帝退位，接替孙中山担任民国总统，进而于民国五年(1916)元旦自称“中华帝国大皇帝”，改元洪宪。但在全国人民的反对下，袁世凯被迫于同年三月二十二日取消帝制，恢复“中华民国”称号，六月六日在举国声讨中病死，徒留笑柄于后世。

曲阜孔庙

万仞宫墙仰圣难，金声玉振首通关。[①]
君王重道朝神殿，弟子尊师拜杏坛。[②]

自古文章兴泗水，如今礼乐盛尼山。③
参天配地侔尧舜，俎豆千秋日永悬。

【自注

①孔庙外大门名“仰圣门”，门额题有“万仞宫墙”四字。《论语·子张》载子贡语曰：“譬之宫墙，赐之墙也及肩……夫子之墙数仞。”但后人认为“数仞”仍不能表达对孔子的尊仰，遂改为“万仞”。“金声玉振坊”是仰圣门里的首座建筑，坊名取义于《孟子·万章下》所载孟子语：“孔子之谓集大成。集大成也者，金声而玉振之也。”

②神殿：指孔庙的主体建筑大成殿，是祭祀孔子的主要场所。杏坛：位于大成殿前，据传是孔子聚徒讲学处。《庄子·渔父》载：“孔子游乎缁帷之林，休坐乎杏坛之上。弟子读书，孔子弦歌鼓琴。”

③泗水：在曲阜附近，孔子曾在泗水之滨（泗上）讲学授徒。尼山：亦在曲阜附近，相传叔梁纥与颜氏于尼山野合而生孔子。因泗水、尼山均与孔子有关，后世遂以此两地指代文章礼乐之乡。

曲阜孔府

封爵赐府表门墙，衍圣承宗是长房。①
后院崇楼开内第，前庭大殿设公堂。
干戈创世推黄帝，礼乐兴邦赖素王。
旧制难行新社会，何人继统续辉煌。

【自注

①汉平帝刘衎元始元年（1）追谥孔子为“褒成宣尼公”，由其嫡长后裔世袭侯爵（先后有褒成侯、奉圣侯、宗圣侯、崇圣侯、恭圣侯、绍圣侯、褒圣侯等不同称号）以奉祀。唐玄宗李隆基开元二十七年（739）八月追谥孔子为“文宣王”，而其嫡长后裔由世袭“褒圣侯”改为世袭“文宣公”。宋仁宗赵祯至和二年（1055）拟封孔子嫡长后裔为“文宣王”，太常博士祖无择上书反对，认为“以祖谥而加后嗣，非礼也”。诏下近臣议论，遂于三月丙子将孔子四十六代孙孔宗愿由“文宣公”改封为“衍圣公”。此后，“衍圣公”爵号世代由嫡长传承，直至民国二十四年（1935），始将孔子七十七代孙孔德成之“衍圣公”爵号改为“大成至圣先师奉祀官”。

曲阜孔林

古木参天蔽孔林，金风飒飒气萧森。
高坟遍地哀贤士，大冢如山吊圣人。
守义三秋陪弟子，思亲万代伴儿孙。①
悠悠岁月千年后，谱系犹传墓可寻。

〖自注

①孔林内约有孔氏族人坟墓十余万座，其中孔子墓处于最显要之位置，墓冢高大如山，是整个孔林之核心墓葬。冢东为其子孔鲤（字伯鱼）墓，冢南为其孙孔伋（字子思）墓，此种墓葬布局名为“携子抱孙”。《史记·孔子世家》曰：“孔子葬鲁城北泗上，弟子皆服三年。……唯子赣庐于冢上，凡六年，然后去。”按，子赣即子贡，“庐于冢上”即庐于冢侧。今孔子墓冢西侧犹有“子贡庐墓处”，明世宗朱厚熜嘉靖二年（1523）在此处修建“庐墓堂”，以示纪念。

邹县孟庙

孟庙精神孔庙寻，规模制度减三分。
批评霸道崇王道，赞颂仁君斥暴君。
力主孩童存善性，心期老弱度良辰。①
邹城鲁邑弦歌地，日月同辉二圣人。

〖自注

①孟子是性善论者，认为人生来便有善性，即“恻隐之心”“羞恶之心”“辞让之心”“是非之心”四种善端，并由此发展成“仁”“义”“礼”“智”四德；如果扩充发扬人性中固有的善端，则人人皆可为尧舜。孟子崇王道而批霸道，颂仁君而斥暴君，其王道仁政之目标乃是：“五十者可以衣帛”，“七十者可以食肉”，“颁白者不负戴于道路”，“黎民不饥不寒”，等等。

邹县孟母林

悦耳松涛啸海洋，岧峣墓冢屹高冈。
初居草舍临丧道，竟徙茅庐傍课堂。
快意携儿离肉肆，悉心教子坐机房。
亲朱近墨移天性，孟母三迁令誉长。[①]

【自注

①孟子早丧其父，幼受慈母三迁之教。初居凫村，临近丧道，后迁庙户营，又与屠户肉铺为邻，孟母见这两处之环境皆不利于孟子的成长，遂移居于学宫之旁。学宫先生乃子思（孔子孙孔伋）的门人，颇有学问，孟母甚喜，便将孟子送进学宫读书，自坐机房织布，亦曾引刀断织，以教育孟子。近朱者赤，近墨者黑，良好环境的熏陶，加之个人的努力，终使孟子成为一代大儒。而孟母三迁，其功至伟。

泰　山

岱岳雄浑径百盘，凌虚举步上云端。
河清始可禅梁父，海晏方能封泰山。[①]
士女抽签多奉道，僧尼守戒自参禅。
琼楼玉殿神仙府，地迥天高日色寒。

【自注

①泰山亦称“岱岳”，为五岳中之东岳，居五岳之首；又称“岱宗”，谓为其他四岳（西岳华山、南岳衡山、北岳恒山、中岳嵩山）所宗，是封建帝王举行封禅大典之场所。《史记·封禅书》唐张守节《正义》曰：“此泰山上筑土为坛以祭天，报天之功，故曰封。此泰山下小山（按，指梁父山，亦称梁甫山）上除地，报地之功，故曰禅。”《大戴礼·保傅》亦云：“封泰山而禅梁甫，朝诸侯而一天下。”但并非所有帝王都有资格举行封禅大典，只有国家统一、海晏河清的太平盛世之君，才可举行封禅大典。

蓬莱阁

苍茫大海绕祥云，纵目层霄望眼昏。
伟略秦皇迷术士，雄才汉武惑仙人。
吟诗驾雾韩湘子，仗剑乘风吕洞宾。
莫道三山无觅处，君王梦幻几浮沉。[①]

自注

①蓬莱阁在山东蓬莱县北丹崖山上，下临大海，是个与仙人传说关系密切之地。《史记》之《秦始皇本纪》与《孝武本纪》分别记载了秦皇汉武幻想得道成仙，轻信方士鼓惑，遣使由蓬莱入海，寻觅海上三山（蓬莱，亦称蓬壶；方丈，亦称方壶；瀛洲，亦称瀛壶），并采集长生不死之药的史实。秦皇汉武得道成仙之幻想虽已破灭，然后世君王不知反省，仍大有步其后尘者。蓬莱阁又是传说中八仙（汉钟离、张果老、韩湘子、铁拐李、曹国舅、吕洞宾、蓝采和、何仙姑）过海之处，而韩湘子与吕洞宾皆为八仙中人物，其中韩湘子善诗，吕洞宾善剑。

威海刘公岛

刘公岛上雾迷茫，管带提督叹二昌。
倭寇扬威宣海战，清军奋勇卫边防。
坚船利炮皆沉没，义士忠臣俱丧亡。[①]
日本中华同帝制，维新守旧判玄黄。[②]

自注

①据《清史稿·邓世昌传》及《清史稿·丁汝昌传》载，邓世昌字正卿，广东番禺人，在中日甲午海战之威海卫保卫战中任“致远”舰管带。战正酣，弹已罄，世昌誓死敌，乃大呼曰：“今日有死而已！然虽死而海军声威弗替，是即所以报国也！”遂鼓轮怒驶，欲猛撞日“吉野”舰与之同归于尽，不幸中敌鱼雷，全舰官兵二百五十人无一逃者，俱壮烈殉国。丁汝昌字禹廷，安徽庐江人，时任海军提督，坐镇“定远”旗舰指挥海战。战败后，洋员马格禄、瑞乃尔及道员牛昶炳等欲挟持汝昌降日，汝昌拒降，仰药而死。

②日本与中国同为帝制国家，但日本在1868年成功发动了“明治维新”运动，使国家逐步走上富强道路；而中国一直守旧，即使在甲午海战后1898年的“戊戌变法”，也只坚持了103天（史称“百日维新”），便因守旧势力的拼死反对而失败，致使国家更加贫弱。这便是甲午海战日胜中负的根本原因。

南京秦淮河

风平浪静水长流，夜过秦淮景更幽。
舞榭歌台临古岸，灯光月色笼轻舟。
堂前雨燕思王谢，扇面桃花念李侯。[①]
阅尽南朝金粉事，卢家少妇几多愁。[②]

【自注

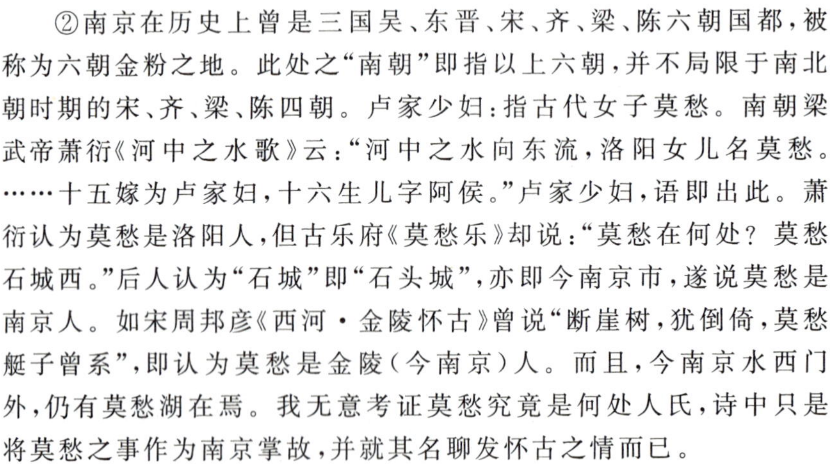

①王谢：指东晋时王导、谢安两大士族集团，均居乌衣巷（今南京东南），唐刘禹锡《金陵五题》其二《乌衣巷》云：“旧时王谢堂前燕，飞入寻常百姓家。”李侯：指清孔尚任《桃花扇》传奇中之女主人公李香君与男主人公侯方域，其故事即发生在南京。

②南京在历史上曾是三国吴、东晋、宋、齐、梁、陈六朝国都，被称为六朝金粉之地。此处之“南朝”即指以上六朝，并不局限于南北朝时期的宋、齐、梁、陈四朝。卢家少妇：指古代女子莫愁。南朝梁武帝萧衍《河中之水歌》云：“河中之水向东流，洛阳女儿名莫愁。……十五嫁为卢家妇，十六生儿字阿侯。”卢家少妇，语即出此。萧衍认为莫愁是洛阳人，但古乐府《莫愁乐》却说：“莫愁在何处？莫愁石城西。”后人认为“石城”即“石头城”，亦即今南京市，遂说莫愁是南京人。如宋周邦彦《西河·金陵怀古》曾说“断崖树，犹倒倚，莫愁艇子曾系”，即认为莫愁是金陵（今南京）人。而且，今南京水西门外，仍有莫愁湖在焉。我无意考证莫愁究竟是何处人氏，诗中只是将莫愁之事作为南京掌故，并就其名聊发怀古之情而已。

新疆魔鬼城

鬼力魔方造此城，奇形怪状若幽冥。
何时刻就金銮殿，几处雕成玉案峰。[①]

万古常闻风飒飒，千秋罕见雨濛濛。
天边望断南飞雁，大漠荒原落照明。

〖自注

①“玉案峰”一词，并非为与“金銮殿”对仗而杜撰，长安翠华山中确有名玉案峰者。我在《夏游长安翠华山》中即有“雨蔽金华洞，云翻玉案峰”一联诗句。

千佛山其一

草木葱茏蹬道旋，轻身健步入云间。
茫茫泰岳千层树，历历齐州九点烟。[①]
怒吼长河铺素练，哀鸣大雁过蓝天。
当年舜帝躬耕处，父老依然礼圣贤。[②]

〖自注

①李贺《梦天》诗结尾两句曰：“遥望齐州九点烟，一泓海水杯中泻。”此处之“齐州”，系指中国。《尔雅·释地》：“岠齐州以南。”邢昺疏曰：“齐，中也。中州，犹言中国也。”此处之“九点烟”，实指中国古代所划分的九州。李贺诗与济南无关，其原意是说：从天上月宫遥望中国，九州小得像九点烟尘，原本一片深广无边的大海也显得像杯中流泻出的小水一般。但齐州在更多情况下是指济南，而济南北郊黄河两岸散布着十余座孤立的山包，从南郊的千佛山遥望，虽清晰可见，却小如烟尘。今千佛山西盘道牌坊匾额所书“齐烟九点”四字，正指此种景观。我诗中的“齐州九点烟”，亦指济南北郊的十余座孤立山包，而“九”字，并非实数，只是泛言其多而已。

②《史记·五帝本纪》：“舜耕历山，历山之人皆让畔。”因舜帝曾躬耕于历山，故历山亦称舜耕山；又因历山崖壁上有隋文帝开皇年间所雕刻的大小佛像百余尊，故历山又称千佛山。

千佛山其二

佛山雨后净无尘，柳暗花明鸟语亲。
岭下平畴修道观，崖前险地建禅林。

黔娄隐遁为贤士，舜帝辛劳作圣君。[①]
日照峰峦铺锦绣，斜晖一抹醉游人。

【自注

①黔娄：战国初齐隐士，不求仕进，齐鲁之君礼聘赏赐，俱不受，家贫，殁后衾不蔽体，后世以喻守志全节之贫寒贤德之士。千佛山上有黔娄洞，据传为其隐居处。

千佛山其三

游人卜卦盼祺祥，尽拜诸神礼上苍。
信女诚男虞舜庙，能工巧匠鲁班堂。[①]
消灾岂用常投币，致富何须屡进香。
最喜深秋登览日，黄花遍地过重阳。

【自注

①鲁班：春秋战国之际的公输班，因是鲁国人，故又称鲁班，为我国古代著名工匠，被后世木工尊为祖师。千佛山上建有鲁班祠堂。

千佛山其四

参差殿宇巧安排，古木幽篁未剪裁。
日丽天明高鸟过，风和气暖野花开。
文人俱刻题诗壁，武将独留系马槐。[①]
慧剑慈航招信众，凌空巨像起崇台。[②]

【自注

①千佛山西盘道西侧有唐槐一株，据传唐将秦琼曾系马于此槐。

②千佛山东北山脚下，新起一尊高大雄伟的弥勒佛坐像，据说其资金来源于广大信众的慷慨布施。

春日大明湖

云消雨霁日光明，满苑时闻翠鸟声。
万片新荷浮绿水，千条弱柳舞清风。
寻幽览胜湖中岛，吊古思贤历下亭。①
异草奇花难久住，惜春士女莫伤情。

【自注

①大明湖中小岛甚多，其中一岛建有“历下亭”。唐人杜甫有《陪李北海宴历下亭》诗，据传唐代之历下亭即在今大明湖，但也有学者考证，认为唐代历下亭应在今大明湖西南之五龙潭一带。今大明湖历下亭所悬匾额上“历下亭”三字乃清代乾隆皇帝御书，两旁之楹联是“海右此亭古，济南名士多”。此联乃清代书法家何绍基择取杜甫《陪李北海宴历下亭》诗中名句所书。

夏日大明湖

时逢盛夏昼偏长，午后园中若沸汤。
体受炎风承热浪，心期冻雨盼寒霜。
荷塘碧水能消暑，柳岸清阴可纳凉。
火树银花开夜市，湖光月色甚迷茫。

秋日大明湖

广纳名泉汇众流，佛山倒影现深秋。
萧条远岸千株树，冷落平湖数叶舟。
玉露凝霜明北渚，金风带雨暗南楼。
忽闻暮鼓增寒意，几处渔灯水尽头。

冬日大明湖

银装素裹笼泉城，寂寞池台凛冽风。
夜放琼花千树雪，晨开玉鉴一湖冰。
荒园罕见游人影，乱草时闻斗雀声。
四季循环终有序，严冬过后复清明。

趵突泉其一

齐州胜景在喷泉，四大明珠数泺源。
水涌三轮翻雪浪，池开一镜滚冰团。
波涛入海奔千里，雾气腾空越万年。[①]
历尽沧桑迎盛世，方能旧貌变新颜。

【自注

①济南有趵突泉、黑虎泉、珍珠泉、五龙潭四大泉群，泉达百余处，著名者七十有二。其中趵突泉最享盛誉，一池三眼，水涌如轮，跳跃冲腾，名副“趵突”。《水经注·济水》考证其为泺水之源。

趵突泉其二

明珠耀目落苍穹，化作喷泉涌碧空。
夜放银盘冰菡萏，晨开玉镜雪芙蓉。
千军呐喊声威壮，万马奔腾气势雄。
岁去年来人易老，潜流鼓浪永无穷。

尼亚加拉瀑布

雷鸣地动彩虹悬，朗日翻成细雨天。
百丈危崖垂玉幔，千寻阔水挂银帘。
波涛北震加拿大，雾气南飞美利坚。
两岸同时观瀑布，双边共庆旅游年。[①]

【自注

①尼亚加拉瀑布在美国与加拿大交界之尼亚加拉河上，是美洲最大之瀑布，也是世界最大的瀑布之一，落差50余米，宽1200余米，属美国的一段称亚美利加瀑布，属加拿大的一段称马蹄瀑布。在瀑布区数里之外，即可听到雷鸣地动般的波涛声，并看到水珠经日光照射所形成的高空彩虹。在瀑布区数里之内，即使朗日晴空，亦为濛濛细雨般的水汽所笼罩。

秋日旅美有感

半似乡村半若城，楼高未过两三层。
红毡缀地观花苑，绿毯连天望草坪。
讲话扬声情热烈，行车让路事文明。
移民社会非人治，法律安邦树准绳。

读史杂感其一

源通五帝溯三皇，裂土分茅建万邦。
破碎山河年短暂，团圞日月寿绵长。[①]
合兵守境衰明宋，遣将开边盛汉唐。
夏后商周逾百纪，青铜历史最辉煌。[②]

【自注

①破碎山河：比喻国家四分五裂。团圞日月：比喻国家完整统一。中国古代，分裂的时间短，统一的时间长。

②夏后：即夏朝。

读史杂感其二

龙争虎斗各奔忙，易代更朝若换装。
勇将雄兵归项羽，宽刑善政在刘邦。
秦军傲慢多临少，晋帅从容弱胜强。[①]

历史长河留鉴戒，民心自古定存亡。

【自注

①秦军：指苻坚所统率的前秦大军。晋帅：指东晋宰相谢安，时为晋军统帅。公元383年，谢安统率的晋军以少胜多，以弱胜强，大破苻坚统率的前秦大军，此即著名的淝水之战。

读史杂感其三

虽云鸟尽兔潜形，未必弓藏猎狗烹。[①]
放手唐皇尊二帅，疑心汉帝灭三英。[②]
矜功震主徒寻死，降志忠君可觅生。
范蠡张良勋盖世，经商入道俱全名。[③]

【自注

①《史记·淮阴侯列传》：汉高祖刘邦伪游云梦而擒韩信后，韩信叹曰："果若人言：'狡兔死，良狗亨；高鸟尽，良弓藏；敌国破，谋臣亡。'天下已定，我固当亨！"

②二帅：指为唐朝平定安史之乱立下盖世功勋的郭子仪、李光弼两位元帅。三英：指为刘邦创建汉朝立下大功的韩信、彭越、黥（英）布三人。

③范蠡：春秋时期越国大夫，辅佐越王句践灭吴后，退出政界，去越入齐，改名易姓，经商致富。张良：刘邦的主要谋士，功成名就后，入道修行，远离政界。

读史杂感其四

历代春秋载异闻，奸人害政反承恩。
多嫌苦谏非英主，巧进甘言是佞臣。
郑袖听谗夸靳尚，怀王厌正放灵均。[①]
从来善恶如冰炭，海瑞严嵩岂共存。[②]

【自注

①郑袖：战国时期楚怀王的宠姬。靳尚：楚怀王的佞臣。灵均：

指屈原。《离骚》曰："名余曰正则兮，字余曰灵均。"秦昭王派张仪使楚骗取土地，屈原识破其谋，但楚怀王不听屈原之忠告，反将其放逐。郑袖和靳尚接受张仪的贿赂，暗中帮助秦国，出卖楚国利益，但楚怀王却对其信任有加。

②海瑞：明代忠臣，以刚直不阿、清正廉明著称，百姓比其为宋代包拯，呼其为"海青天"。严嵩：明代权臣，窃政二十年，与其子严世蕃狼狈为奸，无恶不作，入《明史·奸臣传》。

读史杂感其五

宦竖身亏志未残，皇宫帝苑事千端。
欺君恶吏为丞相，造纸能人是太监。[1]
北阙欣从高力士，东林怒斥魏忠贤。[2]
英才但许明三宝，远涉重洋数往还。[3]

【自注

①欺君恶吏：指秦代宦者赵高。造纸能人：指东汉宦者蔡伦。

②北阙：指代唐玄宗李隆基。东林：即明代的东林党，此处特指明熹宗朱由校天启年间同阉党首领魏忠贤作斗争的东林党人。

③三宝：指明代七下西洋的太监郑和，本姓马，初名三宝，人称三宝太监，参见本书《郑和》一诗自注。

读史杂感其六

绿赤黄红任纵横，农民起义抗官兵。[1]
李渊有幸登君位，陈胜无端落盗名。
顺帝悲情宣帝号，高皇惬意坐皇城。[2]
千年往事知多少，败寇成王已定型。

【自注

①绿赤黄红：分别指爆发于新莽末年的绿林起义、赤眉起义；爆发于东汉末年的黄巾起义和唐代末年的黄巢起义；爆发于元代末年的红巾起义。李渊本为隋朝贵族，并非农民，但他在隋末农民起义时，乘机起兵，以唐代隋，仍和农民起义有关。

②顺帝：指大顺皇帝李自成。李自成于明思宗朱由检崇祯十七年（1644）正月初一在西安称王，国号大顺，建元永昌。三月十九日攻入北京，四月二十二日在山海关被吴三桂和多尔衮联军击败，退回北京后，自知大势将去，乃于四月二十九日悲情称帝，次日即离开北京西逃。高皇：指汉高祖刘邦，谥号高皇帝。

读史杂感其七

艺苑群星灿北辰，诗词字画本同根。
文坛盛赞马班史，史界高评韩柳文。①
万卷唐音推李杜，千秋宋调许苏辛。②
儒林释老称三教，道祖佛陀孔圣人。③

【自注

①马班：指司马迁、班固。韩柳：指韩愈、柳宗元。
②李杜：指李白、杜甫。苏辛：指苏轼、辛弃疾。
③道祖：指道家及道教的始祖老子。佛陀：指佛祖释迦牟尼。孔圣人：指儒家及儒教的始祖孔子。

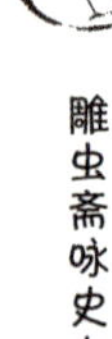

读史杂感其八

纵马弯弓各逞能，雄关险塞起纷争。
忠君抗辱称苏武，背主求荣斥李陵。
将帅公心扶宋室，夫妻密报送金营。①
何人不晓文丞相，血洒元都万古名。②

【自注

①将帅：指岳飞、韩世忠等人。夫妻：指秦桧与其妻王氏。
②文丞相：指文天祥。

读史杂感其九

长城大漠紧相连，屡动干戈起战端。
宋室谁知秦桧计，金邦自晓岳飞冤。
非忧塞外来边寇，但愿朝中去内奸。
可叹袁公身死后，辽东取胜更艰难。[①]

【自注

①袁公：指袁崇焕，参见本书《袁崇焕》一诗自注。

读史杂感其十

号虏称夷互辱名，农耕畜牧屡交兵。
南人未肯尊金室，北士焉能礼宋廷。
法律条文分满汉，民族壁垒界元明。
争来斗去终休战，共入中华庆太平。[①]

【自注

①中国古代所谓的胡汉之争、夷夏之辩，是发生在汉民族与周边各少数民族之间的争辩。例如，南北朝分治，各以正统自居，南书谓北为“索虏”，北书指南为“岛夷”，皆含侮辱轻蔑之意。今天看来，无论是汉族，还是各少数民族，都是中华民族大家庭中的成员，都是情同手足的兄弟。